HEYNE <

Das Buch

Ich hatte schon verschiedene Namen und mehrere Leben, jetzt nennt man mich allerdings Bailey. Das ist ein guter Name. Ich bin ein braver Hund.

Ich habe an unterschiedlichen Flecken auf der Welt gelebt, aber am allerschönsten war es auf der Farm – bis ich hierherkam. Dieser Ort hat keinen Namen, doch es gibt goldfarbene Strände, an den man entlangrennen kann, und Stöckchen und Bälle, die genau in mein Maul passen, und alle Menschen, die mich jemals geliebt haben, sind hier – und sie lieben mich immer noch. Und natürlich gibt es hier auch unzählige Hunde, denn ohne Hunde wäre dieser Ort nicht vollkommen.

Ich werde von so vielen Menschen geliebt, weil ich diverse Leben unter verschiedenen Namen gelebt habe. Ich war Toby und Molly und Ellie und Max, ich war Buddy und ich war Bailey. Mit jedem Namen war eine neue Aufgabe verbunden. Nun besteht der Sinn meines Daseins bloß noch darin, mit meinen Menschen zusammen zu sein und sie zu lieben. Vielleicht ist das von Beginn an meine eigentliche Bestimmung gewesen.

Der Autor

W. Bruce Cameron, 1960 geboren, ist als Kolumnist und Autor international bekannt. Seine Kolumne zur Erziehung von Teenagern war 1995 so populär, dass sie als Buch veröffentlicht wurde, das als Vorlage für die TV-Serie »Meine wilden Töchter« diente. Mit seinem Roman Ich gehöre zu dir landete er 2010 einen Bestseller. Die Reihe um den Hund Bailey wurde erfolgreich fortgesetzt und verfilmt.

W. Bruce Cameron

Ein Versprechen auf vier Pfoten

Aus dem Englischen von
Evelin Sudakowa-Blasberg

WILHELM HEYNE VERLAG
MÜNCHEN

Die Originalausgabe A DOG'S PROMISE
erschien erstmals 2019 bei Forge Books, New York.

Sollte diese Publikation Links auf Webseiten Dritter enthalten,
so übernehmen wir für deren Inhalte keine Haftung, da wir uns diese
nicht zu eigen machen, sondern lediglich auf deren Stand
zum Zeitpunkt der Erstveröffentlichung verweisen.

Verlagsgruppe Random House FSC® N001967

Deutsche Erstausgabe 06/2020
Copyright © 2019 by W. Bruce Cameron
Copyright © 2020 der deutschsprachigen Ausgabe
by Wilhelm Heyne Verlag, München,
in der Verlagsgruppe Random House GmbH,
Neumarkter Str. 28, 81673 München
Redaktion: Anita Hirtreiter
Printed in Germany
Umschlaggestaltung: Martina Eisele
unter Verwendung vonBigstock (rawpixel.com, ekavid)
und shutterstock (ericlefrancais, Jagodka)
Satz: Greiner & Reichel, Köln
Druck und Bindung: GGP Media GmbH, Pößneck

ISBN 978-3-453-42434-0

www.heyne.de

Für Gavin Polone, Freund, Tierschützer,
Kalorienleugner, Laptopkritiker und
einer der Hauptverantwortlichen dafür,
dass mein Werk so viele Menschen
auf dieser Erde erreicht hat.

Prolog

Mein Name ist Bailey. Ich hatte schon verschiedene Namen und mehrere Leben, jetzt nennt man mich allerdings Bailey. Das ist ein guter Name. Ich bin ein braver Hund.

Ich habe an unterschiedlichen Flecken auf der Welt gelebt, aber am allerschönsten war es auf der Farm – bis ich hierherkam. Dieser Ort hat keinen Namen, doch es gibt goldfarbene Strände, an denen man entlangrennen kann, und Stöckchen und Bälle, die genau in mein Maul passen, und Spielsachen, die quietschen, und alle Menschen, die mich je geliebt haben, sind hier – und sie lieben mich immer noch. Und natürlich gibt es hier auch unzählige Hunde, denn ohne Hunde wäre dieser Ort nicht vollkommen.

Ich werde von so vielen Menschen geliebt, weil ich diverse Leben unter verschiedenen Namen gelebt habe. Ich war Toby und Molly und Ellie und Max, ich war Buddy, und ich war Bailey. Mit jedem Namen war eine neue Aufgabe verbunden. Nun besteht der Sinn meines Daseins bloß noch darin, mit meinen Menschen zusammen zu sein und sie zu lieben. Vielleicht war das von Beginn an meine eigentliche Bestimmung gewesen.

Hier gibt es keinen Schmerz, nur die Freude, die erwächst, wenn man von Liebe umgeben ist.

Die Zeit war unbegrenzt, verging gemächlich, bis mein Junge Ethan und mein Mädchen CJ zu mir kamen, um mit mir zu reden. CJ ist Ethans Kind. Wachsam setzte ich mich auf, als sie sich näherten, denn von allen Menschen, die mir jemals etwas bedeutet haben, waren sie mir am wichtigsten. Sie benahmen sich so, wie Menschen es zu tun pflegen, wenn ein Hund eine Aufgabe für sie verrichten soll.

»Hallo, Bailey, du guter Hund«, begrüßte mich Ethan. CJ strich mir zärtlich über das Fell.

Einen Moment lang erfreuten wir uns einfach bloß an unserer Liebe füreinander.

»Du weißt ja, dass du schon mehrmals gelebt hast, Bailey. Und dass du eine ganz besondere Mission hattest und mich gerettet hast«, sagte Ethan.

»Und mich hast du auch gerettet, Bailey, mein Molly-Mädchen, mein Max«, fügte CJ hinzu.

Als CJ diese Namen aussprach, erinnerte ich mich daran, wie ich sie auf ihrem Lebensweg begleitet hatte. Voller Zuneigung wedelte ich mit dem Schwanz. Sie schlang die Arme um mich. »Es gibt nichts Schöneres als die Liebe eines Hundes«, murmelte sie Ethan zu.

»Ja, sie ist völlig bedingungslos«, stimmte Ethan ihr zu und kraulte meinen Kopf.

Vor Wonne machte ich die Augen zu, genoss es, von beiden liebkost zu werden.

»Wir müssen dich um etwas bitten, Bailey. Etwas sehr Wichtiges, das nur du tun kannst«, teilte Ethan mir mit.

»Aber wenn du versagst, ist es auch in Ordnung. Wir werden dich weiterhin lieben, und du kannst hierher zurückkommen und bei uns sein«, sagte CJ.

»Er wird nicht versagen. Doch nicht unser Bailey«, warf Ethan lächelnd ein. Er umfasste meinen Kopf mit beiden Händen, Händen, die einst so herrlich nach der Farm geduftet hatten und jetzt einfach bloß nach Ethan rochen. Verzückt sah ich ihn an, denn wenn mein Junge mit mir spricht, spüre ich seine Liebe, die wie ein warmes Licht aus ihm herausströmt. »Ich bitte dich zurückzugehen, Bailey. Zurück, um ein Versprechen zu erfüllen. Ich würde das nicht von dir verlangen, wenn es nicht notwendig wäre.«

Sein Ton war ernst, aber er war nicht wütend auf mich. Menschen können glücklich sein, traurig, liebevoll, wütend und vieles andere mehr, und normalerweise erkenne ich an ihren Stimmen, wie sie sich fühlen. Hunde sind im Großen und Ganzen einfach bloß glücklich, was der Grund dafür sein könnte, warum wir es nicht nötig haben zu sprechen.

»Dieses Mal wird es anders sein, Bailey«, sagte CJ. Ich sah sie an, und auch sie war liebevoll und freundlich. Doch gleichzeitig nahm ich eine Angst bei ihr wahr, eine Sorge. Ich schmiegte mich an sie, damit sie mich fester umarmen konnte und sich besser fühlte.

»Du wirst dich an nichts erinnern, Bailey«, sagte Ethan nun sanft. »Nicht an deine früheren Leben. Nicht an mich, an die Farm und nicht an diesen Ort.«

»Na ja«, wandte CJ ein, und ihre Stimme war so sanft wie Ethans, »vielleicht wirst du dich wirklich an nichts erinnern, das stimmt, aber du hast schon so viel durchgestanden, dass du nun ein weiser Hund sein wirst, Bailey. Eine alte Seele.«

»Das ist der harte Teil, mein Freund. Du wirst dich nicht einmal an mich erinnern. CJ und ich werden aus deinem Gedächtnis verschwinden.«

Ethan war traurig. Ich schleckte seine Hand ab. Traurigkeit bei Menschen ist der Grund dafür, dass es Hunde gibt.

CJ tätschelte mich. »Aber nicht für immer.«

Ethan nickte. »Das ist richtig, Bailey. Nicht für immer. Wenn du mich das nächste Mal siehst, werde ich nicht mehr wie jetzt aussehen, aber du wirst mich erkennen, und dann wirst du dich wieder an alles erinnern. An all deine Leben. Alles wird zurückkehren. Und vielleicht wirst du dann auch verstehen, dass du ein Schutzengelhund bist, der geholfen hat, ein sehr wichtiges Versprechen zu erfüllen.«

CJ wurde unruhig, und Ethan blickte zu ihr auf. »Er wird nicht versagen«, beharrte er. »Doch nicht mein Bailey.«

1

Am Anfang kannte ich nur die nährende Milch meiner Mutter und die heimelige Wärme ihrer Zitzen, wenn ich trank. Erst als ich meine Umgebung genauer wahrnahm, erkannte ich, dass ich Geschwister hatte, die mit mir um Mutters Aufmerksamkeit konkurrierten und ständig versuchten, sich an mir vorbeizudrängeln und mich wegzuschieben. Aber Mutter liebte mich, das fühlte ich, wenn sie mich beschnüffelte und mit ihrer Zunge sauber schleckte. Und ich liebte meine Mutter.

Da der Boden und die Wände unserer Höhle aus Metall waren, hatte Mutter an der hinteren Wand eine weiche Decke zu einem warmen Lager drapiert. Sobald meine Geschwister und ich richtig sehen und uns gut genug bewegen konnten, um unsere Umgebung zu erforschen, entdeckten wir, dass der Boden unter unseren Pfoten nicht nur hart und rutschig war, sondern auch kalt. Auf der Decke war das Leben viel besser gewesen. Das Dach über unseren Köpfen war eine brüchige Plane, die mit lautem Knattern im Wind flatterte.

Am interessantesten fanden wir den verlockenden rechteckigen Spalt vor der Höhle, durch den Licht und eine berauschende Mischung an Gerüchen zu uns hereinströmten. Der Boden der Höhle erstreckte sich an dieser Stelle nach draußen. Mutter ging oft zu diesem Fenster ins Unbekannte, während ihre Krallen auf dem Metallvorsprung, der in die Außenwelt hinausragte, klapperten, und dann … verschwand sie.

Wenn Mutter ins Licht hinaussprang und uns allein ließ, kuschelten wir Welpen uns aneinander, um in der eisigen Kälte von Mutters Abwesenheit etwas Wärme zu finden, sprachen uns fiepend Trost zu und schliefen irgendwann vor lauter Erschöpfung ein. Ich fühlte, dass meine Geschwister genauso verwirrt und ängstlich waren wie ich. Wir fürchteten, sie würde vielleicht nie wieder zurückkehren, aber unsere Sorge war unbegründet, denn sie tauchte jedes Mal so geschwind in dem rechteckigen Spalt erneut auf, wie sie verschwunden war.

Als unsere Sehkraft und unsere Koordination besser wurden, nahmen wir unseren ganzen Mut zusammen und folgten Mutters Geruch bis auf den Vorsprung hinaus, was allerdings sehr beängstigend war. Die Welt in ihrer schwindelerregenden Vielfalt an Möglichkeiten stand uns unter diesem Vorsprung offen, der Zugang bedeutete jedoch einen freien Fall aus unermesslicher Höhe. Wie schaffte Mutter es nur, da hinunterzuspringen und anschließend wieder herauf?

Ich hatte einen Bruder, den ich in Gedanken als Brummer bezeichnete. Meine Geschwister und ich waren die meiste Zeit damit beschäftigt, ihn aus dem Weg zu schieben. Wenn er über mich drüberkletterte, um oben auf dem Wurf zu schlafen, fühlte sich das an, als würde er meinen Kopf platt drücken. Es war allerdings schwierig, mich aus dem Gewusel herauszuwinden, weil meine Geschwister mich immer wieder zurückdrängten. Brummer hatte die gleiche weiße Schnauze und Brust und den gleichen weißen, grau-schwarz gesprenkelten Körper wie wir alle, aber seine Knochen und seine Haut waren irgendwie schwerer. Wenn Mutter eine Erholung vom Säugen brauchte und aufstand, beschwerte Brummer sich jedes Mal am längsten. Und selbst wenn alle anderen Welpen satt waren und spielen wollten, verlangte er noch weiter nach Milch. Ich ärgerte mich über ihn – Mutter war so dünn, dass ihre Knochen unter der Haut hervorstachen, und ihr Atem hatte einen ranzigen, kranken Geruch, wohingegen Brummer dick und rund war und trotzdem ständig mehr Milch von ihr forderte.

Eines Tages geriet Brummer zu nahe an den Rand des Vorsprungs; er witterte irgendetwas in der Luft, wartete vielleicht gierig auf die Rückkehr unserer Mutter, damit er sie noch mehr aussaugen konnte. In einem Moment klebte er gefährlich am äußersten Rand, und im nächsten war er bereits verschwunden und landete mit einem dumpfen Aufschlag auf dem Boden.

Ich war mir nicht sicher, ob das so schlecht war.

Brummer begann panisch zu quieken. Seine Angst steckte uns alle an, sodass auch wir zu fiepen und zu jammern begannen und uns zur Beruhigung gegenseitig beschnüffelten.

In diesem Augenblick wusste ich, dass ich niemals auf den Vorsprung hinausgehen würde. Denn das bedeutete Gefahr.

Dann war Brummer auf einmal ganz ruhig.

Umgehend herrschte in der Höhle eine tiefe Stille. Wenn Brummer etwas zugestoßen sein sollte, könnte es als Nächstes auch sehr gut uns treffen. Das spürten wir alle und kuschelten uns in stummem Grauen aneinander.

Mit einem lauten kratzenden Geräusch tauchte Mutter auf dem Vorsprung auf. Zwischen ihren Zähnen baumelte verdrossen Brummer herab. Sie setzte ihn mitten in unserem Wurf ab, und natürlich verlangte er sofort quiekend nach einer Zitze, scherte sich nicht im Mindesten darum, dass er uns alle zu Tode erschreckt hatte. Ich war sicherlich nicht der einzige Welpe, der insgeheim dachte, dass Mutter kein Vorwurf zu machen wäre, wenn sie Brummer einfach draußen gelassen hätte, damit er merkte, wohin sein Übermut ihn führte.

In dieser Nacht lag ich auf einer meiner Schwestern und dachte über das nach, was ich gelernt hatte. Der Vorsprung vor der Höhle war ein gefährlicher Ort und das Risiko nicht wert, ihn zu betreten, ungeachtet der köstlichen Gerüche, die die Welt jenseits davon bereithielt. Wenn ich in der Nähe des Schlaflagers bliebe, würde ich in Sicherheit sein.

Wie sich einige Tage später herausstellen sollte, war das ein Trugschluss gewesen.

Mutter hielt ein Nickerchen, den Rücken uns zugewandt. Das ärgerte meine Geschwister, vor allem Brummer, weil der Duft ihrer Zitzen uns lockte und er gesäugt werden wollte. Keiner von uns war jedoch stark oder koordiniert genug, um über sie drüberzuklettern, zumal sie sich in die hintere Ecke der Höhle gezwängt hatte und uns an Kopf und Schwanz den Zugang verwehrte.

Ruckartig hob sie den Kopf, als ein Geräusch ertönte, dass wir schon öfter gehört hatten: ein brummender Maschinenlärm. Normalerweise war der Lärmpegel stets angestiegen und rasch wieder abgeklungen, doch dieses Mal kam er näher, und was auch immer dieses Geräusch verursachte, es bewegte sich nun nicht mehr weiter. Wir hörten ein Knallen, und sofort sprang Mutter auf, stieß mit dem Kopf gegen die bewegliche Plane und legte die Ohren wachsam an.

Irgendetwas näherte sich, ein schweres Stampfen. Mutter presste sich an die Rückwand der Höhle, und wir taten es ihr nach. Keiner von uns ging jetzt an ihre Zitzen, nicht einmal Brummer.

Ein Schatten verdeckte das Licht aus dem rechteckigen Spalt, und mit einem lauten Scheppern wurde der Vorsprung zur Welt hochgeklappt, sodass die Höhle nun komplett geschlossen war, ohne einen Weg nach draußen. Mutter hechelte, in ihren aufgerissenen Augen war das Weiße zu sehen, und wir alle wussten, dass gleich etwas Schreckliches passieren würde. Sie versuchte, sich über die Seitenwand der Höhle zu schieben, aber die Plane war zu straff; es gelang Mutter nur, die Nasenspitze nach draußen zu zwängen.

Der Boden der Höhle schaukelte wild hin und her, ein weiteres Knallen ertönte, und dann begann mit einem grässlichen Dröhnen der Boden unter uns zu beben. Ein Ruckeln durchlief die Höhle, schleuderte uns alle auf eine Seite. Wir schlitterten über den rutschigen Metallboden. Ich blickte zu Mutter hinüber; sie hatte die Krallen ausgefahren und bemühte sich mit aller Kraft, auf den Füßen zu bleiben. Sie konnte uns nicht helfen. Meine Geschwister schrien jämmerlich und versuchten, zu Mutter zu gelangen, doch ich hielt die Stellung, konzentrierte mich darauf, nicht umgeworfen zu werden. Ich verstand die Kräfte nicht, die an meinem Körper zerrten. Ich wusste bloß eines: Wenn Mutter Angst hatte, sollte ich mich erst recht fürchten.

Das Ruckeln, Krachen und Beben hielt so lange an, dass ich bereits glaubte, diese Welt sei jetzt mein Leben – Mutter würde nun für immer krank vor Angst sein und ich ohne Unterlass hin und her geschleudert werden. Dann wurden wir plötzlich alle auf einmal an die Rückwand der Höhle katapultiert, wo wir uns zu einem Haufen zusammendrängten und dann wieder voneinander lösten, als der Lärm und das entsetzliche Geschaukel wundersamerweise abebbten. Sogar die Vibrationen hörten auf.

Mutter hatte nach wie vor Angst. Ich beobachtete, wie sie bei einem metallischen Scheppern in Alarmstellung ging und panisch den Kopf herumwarf, als an der Stelle, wo früher der Vorsprung in die Welt herausgeragt hatte, ein knirschendes Geräusch laut wurde.

Tiefe Furcht überfiel mich, als ich sah, wie Mutter die Lefzen zurückschob. Meine ruhige, sanfte Mutter war jetzt grimmig und wild, ihr Fell war gesträubt, ihr Blick kalt.

Mit einem Rasseln klappte der Vorsprung wieder auf, und erstaunlicherweise stand da ein Mann. Das instinktive Wiedererkennen traf mich wie ein Blitz – es war, als könnte ich seine Hände auf mir fühlen oder mich daran

16

erinnern, wie es sich anfühlte, obwohl ich noch nie zuvor so ein Wesen gesehen hatte. Ich erspähte ein Haarbüschel unter der Nase, einen runden Bauch und Augen, die vor lauter Überraschung aufgerissen waren.

Mutter machte einen Satz nach vorne und fletschte böse die Zähne. Ihr Bellen enthielt eine wütende Warnung.

»Heeey!« Erschrocken wich der Mann zurück, verschwand außer Sicht. Mutter bellte weiter.

Meine Geschwister waren vor Furcht wie gelähmt. Mutter zog sich zurück zu der Stelle, wo wir versammelt waren. Speichelflocken umflogen ihr Maul, ihr Fell war gesträubt, die Ohren zurückgelegt. Sie strahlte die Raserei einer Mutter aus, die ihren Wurf bis aufs Blut verteidigen würde. Das spürte ich, meine Geschwister spürten es, und gemessen an der Reaktion des Mannes spürte er das zweifellos auch.

Und dann knallte so plötzlich, dass wir alle zusammenzuckten, der Vorsprung wieder hoch und blendete das Licht aus. Die einzige Beleuchtung war nun der matte Lichtschein, der durch die Plane an der Decke sickerte.

Die Stille wirkte so laut wie vorher Mutters Bellen und Knurren. In dem dämmrigen Licht sah ich, wie meine Geschwister langsam aus ihrer Starre erwachten und sich hungrig und aufgrund der schlimmen Erlebnisse fast schon verzweifelt auf meine Mutter stürzten. Mutter fügte sich, legte sich seufzend zum Stillen hin.

Was war soeben passiert? Mutter hatte Angst gehabt und diesen Argwohn in etwas Wildes umgewandelt. Der Mann hatte sich ebenfalls erschrocken und dies auch durch einen lauten Aufschrei ausgedrückt. Und ich war seltsam gefasst geblieben, als verstünde ich etwas, das meine Mutter nicht nachvollziehen konnte.

Doch das stimmte nicht. Ich begriff gar nichts.

Nach einer Weile trottete Mutter zu dem hochgeklappten Vorsprung hinüber und schnüffelte am Rand entlang. Sie drückte den Kopf gegen die Plane, hob sie leicht an, und ein Lichtstrahl fiel herein. Mutter gab ein leises Geräusch von sich, ein Stöhnen, das mich erschauern ließ.

Wir hörten wieder die knirschenden Geräusche, die ich mit dem Mann verband, und dann Stimmen.

»Magst du mal sehen?«

»Nein, nicht wenn sie so bösartig ist, wie du sagst. Wie viele Welpen, glaubst du, sind es?«

»Vielleicht sechs? Mir hat gerade erst gedämmert, was ich da sehe, als sie auch schon auf mich losgegangen ist. Ich dachte wirklich, sie würde mir den Arm zerfleischen.«

Ich gelangte zu dem Schluss, dass dies Männer waren, die über irgendetwas sprachen. Ich konnte sie riechen, es waren nicht mehr als zwei.

»Mann, warum lässt du auch die Ladeklappe offen?«

»Weiß nicht.«

»Wir brauchen diesen Pick-up. Du musst die Ausrüstung abholen.«

»Ja, aber was ist mit den Welpen?«

»Die bringst du runter zum Fluss. Hast du eine Knarre?«

»Was? Nein, hab ich nicht, Herrgott noch mal!«

»Ich hab eine Pistole in meinem Truck.«

»Ich will keine Welpen abknallen, Larry.«

»Die Pistole ist für die Mutter. Wenn sie weg ist, wird die Natur sich um die Welpen kümmern.«

»Larry ...«

»Wirst du tun, was ich dir sage?«

»Okay, okay.«

»Na, dann mal los.«

2

Binnen weniger Momente schlitterten wir erneut durch die Gegend, waren wieder dem Lärm und den grauenhaften Kräften ausgesetzt, die wir nicht verstanden. Doch inmitten all der Mysterien des Tages wirkte dieses spezielle Ereignis durch seine Wiederholung irgendwie weniger bedrohlich. War der Gedanke denn so abwegig, dass der Lärm bald enden, wir uns beruhigen, der Vorsprung heruntergeklappt, Mutter knurren und bellen, ein Mann schreien und der Vorsprung wieder hochgeklappt werden würde? Aus diesem Grund war ich diesmal mehr an den Gerüchen interessiert, die durch den Spalt zwischen dem flatternden Dach und den Metallwänden der Höhle hereinwaberten: ein Schwall wunderbarer exotischer Düfte, die den Lockruf einer verheißungsvollen Welt mit sich führten.

Als wir zu einem Haufen an die Wand geschleudert wurden und die Vibrationen aufhörten, spannte Mutter sich an, und wir wussten vermutlich alle, dass vor der Höhle ein Mann hin und her ging. Dann passierte eine Weile nichts, außer dass unsere Mutter vor lauter Nervosität hechelnd umherlief. Brummer folgte ihr auf Schritt und Tritt, hatte wie immer nur Milch im Kopf, aber ich wusste, dass Mutter nicht die Absicht hatte, uns jetzt zu säugen.

Plötzlich ertönten Stimmen. Auch das war nichts Neues, also gähnte ich.

»Hm, keinen Schimmer, wie das funktionieren soll.« Diese Stimme hatte ich noch nicht gehört. Ich stellte mir einen anderen Mann vor.

»Vielleicht sollte ich lieber die Plane aufrollen, statt die Ladeklappe zu öffnen?« Diese Stimme gehörte zu dem Mann, der geschrien hatte.

»Ich schätze mal, wir haben für die Mutter nur einen Schuss. Sobald sie merkt, was wir vorhaben, wird sie über den Seitenrand springen und abhauen.«

»Okay.«

»Ich hab ganz vergessen zu fragen. Du hast die Knarre doch dabei, oder?«, fragte die neue Stimme.

»Ja«, antwortete die bekannte Stimme.

»Würde es dir was ausmachen, wenn ich …?«

»Herrgott, nein, da nimm! Ich hab mein Lebtag noch nie mit einer Pistole geschossen.«

Ich blickte zu Mutter hinüber. Sie wirkte etwas weniger angespannt. Vermutlich beruhigen sich Hunde einfach, wenn etwas immer und immer wieder passiert.

Draußen war ein undefinierbares Klicken zu hören.

»Und, bist du bereit?«

»Ja.«

Begleitet von einem lauten Knattern, tauchten Hände an beiden Seiten unserer Höhle auf, und dann begann Tageslicht in unsere Behausung zu strömen. Das Dach wurde von den Männern, die zu uns hinunterspähten, nach hinten gerollt. Mutter knurrte unheilvoll. Es waren zwei Menschen da – der Mann von vorhin mit dem Haarbüschel unter der Nase und ein größerer Mann mit einem glatten Gesicht und mehr Haaren auf dem Kopf.

Der glattgesichtige Mann lächelte, seine Zähne leuchteten weiß. »Okay, Mädchen, ganz ruhig. Es ist für uns alle leichter, wenn du stillhältst.«

»Sie hat mir vorhin beinahe den Arm aus der Schulter gerissen«, sagte der behaarte Mann.

Glattgesicht blickte alarmiert auf. »Sie hat dich gebissen?«

»Ähm, nein.«

»Gut zu wissen.«

»Aber freundlich ist sie auch nicht.«

»Sie hat Junge. Die will sie beschützen.«

Mutter knurrte lauter. Sie fletschte die Zähne.

»Hey, alles gut. Halt einfach still«, sagte Glattgesicht beruhigend.

»Pass auf!«

Mutter drehte sich auf klickenden Krallen zur offenen Seite der Höhle um, sprang mit einem Satz über den Rand und verschwand. Meine Geschwister reagierten sofort und schwärmten in dieselbe Richtung aus.

»Tja, das hätte ich eigentlich vorhersagen können«, bemerkte Glattgesicht glucksend. »Hast du gesehen, wie dürr sie ist? Bestimmt hat sie schon seit längerer Zeit kein Zuhause mehr und traut den Menschen nicht, egal wie freundlich man mit ihr spricht.«

»Aber sie ist ziemlich groß.«

»Eine Schlittenhund-Mischung, soweit ich das beurteilen kann. Die Welpen haben allerdings noch was anderes mit drin. Vielleicht eine Dogge?«

»Hey, danke, dass du die Kugel aus der Knarre rausgenommen hast. Ich hatte echt Bammel davor, den Hund zu erschießen«, sagte Haargesicht.

»Das Magazin habe ich auch entfernt. Ich fass es nicht, dass er dir die Waffe vollgeladen gegeben hat. Das ist gefährlich.«

»Ja, okay, er ist mein Boss, also werde ich mich besser nicht beschweren. Du, ähm, du erzählst doch niemandem, dass ich seinen Anweisungen nicht gefolgt bin, oder? Wäre blöd, wenn er das irgendwie erfährt.«

»Sag ihm, dass du alles so gemacht hast, wie er es wollte. Das erklärt, warum keine Kugel mehr übrig ist.«

Meine Geschwister reagierten unterschiedlich, als die Männer mit jeweils beiden Händen in die Höhle griffen. Manche duckten sich, andere wiederum, wie Brummer, wedelten mit den Schwänzen und nahmen eine unterwürfige Haltung ein.

»Kann ich die Welpen mal sehen?« Ich merkte auf; eine dritte Stimme war hinzugekommen, eine sehr hohe Stimme.

»Klar, Ava, komm her.« Glattgesicht hob einen kleinen Menschen hoch. Es war, wie ich erkannte, ein Mädchen. Sie klatschte in die Hände. »Oh, Hundebabys!«, quietschte sie mit hoher, freudiger Stimme.

Glattgesicht setzte das Mädchen wieder ab. »So, jetzt kommen sie in die Kiste.«

Geschickt packte er mich. Ich wurde mit meinen Geschwistern in einem Korb verstaut. Wir stemmten uns mit den Vorderpfoten an die Korbwände, reckten die Schnauzen nach oben und versuchten, irgendetwas zu sehen.

Das lächelnde Gesicht des Mädchens tauchte über dem Rand des Korbes auf. Ich starrte zu ihr empor und schnupperte interessiert die verschiedenen Gerüche, die sie verströmte – süß und blumig, aber auch würzig.

»Gut, Ava, dann bringen wir die kleinen Kerle mal nach drinnen, wo es warm ist.«

Der Korb bewegte sich, und die Welt geriet wieder ins Wanken, was diesmal wegen der Abwesenheit unserer Mutter noch schlimmer war. Etliche meiner Geschwister quiekten panisch, während ich mich darauf konzentrierte, dem kreuz und quer herumpurzelnden Brummer auszuweichen.

Plötzlich wurde die Luft wärmer. Die neue Höhle hörte auf, sich zu bewegen. Das Mädchen griff herein und hob mich zu ihrem Gesicht hoch. Ich fand ihre Berührung sehr angenehm. Ihre hellen Augen starrten mich aus nächster Nähe an, und ich verspürte plötzlich den Drang, ihr das Gesicht abzuschlecken, obwohl ich nicht wusste, warum.

»Wir haben ein Problem, Ava«, sagte Glattgesicht. »Klar, wir können sie mit der Flasche füttern, ich weiß allerdings nicht, ob sie ohne Mutter überleben werden.«

»Ich kann sie füttern!«, piepste das Mädchen sofort.

»Sicher, das weiß ich. Aber wir werden heute Abend spät nach Hause kommen, und deine Mutter wird sicher nicht begeistert von dieser Idee sein.«

Das Mädchen starrte mich immer noch an, und ich starrte hingerissen zurück. »Den hier will ich behalten.«

Der Mann lachte. »Das wird wahrscheinlich nicht möglich sein, Ava. Komm, fangen wir mit den Fläschchen an.«

Nun machte ich wieder eine neue Erfahrung. Als das Mädchen mich rücklings zwischen ihre Beine klemmte, wand ich mich vor Unbehagen, doch dann senkte sie einen kleinen Gegenstand in Richtung meines Mauls, und sobald ich den winzigen Milchtropfen roch, der an der Spitze herausquoll, nahm ich den Gegenstand wie eine Zitze in den Mund, saugte fest daran und wurde mit einer reichhaltigen süßen Mahlzeit belohnt.

In unserer alten Höhle mit Mutter war es abends langsam dunkel geworden, doch an diesem neuen Ort wurde es derart abrupt stockdunkel, dass einige meiner Geschwister voller Furcht zu zittern begannen. Ohne unsere Mutter waren wir verängstigt und unruhig, und es dauerte lange, bis wir einschliefen. Ich lag auf Brummer, was sehr viel besser war als umgekehrt.

Am nächsten Morgen kamen das Mädchen und der Mann zurück, und erneut wurden wir auf den Rücken gelegt und mit Nahrung versorgt. Ich wusste, dass meine Geschwister wie ich gefüttert worden waren, weil sie alle den Geruch der dicken Milch auf den Lippen hatten.

»Am besten wäre es, wenn die Mutter zurückkommt, Ava«, sagte Glattgesicht. »Wir schaffen es nicht, den kleinen Kerlen mit der Flasche so viel Nahrung zu geben, wie sie benötigen.«

»Ich werde am Montag die Schule schwänzen«, erwiderte das Mädchen.

»Das geht nicht.«

»Daddy ...«

»Ava, weißt du noch, wie ich dir mal erklärt habe, dass wir manchmal Tiere, die wir finden, nicht retten können, weil sie krank oder sehr schlecht behandelt worden sind? Bei den Welpen ist es jetzt so, als wären sie krank. Ich habe noch andere Tiere, um die ich mich kümmern muss, im Moment allerdings niemanden, der mir hilft.«

»Bitte.«

»Vielleicht kommt die Mutter ja zurück. Okay, Ava? Hoffentlich vermisst sie ihre Babys.«

Ich gelangte zu dem Schluss, dass das Mädchen Ava hieß. Als sie mich kurz darauf hochhob, fühlte ich mich in ihren Händen sicher und geborgen. Sie trug mich nach draußen in die kühle Luft, drückte mich fest an ihre Brust.

Ich roch Mutter, bevor ich sie sah. Ava zog scharf die Luft ein.

»Bist du die Mommy?«, fragte sie leise.

Mutter war zwischen dicken Baumstämmen hervorgekommen und schlich jetzt zögernd über die Wiese auf uns zu. Sie senkte den Kopf, als das Mädchen sprach; ihr Misstrauen drückte sich in jedem einzelnen unsicheren Schritt aus.

Ava setzte mich auf der Wiese ab und überließ mich mir selbst. Mutter beobachtete wachsam, wie das Mädchen sich langsam zurückzog, bis sie in der Tür des Gebäudes stand.

»Daddy! Die Mutter ist gekommen!«, rief Ava schrill. »Alles gut, mein Mädchen«, sagte sie in sanfterem Ton zu Mutter. »Komm, kümmere dich um deine Babys.«

Ich fragte mich, was nun passieren würde.

3

Ava klopfte mit den flachen Händen auf ihre Oberschenkel.

»Bitte, komm, Mommy-Hund! Bitte! Wenn du deine Babys nicht rettest, werden sie sterben.«

Obwohl ich ihre Worte nicht verstand, nahm ich die Angst in ihrer Stimme wahr. Diese angespannte Situation verlangte nach dem beherzten Einsatz eines Welpen. Ich drehte Mutter den Rücken zu und traf damit eine bewusste Entscheidung. Ich liebte meine Mutter, fühlte jedoch tief in meinem Herzen, dass ich zu den Menschen gehörte.

»Mommy-Hund, komm, hol deinen kleinen Jungen!«, rief Ava. Sie hob mich auf, huschte durch die Tür des Gebäudes und bewegte sich rückwärts durch die Diele. Mutter kroch zur Türschwelle, hielt dann allerdings misstrauisch inne und rührte sich nicht vom Fleck.

Ava setzte mich auf dem Boden ab. »Willst du dein Baby zurück?«, fragte sie.

Ich wusste nicht, was ich tun sollte. Sowohl Mutter als auch Ava bebten vor Anspannung. Ich roch ihre Angst, sie lag in dem sauren Atem meiner Mutter und in der Ausdünstung der Haut des Mädchens. Ich winselte, wedelte verwirrt mit dem Schwanz. Dann bewegte ich mich ganz langsam auf Mutter zu, und das schien die Sache zu entscheiden. Den Blick starr auf mich geheftet, kam Mutter ein paar Schritte herein. Blitzartig stieg das Bild vor mir auf, wie sie in die Höhle gesprungen war, Brummers Nacken zwischen den Zähnen, und da wusste ich, was gleich passieren würde. Mutter würde sich auf mich stürzen und wegbringen.

Plötzlich fiel hinter ihr die Tür zu. Das Geräusch schien Mutter zu erschrecken. Mit angelegten Ohren flitzte sie panisch in der engen Diele hin und her und rannte dann durch eine Tür an der Seite. Ich sah Glattgesicht, der durch das Fenster hereinblickte, und wedelte ihm aus irgendeinem Grund mit dem Schwanz zu.

Als er vom Fenster verschwand, folgte ich Mutters Geruch in ein kleines Zimmer. Sie kauerte unter einer Bank an der Hinterwand, hechelnd und das Gesicht verzerrt vor Angst.

Hinter mir nahm ich den Mann und das Mädchen wahr.

»Geh nicht näher, Ava«, sagte der Mann. »Ich bin gleich wieder da.«

Ich wollte gerade zu Mutter rennen, aber das Mädchen hob mich vom Boden auf. Sie knuddelte mich, und ich strampelte vor Vergnügen.

Mutter bewegte sich nicht, versteckte sich zusammengekauert unter der Bank. Dann kam der Mann zurück, begleitet von einem starken Geruch nach meinen Geschwistern. Er stellte unseren neuen Käfig auf den Boden und öffnete die Tür. Sogleich kamen Brummer und meine restlichen Geschwister herausgewackelt und trampelten übereinander. Sobald sie Mutter erspähten, stürmten sie tollpatschig und ungelenk auf sie zu. Sie kam unter ihrer Bank hervor, die Ohren aufgestellt, und sah Ava an. Gleich darauf wurde sie von einer fiependen, winselnden Welpenschar belagert und ließ sich ergeben neben der Bank zur Seite fallen, um ihre hungrigen Welpen zu säugen.

Das Mädchen ließ mich auf den Boden hinunter, und ich rannte sofort zu meiner Familie hinüber.

»Das war sehr klug, Ava! Du hast genau das Richtige getan«, lobte der Mann das Mädchen.

Mit der Zeit lernte ich, dass der Mann von Ava Dad, von allen anderen Menschen im Haus jedoch Sam genannt wurde. Das kapierte ich überhaupt nicht, und so bezeichnete ich ihn für mich einfach als Sam Dad.

Ava war nicht die ganze Zeit im Haus und auch nicht jeden Tag. Trotzdem betrachtete ich sie als mein Mädchen, das zu mir gehörte und zu niemandem sonst. Es gab noch andere Hunde, die unseren großen Raum mit uns teilten, Hunde, die man in ihren Nachbarkäfigen sehen, riechen und hören konnte. Einer von ihnen war ein Mutter-Hund wie unsere Mutter; der Duft nach ihrer Milch schwebte durch die Luft, und ich hörte das Fiepen und Winseln anderer Welpen, die außerhalb unserer Sichtweite in einem Käfig am anderen Ende des großen Raumes lebten. Außerdem witterte ich noch eine gänzlich andere Art von Tieren, deren starker und fremdartiger Geruch aus einem anderen Teil des Gebäudes kam, und ich fragte mich, was das für Tiere sein könnten.

Das Leben in der Metallhöhle mit dem knatternden Dach schien sehr lange her und ganz weit weg zu sein. Mutters Milch war nun voller und reichhaltiger geworden, und ihr Atem roch nicht mehr faulig.

»Sie nimmt zu, obwohl sie säugt. Das ist gut«, sagte Sam Dad zu Ava. »Sobald ihre Milch versiegt ist, lassen wir sie sterilisieren und suchen ein schönes neues Zuhause für sie.« Mutter wich vor Sam Dad immer zurück, ließ sich aber nach einiger Zeit bereitwillig von Ava streicheln, die Mutter »Kiki« nannte.

Ava sprach mich mit Bailey an, und irgendwann verstand ich, dass ich das war. Ich war Bailey. Brummer war Buddha. Alle meine Geschwister hatten Namen, und tagaus, tagein spielte ich mit ihnen in unserem Käfig oder draußen in einem mit Gras bewachsenen Hof mit hohen Holzwänden.

Meine Geschwister wussten nicht, dass Ava und ich eine besondere Beziehung hatten, und bedrängten sie jedes Mal, wenn sie unsere Käfigtür öffnete. Also beschloss ich, sofort zum Ausgang zu rennen, sobald das Mädchen den großen Raum betrat, um bereit zu sein, wenn sie zu uns kam, um uns herauszulassen.

Es funktionierte! Sie hob mich hoch, während die anderen Welpen zwischen ihren Beinen herumwuselten und vermutlich eifersüchtig waren. »Na, Bailey, du bist ja so eifrig. Weißt du, was jetzt passiert?«

Sie hielt mich im Arm, weil ich ihr Liebling war, und ging mit mir durch die Diele. Quiekend trappelten meine Geschwister uns hinterher. Ava stieß eine Tür auf, setzte mich ab, und ich sprang sofort auf Brummer Buddha. »Bin gleich wieder da!«, trällerte Ava.

Wir waren inzwischen alt genug, um beim Rennen nicht mehr über unsere eigenen Pfoten zu stolpern. Brummer Buddha hüpfte auf einen harten Gummiball, also stürzten wir uns alle auf ihn. Es war eine befriedigende Erkenntnis, dass ich nicht der einzige Welpe war, der es hasste, von unserem Bruder zerquetscht zu werden.

Die Tür öffnete sich wieder, und zu meiner großen Überraschung brachte Ava drei neue Welpen mit! Sofort rannten wir alle aufeinander zu, beschnüffelten uns ausgiebig, wedelten mit den Schwänzen und kletterten aufeinander, um uns an den Ohren zu kauen.

Ein Welpenmädchen hatte eine nach innen gequetschte schwarze Schnauze und ein braunes Fell mit einem weißen Tupfer auf der Brust; ihre beiden Brüder hatten weiße Flecken im Gesicht. Ihr Fell war kurz, und als wir uns Schnauze an Schnauze beschnüffelten, war es, als wären alle anderen Welpen im Innenhof verschwunden, selbst dann noch, wenn einer von ihnen in uns hineinrannte. Und als das schwarzgesichtige Hundemädchen an den Wänden des Innenhofs entlangrannte, rannte ich neben ihm her.

Das Mischen der zwei Welpenfamilien wurde zur Tagesordnung. Ava nannte das Hundemädchen Lacey. Lacey war ungefähr in meinem Alter, hatte eine muskulöse, kompakte Figur und leuchtend schwarze Augen. Wir suchten die Gesellschaft des anderen, spielten hingebungsvoll zusammen im Innenhof. Ich verstand nicht, warum, aber ich hatte das Gefühl, ich würde eher zu Lacey gehören als zu Ava. Wenn ich schlief, rangelte ich mit Lacey in meinen Träumen; wenn ich wach war, schnüffelte ich fieberhaft, um ihren Geruch aus dem der anderen Tiere herauszufiltern. Die große Enttäuschung in meinem sonst so herrlichen Leben war, dass niemand auf die

Idee kam, Lacey und mich im selben Käfig unterzubringen.

Als Mutter damit begann, unsere flehenden Annäherungsversuche an ihre Zitzen abzuwehren, stellte Sam Dad kleine Schüsseln mit breiigem Futter für uns auf. Brummer Buddha schien zu glauben, er könne nur aus einer Schüssel essen, wenn er mitten darin stand. Diese neue Mahlzeit war eine so wundervolle Errungenschaft, dass ich davon genauso oft träumte wie von Lacey.

Ich war überglücklich, als Lacey und ich endlich zusammen in einen Käfig gesteckt wurden, der sich im Inneren eines Gegenstands befand, das Sam Dad als »Van« bezeichnete. Es war ein hoher Metallraum, in dem Hundekäfige übereinandergestapelt waren, obwohl das Innere des Vans schwach nach irgendeinem mysteriösen, nicht vorhandenen Tier roch. Das war mir egal. Ava hatte gemerkt, wie sehr Lacey und ich einander liebten, und zu Recht daraus den Schluss gezogen, dass wir für immer zusammen sein mussten. Lacey rollte sich auf den Rücken, und ich biss sie zart in die Kehle und in die Schnauze. Laceys Bauch war hauptsächlich weiß, und das Fell dort war so fest und kurz wie auf ihrem Rücken, ganz anders als bei meinen Geschwistern, die buschiges graues Fell hatten und weiße Gesichter mit grauen Schattierungen zwischen den Augen und um die Schnauze. Ich nahm an, dass ich wahrscheinlich genauso aussah. Laceys Ohren waren so weich und warm. Ich liebte es, zart an ihnen zu knabbern, und mein Kiefer zitterte dann jedes Mal vor Zuneigung.

»Werden auch Katzen bei der Adoptionsveranstaltung dabei sein, Dad?«, fragte Ava.

»Nein, nur Hunde. Katzen sind in zwei Monaten dran. Im Mai beginnt die Zeit, die wir als Katzenbaby-Saison bezeichnen.«

Eines Tages wurden wir im Van demselben Geruckel und Geschaukel ausgesetzt wie damals, als meine Geschwister und ich Sam Dad und Ava kennenlernten. Es ging so lange, dass Lacey und ich einschliefen, meine Pfote zwischen ihre Zähne gebettet.

Wir wurden wach, als ein Ruck durch den Van ging und das Geschaukel schlagartig aufhörte. Die Seite des Vans wurde geöffnet, und eine Flut von Hundegerüchen wehte herein.

Lacey, ich und die anderen Welpen in den Käfigen winselten, denn wir wollten endlich frei herumlaufen und alles beschnüffeln, was dieser neue Ort zu bieten hatte, doch das sollte nicht geschehen. Stattdessen trug Sam Dad jeden Käfig einzeln aus dem Van heraus. Als unser Käfig dran kam, legten Lacey und ich uns flach auf den Boden, weil uns ganz schwindlig wurde von dem Gebaumel. Wir wurden auf einem sandigen Boden abgestellt, mussten jedoch im Käfig bleiben. Uns gegenüber entdeckte ich Brummer Buddha sowie zwei meiner Brüder und alle anderen Hunde aus dem Van. Unsere Käfige waren in einem Kreis aufgestellt worden. Die Hundegerüche waren jetzt noch stärker und durchdringender. Lacey und ich reckten schnuppernd die Nasen, dann kletterte sie auf mich drauf, was in einer längeren Rauferei mündete. Ich war mir bewusst, dass junge und alte Menschen um die Käfige herumspazierten, aber Lacey nahm meine ganze Aufmerksamkeit in Beschlag.

Plötzlich schüttelte Lacey mich ab, und ich sah, was ihr Interesse erregt hatte: ein Mädchen, nicht viel älter als Ava, das jedoch völlig anders aussah. Ava hatte helle Augen, blondes Haar und eine blasse Haut, dieses Mädchen hingegen dunkle Augen, schwarzes Haar und eine dunklere Hautfarbe. Sie roch jedoch ganz ähnlich wie Ava – süß und fruchtig.

»Oh, bist du ein hübsches Baby! Du bist wunderschön«, flüsterte die Kleine. Ich spürte die Liebe, die sie ausstrahlte, als sie ihre Finger durch das Drahtgitter schob und Lacey sie ableckte. Sofort bewegte ich mich zu den Fingern hin, um mir meinen Teil an Liebesbekundungen abzuholen, doch das Mädchen hatte nur Augen für Lacey.

Sam Dad kauerte sich neben sie. »Das ist Lacey. Sie ist unübersehbar ein Boxer-Mischling.«

»Die will ich haben«, verkündete das neue Mädchen.

»Hol am besten deine Eltern her. Ich werde Lacey dann herauslassen, damit du mit ihr spielen kannst«, bot Sam Dad ihr an. Die Kleine hüpfte davon, und Lacey und ich sahen uns verwundert an.

Kurz darauf näherte sich ein Mann in ungefähr demselben Alter wie Sam Dad, gefolgt von einem Jungen, der älter und größer als Ava war. Freudig wedelte ich mit dem Schwanz, weil ich noch nie einen Jungen gesehen hatte: Es war wie die männliche Version eines Mädchens.

»Stammen die beiden aus demselben Wurf? Das Weibchen sieht kleiner aus«, bemerkte der neue Mann. Der Junge hielt sich, die Hände in den Hosentaschen, im Hintergrund. Ich hatte noch nie jemanden getroffen, der nicht mit Welpen spielen wollte.

»Nein, der Vater des Rüden war bestimmt ein großer Hund, vielleicht eine Dänische Dogge. Der Welpe ist ungefähr zehn Wochen alt und bereits jetzt ganz schön groß«, sagte Sam Dad. »Die Mutter ist ein Schlittenhund-Mischling. Das Hundemädchen stammt aus einem anderen Wurf. Sie ist ein Boxermischling. Ihr Name ist Lacey.«

»Wir brauchen einen großen Hund.«

»Na ja, wenn Sie mit ›groß‹ einen hochgewachsenen Hund wie den Irischen Wolfshund meinen, ist ein Schlittenhund-Dogge-Mischling genau das Richtige. Und kräftig ist er auch. Schauen Sie sich nur die Pfoten an«, sagte Sam Dad lachend.

»Ihre Tierrettungsorganisation befindet sich in Grand Rapids? Nicht gerade der nächste Weg.«

»Ja, wir sind mit einigen unserer größeren Hunde gekommen. Hier oben mögen die Leute große Hunde, in der Stadt mögen sie eher die kleinen. Wenn ich zurückfahre, werde ich das Rettungsfahrzeug mit Chihuahuas, Yorkshire Terriern und anderen kleinen Rassen aus den Tierheimen der Gegend bestücken.«

Ich legte mich auf den Rücken, damit Lacey sich auf meinen Hals stürzen konnte. Eine ältere Frau gesellte sich zu dem neuen Mann hinzu und blickte lächelnd in den Käfig, doch ich war zu beschäftigt, Lacey zum Raufen zu animieren, dass ich ihr keine große Beachtung schenkte.

»Wie gesagt«, fuhr der neue Mann fort, »wir sind an einem größeren Hund interessiert. Er soll für meinen Sohn Burke sein. Burke kam mit einem Wirbelsäulenschaden zur Welt. Die Ärzte wollen mit der Operation warten, bis er älter ist, also muss er bis dahin im Rollstuhl sitzen.

Wir brauchen einen Hund, der ihm hilft, der seinen Rollstuhl zieht, solche Sachen.«

»Oh.« Sam Dad schüttelte den Kopf. »Es gibt Organi-
sationen, die Assistenzhunde trainieren. Das ist harte Arbeit. Sie sollten sich besser an eine dieser Stellen wenden.«

»Mein Sohn ist der Meinung, diese trainierten Hunde
sollten nur an Leute vergeben werden, bei denen keine
Hoffnung besteht, dass sie jemals wieder gehen können.
Er weigert sich, so einen Hund für sich zu beanspruchen.«
Der neue Mann zuckte die Achseln. »Burke kann ziemlich
stur sein.«

Der Junge mit den Händen in den Hosentaschen
schnaubte verächtlich und verdrehte die Augen.

»Das reicht, Grant«, sagte der neue Mann. Der Junge
kickte die Stiefelspitze in die Erde.

»Vielleicht will Ihr Sohn den Rüden ja mal kennenlernen. Sein Name ist Bailey.«

Der neue Mann, die ältere Frau und der Junge fuhren
zusammen. Lacey und ich spürten den jähen Stimmungs-
wandel und fragten uns beklommen, was da vor sich ging.

»Habe ich etwas Falsches gesagt?«, fragte Sam Dad.

»Nein, nein. Es ist bloß so, dass meine Familie mit
Hunden namens Bailey eine eigene Geschichte hat«, erklärte der neue Mann. »Ähm, würde es Ihnen was ausmachen, wenn wir ihn umbenennen?«

»Wenn er Ihr Hund ist, können Sie ihn nennen, wie Sie
wollen. Sollte nicht auch Ihr anderer Sohn mit entscheiden? Burke?«

Einen Moment lang sagte niemand etwas. Die ältere
Frau strich dem neuen Mann leicht über die Schulter und

sagte: »Er hat ... Also, er hat gerade Probleme damit, dass Leute ihn im Rollstuhl sehen. Normalerweise hat ihm das nie etwas ausgemacht, aber momentan ist es schwierig mit ihm. Er wird im Juni dreizehn.«

»Aha, er wird also ein Teenager«, bemerkte Sam Dad trocken. »Von dieser Spezies habe ich gehört. Zum Glück bin ich noch ein paar Jahre verschont, bis mir das auch blüht – Ava ist erst zehn.«

»Ich denke, ich kann die Entscheidung allein treffen«, verkündete der neue Mann. »Sie verlangen sicher eine Gebühr.«

»Ja, und außerdem gibt es viel Papierkram zu erledigen«, erwiderte Sam Dad heiter.

Das Dreiergrüppchen ging ein paar Schritte weiter und redete miteinander. Plötzlich kam das Mädchen mit den dunklen Haaren wieder angerannt, gefolgt von zwei Menschen.

»Das ist sie, Daddy!«, rief sie. Sie kniete sich hin, öffnete den Käfig und zog Lacey heraus. Als ich Lacey hinterherrennen wollte, schlug mir die Kleine die Käfigtür vor der Nase zu.

Besorgt beobachtete ich, wie das Mädchen sich umdrehte und wegging. Wohin brachte sie Lacey?

4

Das Mädchen mit den schwarzen Haaren brachte Lacey zu den beiden Erwachsenen – die Eltern der Kleinen, wie ich annahm. Aber ich konnte nicht klar denken, weil ich mich ganz darauf konzentrierte, einen Blick auf Lacey zu erhaschen, die in den Armen des Mädchens lag. Aus irgendeinem Grund fühlte sich dieser Anblick anders an, bedrohlicher als sonst, wenn Ava einen von uns beiden herumschleppte. Lacey war genauso verstört. Sie ignorierte das schwarzhaarige Mädchen, rannte schnurstracks zu unserem Käfig hinüber und schob die Schnauze durch das Gitter, um meine Schnauze zu berühren.

»Lacey!«, rief die Kleine. Sie führte ihre Eltern zum Käfig und nahm Lacey wieder in den Arm.

Der neue Mann und seine Familie kehrten zurück. Er benahm sich komisch. Ohne den dunkelhaarigen Mann eines Blickes zu würdigen, kauerte er sich vor meinen Käfig, um mich herauszuholen und hoffentlich wieder mit Lacey zu vereinen.

»Hallo«, begrüßte die ältere Frau den dunkelhaarigen Mann. »Wollen Sie auch einen Welpen adoptieren?«

»Ich bekomme Lacey«, quietschte das schwarzhaarige Mädchen.

Ich gelangte zu dem Schluss, dass es sich hier um zwei verschiedene Familien handelte – das schwarzhaarige Mädchen mit ihrer Mutter und ihrem Vater und der neue Mann mit dem Jungen und der älteren Frau, die nicht die Mutter des Jungen zu sein schien. Obwohl sie alle Menschen waren, rochen die Familien etwas unterschiedlich.

Der neue Mann hob mich hoch und drehte dem dunkelhaarigen Mann den Rücken zu. »Kommst du, Mom?«, rief er nach einigen Schritten. Eine seltsame Anspannung strömte durch die Hände des neuen Manns.

»War nett, Sie kennenzulernen«, sagte die ältere Frau (die der neue Mann »Mom« genannt hatte) zu der schwarzhaarigen Familie, ehe sie uns nacheilte. Ihre Miene war finster. Der neue Mann blieb stehen, bis sie uns eingeholt hatte. »Was um alles in der Welt war das denn?«, fragte Mom leise. »So unhöflich habe ich dich ja noch nie erlebt.«

Der neue Mann drückte mich so fest an die Brust, dass ich Lacey nicht sehen und kaum noch riechen konnte. Als ich versuchte, mich seinen Armen zu entwinden, tätschelte er mich beruhigend. »Weißt du nicht, wer er ist?«, sagte der neue Mann. »Er ist einer der Smart-Farming-Bauern, die versuchen, uns aus dem Geschäft zu drängen.«

Der Junge vor uns rannte zum Auto. Im Wageninneren erspähte ich noch einen anderen Jungen, der etwas jünger als der andere war. Er lächelte mich an.

»Warten Sie!«

Die kleine Ava kam angerannt, und der neue Mann drehte sich zu ihr um.

»Ich möchte mich von Bailey verabschieden!«

Ich wurde nach unten gesenkt, sodass ich Nase-an-Na-se mit Ava war. »Ich hab dich sehr lieb, Bailey. Du bist so ein toller Welpe. Wir können nicht jeden Hund behalten, den wir retten, weil wir nur eine Pflegestelle sind, des-halb müssen wir jetzt Abschied nehmen, aber ich wer-de dich nie vergessen. Ich hoffe, wir sehen uns irgend-wann wieder, Bailey!« Ich wedelte mit dem Schwanz, als ich meinen Namen hörte und Ava mir einen Kuss auf die Schnauze gab.

Dann war ich im Wagen. Warum? Was war da los? Was geschah mit Lacey? Der jüngere Junge zog mich an sich. Er war im Grunde eine kleinere Ausgabe des ersten Jun-gen – das gleiche dunkle Haar und die gleichen hellen Au-gen, derselbe Geruch nach Brot und Butter. Ich hatte so viel Angst, dass ich winselte.

»Hab keine Angst, kleiner Kerl, es ist alles in Ord-nung.« Ich war völlig eingeschüchtert, doch er rieb sein Gesicht so liebevoll gegen meines, dass ich ihm einfach über die Wangen lecken musste.

Nun waren alle mit mir im Wagen.

»Darf ich ans Steuer?«, fragte der ältere Junge.

»Vielleicht sollten wir einfach nur versuchen, die Fahrt irgendwie zu überleben«, antwortete der Jüngere.

»Du darfst fahren, wenn nicht die ganze Familie im Auto sitzt, Grant.«

»Ich kapier nicht, warum das Lernführerschein heißt, wenn du mir nicht erlaubst zu lernen«, beklagte er sich.

Der Wagen setzte sich in Bewegung. »Was war da vor-hin für ein Stress mit dem asiatischen Typen?«, fragte der ältere Junge.

Der neue Mann schüttelte den Kopf. »So kann man die Frage nicht stellen. Dass er asiatischer Abstammung ist, hat nichts damit zu tun.«

»Was ist passiert?«, fragte der Junge, der mich im Arm hielt.

»Dad hat sich seltsam verhalten«, erklärte der ältere Junge.

»Er war unhöflich«, warf Mom ein.

Der neue Mann seufzte. »Wir haben nichts gegen chinesische Amerikaner. Aber wir haben ein Problem mit dem Unternehmen, für das der Mann arbeitet. Diese Leute kaufen unsere Farmen auf und ersetzen die Arbeiter durch autonome Erntemaschinen. Sie ruinieren die Preise, sodass wir kaum noch unseren Lebensunterhalt bestreiten können. Mittlerweile ist es so, dass Arbeiter, die früher einen anständigen Lohn erhielten, ihre Familien nicht mehr ernähren können.«

»Okay, verstanden, tut mir leid«, murmelte der ältere Junge und wandte den Blick ab.

»Dein Vater ist nicht auf dich böse, Grant, sondern auf die Umstände«, sagte Mom scharf. »Das stimmt doch, nicht wahr, Chase?«

Der neue Mann brummte irgendetwas. Der jüngere Junge hatte mich auf seinen Schoß gesetzt, kitzelte mich und ließ mich in seine Finger beißen. »Ich werde ihn Cooper nennen!«, verkündete er.

»Bescheuerter Name«, sagte der ältere Junge.

»Das reicht, Grant!«, sagte der neue Mann.

Der Name des älteren Jungen war Grant. Das war eines der Dinge, die ich im Verlauf der nächsten Tage lernte. Er

41

hieß Grant, und der Jüngere hieß Burke. Die Frau wurde hauptsächlich Grandma genannt, also hörte ich auf, sie Mom zu nennen. Der neue Mann war jedoch ein Kapitel für sich. Er nannte Grandma »Mom« und sie nannte ihn »Chase«, aber die Jungen nannten ihn zu meiner großen Verwirrung »Dad«, also genauso, wie Ava Sam Dad genannt hatte. Das war zu viel für den Verstand eines Hundes, also bezeichnete ich ihn der Einfachheit halber einfach als »Chase Dad«. Waren alle Männer »Dad«?

Ich wiederum war für alle »Cooper«. Als ich mit Lacey zusammen war, war ich Bailey gewesen, und jetzt war ich Cooper und hatte keine Lacey mehr. Ich war glücklich, von Menschen umgeben zu sein, die mich liebten, ein Teil von mir wartete allerdings immer noch darauf, dass Lacey auftauchte. Der Gedanke an sie machte mich seltsam hungrig, sogar dann, wenn mein Bauch voll mit gutem Essen war. Ich litt unter einer hartnäckigen ziehenden Leere in meinem Inneren.

Wenn Burke nicht im Bett lag, saß er in einem Stuhl auf zwei Rädern, den er mit den Händen ganz schnell von einem Ort zum anderen bewegen konnte. Manchmal stand jemand aus der Familie hinter Burke und schob ihn an. Burke wollte mich gerne auf dem Schoß haben, und ich entdeckte, dass er mich tatsächlich nur auf diese Weise anfassen konnte, denn wenn er sich nach vorne beugte, um mich zu streicheln, wedelten seine Finger in der Luft. Er brachte mir bei, auf einen niedrigen weichen Stuhl zu springen und von dort aus direkt auf seinen Schoß. »Hierher, Cooper!«, rief er, klopfte sich auf die Schenkel und lachte, wenn ich der Aufforderung folgte. Sobald ich auf seinem Schoß saß, begann Burke mich zu knuddeln, und wenn ich an seinem Gesicht herumkaute, begann ich vor Zuneigung genauso zu sabbern wie früher, wenn ich Laceys Pfote im Maul hielt.

»Wenn Cooper Burkes Hund ist, warum muss ich ihn dann stubenrein machen?«, fragte Grant eines Tages.

»Was meinst du wohl?«, erwiderte Chase Dad.

Mehrmals am Tag brachte Grant mich nach draußen, manchmal so überstürzt, als würde ich gleich ins Haus machen. Er fütterte mich mit Leckerlis. »Ich bin der lustige Junge in der Familie. Wirst schon sehen. Burke sagt, du bist ein Assistenzhund, aber wenn du älter bist, werde ich dich auf Spaziergänge mitnehmen und für dich Bälle werfen. Wirst schon sehen«, flüsterte Grant mir zu und gab mir ein Leckerli. Ich liebte Grant.

Grant war nicht ständig daheim, auch Chase Dad nicht, doch dafür waren Grandma und Burke immer da. »Schule«, rief Grant meistens, ehe er hinausrannte. Wenn ich dann hörte, wie Chase Dad »Zeit, an die Arbeit zu gehen« oder etwas Ähnliches im selben Tonfall sagte, wusste ich, dass ich nun mit Grandma und Burke allein zu Hause war. »Fangen wir mit dem Französischunterricht an«, sagte Grandma dann, worauf Burke laut stöhnte. Sobald ich das hörte, rollte ich mich auf den Rücken oder rannte durchs Zimmer, um ihnen zu zeigen, dass es genügend Alternativen zu dem gab, was sie normalerweise machten – nämlich still dasitzen, auf ein geruchloses flackendes Ding starren, mit den Fingern klickende Geräusche machen und generell die Tatsache ignorieren, dass sie einen Hund im Haus hatten. Sie standen nicht einmal auf, um mir zu folgen, wenn ich mich durch die Hundetür schob und die Rampe hinuntertrottete, um draußen herumzuschnüffeln und mein Revier zu markieren.

Ständig fragte ich mich, wo Lacey wohl sein mochte. Ich war mir so sicher gewesen, wir würden immer zusammenbleiben, nur um dann mit ansehen zu müssen, wie ein kleines schwarzhaariges Mädchen mir meine Lacey wegnahm.

Mit der Zeit verstand ich, dass ich zwar mit der ganzen Familie zusammenlebte, aber eine besondere Verantwortung für Burke hatte. Es war Burke, der mich fütterte, mir meine Schüssel auf ein Regal stellte, das er von seinem Stuhl aus erreichen konnte und zu dem ich gelangte, indem ich auf einen Holzkasten sprang. Ich schlief auf Burkes Bett in einem kleinen Zimmer im Erdgeschoss – Grandma hatte im Erdgeschoss ein größeres Zimmer, und Grant und Chase Dad schliefen oben.

Burke brachte mir auch bei, auf Kommandos zu reagieren. »Komm! Sitz! Bleib! Platz!«

Bleib! war am schwierigsten.

Alle in der Familie liebten mich und spielten mit mir, doch Burke brauchte mich, das spürte ich ganz deutlich. Ich war für ihn so wichtig, dass er mir Sachen beibrachte. Und gebraucht zu werden fühlte sich wichtiger an als alles andere; es schuf eine Verbindung zwischen uns, die so stark war wie jene, die ich zu Lacey hatte. Manchmal betrachtete ich ihn voller Staunen, konnte kaum glauben, dass ich meinen eigenen Jungen hatte. Ich liebte die ganze Familie, doch binnen sehr kurzer Zeit wurde Burke der Mittelpunkt meiner Welt. Burke war meine Bestimmung.

Der Ort, an dem wir lebten, hieß »Farm«. Es gab eine Scheune und einen eingezäunten Bereich, wo eine alte Ziege namens Judy abwesend Gras kaute, ohne sich jemals zu übergeben. Manchmal näherte ich mich dem Zaun, und Judy und ich starrten uns an. Ich markierte den Zaun, die alte Ziege erwies mir allerdings nicht die Höflichkeit, die Stelle, die ich markiert hatte, zu beschnüffeln. Ich konnte mir nicht vorstellen, wozu eine alte Ziege gut sein sollte. Grandma verbrachte viel Zeit damit, mit Judy zu reden, doch Ziegen können auch nicht besser sprechen als Hunde. Judy durfte nicht ins Haus, woraus ich folgerte, dass ich der Liebling war. Es war mir erlaubt, auf der Farm herumzulaufen, mein Verantwortungsgefühl für meinen Jungen hielt mich allerdings davon ab, weiter als bis zum Teich zu gehen, in dem nutzlose Enten herumschwammen. Ich musste einfach immerzu wissen, wo Burke sich aufhielt.

Komm! Sitz! Bleib! Platz! Ich musste arbeiten, und das machte mich glücklich.

Ich hatte auch eine Kiste mit Spielzeug. Wann immer mir langweilig war, steckte ich die Schnauze in die offene Kiste und zog einen Ball oder ein anderes Spielzeug heraus – die meisten Gegenstände waren aus Gummi, da ich die Stoffsachen zerfetzte und auffraß. Der einzige Gegenstand in meiner Spielzeugkiste, den ich nicht mochte, war ein Ding, das Grant mir geschenkt hatte. »Das ist ein Kauknochen aus Plastik«, erklärte Grant meinem Jungen. »Der ist gut für seine Zähne.« Ständig drängte Grant mir diesen geruch- und geschmacklosen harten Knochen auf. »Hol dir den Knochen! Willst du den Knochen haben?«

45

Er schüttelte ihn in der Luft, und ich täuschte Interesse vor, weil Grant mir leidtat.

Nach einer Weile brauchte ich den Holzkasten nicht mehr, um an meine Futterschüssel zu gelangen. »Du bist jetzt ein großer Hund, Cooper«, verkündete Burke. Ich kam zu dem Schluss, dass »großer Hund« dasselbe war wie »guter Hund«.

Oder vielleicht auch nicht, denn etwa um die gleiche Zeit, als mein Junge damit anfing, »großer Hund« zu mir zu sagen, gab er mir unmissverständlich zu verstehen, dass ich für diese Auszeichnung auch etwas tun müsse – etwas viel Schwierigeres, als *Sitz!* oder sogar *Bleib!*. »Lass uns ein bisschen trainieren, Cooper«, sagte er jeden Tag, und dann wusste ich, dass gleich eine verwirrende Anzahl von Kommandos auf mich einprasseln würde und ich genau aufpassen musste.

An der Tür eines großen Kastens, der, wie ich lernte, ein »Kühlschrank« war, hing eine Seilschlaufe. Burke schüttelte sie. »Aufmachen!«, sagte er. Er schüttelte die Schlaufe weiter, bis ich sie einfach ins Maul nehmen musste. Scherzhaft knurrend bewegte ich mich rückwärts, worauf die Tür aufging und kalte Luft herausströmte, aus der köstliche Essensgerüche aufstiegen. Burke gab mir ein Leckerli! »Aufmachen!« bedeutete also, an dem Seil ziehen und ein Leckerli bekommen.

Lass! war sehr verwirrend, weil es mit einem Leckerli anfing, das unter einem schweren Handschuh auf dem Sofa versteckt war. Den Handschuh kannte ich von dem Spiel, bei dem Grant und Burke sich im Hof gegenseitig einen Ball zuwarfen. Ich liebte dieses Spiel, denn wenn einer der Jungen den Ball verfehlte, stürzte ich mich darauf, und dann war es *mein* Ball.

Burke hatte unter dem Handschuh ein Hühnchen-Leckerli in der Hand und saß jetzt einfach da, obwohl wir beide wussten, wo das Hühnchen war! Irgendwann fand ich es an der Zeit, die Initiative zu ergreifen, und machte mich daran, den Handschuh wegzuschieben. »Lass!«, fuhr mein Junge mich an. Ich war total verdutzt. Was hatte das zu bedeuten? Sabbernd betrachtete ich den Handschuh und unternahm dann einen neuen Anlauf. »Lass! Nein! Lass!«

Wieso *Nein!?* Was glaubte er denn, wofür ein Hühnchen-Leckerli gut war? »Lass!«, befahl er abermals, gab mir allerdings seltsamerweise ein anderes Leckerli, eines mit Lebergeschmack. Hühnchen schmeckte mir besser, doch angesichts dieses Irrsinns, der sich hier abspielte, gelangte ich zu dem Entschluss, dass ein Leber-Leckerli besser war als keines.

Nach mehreren Wiederholungen von »Lass!« beschloss ich, die Sache einfach auszusitzen, und bekam mehr Leber-Leckerlis. Es ergab absolut keinen Sinn, aber solange es mit einem Leckerli endete, war es für mich in Ordnung. Ich lernte zu tricksen, indem ich den Kopf vom Handschuh wegdrehte, sobald Burke »Lass!« sagte. Und schon gab es wieder ein Leckerli! Danach befand sich der Leckerbissen unter dem Handschuh auf dem Boden, und Burke hielt ihn nicht länger fest. Ich spekulierte damit, den Handschuh einfach wegzuschieben und das Hühnchen-Leckerli mit einem Happs zu verschlingen, doch als Burke »Lass!« rief, wandte ich den Kopf automatisch ab.

47

Leckerli!

Nach kurzer Zeit beschloss ich dann, alles zu ignorieren, was meine Aufmerksamkeit erregte, sobald mein Junge »Lass!« sagte, und mich lieber auf seine Hand zu konzentrieren, die eine weitaus verlässlichere Quelle für Leckerlis war.

Diese köstlichen Leckereien, die ich bei diesem seltsamen Spiel erhielt, waren allerdings unbedeutend im Vergleich zu der Zuneigung, die mein Junge verströmte, wenn er sagte: »Gut gemacht, Cooper. Guter Hund.« Ich würde alles für ihn tun. Burke liebte mich, und ich liebte Burke.

»Zieh!« war einfach. An meinem Geschirr befand sich ein Seil, das mit Burkes Stuhl verbunden war. Ich brauchte nichts weiter zu tun, als zügig vorwärtszumarschieren. »Zieh!« erhielt dann jedoch Varianten, die zu erlernen mehrere Tage und viele Leckerlis in Anspruch nahmen.

»Pass auf!«, sagte Burke zu Grant. »Okay, Cooper. Zieh rechts!« Das bedeutete, in eine bestimmte Richtung zu ziehen. »Zieh links!« Das bedeutete, in die andere Richtung zu ziehen. Das war für einen Hund harte Arbeit, aber Burkes Lob und seine Hühnchen-Leckerlis waren es wert.

»Wozu ist das gut?«, fragte Grant.

»Wenn ich zum Beispiel Probleme im Schnee bekomme, kann Cooper mich ziehen.«

»Das ist ja bescheuert. Du gehst doch nicht ins Freie, wenn draußen Schnee liegt«, erwiderte Grant.

»Natürlich nicht bei Tiefschnee, aber selbst wenn es geräumt ist, ist es manchmal schwer, Bodenhaftung zu behalten.«

»Was hast du ihm sonst noch beigebracht?«

»Schau her, das ist das Beste.« Stöhnend hievte sich Burke von seinem Stuhl auf das Sofa und rollte sich dann mit ausgestreckten Armen auf den Boden hinunter. Wachsam beobachtete ich, wie er mithilfe seiner Arme in die Mitte des Zimmers kroch. »Okay. Cooper? Bereit!«

Sofort ging ich zu meinem Jungen. Er griff nach meinem Geschirr und hielt sich mit beiden Händen daran fest. »Hilf!«

Mit einer Hand umklammerte er mein Geschirr, und mit der anderen schob er sich vorwärts, während ich ihn langsam zu seinem Stuhl zog. »Bereit!«, befahl Burke erneut. Ich hielt ganz still und spannte alle Muskeln an, als er sich, an mein Geschirr geklammert, zu seinem Stuhl hochzog. »Siehst du? Cooper kann mich in den Rollstuhl befördern.«

»Cool. Mach das noch mal!«, sagte Grant.

Obwohl ich Burke gerade erst in seinen Stuhl geholfen hatte, fiel er jetzt schon wieder auf den Boden. Ich verstand nicht, was in letzter Zeit mit ihm los war. Seit wir *Hilf!* gelernt hatten, schien er richtig Mühe zu haben, in dem Ding zu bleiben.

Als Burke mich nun zu sich rief, ging Grant zu dem Stuhl und schob ihn quer durch den ganzen Raum in die Küche.

»Hey, was soll das?«, fragte Burke.

Grant lachte.

»Komm schon, Grant. Bring ihn zurück!«

»Lass uns doch mal sehen, ob Cooper das kapiert. Wie

Dad immer sagt: Eine leichte Herausforderung ist keine Herausforderung.«

»Du meinst also, das wäre gut für mich.«

»Oder vielleicht gut für den Hund.«

Burke schwieg einen Moment. »Okay, Cooper. Hilf!«

Ich wusste nicht, was ich tun sollte. Wie sollte ich *Hilf!* machen, wenn der Stuhl nicht da war?

Burke zog an meinem Geschirr, bis ich in Richtung der Küche blickte. »Hilf, Cooper!«

Zögernd machte ich einen Schritt nach vorn. »Ja!«, lobte Burke. »Guter Hund!«

Wollte er, dass ich ihn in die Küche zog? Das war ein schwierigeres *Hilf!* als sonst, fühlte sich eher wie *Zieh links!* an. Doch ich erinnerte mich daran, wie *Lass!* sich von *Versuch nicht zu fressen, was unter dem Handschuh ist!* zu *Ignorier, was auf dem Boden liegt, auch wenn es lecker riecht!* entwickelt hatte. Vielleicht bedeutete »Training« ja, dass sich alles in meinem Leben immer wieder verändern würde.

Entschlossen bewegte ich mich auf die Küche zu. »Ja! Siehst du, Grant? Er hat es kapiert!«

Grant erwartete uns mit vor der Brust verschränkten Armen in der Küche. Bis wir dort ankamen, war Burke ziemlich außer Atem. »Guter Hund, Cooper!«

Leckerli!

Grinsend hob Grant nun Burkes Stuhl hoch. »Wie wäre es damit?« Er schleppte den Stuhl ins Wohnzimmer und dann die Treppe hinauf. »Kann dein Hund dich auch nach oben bringen?«, rief er mit höhnischem Lachen zu uns herunter.

Burke lag auf dem Boden. Er wirkte traurig. Ich stupste ihn mit der Schnauze an, denn ich verstand nicht, was los war.

»Okay, Cooper«, flüsterte er schließlich. Ein Gefühl wie Wut verdrängte die Traurigkeit in ihm. »Packen wir es an!«

5

Burke packte mich an meinem Geschirr und drehte mich um, sodass ich in Richtung Wohnzimmer blickte. Ich dachte, ich wüsste, was ich tun sollte, als er »Hilf!« sagte, und nahm das Sofa ins Visier, in dem Glauben, er wolle dorthin. Zu meiner Überraschung drehte er mich erneut um. »Hilf!«

Die Stufen? Ich schleppte ihn bis zum Treppenabsatz und blieb dann verwirrt stehen. Grant grinste vom ersten Stock zu uns herab. Burke legte die eine Hand auf die erste Stufe und umfasste mit der anderen mein Geschirr.

»Hilf!«

Unsicher nahm ich die erste Stufe. Burke schob sich ächzend mit der freien Hand hinter mir her. »Hilf!«, befahl er, als ich stehen blieb. Das fühlte sich falsch an; Burkes Gewicht zog mich nach hinten. Warum kam Grant nicht herunter, um zu helfen? »Weiter, Cooper.«

Ich nahm noch eine Stufe, dann noch eine. Wir entwickelten einen gemeinsamen Rhythmus, bewegten uns immer fließender. Burke atmete schwer. »Ja!«, keuchte er. »Wir schaffen es, Cooper!«

Grant hatte die Arme wieder vor der Brust verschränkt, aber er grinste nicht mehr.

Chase Dads Geruch stieg mir in die Nase, doch ich konzentrierte mich nur darauf, es bis nach oben zu schaffen. Ich hatte keine Ahnung, was passieren würde, wenn wir dort ankämen, hoffte jedoch, es würde Hühnchen-Leckerlis beinhalten.

»Was geht hier vor?«, ertönte hinter uns Chase Dads Stimme.

Sowohl Burke als auch Grant wurden augenblicklich ganz still und angespannt. Ich wedelte nicht mit dem Schwanz, um den Jungen zu zeigen, dass ich das, was hier gerade geschah, sehr ernst nahm, auch wenn ich es nicht verstand.

»Willst du es ihm erklären, Grant?«, fragte Burke freundlich.

Grant schluckte.

»Ich habe euch etwas gefragt«, sagte Chase Dad. »Was macht ihr beiden da?«

Burke lächelte seinen Bruder an. »Ich zeige Grant gerade, wie Cooper mir die Treppe hinaufhilft.«

Als mein Name fiel, nahm ich an, es sei nun in Ordnung, mit dem Schwanz zu wedeln.

»Oh.« Chase Dad rieb sich das Gesicht. »Okay, kann er dir auch wieder *herunter*helfen?«

»Wahrscheinlich schon. Das haben wir noch nicht trainiert«, antwortete Burke.

»Gebt mir Bescheid, wenn ihr Hilfe braucht«, sagte Chase Dad. »Der Sommer fängt feucht an, aber wir brauchen den Regen.« Er drehte sich zur Küche um.

Grant atmete hörbar auf.

Burke schüttelte den Kopf. »Du hast so schuldbewusst

gewirkt, als hättest du eine rauchende Pistole in der Hand gehabt. Warum denn? Hattest du Angst, Dad würde wütend werden, wenn er erfährt, dass du deinen Bruder quälst?«

»Pff, quälen«, erwiderte Grant spöttisch. »Jeder kann sich mit den Armen die Treppe hinaufziehen, und du hattest außerdem noch einen Hund.«

»Probier es aus.«

»Glaubst du, ich kann das nicht?«

»Ehrlich gesagt bezweifle ich das«, sagte Burke.

»Okay. Pass auf.«

Grant klappte Burkes Stuhl zusammen, kam damit polternd die Treppe herunter, klappte den Stuhl wieder auf und stellte ihn neben der Treppe ab. Dann ließ er sich auf Hände und Knie nieder. Ich spannte mich an. Brauchte er *Hilf!?*

»Nein, du benutzt deine Knie«, wandte Burke ein.

»Tu ich nicht.«

»Du musst die Beine nachziehen.«

»Das weiß ich selbst!«

»Okay, das war erst eine Stufe, und du hast die Beine benutzt.«

»Was für ein blödes Spiel!«

»Du gibst also zu, dass du es nicht kannst?«

»Ich zeig dir, was ich kann!« Grant stand auf, sprang die Treppe hinunter und verpasste dem Stuhl einen heftigen Tritt. Krachend fiel er um.

»Hey!«, schrie Chase Dad und eilte aus der Küche herbei. Seine stampfenden Schritte klangen wütend. »Grant! Was fällt dir ein?«

Mit versteinerter Miene blickte er auf den Boden.

»Grant? Was hast du zu deiner Verteidigung zu sagen?«

»Ich hasse diesen dummen Rollstuhl!«, schrie er.

Chase Dad sah ihn bloß stumm an.

»Ach wirklich?«, fragte Burke gelassen. Er lag immer noch neben mir auf der Treppe. »Ich liebe dieses Teil nämlich.«

»Wir äußern uns hier nicht abfällig über Rollstühle. Verstanden, Grant?«

Grant wischte sich die Augen. Ich konnte seine salzigen Tränen riechen. Ohne ein weiteres Wort stürmte er durch die Tür nach draußen.

Chase Dad blieb der Mund offen stehen. »Grant!«

Burke räusperte sich. »Dad?«

Chase Dad hatte sich schon in Bewegung gesetzt, um Grant hinterherzurennen, aber jetzt blieb er stehen und wandte sich uns zu.

»Würdest du mich bitte hinuntertragen?«

Unschlüssig blickte Chase Dad zur Haustür, durch die Grant verschwunden war.

»Lass es, Dad«, sagte Burke leise.

Mit grimmiger Miene hob Chase Dad Burke hoch und setzte ihn in seinen Stuhl, obwohl ich da war und für ihn *Hilf!* hätte machen können.

Einige Tage später waren wir draußen und spielten das *Bring!*-Spiel. Burke verteilte ein paar Gegenstände – einen Schuh, einen Ball, einen Stock, eine Socke – und sagte dann zu mir: »Bring!« Ich hatte das Wort noch nie gehört, vermutete aber, es habe mit »Training« zu tun. An diesem Tag hatte ich keine Lust, mir groß zu überlegen, was damit gemeint sein könnte. Also stürzte ich mich einfach auf einen Stock und schüttelte ihn kräftig.

»Lass!«, befahl Burke.

Ungläubig starrte ich ihn an. Einen Stock lassen?

»Lass!«, wiederholte er.

Verwirrt ließ ich den Stock fallen. Burke deutete auf den Ball. »Bring!« Ich nahm den Stock zwischen die Zähne. »Lass!«

Um mir eine Auszeit zu gönnen, hob ich das Bein über einer Blume. Ich hoffte, Burke würde bald den Spaß an diesem neuen *Bring!*-Spiel verlieren.

»Bring den Ball! Bring!«

Es war ein warmer Tag, die Wiese duftete so berauschend, dass ich mich am liebsten auf den Rücken rollen und ein Nickerchen machen würde, doch Burke wollte offensichtlich etwas anderes von mir. Ich trottete zu ihm und leckte ihm die Finger, um ihm zu zeigen, dass ich ihn trotz seines verrückten Verhaltens immer noch lieb hatte.

Chase Dad näherte sich uns. »Wie läuft's?«

Burke seufzte. Es klang traurig, also machte ich freundlich *Sitz!*, um ihn aufzuheitern. »Nicht gut. Vielleicht sollte ich erst einmal damit anfangen, Sachen zu werfen und darauf zu zeigen, damit er lernt, meinem Finger zu folgen.«

»Aller Anfang ist schwer, Burke. Du machst das ganz großartig mit diesem Tier. Ja, du bist ein echtes Naturtalent. Aber auch ein Naturtalent muss üben.«

»Wie du mit deiner Gitarre?«, erwiderte Burke grinsend.

Chase Dad lachte. »Stimmt. Ich galt früher auch als ein

Naturtalent. Nach fünfundzwanzig Jahren Übung bin ich allerdings kaum besser als damals, als ich das verdammte Ding zum ersten Mal in den Händen hatte.«

»Du hast auch nie geübt.«

»Da täuschst du dich. Ich übe, wenn ihr Jungs nicht da seid. Allerdings verziehe ich mich dann in den Schuppen, damit deine Grandma nicht taub wird.«

»Warum lässt du uns nie zuhören, wenn du spielst? Und warum dürfen wir nie dabei sein, wenn du mit deiner Band auftrittst?«

»In der Bar sind nur Erwachsene ab einundzwanzig erlaubt, mein Junge.«

Wir blickten alle drei auf, als unten auf der Straße eine lange Reihe von Fahrzeugen vorbeizuckelte, die dicht hintereinanderfuhren – riesige, schimmernde Maschinen.

Ich hatte einiges über Fahrzeuge gelernt. Autos hatten innen mehrere Sitze für Menschen. Trucks hatten oft weniger Sitze, dafür jedoch mehr Platz für andere Dinge, wie die Pflanzen, mit denen Chase Dad oft herumfuhr. Vans wiederum beförderten aufeinandergestapelte Käfige und hatten einen starken Tiergeruch. Dann gab es noch den langsamen Truck – ein lautes, ratterndes Fahrzeug mit einem einzigen Sitz hoch über den Rädern. Aber solche Fahrzeuge, wie diese Dinger unten auf der Straße, hatte ich noch nie gesehen. Sie waren riesengroß, nahezu geräuschlos und bewegten sich eines nach dem anderen in dichter Formation.

Ich bellte, um ihnen zu verstehen zu geben, dass ich ein wachsamer Hund war und sie, was auch immer sie vorhatten, genau im Auge behielt.

»Gut so, Cooper.« Chase Dad bückte sich und tätschelte meinen Kopf. »Das sind die Feinde.«

»Grandma bezeichnet sie als die Zukunft«, sagte Burke.

»Tja«, Chase Dad richtete sich auf und klopfte sich den Staub aus der Hose, »hoffentlich nicht *unsere* Zukunft. Autonome Landmaschinen. Feldroboter. An einem Tag wie heute sah man früher zwanzig, dreißig Arbeiter auf jedem Spargelfeld; jetzt ist dort kein einziger Mensch mehr zu sehen, bloß dieser Roboter-Kram. Genauso ist es bei Kartoffeln, bei allem.«

»Aber nicht bei uns.«

»Stimmt. Ich habe Grant gerade zum Spargelstechen für den Bauernmarkt am Samstag geschickt.«

Burke streichelte mich auf eine Art, die mir zeigte, dass er traurig war.

»Ich wünschte, ich könnte helfen, Dad.«

»Ach, eines Tages wirst du so weit sein, Burke.«

Von da an sah ich diese Fahrzeugkolonne jeden Tag, wenn Burke und ich draußen waren und *Bring!* trainierten. Ich lernte, mit dem Blick Burkes ausgestrecktem Zeigefinger zu folgen und *Bring!* mit dem Handschuh, dem Ball und zum Glück manchmal auch mit dem Stock zu machen. Dann machten wir *Bring!* mit Gegenständen im Haus wie Kissen, einem Hemd, einer heruntergefallenen Gabel. »Bring!« bedeutete einfach, ich sollte ständig Dinge aufheben und dann *Lass!* machen, bis ich endlich ein Ding gewählt hatte, das mir ein Leckerli einbrachte.

Nicht gerade mein Lieblingsspiel.

Niemand spielte jemals mit Judy, der alten Ziege, *Bring!* oder *Lass!* oder irgendetwas anderes. Alle streichelten sie, obwohl sie kein Hund war, aber nur Grandma ging zu ihr in den Pferch, setzte sich auf einen Stuhl und redete mit ihr. Judy wedelte nicht mit dem Schwanz und schien auch sonst nicht zu antworten, doch sie wich Grandma nicht von der Seite.

»Ach, Judy, du bist so ein süßer Schatz. Ich weiß noch, wie du als Baby zu uns gekommen bist«, sagte Grandma. »Miguel konnte es kaum erwarten, dich mir zu zeigen. Er wusste, ich würde dich lieben. Er war ein guter Mann, Judy.« Mitfühlend wedelte ich mit dem Schwanz, denn ich spürte die Traurigkeit, die von ihr ausging.

Wenn Grandma nicht auf ihrem Stuhl im Ziegenpferch saß, kletterte Judy oft darauf. Ich fragte mich, ob Grandma das wusste.

Burke saß gern am Tisch in seinem Zimmer, nahm kleine Plastikteile in die Hand und betröpfelte sie mit einer scharf riechenden Flüssigkeit. Das Zeug war so stark, dass ich niesen musste.

»Woran arbeitest du denn?« Burke und ich blickten auf. Grant lehnte in der Tür.

»Das wird eine Solarenergieanlage. Ich werde damit die ganze Stadt mit Strom versorgen!!«

Grant kam näher. »Zeig mal, wie du das machst.«

Burke musterte seinen Bruder von Kopf bis Fuß. »Okay«, stimmte er ihm dann zu, »das hier sind die Häuser, die ich gebaut habe. Das ist das Hotel, das Rathaus …«

»Woher haben sie ihren Strom denn vor deiner Solaranlage bekommen?«

»Darum geht es nicht. Es spielt keine Rolle, was vorher war. Ich will einfach eine fiktive Modellstadt bauen, bei

59

der am Ende alles so funktioniert, wie ich mir das vorgestellt habe.«

»Klar, wenn du das so möchtest. Ich würde es witzi-
ger finden, wenn erst eine Farm da wäre, danach Unter-
künfte für die Arbeiter und schließlich Geschäfte an der
Hauptstraße. Und dann vom Petroleum zur Kohle, von
den Pferden zu Autos. Deine Idee ist langweilig. Meine
Stadtplanung wäre spannend, sinnvoll. Sie würde eine
Entwicklung zeigen.«

»Und wenn du ein Straßenbahnnetz einführen willst,
würdest du dann mit einer Bürgerversammlung beginn-
nen? Und eine Studie über den Einfluss auf die Umwelt
veranlassen?«

»Das ist ja Kinderkram. Völlig lächerlich«, spottete
Grant.

Wenn Burke und Grant miteinander redeten, spürte ich
bei beiden oft eine irritierende Wut. Jetzt spürte ich das
auch.

»Brauchst du irgendetwas, Grant? Oder warum bist du
hier?«

Grant holte tief Luft, musterte seinen Bruder scharf,
nickte dann und atmete wieder aus. »Ich möchte mit meinen Freunden am Wochenende Baseball spielen gehen,
und Dad will mich wie üblich zur Arbeit verdonnern.
Also habe ich zu ihm gesagt, ich würde den Millards beim
Erdbeerpflücken helfen – du weißt ja, wie viel Wert Dad
auf Nachbarschaftshilfe legt.«

»Was hat das mit mir zu tun?«

»Na ja, wenn Dad zurückkommt, dann erzähl ihm,
dass Mr. Millard mich abgeholt hat. Dir wird er glauben.«

»Warum sollte ich das tun? Warum sollte ich Dad anlügen?«

»Wer macht denn hier die ganze Arbeit? Ich. Und hast du irgendeine Aufgabe? Nein, du sitzt nur herum und baust eine blödsinnige Pseudostadt aus Kinderspielzeug.«

»Meinst du nicht, ich würde Dad helfen, wenn ich könnte?« Zornig schlug Burke auf die Lehne seines Stuhls. Erschrocken wich ich zurück und schob dann die Schnauze an seinen Arm.

»Okay, das war … Entschuldige, ich bin einfach sauer, weil ich so gern Baseball spielen würde und Dad mir das sicher nicht erlauben wird. Und? Kann ich auf dich zählen?«

»Also wenn Dad fragt: ›Wer hat Grant abgeholt?‹, antworte ich: ›Auf keinen Fall ein Haufen Jungs, die mit ihm Baseball spielen wollen.‹«

»Oh Gott, Burke!«

Als Grant später draußen war und mit Dad Brennholz stapelte, half ich Burke, die Treppe hochzukommen, und machte dann *Hilf!*, als er mich an meinem Geschirr zu dem Zimmer lenkte, in dem Grant schlief. Mein Junge lachte, war aber merkwürdig verkrampft und zuckte heftig zusammen, als Grandma unten einen Küchenschrank öffnete. Dann dirigierte er mich zu einem Wandschrank, nahm ein Paar Schuhe heraus und kippte in jeden einige Tropfen der stechend riechenden Flüssigkeit, die mir scheußlich in den Augen brannte. Was machte er da bloß?

6

Wir waren unten, als Grandma aus der Küche kam und zu Burke sagte: »Ich habe gerade ein paar Plätzchen ins Rohr geschoben.« An Plätzchen war ich sehr interessiert.

Auf der Veranda ertönten polternde Schritte, und gleich darauf stürmte Grant herein. »Ich bin spät dran!«, rief er.

Grandma hob die Hand. »Zieh bitte erst einmal die dreckigen Stiefel aus.«

»Entschuldige, Grandma.« Grant machte kehrt, setzte sich hin und zerrte sich die Stiefel von den Füßen. Ich trabte hinüber, um die Stiefel zu beschnüffeln, an denen aufregend riechender Matsch und anderes Zeug klebte.

»Ich habe Plätzchen gebacken. Warum hast du es so eilig?«

Mmm, wieder dieses Wort!

»Ich, ähm, ich habe den Millards versprochen, dass ich ihnen heute Nachmittag beim Erdbeerpflücken helfe. Sie holen mich in ungefähr fünf Minuten unten an der Auffahrt ab.« Und schon flitzte Grant an mir vorbei die Treppe hoch.

Kopfschüttelnd sah Grandma ihm hinterher und wandte sich dann Burke zu. »Haben die Millards eine Tochter?«

»Keine Ahnung. Wieso fragst du?«

»Ich habe noch nie erlebt, dass Grant sich so aufs Erdbeerpflücken gefreut hat.«

»Burke!« Grants Schrei schien das ganze Haus zu er-
schüttern. »Was hast du mit meinen Schuhen gemacht?«
Er kam die Treppe heruntergetrampelt. »Da kleben Steinchen oder irgendwelches anderes Zeug drin!«

Burke begann laut zu lachen.

»Burke, was hast du getan?«, fragte Grandma.

Menschen sind so. Erst erzählen sie etwas von Plätzchen, und dann ist plötzlich keine Rede mehr davon.

Grant stapfte zu Burke hinüber und schüttelte einen
Schuh. »Ich brauche diese Schuhe!«

Ich hörte einen Wagen auf der Straße und hob wachsam
den Kopf. Nach einem Moment hörte Grant ihn auch.
»Sie kommen! Ich muss los!«

Grandma schüttelte den Kopf, aber sie lächelte. »Du
solltest sowieso besser deine Arbeitsstiefel anziehen.«

»Meine Arbeitsstiefel?« Verständnislos sah er sie an.

»Es hat geregnet. Die Erdbeerfelder werden matschig
sein.«

»Richtig matschig«, stimmte Burke mit ein. »Da sind
Stiefel wirklich das Beste. Du würdest dir deine Baseball-
schuhe da draußen total ruinieren. Deine selbstlose Nachbarschaftshilfe in Ehren, aber es wäre doch schade um die
guten Schuhe!«

Grant sah seinen Bruder mit zusammengekniffenen Augen an. Plötzlich ertönte das Hupen eines Wagens, wo-
raufhin wir alle aus dem Fenster blickten. Wie ich das Geräusch einschätzte, stand der Wagen dort, wo die Auffahrt
in die Straße mündete.

»Das sind sie.« Mit finsterem Gesicht warf Grant Burke seine Schuhe zu. »Hol das Zeug raus!«, zischte er so leise, dass ich mir nicht sicher war, ob auch Grandma es hören konnte. Hastig zwängte er sich in seine Arbeitsstiefel, stapfte nach draußen und eilte die Auffahrt hinunter.

»Kann das, was immer du auch getan hast, wieder repariert werden?«, fragte Grandma.

»Ich verstehe nicht, was du meinst, Grandma«, erwiderte Burke unschuldig.

»Keine Plätzchen, bis du die Schuhe repariert hast.«

Burke lachte und ließ mich *Bring!* mit Grants Schuhen machen, obwohl ich lieber *Bring!* mit den Plätzchen gemacht hätte, deren süßer Wohlgeruch mich mit jedem schnüffelnden Atemzug folterte.

Später aß Burke mehrere Plätzchen und gab mir ein paar Krümel ab, ehe wir in den Hof hinausgingen. Er rollte die Ausfahrt hinunter, und ich half ihm mit *Zieh!*. Auf der Straße erspähte ich einen Mann, der neben einem Truck kniete. Burke sah ihn ebenfalls und legte die Hände an die Seiten seines Mundes. »Haben Sie einen Platten, Mr. Kenner?«, schrie er.

Der Mann blickte auf, nickte und wischte sich mit dem Ärmel über den Mund. Neben ihm auf der Straße lag Werkzeug. In der Hand hielt der Mann so etwas wie eine dünne Metallrute, die locker herunterbaumelte.

»Kann ich irgendwie helfen?«, schrie Burke.

Der Mann starrte Burke an, und ich fühlte, wie mein Junge versteinerte und seine Hand auf meinem Rücken sich verkrampfte. Schließlich schüttelte der Mann den Kopf.

»Er glaubt, ich bin für nichts nütze, Cooper«, murmelte Burke. »Weil ich ein Krüppel bin.«

Ich bellte. Auf der Straße näherte sich wieder die Wagenkolonne mit den riesenhaften Fahrzeugen, und es war meine Aufgabe, dies zu melden. Ich beobachtete, wie der Mann mit dem Werkzeug die Hände in die Hüften legte und ausspuckte. Er ging zur Seite und stellte sich den Wagen einfach in den Weg! Burke zog die Luft ein, seine Hand krallte sich in mein Fell.

Unter lautem Scheppern blieben die Fahrzeuge stehen. Aus einem ertönte ein lautes Hupen.

Der Mann mit dem Werkzeug schien sehr wütend zu sein. Die Wagen blendeten die Scheinwerfer auf, blinkten und hupten. Der Mann trat einen Schritt nach vorne. »Was wollt ihr tun, mich überfahren?«, rief er mit erregter Stimme. Ich spürte seinen Zorn.

»Was macht er da?«, keuchte Burke.

Der vorderste Wagen schwenkte ein Stückchen zur Seite und fuhr wieder zurück. Der wütende Mann hob seine Metallrute hoch, schwenkte sie und knallte sie auf den vordersten Wagen. Der laute Schlag ließ mich zusammenzucken. Ein Vibrieren durchlief die gesamte Kolonne, als der Mann wieder auf den vordersten Wagen einschlug. Und dann noch einmal.

Plötzlich krümmte sich die Wagenkolonne, bog von der Straße ab, holperte über das Bankett und fuhr in unsere Auffahrt ein, geradewegs auf die Stelle zu, wo wir saßen. Sie würden Burke umfahren! Ich musste ihn beschützen. Mit gefletschten Zähnen rannte ich laut bellend los.

»Cooper!«, kreischte Burke.

Burkes Schrei hallte mir in den Ohren. Ich wusste, er wollte, dass ich zu ihm zurückkehrte, aber die Wagen kamen immer näher, und ich war fest entschlossen, meinen Jungen zu verteidigen. Als die Fahrzeuge abrupt anhielten, blieb auch ich stehen, das Fell gesträubt, die Lefzen zurückgezogen, und bellte so drohend, wie ich nur konnte.

»Cooper!«, schrie Burke erneut.

Der vorderste Wagen bewegte sich ruckartig zur Seite, jene Seite, die *Zieh rechts!* entsprach, und versuchte, an mir vorbeizufahren. Ich machte ebenfalls einen Satz in diese Richtung, schnappte nach den Rädern und hinderte das Ding am Weiterfahren. *Du wirst Burke nicht wehtun!* Der Wagen wich zur anderen Seite aus, also machte ich *Zieh links!* und stürzte mich auf ihn. Die Fahrzeuge waren riesengroß, und ich fürchtete mich vor ihnen, aber meine Angst machte mich nur noch entschlossener, meinen Jungen zu beschützen. Die Wagen standen zwar, gaben jedoch ein unheilvolles Brummen von sich. Die Räder des ersten Fahrzeugs drehten sich im Kies, erst in die eine Richtung, dann in die andere. Als ich zurückwich, flogen Steinchen und Erde von den Rädern auf, der Wagen machte scharf *Zieh rechts!* und rollte an mir vorbei in den Hof. Die anderen Fahrzeuge bewegten sich nicht. Mit lautem Kläffen warnte ich sie, näher zu kommen. Ein ohrenbetäubendes Krachen ertönte, und ich drehte mich um. Der erste Wagen war mitten in den Holzstapel geknallt! Der Stapel verrutschte, Holzscheite purzelten durch die Luft. Nun kamen auch die anderen Fahrzeuge angerollt, bewegten sich in dichter Formation auf das erste Fahrzeug zu, stießen gegeneinander und blieben stehen. Der erste

Wagen bewegte sich vor und zurück und stieß dabei einen schrillen Piepton aus.

»Burke! Zurück ins Haus!«, brüllte Chase Dad. Mit finsterer Miene kam er angerannt, in den Armen eine lange, in Holz gefasste Metallröhre. Grandma trat auf die Veranda und schlug die Hand vor den Mund.

Chase Dad war sehr wütend, ich spürte, wie dieses Gefühl in ihm brodelte, als er an Burke vorbeistürmte, ohne mich zu begrüßen. Er hatte seinen zornigen Gang. Eingeschüchtert hörte ich auf zu bellen. Er näherte sich dem Fahrzeug, das gegen den Holzstapel gefahren war, legte die Röhre auf seine Schulter und richtete sie auf eine Stelle über dem Vorderrad. Peng! Erschrocken fuhr ich zusammen. Ein stechender Gestank breitete sich aus, überdeckte alle anderen Gerüche. Ein weiterer Knall erfolgte, dann noch einer. Aus dem Fahrzeug stieg ein ölig riechender dicker Qualm auf.

Schlagartig verstummte das Piepen der anderen Maschinen.

Burke warf mir einen Blick zu. »Alles in Ordnung, Cooper.« Ich ging zu ihm und stupste mit der Schnauze seine Hand an.

Die Anspannung wich aus Chase Dad. Er richtete die Metallröhre nach unten und wandte sich Burke zu. »Bist du okay?«

»Ja. Ich fass es nicht, Dad, dass du auf diesen Feldroboter geschossen hast! Das war echt cool.«

Chase Dad seufzte. »Das wird sich noch zeigen.«

»Cooper hat mich beschützt, Dad! Er ist auf die Maschinen losgegangen, damit sie nicht näher kommen.«

Chase Dad ging neben mir in die Hocke und strich mir über den Nacken. »Guter Hund, Cooper.« Glücklich schleckte ich Chase Dads Gesicht ab.

Grandma gesellte sich zu uns. Sie schüttelte den Kopf. »War das wirklich nötig, Chase?«

»Was hätte ich denn sonst tun sollen?«, verteidigte sich Chase Dad. »Diese verfluchten Maschinen waren total außer Kontrolle geraten.«

Ich blickte zur Straße hinunter. Der Mann, der auf das erste Fahrzeug eingeschlagen hatte, kam mit einem breiten Grinsen im Gesicht die Auffahrt hinauf. Er hatte ebenfalls eine Metallröhre in der Hand. »Chase!«

»Hey, Ed.«

Der Mann ging zu den Fahrzeugen und trat gegen eines. »Das wird den Mistkerlen eine Lehre sein!«, schimpfte er. »Jetzt haben wir es ihnen endlich mal gezeigt.«

»Ich wollte niemandem eine Lehre erteilen. Mein Sohn war in Gefahr«, antwortete Dad ruhig.

»Wahrscheinlich hat das Navigationssystem nicht mehr funktioniert, nachdem Sie mit Ihrem Wagenheber auf den Feldroboter eingedroschen hatten«, bemerkte Burke.

Entgeistert sah Grandma den Mann an. »Stimmt das, Ed?«

Er zuckte die Achseln. »Na ja, vielleicht ein bisschen.«

Chase Dad und Burke lachten, und ich wedelte freudig mit dem Schwanz.

»Ihr Männer benehmt euch wie Kinder«, schalt Grandma. »Trident Mechanical Harvesting, kurz TMH, ist ein Multikonzern. Was ist, wenn denen einfällt, uns zur Rechenschaft zu ziehen?«

Ed ließ den Kopf hängen. »Ich hab nur meinen Reifen gewechselt«, murmelte er.

Chase Dad lachte wieder. Ich setzte mich und kratzte mich am Ohr. Der stechende Geruch war fast verschwunden, bloß Chase Dads Röhre stank noch danach.

Grandma machte ein strenges Gesicht. »Ich verstehe nicht, was daran so lustig sein soll. Sieh doch, was du da angerichtet hast!« Grandmas Hände rochen leicht nach Fleisch. Ich beschnüffelte sie eingehend.

»Ähm, Dad?«, sagte Burke. »Schau mal.«

Auf der Straße näherte sich mit hoher Geschwindigkeit ein Wagen, der eine Staubwolke hinter sich herzog.

»Es geht los«, murmelte Ed. Er blickte zu Chase Dad. »Soll ich einen Anruf tätigen? Ich könnte sofort fünf Kerle zur Verstärkung zusammentrommeln.«

Chase Dad runzelte die Stirn. »Nein, wir stecken auch so schon genug im Schlamassel. Bist du mit dem Reifenwechseln fertig?«

»Ja.«

»Ich werde mich um die Sache kümmern. Du kannst gehen.«

Der Mann trottete die Auffahrt hinunter. Ich wedelte mit dem Schwanz, aber er warf keinen Blick in meine Richtung.

Chase Dad beobachtete, wie Ed zu seinem Wagen ging. Er biss sich auf die Lippen. »Mom, du solltest jetzt besser ins Haus gehen.«

Grandma stemmte ihre nach Fleisch riechenden Hände in die Hüften. »Was hast du vor, Chase?«

7

Ich spürte Chase Dads Unbehagen, und mein Junge auch. Das merkte ich an der Art, wie er sich verkrampfte und mit den Händen die Reifen seines Stuhls umklammerte.

»Chase?«, sagte Grandma. »Ich habe dich gefragt, was du vorhast. Was willst du den Männern im Auto erzählen?«

Chase Dad räusperte sich. »Es könnte zu einem Wortgefecht kommen, Mom.«

»Tu bitte nichts Unüberlegtes. Die Sache ist bereits schlimm genug.«

»Keine Bange, ich krieg das schon hin. Aber ich würde mich wohler fühlen, wenn du Burke mit ins Haus nimmst.«

Grandma zog die Brauen zusammen. »Also ...«

Burke schüttelte heftig den Kopf. »Nein. Ich werde bei dir bleiben, Dad.«

Ich spürte die Spannung, die zwischen beiden aufstieg. Normalerweise kommunizierten Menschen mit Worten, doch manchmal sprachen sie nicht, sondern verständigten sich mit ihren Körpern. Genauso wie Hunde.

»Na gut«, willigte Chase Dad schließlich ein. »Du kannst bleiben, Burke. Aber, Mom ...«

»Das kannst du dir aus dem Kopf schlagen. Wenn mein Enkel hierbleibt, bleibe ich auch. Du hast die Sache zu einer Familienangelegenheit gemacht, also werden wir den Leuten, wer immer sie auch sind, als Familie entgegentreten.«

Der Wagen bog in unsere Auffahrt ein. Als er anhielt, stiegen aus allen Türen Männer aus. Sie trugen Hüte auf den Köpfen. »Was zum Teufel ist hier los?«, schrie einer der Männer. Er hatte um den Mund herum ein kleines Büschel Haare. Die Männer bewegten sich auf ähnliche Art wie die riesigen Fahrzeuge: In einer Linie gingen sie dicht hintereinander auf den zusammengefallenen Holzstapel zu.

Ich saß da und beobachtete sie wachsam. Der Mann mit dem Haarbüschelmund schien fuchsteufelswild zu sein, und das gefiel mir nicht. Sein wütender Gang war viel bedrohlicher, als ich es bei Chase Dad jemals erlebt hatte. Instinktiv spürte ich, dass diese Männer uns nicht freundlich gesinnt waren und ich nicht mit dem Schwanz wedeln durfte, es sei denn, sie kämen auf die Idee, mir Leckerlis zuzuwerfen. »Erst einmal guten Tag«, sagte Chase Dad trocken.

Die Männer inspizierten das Fahrzeug im Holzstapel. Haarbüschelmund drehte sich zu Chase Dad um. »Sie haben darauf geschossen?«

»Ich dachte, das Ding würde meinen Sohn und seinen Hund überrollen.«

»Diese Maschine ist über eine Million Dollar wert, Sie Volltrottel!«

Chase Dad gestikulierte mit seiner Metallröhre. »Sie

betreten unbefugt das Grundstück eines Mannes, er hat eine geladene Schrotflinte, Sie beleidigen ihn, und ich soll der Volltrottel sein?«

Die Männer wandten sich nun alle von dem Fahrzeug ab und starrten auf Chase Dads Metallröhre.

»Chase«, wisperte Grandma kaum hörbar.

Ich spürte die Hitze, die von Haarbüschelmund ausging. Er drehte sich zu den anderen Männern um. »Jason, versuch, ihn wieder in Gang zu bringen.«

Ein Mann kletterte auf eines der Fahrzeuge und begann mit den Fingern darauf herumzutippen. Jedes Mal, wenn er tippte, begann die Maschine zu piepen.

Chase Dad schüttelte den Kopf. »Sie und Ihre Feldroboter zerstören das Leben der hier ansässigen Menschen, und Sie wissen es noch nicht einmal. Männer und Frauen, die ehrliche Arbeit leisteten und ihre Familien ernähren konnten, stehen nun vor dem Nichts.«

Haarbüschelmund gab einen höhnischen Laut von sich. »Warum klammern Sie sich an das Alte? Dinge verändern sich. Passen Sie sich lieber an.«

»Anpassen«, murmelte Chase Dad bitter. Er wandte den Blick zur Seite und presste die Lippen zusammen.

Mit einem Ruck erwachte die Fahrzeugkolonne wieder zum Leben. Sie drehte sich herum, fuhr zur Straße hinunter und verschwand in dichter Formation. Nur das Fahrzeug im Holzstapel blieb da.

»Ich habe einen Abschlepproboter geordert«, sagte einer der Männer zu Haarbüschelmund.

Haarbüschelmund deutete mit dem Finger auf Chase Dad. »Die Sache ist noch lange nicht vorbei.«

Der Mann bebte vor Wut, und ich hob alarmiert den Kopf.

»Wollen Sie sonst noch etwas loswerden?« Chase Dads Stimme war ruhig, aber ich spürte seinen heißen Zorn in jedem einzelnen seiner Worte.

»Ihr Land ist uns im Weg. Jetzt haben Sie uns einen Grund geliefert, es Ihnen wegzunehmen«, zischte Haarbüschelmund.

Ich beobachtete, wie Chase Dad den Griff um die Metallröhre verstärkte. Vor Angst begann ich zu hecheln. Ich verstand überhaupt nicht, was hier vor sich ging.

Haarbüschelmund fletschte die Zähne. »Legen Sie Ihre Schrotflinte beiseite, dann werden wir mal sehen, was Sie wirklich draufhaben.«

»Gut.« Chase Dad bückte sich und legte die Metallröhre ins Gras.

Grandma zog besorgt die Luft ein. Ich konnte nicht anders – bei diesem winzigen Geräusch bildete sich tief in meiner Kehle ein gefährliches Knurren. Ich war bereit, mich auf Haarbüschelmund und all die anderen Männer zu stürzen, die nun erstarrten und mich furchtsam ansahen.

Mit ausgestreckten Handflächen wich Haarbüschelmund zurück. »Sie hetzen Ihren Hund auf mich?«

»Burke«, sagte Chase Dad.

Burke klopfte auf seine Armlehne. »Cooper! Komm her!« Sogleich war ich an seiner Seite, ließ die Fremden aber keine Sekunde aus den Augen.

»Wir sind hier, um unser Eigentum zurückzuholen, und Sie hetzen einen Hund auf uns«, sagte Haarbüschelmund.

»Ich habe den Hund nicht auf Sie gehetzt«, entgegnete Chase Dad hitzig.

»Sobald wir von hier verschwunden sind, rufe ich bei der Tierschutzbehörde an. Die werden einen Tierfänger vorbeischicken und den Köter einfangen«, verkündete Haarbüschelmund.

»Cooper hat nichts getan!«, schrie Burke.

Der Mann lachte, doch es war ein hässlicher Klang, und ich wedelte nicht mit dem Schwanz. »Das sehe ich anders.«

Ein großer Truck kam die Straße entlang und bog langsam in unsere Auffahrt ein. Chase Dad wischte sich mit dem Ärmel über das Gesicht. »Mir reicht's. Sie befinden sich auf meinem Grundstück und sind hier nicht länger willkommen. Holen Sie Ihre verdammte Erntemaschine und verschwinden Sie.«

Mit einem abfälligen Schnauben drehte Haarbüschelmund sich um und ging zu seinen Freunden hinüber.

Überrascht reckte ich den Kopf: Ein Hund brach durch die Baumlinie auf dem Hügel hervor und rannte schwanzwedelnd auf uns zu. Sofort wandte ich mich von den Menschen ab und flitzte freudig los. Ein Hund!

Als ich nahe genug war, um den Geruch wahrzunehmen, erkannte ich zu meinem unendlichen Entzücken, dass es nicht nur ein Hund war, nein, es war Lacey! Aufgeregt blieb ich stehen und hob das Bein an einem kleinen Baum.

Lacey raste in mich hinein, und ich war so überglücklich, dass ich jaulte. Wir tollten im Kreis umeinander herum, warfen uns ins Gras, sprangen aufeinander.

Meine Hochstimmung wurde jäh unterbrochen, als Burke mich zu sich rief. »Cooper!« Sogleich stürmte ich zu meinem Jungen zurück, und Lacey blieb dicht an meiner Seite, genauso wie ich bei Burke, wenn ich für ihn *Bereit!* machte.

Burke lachte, als wir fast in seinen Stuhl rannten. »Wer bist du denn?« Er griff nach Laceys Halsband. Folgsam setzte sie sich, und ich nutzte den günstigen Moment, um in ihren Nacken zu beißen.

»Platz, Cooper!«

Ich sollte *Platz!* machen? Ich fand *Platz!* mit dieser Situation nicht vereinbar.

»Woher kommt der Hund?«, fragte Chase Dad.

Burke zog immer noch an Laceys Halsband. »Hunde! Auseinander! Ich versuche gerade, ihr Namensschild zu lesen. Okay, Lacey. Lacey? Ist das dein Name? Guter Hund, Lacey.«

Burke ließ ihr Halsband los. Lacey legte sich auf den Rücken, und ich sprang auf sie. Aus den Augenwinkeln sah ich, dass das übrig gebliebene Fahrzeug nun langsam die Auffahrt hinunterrollte.

Chase Dad knurrte. »Sieht aus, als wäre die Show vorbei, Burke. Ich muss wieder an die Arbeit. Wenn dein Bruder auftaucht, schick ihn zu mir auf die Obstplantage.«

»Dad, was passiert, wenn sie wegen Cooper tatsächlich die Tierschutzbehörde informieren?«

Als ich meinen Namen hörte, blickte ich auf. Auch Lacey stellte die Ohren auf.

»Ich weiß es nicht, Sohn.«

»Wirst du Probleme kriegen, weil du auf den Feldroboter geschossen hast? Und können sie dir wirklich dein
Land wegnehmen?«

»Das wird sich zeigen. Aber wenn sie uns Probleme
machen wollen, werden sie das tun.«

Chase Dad ergriff seine stinkende Metallröhre und eilte
davon. Burke seufzte unglücklich, und obwohl ich gerade
an Lacey knabberte, ging ich kurz zu ihm, um ihn wissen
zu lassen, dass sein Hund für ihn da war.

Grandma beobachtete, wie ich mit Lacey spielte. »Lacey«, sagte sie nachdenklich. »Wer sind die Besitzer?«

»Auf der Plakette sind die Zhangs angegeben«, antwortete Burke. »Du weißt schon, die chinesische Familie.«

Grandma wirkte überrascht. »Ach. Wie kommt sie
dann hierher? Die Zhangs leben auf der anderen Seite des
Tals. Ich werde sie gleich mal anrufen, damit sie ihren
Hund abholen.«

Voller Stolz führte ich Lacey *Zieh!* vor, als ich Burke die
Auffahrt hinaufhalf, aber Lacey wirkte nicht sonderlich
angetan. Umso beeindruckter war sie jedoch von Grandmas nach Fleisch riechenden Händen, die sie hingebungsvoll beschnupperte. Als wir am Haus angelangt waren,
stürmten wir sofort wieder los und balgten uns im Gras.
Burke blieb auf der Veranda und sah uns lächelnd zu.

Am unteren Ende der Auffahrt hielt ein Wagen an, aus
dem Grant herausstieg. Auf dem Weg zum Haus blieb er
verdutzt vor dem zusammengefallenen Holzstapel stehen,
ehe er zu Lacey und mir weiterging. Lacey könnte Grants
Hund sein, beschloss ich, aber wir würden zusammen auf
Burkes Bett schlafen.

»Da scheine ich ja einiges verpasst zu haben«, bemerkte Grant. »Was ist passiert?«

»Dad sagt, du sollst zu ihm auf die Obstplantage kommen.«

Mürrisch verzog Grant das Gesicht. »Ich darf vorher nicht einmal etwas essen?«

»Das habe ich nicht gesagt, Grant. Ich habe dir lediglich Dads Nachricht überbracht.«

Grant schnaubte. »Also? Was ist geschehen?«

»Eine Kolonne Feldroboter kam die Auffahrt hinauf, und Dad hat mit der Schrotflinte auf eines dieser Dinger geschossen.«

»Was?« Grant fiel der Kiefer hinunter. »Echt jetzt?«

»Ja. Und die Männer, die zu den Maschinen gehörten, meinten, sie würden wegen Cooper die Tierschutzbehörde informieren, uns verklagen und uns das Land wegnehmen.«

»Wow! Gehört dieser Hund hier den Smart-Farming-Bauern?«

»Nein, das ist Lacey. Sie ist mitten in dem ganzen Tumult plötzlich aufgetaucht. Hast du das mit der Tierschutzbehörde gehört?«

»Ja.«

»Und die Sache mit unserer Farm?«

»Schon, aber wir sollten erst einmal abwarten.«

»Herrgott, du bist genauso gelassen wie Dad.« Burke schwieg einen Moment. Ich blickte zu ihm hoch und bot Lacey die Gelegenheit, auf mich zu hüpfen. »Wie war's beim Basketball?«

Grant gab ein angewidertes Geräusch von sich, nahm

auf einem Stuhl Platz und zerrte sich die Stiefel von den Füßen. Lacey brach unser Spiel ab, um die Schuhe zu beschnüffeln. Ich tat es ihr gleich, obwohl ich sie bereits beschnüffelt hatte. »Ich musste mir von einem Kumpel die Schuhe ausleihen, aber die waren viel zu groß. Ich bin wie ein Clown rumgehampelt. Was ist übrigens in meinen Schuhen drin? Glassplitter?«

»Nur ein paar Tropfen Flugzeugkleber. Ich hab das Zeug schon rausgekratzt.«

»Als ich sagte, ich müsse mir Schuhe ausleihen, wurden alle im Auto plötzlich ganz still. Und weißt du, warum? Weil sie dachten, wir seien so arm, dass wir uns keine Schuhe leisten können.«

»Na ja, wir sind ja auch arm.«

»Mann, das war echt demütigend. Ich habe jede einzelne Sekunde gehasst. Ich hasse mein ganzes Leben.«

»Gehst du jetzt zu Dad auf die Obstplantage?«

Grant musterte Burke für einen langen Moment. Lacey und ich unterbrachen unser Spiel, witterten die Anspannung. »Nein, ich werde erst einmal etwas essen.«

Burke blieb auf der Veranda sitzen, während Lacey und ich im Gras herumtollten. Sie war schwerer geworden, dafür war ich größer und schaffte es immer noch, sie auf den Rücken zu werfen. Hechelnd lag sie da und ließ die Zunge heraushängen, während ich zärtlich an ihrem Hals und ihren Pfoten knabberte. Tiefe Zuneigung durchströmte mich, troff mir aus dem Mund, und mein Kiefer zitterte. Ich war so unbeschreiblich glücklich, dass Lacey mich gefunden hatte, denn wir gehörten so sicher zusammen, wie ich zu Burke gehörte.

Schließlich blieb ich, halb bewusstlos vor Erschöpfung, ausgestreckt auf Lacey liegen. Ich war dermaßen müde, dass ich das neue Fahrzeug in unserer Auffahrt gar nicht wahrnahm. Aber als Lacey und ich die Stimme eines Mädchens hörten, das »Lacey« rief, sprangen wir blitzartig auf.

Ein Mädchen und ein Mann stiegen aus dem Truck. Lacey rannte schnurstracks auf die beiden zu, also tat ich es ihr nach. Ich hatte dieses Mädchen schon einmal gesehen; sie war etwa in Burkes Alter, hatte schwarzes Haar und dunkle Augen.

»Lacey, bist du den ganzen langen Weg bis hierher gelaufen?«, zwitscherte sie mit hoher, sanfter Stimme. Lacey sprang an ihr hoch, um ihr Gesicht abzuschlecken, und ich drängte den Kopf in die Hand des Mädchens, um gestreichelt zu werden. Hinter uns tauchte Grandma in der Fliegentür auf. Der Mann sagte etwas zu der Kleinen, worauf sie nickte und auf die Veranda lief. Burke wirbelte seinen Stuhl herum, als das Mädchen an ihm vorbei zur Tür ging.

»Danke, dass Sie uns angerufen und Lacey gerettet haben«, sagte sie zu Grandma, starrte dabei aber Burke an, und er starrte zurück. Grandma öffnete die Tür und kam heraus.

»Das war doch selbstverständlich, Liebes. Wie heißt du denn?«

»Wenling Zhang, Ma'am.«

»Du kannst Grandma Rachel zu mir sagen, und das hier ist Burke.«

Grüßend hob Burke die Hand.

»Grant!«, schrie Chase Dad vom Feld herüber. Er marschierte auf das Haus zu, und sein Gang war nicht direkt wütend, sondern eher nicht besonders glücklich.

»In welcher Klasse bist du denn?«, fragte Burke unvermittelt.

»Ähm, ich komme in die achte«, sagte das Mädchen.

»Ich auch!«

»Oh. Gehst du auf die Lincoln Middle School? Ich habe dich dort noch nie gesehen.«

»Nein, ich bekomme Heimunterricht. Aber vielleicht kennst du meinen Bruder Grant. Er ist an der Lincoln, kommt jetzt allerdings in die neunte Klasse.«

»Ah. Nein, den kenne ich nicht. In der siebten Klasse fühlt man sich wie ein neuer Gefängnisinsasse, deshalb habe ich mich bemüht, den älteren Kindern aus dem Weg zu gehen.«

Lachend nickte Burke.

Chase Dad polterte die Rampe zur Veranda hoch. Beim Anblick des Mädchens wirkte er leicht verwirrt. »Wo ist dein Bruder?«, fragte er Burke.

»Ich habe ihm einen Teller Pastete gegeben«, antwortete Grandma.

»Ich brauche Grants Hilfe. Seine Pastete kann er später essen.« Nun erblickte Chase Dad den Mann, der neben dem Truck stand. »Was macht der denn hier?«

Chase Dad stürmte die Rampe hinunter. Jetzt hatte er seinen wütenden Gang.

»Chase!«, rief Grandma besorgt.

»Hey!«, schrie Dad.

8

Ich spürte, wie bei allen die Anspannung stieg, als Chase Dad zu dem Mann hinüberrannte. Das Mädchen eilte ihm hinterher, dicht gefolgt von Lacey. Ich wiederum blieb dicht an Burkes Seite, der sich ebenfalls in Bewegung gesetzt hatte. Vielleicht musste ich wieder eingreifen und den Mann mit einem bösen Knurren einschüchtern.

Burke kam langsamer als die anderen voran, und als wir bei dem Mann am Truck angelangt waren, deutete Chase Dad gerade mit dem Finger auf ihn. »Sie kommen zu spät. Ihre Leute haben das verdammte Ding schon abgeschleppt. Sie haben ein totales Chaos hinterlassen. Ihr Feldroboter hätte beinahe meinen Jungen und seinen Hund überfahren. Er ist in meinen Holzstapel gekracht, aber alle haben sich nur um die dämliche Maschine gesorgt.«

Der Mann stand stocksteif da und ließ Chase Dads Standpauke stumm über sich ergehen. »Er spricht bloß Chinesisch«, erklärte das Mädchen. Sie sagte etwas zu dem Mann, worauf dieser Chase Dad ansah und ebenfalls etwas sagte.

»Er meint, es tut ihm sehr leid. Er wusste nichts davon«, verkündete das Mädchen.

Chase Dad zog die Brauen zusammen. »Wusste was nicht?«

»Er sagt, niemand hätte ihm etwas von einem Feldroboter auf Ihrem Grundstück erzählt. Oder dass Ihr Holzstapel umgefahren wurde.«

Erstaunt sah Chase Dad sie an. »Er ist nicht wegen der Maschinen hier?«

»Nein. Wir wollen nur meinen Hund abholen, Lacey. Sie ist weggelaufen.«

Als Lacey ihren Namen hörte, wedelte sie mit dem Schwanz. »Ich heiße Wenling, und mein Vater heißt Zhuyong Zhang, aber in der Arbeit nennen ihn alle ZZ.«

Der Mann mit dem schwarzen Haar nickte. Er streckte die Hand aus, und nach einem Moment ergriff Chase Dad sie zögernd. Er schien nun nicht mehr wütend zu sein. »Ich habe die Situation missverstanden«, erklärte er dem Mädchen.

»Willst du meine Modellstadt sehen?«, fragte Burke das Mädchen.

Chase Dad ließ den Blick zwischen Burke und dem Mädchen hin und her wandern und kratzte sich am Kopf. Die Kleine sprach mit dem schwarzhaarigen Mann. »Baba, wǒ kěyǐ hé zhège nánhái yīqǐ qù kàn tā de wánjù chéng ma?« Der Mann nickte und sagte etwas. »Er meint, es ist okay. Aber nur fünf Minuten«, teilte uns das Mädchen mit.

»Also gut«, murmelte Chase Dad. »War nett, Sie kennenzulernen, ähm, ZZ.« Er drehte sich um und ging zum Haus. Lacey und ich rannten im Kreis um Burke und das Mädchen herum, als wir Chase Dad ins Haus folgten.

»Soll ich dich schieben?«, fragte die Kleine.

»Nein, das schaffe ich schon allein.«

»Dein Hund ist ganz schön groß.«

»Er ist halb Schlittenhund, halb Stegosaurus.«

Das Mädchen lächelte. »Darf ich dich fragen, warum du im Rollstuhl sitzt?«

»Ich bin querschnittsgelähmt. Ich wurde mit einem seltenen Wirbelsäulenschaden geboren.«

»Oh.«

»Man kann das operieren, ich muss damit allerdings warten, bis ich aufhöre zu wachsen. Und auch dann gibt es keine Garantie, dass der Eingriff gelingt. Bist du aus China?«

»Meine Mom ist Amerikanerin. Sie und Dad haben sich in China kennengelernt und ineinander verliebt, aber ich wurde hier geboren. Wir haben in China gelebt, bis ich fünf war. Jetzt sind wir allerdings zurück und bleiben hier.«

Ich lauschte nach irgendwelchen Worten, die ich kannte, ließ das jedoch nach einem Weilchen wieder bleiben. Es lebt sich als Hund leichter, wenn man akzeptiert, dass man viele Dinge nicht versteht, und sich stattdessen auf sein Wohlbefinden konzentriert. Dann entdeckte Lacey einen Stock, und ich richtete meine Aufmerksamkeit auf das, was wirklich wichtig war – ihr den Stock wegzunehmen, damit sie mich jagen konnte.

Bald waren wir alle in Burkes Zimmer versammelt. Ich war mittlerweile zu dem Schluss gelangt, dass das Mädchen mit den schwarzen Haaren Laceys Mensch war und Lacey mich folglich erneut verlassen würde. Aber wenn das Mädchen mit uns in Burkes Zimmer schlafen wollte, wäre das für mich in Ordnung.

Während sich Burke und die Kleine unterhielten, zerrten Lacey und ich an einem Seilspielzeug. Danach rannten wir aus dem Zimmer, um nach Grandma zu sehen. Sie hatte Plätzchen für Burke und seine neue Freundin, allerdings nicht für uns Hunde, obwohl Lacey meinem Beispiel folgte und artig *Sitz!* machte. Es war mir ein Rätsel, wie jemand Plätzchen in der Hand haben konnte, ohne eines davon den Hunden zu geben, die so unglaublich gute Hunde waren.

Im Wohnzimmer sprang ich auf ein quietschendes Spielzeug und kaute darauf herum. Lacey war beeindruckt. Ich schleuderte das Ding in die Luft und ließ es absichtlich von Lacey fangen, weil sie so ein Quietschspielzeug offensichtlich nicht kannte. Ich freute mich über Laceys wildes Gejaule, als sie mit dem Spielzeug herumtollte.

Chase Dad blickte durch das Fenster nach draußen. »Was macht er da? Herrgott!« Er setzte seine Kappe auf und stürmte hinaus. Das Mädchen, Burke und Lacey folgten ihm. Ehe ich mich ihnen auf die Fersen heftete, schenkte ich Grandma einen treuherzigen Blick, um ihr noch eine letzte Chance mit den Plätzchen zu geben. Leider nahm sie diese Chance nicht wahr.

Lacey hielt nach wie vor das Quietschspielzeug im Maul. Der schwarzhaarige Mann stand vor dem Holzstapel und schichtete das Holz aufeinander. Chase Dad hob die Hand. »Hören Sie auf, ZZ. Das müssen Sie wirklich nicht tun.«

»Wŏ chàbùduō wánchéngle«, sagte der Mann.

»Er sagt, er ist fast fertig«, übersetzte das Mädchen.

Seufzend zuckte Chase Dad die Achseln und packte mit an. Holzscheite sind Stöcke, die zu dick sind, um mit ihnen Spaß zu haben. Lacey schien das offenbar nicht zu wissen, da sie das Quietschspielzeug fallen ließ, ein Holzscheit aufhob und versuchte, damit herumzulaufen. Ihr Kopf neigte sich nach einer Seite, als sie das Scheit durch den Dreck schleifte.

Traurig sah ich zu, wie kurze Zeit später Lacey, das Mädchen und der schwarzhaarige Mann in ihren Truck stiegen. Warum konnten sie nicht bleiben? Beim Losfahren bellte Lacey mir aus dem Fenster zum Abschied zu. Burke streichelte mir tröstend den Kopf, doch ich fühlte mich wie damals, als man mir Lacey das erste Mal weggenommen hatte: traurig und von einer ziehenden inneren Leere erfüllt, die sich ähnlich wie Hunger anfühlte.

Ich beschloss, der alten Ziege einen Besuch abzustatten. Sie war kein Hund, aber trotzdem eine angenehme Gesellschaft. Geschickt schlüpfte ich unter ihrem Zaun hindurch, entdeckte dann jedoch, dass sie neben ihrem Holzhaus lag und schlief.

Judy schlief nie. Als ich mich ihr näherte, regte sie sich nicht. Ein paar Fliegen schwirrten um ihren Kopf. Ich schnupperte argwöhnisch. Die Ziege war da, das, was sie zur Ziege gemacht hatte, war allerdings verschwunden – nicht nur ihr Geruch, sondern auch ihre Lebenskraft. Ich war dem Tod noch nie begegnet, verstand aber irgendwie, was er bedeutete. Bekümmert fragte ich mich, was Burke jetzt von mir erwarten würde.

Ratlos blickte ich zum Haus hinüber. Grandma hatte ein paar Pflanzen, die sie streichelte und verhätschelte, als wären sie Hunde. Jetzt saß sie auf den Knien und machte genau das. Außer ihr war niemand zu sehen. Ich winselte, legte Verlust und Alarm in meine Stimme. Grandma stand auf und schirmte sich mit der Hand die Augen ab. Ich winselte noch einmal.

Sie kam zu mir, erspähte die alte Ziege, und ich spürte die Traurigkeit, die in ihr aufstieg. Tröstend stupste ich sie mit der Schnauze an, gab ihr zu verstehen, dass sie die Liebe eines Hundes hatte. Sie wischte sich die Tränen ab und lächelte mich an. »Du weißt, ich hab das dumme alte Mädchen vergöttert, nicht wahr, Cooper? Du bist ein guter Hund. Danke, dass du mir Bescheid gegeben hast.«

Als Chase Dad von der Plantage zurückkehrte, begrub er die Ziege im Hof neben dem Haus. Grant glättete die Erde, und Großmutters Gesicht war nass vor Tränen. Burke saß, die Hand auf meinem Nacken, in seinem Stuhl. Alarmiert drehten wir uns um, als sich in der Einfahrt ein Truck näherte.

»Die Tierschutzbehörde«, murmelte Grant.

Burke geriet in Panik, seine Hand auf meinem Nacken verkrampfte sich. »Dad!«, keuchte er.

»Burke«, sagte Chase Dad, »lass dich von Cooper nach unten ziehen. Hilf ihm nicht, lass ihn die ganze Arbeit allein tun. Mom, du gehst mit Grant ins Haus. Ich komme gleich nach.«

»Zieh, Cooper!«

Glücklich machte ich einen Satz nach vorn, war froh, mich nützlich machen zu können. Burke dirigierte mich zu einer Frau, die neben dem frisch eingetroffenen Truck stand. Sie hatte die Arme vor der Brust verschränkt. Ihr Haar war sehr kurz und ihre Kleidung dunkel. »Ist das der bösartige Hund?«, fragte die Frau.

Ich konnte die Leckerlis in ihren Taschen riechen!

»Das ist Cooper.«

Ich wedelte mit dem Schwanz, sowohl wegen der Nennung meines Namens als auch wegen der Leckerlis.

»Guten Tag«, begrüßte Chase Dad die Frau. »Kann ich Ihnen irgendwie behilflich sein?«

Sie starrte ihn an. »Chase?«

Aufmerksam blickte ich zu Chase Dad, der plötzlich seltsam nervös zu sein schien. »Äh …«, stieß er hervor.

»Ich bin Rosie. Rosie Hernandez. Wir kennen uns … Du hast Gitarre gespielt.«

»Oh, klar. Rosie. Hi.« Chase Dad reichte ihr die Hand.

»Ich bin Burke«, stellte mein Junge sich vor. Er musterte die Frau sehr eingehend, und ich fragte mich, ob auch er die Leckerlis roch.

Einen Moment schwiegen alle, dann blinzelte die Frau. »Tja, wir haben eine Beschwerde bekommen. Du sollst jemanden mit einem Hund bedroht haben. Ist das der Hund?«

Ich wedelte mit dem Schwanz. Sie hatte »Hund« gesagt, also würden vielleicht ein paar Leckerlis folgen.

»Einige Männer kamen auf mein Grundstück, nachdem ein TMH-Feldroboter in meinen Holzstapel gekracht war. Sie verhielten sich aggressiv, und Cooper knurrte. Bedroht habe ich sie mit einer Schrotflinte, wenn du es genau wissen willst.«

Erneut trat ein längeres Schweigen ein. Listig warf ich mich auf den Rücken und streckte die Pfoten in die Luft, um der Frau Gelegenheit zu geben, meinen Bauch zu streicheln.

Die Frau lachte. »Okay. Ich verstehe. TMH meint, ihnen gehört die Stadt, aber ich arbeite für den Sheriff. Ich werde die Sache ad acta legen, und damit sollte es eigentlich erledigt sein.«

Als Burke vor Erleichterung seufzte, veranlasste mich das, mich wieder aufzusetzen.

»Vielen Dank«, sagte Chase Dad.

»Chase … Können wir uns kurz unterhalten?« Die Frau blickte zu Burke und mir, und ich wedelte hoffnungsvoll mit dem Schwanz.

»Klar. Burke, geh schon mal ins Haus vor.«

Ich machte *Zieh!*. Als wir im Haus ankamen, standen Grandma und Grant am Fenster. »Was ist da los?«, fragte Grant.

»Die Frau scheint eine alte Freundin von Dad zu sein oder etwas in der Art«, antwortete Burke.

Jetzt starrten alle aus dem Fenster. Vielleicht hatte Burke ihnen ja von den Hühnchen-Leckerlis erzählt, und sie wollten sehen, ob die Frau eine Handvoll auf den Boden warf, damit ich sie später finden könnte.

Als Chase Dad hereinkam, standen wir immer noch vor dem Fenster. »Wenn ihr jetzt irgendeine Erklärung erwartet, seid ihr auf dem Holzweg«, sagte Chase Dad. Er hob die Handflächen nach oben, um uns zu zeigen, dass er keine Hühnchen-Leckerlis dabeihatte.

»Wer war das, Chase?«, fragte Grandma.

Wortlos verließ Chase Dad das Wohnzimmer und eilte die Treppe hinauf. »Sie war scharf«, sagte Burke.

»Hallo, ihr seid hier nicht unter euch, Jungs«, sagte Grandma mahnend.

Alle gingen nun in die Küche, aber niemand gab mir irgendein Leckerli.

Judys Geruch hing den ganzen Sommer über in der Luft. Während Grant und Chase Dad sich um ihre Pflanzen kümmerten, saß Burke hauptsächlich in seinem Zimmer und strich diese stinkenden Tropfen auf seine Spielsachen, die ich nicht berühren durfte.

Manchmal servierte Grandma das Essen auf einem Tisch im Freien, und Chase Dad und Grant legten dann eine Arbeitspause ein, um sich zu stärken. Wir saßen gerade draußen beim Essen und spielten das herrliche Spiel »Leckerbissen in der Luft fangen« – ich bin ein Meister auf diesem Gebiet –, als unten auf der Straße mehrere verschiedene Wagen auftauchten, die in unsere Auffahrt einbogen. Es waren kleinere Fahrzeuge als die Ungetüme, die in unseren Holzstapel gekracht waren. Aus jedem Wagen stiegen Leute.

Chase Dad stand auf. »Was soll das denn werden?«

Ich entdeckte Männer und Frauen, aber keine Hunde oder Kinder. Also konzentrierte ich mich weiter auf Grant, der von seinem Fleisch kleine Brocken abriss und mir zuwarf. Chase Dad ging zu den Leuten hinüber und redete mit ihnen. Dann drehte er sich um und winkte. »Burke, komm doch mal kurz.«

»Komm, Cooper!«, rief Burke, während er mit seinem Stuhl losrollte.

So verhielten sich Menschen immer: Ich war ein guter Hund, was die Leckerbissen bewiesen, die Grant mir gab, aber jetzt sollte ich plötzlich etwas tun, wofür es wahrscheinlich keinerlei Belohnung geben würde. Ich war unschlüssig, schnappte erst einmal nach dem Leckerbissen, den Grant mir zuwarf.

»Cooper! Komm her!«

Burkes Ton verhieß, dass ich die Sache nicht länger hinauszögern durfte, wenn ich ein guter Hund sein wollte. Nach einem letzten betrübten Blick auf Grant rannte ich los. Burke saß auf der Rückbank in einem der Autos, während ein Mann seinen zusammengeklappten Stuhl im Kofferraum verstaute. Autofahrt! Schwanzwedelnd sprang ich neben meinen Jungen in den Wagen, und Chase Dad kletterte nach vorne auf den Beifahrersitz.

»Wohin fahren wir?«, fragte Burke.

»Überraschung«, sagte der Mann am Steuer.

»Du hast ja eine Riesentruppe mitgebracht, Dwight«, sagte Chase Dad.

»Stimmt«, erwiderte der Fahrer.

Die Wagen fuhren in einem langen Zug zur Straße hinunter. Mein Fenster stand einen Spalt offen, und ich streckte die Nase hinaus und atmete tief ein. Ich roch Tiere – vor allem Pferde und Kühe – und dann etwas Durchdringendes, Wundervolles. Begeistert wedelte ich mit dem Schwanz.

Burke lachte. »Gefällt dir die Ziegenfarm, Cooper?«

Ja! Ich würde so gerne mit dieser Ziegenfarm spielen!

»Oh. Wir fahren zur Middle School«, bemerkte Burke nach einer Weile. Er rutschte unbehaglich auf seinem Sitz.

»Stimmt«, antwortete der Fahrer.

Die Wagen hielten an, und alle stiegen aus. Autofahrt vorbei! Ich schnüffelte, markierte sorgfältig das Revier, während Chase Dad meinem Jungen in den Stuhl half.

»Und? Probier es aus!«, drängte der Fahrer.

Alle sahen gespannt zu, wie Burke mit seinem Stuhl auf eine Rampe rollte, die jener glich, die von unserer Veranda abging. Ich trottete ihm hinterher. »Wir hatten keine Lust, noch länger darauf zu warten, bis der District endlich die Rampe verlegt, also haben wir das selbst in die Hand genommen«, erklärte einer der Männer.

»Jetzt kann Burke durch die Seitentür rein, statt durch den Liefereingang, wo er durch die ganze Schulküche hindurchmüsste«, fügte ein anderer Mann hinzu.

Als wir oben auf der Rampe ankamen, drehte Burke seinen Stuhl herum und blickte zu den Leuten hinunter, die ihn alle erwartungsvoll anlächelten. Sie hoben die Hände und schlugen sie fest zusammen, was sich wie prasselnder Regen anhörte. Aufmerksam beobachtete ich meinen Jungen – er fühlte sich unwohl. Das erkannte ich daran, wie er die Räder seines Stuhls umklammerte.

»Was meinst du, Burke?«, fragte Chase Dad lächelnd.

»Super«, erwiderte Burke steif. Unsicher wedelte ich mit dem Schwanz, weil ich nicht verstand, was wir da machten.

»Das ist wirklich großartig. Wir sind euch alle sehr dankbar«, sagte Chase Dad. Wir rollten die Rampe hinunter und stiegen in den Wagen. Autofahrt, ja! Nach einer Fahrt voller herrlicher Gerüche kamen wir wieder in der Farm an. Was für ein wunderbarer Tag!

Später standen wir im Hof und beobachteten, wie die Leute in ihren Autos abfuhren. »Sie haben die Rampe verlegt, damit Burke durch die Seitentür in die Schule gelangt. Vorher war die Rampe am Liefereingang, das heißt, er hätte durch die Schulküche gemusst. Das war wirklich sehr nett von ihnen«, erzählte Chase Dad Grant.

»Die Seitentür?«, hakte Grant nach.

»Ja, neben der Bibliothek«, sagte Chase Dad.

»Kein Mensch geht durch diese Tür.«

»Na ja, da ist nun mal die Rampe, Grant.«

»Alle Schüler sitzen vor dem Unterricht auf den Stufen vor der Schule«, rief Grant. »Die Seitentür benutzt niemand, außer vielleicht die Lehrer.«

»Das führt doch zu nichts, Grant«, sagte Chase Dad.

»Es spielt sowieso keine Rolle«, warf Burke rasch ein. »Ich werde nicht zur Schule gehen, sondern mich weiterhin von Grandma daheim unterrichten lassen.«

Chase Dad verschränkte die Arme vor der Brust. »Ich glaube, meine Mutter könnte gut eine Verschnaufpause gebrauchen.«

»Ich werde nicht gehen.« Burke rollte über die Verandarampe ins Haus, und ich folgte ihm in sein Zimmer. Er hievte sich auf sein Bett, schlief jedoch nicht, sondern starrte einfach nur an die Decke. Ich sprang zu ihm aufs Bett und legte den Kopf auf seine Brust. In jedem seiner Atemzüge spürte ich seinen Kummer, weshalb ich überlegte, ob ich das Quietschspielzeug holen sollte, um ihn zum Lachen zu bringen.

Nach einer Weile kam Grant herein. »Also, ähm … nicht alle sitzen auf den Stufen«, sagte er.

»Das ist mir egal. Ich werde erst in die Schule gehen, wenn ich meine Operation hinter mir habe.«

Grant schniefte und sah sich im Zimmer um. »Dad und Grandma sind in die Stadt gefahren.«

Burke gab keine Antwort.

»Bist du krank oder so was?«

Burke schüttelte den Kopf. »Ich habe einfach bloß zu nichts Lust.«

»Hey, soll ich dir Autofahren beibringen? Wir könnten den alten Truck nehmen.«

Burke setzte sich auf. »Was?«

»Klar. Ich setz mich neben dich, bediene das Gaspedal, die Bremse und was weiß ich. Und du lenkst.«

»Das geht nicht. Mit deinem Führerschein darfst du nur fahren, wenn ein Erwachsener dabei ist.«

»Wie du willst.«

»Nein, warte. Meinst du das ernst?«

»Wir werden auf eine Landstraße fahren, wo niemand ist.«

»Dad wird uns umbringen.«

»Hast du etwa vor, es ihm zu erzählen?«

Wieder eine Autofahrt! Wir saßen zusammen im Truck, der nach vergammeltem Essen und altem Matsch roch. Nach einer Weile rutschte Burke auf den Fahrersitz, und Grant blieb dicht neben ihm, saß beinahe auf ihm drauf. Ich streckte den Kopf aus dem Fenster. Das würde wieder ein wundervoller Tag werden!

»Ganz toll. Wenn ich die Führerscheinprüfung mache, kannst du ja mitfahren und auf meinem Schoß sitzen«, brummte Burke.

»Was kann ich dafür, dass du die Pedale nicht bedienen kannst.«

»Aha, es ist also meine Schuld!«, rief Burke. Ich witterte seinen Zorn und machte *Sitz!*, um ein besonders guter Hund zu sein.

»Herrgott noch mal! Ich wollte einfach nur nett sein!«, schrie Grant zurück. »Egal, worum es geht, alles endet immer damit, dass du der arme Junge im Rollstuhl bist. Wenn auch bloß eine Sekunde lang so etwas wie Normalität herrscht, musst du uns wieder daran erinnern, dass du nicht gehen kannst.«

»Ich hab keine Lust mehr zu fahren.«

»Na super!«

Als Grant das Steuer übernahm, ging eine unheilvolle, brütende Stimmung von ihm aus. Nervös gähnte ich. Wir erklommen einen steilen Hügel. Grant hielt an. »Hey, ich habe eine Idee.« Er sprang aus dem Truck und schnappte sich Burkes Stuhl.

»Grant, was soll das?«

»Setz dich einfach in deinen Stuhl.«

»Das ist bescheuert.« Burke hielt sich an meinem Halsband fest und rutschte in seinen Stuhl. Ich sprang auf den Bürgersteig und schüttelte mich. »Und jetzt?«, fragte Burke.

»Weißt du, dass man diesen Hügel *Hügel des toten Mannes* nennt?«, fragte Grant. »Das ist so ungefähr die steilste Straße in der Gegend.« In seiner Stimme schwang ein merkwürdiger nervöser Ton mit – er klang überhaupt nicht mehr wie Grant.

»Davon habe ich noch nie gehört.« Burke versteifte

sich, als Grant begann, ihn anzuschieben. »Was tust du da?«

»Was ist die höchste Geschwindigkeit, die du jemals in deinem Stuhl erreicht hast?«

»Die höchste Geschwindigkeit?«

Wir bewegten uns bergab. Grant ging immer schneller, bis er schließlich zu rennen begann. Ich jagte neben Burkes Stuhl her, verstand nicht, was wir machten, genoss es aber.

»Grant!«, schrie Burke. Seine Stimme war grell vor Angst.

Grant verpasste dem Stuhl einen Schubs, und der Stuhl schoss an mir vorbei. Ich rannte schneller, um ihn einzuholen. Der Stuhl rollte zur *Zieh rechts!*-Seite, kam vom Gehsteig ab und landete mit einem knirschenden Geräusch im Schotter. Dann kippte er nach vorne und rutschte weg. Mit dem Kopf voraus flog Burke die Böschung hinunter, überschlug sich, brach durch das Gestrüpp. Seine Arme und Beine spreizten sich in der Luft, und bei dem Anblick durchfuhr mich eine jähe Angst. Winselnd raste ich ihm hinterher.

Mit dem Gesicht nach unten blieb er schließlich liegen. Er rührte sich nicht, gab keinen Mucks von sich.

»Burke!«, brüllte Grant. »Burke!«

Ich war auf dem Weg zu Burke, aber Grants gequälter Schrei ließ mich innehalten. Ich hatte in der Stimme eines Menschen noch nie eine solche Panik gehört. Burke und Grant brauchten mich beide. Was sollte ich tun?

Grant rannte stolpernd den Abhang hinunter. Ihm blieb der Mund offen stehen, sein Gesicht war vor Verzweiflung verzerrt. Ich verstand nicht, was los war, aber Grant hatte eine fürchterliche Angst, und auch mir lief ein Schauder über den Rücken.

»Burke! Burke!«

9

Halb rennend, halb fallend stürmte ich durch das Gestrüpp auf Burke zu, der bäuchlings mit ausgestreckten Armen und Beinen am Fuß des Abhangs lag. Sobald ich bei ihm war, drückte ich die Nase an sein Gesicht. Burke war warm und lebendig; es war nicht wie bei Judy, der alten Ziege.

Grant sank neben Burke auf die Knie und drehte ihn um.

Burkes Augen waren geschlossen, seine Gesichtszüge schlaff. Er holte Luft, dann stockte sein Atem.

»Burke! Oh Gott! Oh Gott!«

Burke riss die Augen auf und grinste. »Reingelegt!«

»Oh. Du ...« Grant wandte den Blick ab, ballte die Hände zu Fäusten. Seine Angst war weg – jetzt war er wütend.

»Okay, Cooper. Hilf!«, befahl Burke. Pflichtbewusst trottete ich an seine Seite und wedelte erleichtert mit dem Schwanz. Ich freute mich, dass endlich wieder Normalität einkehrte. Mit einer Hand hielt Burke sich an meinem Geschirr fest, mit der anderen zog er sich bergauf.

Grant legte die Hand auf Burkes Arm. »Komm, lass mich dir helfen.«

»Rühr mich ja nicht an! Willst du mir so helfen, wie du mir vorhin geholfen hast, über den Abhang zu fallen? Was kommt als Nächstes? Dass du mir hilfst, mit dem Kopf gegen einen Felsen zu knallen? Wenn du dich unbedingt nützlich machen willst, kannst du meinen Stuhl aus der Schlucht holen.«

Der steile Hang zur Straße war viel schwieriger als alle Treppen. Keuchend lag Burke auf dem Gehsteig, während Grant mühsam den Stuhl nach oben schleppte. Er befahl mir nicht *Hilf!*. Eigentlich befahl Grant mir nie etwas außer *Sitz!*. Schließlich gelangte er bei uns an und klappte den Stuhl auf.

»Cooper, bereit!« Mit angespannten Muskeln stand ich reglos da, während Burke sich an mir hochzog und in seinen Stuhl hievte. Grant strich mit der Hand über die Stuhlseite. »Er hat ordentlich Dellen abbekommen.«

»Das hättest du dir vielleicht überlegen sollen, bevor du mich in den Abgrund geschubst hast. Wenn ich tot wäre, hättest du zu Dad sagen können: ›Hey, Dad, tut mir leid, ich hab Burkes Stuhl demoliert. Ach ja, und Burke ist außerdem tot.‹«

»Hör auf mit dem Blödsinn.«

»Willst du es noch mal versuchen?« Burke schob seinen Stuhl hin und her.

Grant schnaubte. »Danke, kein Bedarf.«

»Was war dein Plan? Wie hättest du zum Beispiel meine Leiche aus der Schlucht geholt?«

Grant schüttelte den Kopf und verzog abfällig den Mund. »Ich bin nicht so wie du, Burke. Ich plane nichts. Das Leben besteht aus Überraschungen.«

»Genau! So wie: ›Überraschung! Ich habe meinen kleinen Bruder umgebracht!‹«

»Lass uns einfach zurückfahren.«

»Nein, ernsthaft. Ich würde es gern wissen. Du hättest mich töten können, Grant. War es das, was du wolltest?«

»Ich werde dieses Gespräch nicht fortsetzen.«

»Ich weiß, du hasst mich!«, schrie Burke. Ich schreckte vor seiner lauten Stimme zurück. »Und ich weiß, du gibst mir für alles die Schuld. Und du hast recht, okay?«

Aufgebracht starrte Grant Burke an.

»Ich weiß, ich bin schuld!«, stieß Burke mit rauer Stimme hervor. »Aber ich kann nichts dafür. Ich kann einfach nichts dafür!« Er vergrub das Gesicht in den Händen. Eine Zeit lang weinte und weinte er, während Grant auf dem Pflaster saß und ihn anstarrte. Ich hatte bei meinem Jungen noch nie so viel Kummer und Schmerz erlebt und wusste nicht, was ich tun sollte. Schließlich legte ich die Pfote auf sein Bein und schrie winselnd meinen eigenen Kummer in die Welt, flehte, dass diese schreckliche Traurigkeit verschwinden würde. Erschöpft legte ich dann den Kopf auf seinen Schoß und spürte, wie seine Tränen auf mein Fell tropften.

»Hey«, Grant legte kurz die Hand auf Burkes Schulter, »das weiß ich doch. Ich weiß, dass du nichts dafür kannst.«

Eine Weile sagte keiner mehr etwas, dann gingen wir zum Truck zurück.

Autofahren! Ich bemühte mich nach Kräften, meine Begeisterung zu zeigen, in der Hoffnung, ich könnte Burke und Grant aufheitern. Doch die dunkle Stimmung, die beide ergriffen hatte, saß wie eine dritte Person mit uns im Wagen. Als wir auf der Farm ankamen, war ich überglücklich, wieder daheim zu sein, wo alles normal war. Fröhlich rannte ich zum Teich und verscheuchte die Enten vom Steg. Sie waren unglaublich dumme Vögel, flatterten weg und kamen sofort wieder angeschwommen, als könnte ich nicht, wenn ich wollte, ins Wasser springen und sie fangen.

Als ich durch die Hundetür ins Haus schlüpfte, schlich ich erst ein paarmal um meine zu meiner großen Enttäuschung leere Futterschüssel herum und trottete dann ins Wohnzimmer, wo Burke und Grandma ohne Leckerlis saßen.

»Es ist nicht so, dass ich dich nicht weiter zu Hause unterrichten will, obwohl ich offen gestanden mit manchen Mathe-Aufgaben ziemlich zu kämpfen habe«, sagte Grandma. »Aber weißt du, in der Schule lernt man mehr als bloßes Bücherwissen. Vor allem in der Middle School – du wirst Kontakt mit anderen Jugendlichen haben und wichtige Erfahrungen sammeln. Verstehst du das? Ich kann dir nicht die sozialen Aspekte einer Schule bieten.«

»Sie werden sich über mich lustig machen, Grandma! Ich werde nur der Junge im Rollstuhl sein.«

»Ich glaube, du wirst das sehr gut hinbekommen, Burke. Du bist sehr zäh. In dieser Beziehung kommst du ganz nach deinem Vater. Aber Widerstandsfähigkeit und Sturheit liegen dicht beieinander, und Starrsinn bedeutet, dass man nicht bereit ist, auch andere Meinungen zu überdenken. Ich möchte, dass du es ein paar Wochen lang versuchst. Mir zuliebe. Bitte!«

Seufzend wandte Burke den Blick ab. Auf der Veranda ertönten Chase Dads und Grants schwere Schritte. Schwanzwedelnd trottete ich in die Diele, um sie zu begrüßen. Sie hatten keine Leckerlis in ihren Taschen.

»Heute Abend gibt es Auflauf mit Hühnchen«, verkündete Grandma. Ich hörte »Hühnchen« und blickte Grandma hoffnungsvoll an, obwohl mein Name nicht gefallen war.

»Klingt gut«, sagte Chase Dad. Sein Blick fiel auf Burke, und er kniff die Augen zusammen. »Was ist mit deinem Stuhl passiert, Burke?«

Grant hielt die Luft an.

»Ach, ich wollte mal ausprobieren, wie schnell ich die Auffahrt hinunterrollen kann, und bin irgendwie umgekippt.«

Grandma schlug die Hand vor den Mund. Chase Dad machte ein finsteres Gesicht. »Du hast was getan? Weißt du, wie teuer dieser Rollstuhl ist, Burke? Du kannst ihn nicht wie Müll behandeln!«

»Tut mir leid, Dad.«

»Das bedeutet Hausarrest.«

Burke hob die Hände und ließ sie wieder in den Schoß fallen. »Ich sitze hier sowieso fest.«

»Lass die Spitzfindigkeiten. Kein Internet. Kein Streaming. Wenn dir langweilig wird, kannst du etwas lesen. Im Arbeitszimmer steht ein ganzes Regal voller Bücher.«

Chase Dad und Burke waren ziemlich wütend. Ich machte *Sitz!*, weil ich hoffte, ein guter Hund würde die Situation entschärfen.

»Ich bemühe mich, euch Jungen beizubringen, dass man nicht alles für selbstverständlich nehmen soll. Wir kommen kaum über die Runden und können es uns nicht leisten, sinnlos Geld zu verschleudern. Kapiert?«

Grant holte tief Luft. »Ich, ähm, ich habe ihn dazu angestiftet. Ich wollte sehen, wie schnell er rollen kann.«

Chase Dad spitzte die Lippen und schüttelte den Kopf. »Ich bin sehr enttäuscht von euch beiden. Du hast ebenfalls Hausarrest, Grant.«

Grant und Burke starrten auf den Boden, obwohl sich dort nichts zu spielen oder zu essen befand. Dafür steckte Grant mir später unter dem Tisch ein paar Brocken warmes Hühnchen zu.

Ich spürte, dass etwas in der Luft lag, als Burke mich eines Morgens *Bereit!* machen ließ, damit er sich in die Dusche hangeln konnte. Er setzte sich unter den Wasserstrahl, seifte sich gründlich ein und zog anschließend neu riechende Kleidung an. »Schule«, sagten alle die ganze Zeit. Offenbar spielten wir Schule, was auch immer das bedeutete. Dann machten wir eine Autofahrt. Grant fuhr, Burke saß neben ihm, und ich saß mit Grandma auf dem Rücksitz. Es war ein warmer Morgen, und Grandma roch nach dem Speck, den sie den Jungen zum Frühstück gebraten hatte. Aus dem Fenster bellte ich grüßend einem Hund zu. Als wir an der Ziegenfarm vorbeifuhren, bellte ich ihr ebenfalls grüßend zu.

»Erzähl ihnen einfach, dass du mein Bruder bist. Die Lehrer lieben mich«, sagte Grant.

»Wenn ich ihnen das erzähle, werden sie mich sofort ins Direktorat zitieren.«

Ich erspähte ein Eichhörnchen!

»Cooper! Lass das Gekläffe, du Blödmann!«, rief Burke

lachend. Ich frage mich, ob er mir damit sagen wollte, er hätte das Eichhörnchen auch gesehen.

Grant hielt den Wagen an. Interessiert beobachtete ich, wie er mit Burkes Stuhl zu Burkes Tür ging und ihm in einer menschlichen Version von *Bereit!* hineinhalf. Wir parkten vor einem großen Gebäude mit riesigen Steinstufen. Ich wäre so gern aus dem Wagen gesprungen und diese Stufen hinaufgerannt, denn auf jeder Stufe saßen Kinder in Burkes Alter. Leider musste ich mit Grandma im Wagen bleiben, was ihr, im Gegensatz zu mir, nichts auszumachen schien. Die Pfoten ans Fenster gelehnt, beobachtete ich fassungslos, wie Grant Burke mit seinem Stuhl wegrollte. Vor Kummer begann ich laut zu winseln. Die anderen Kinder waren vergessen, ich wollte mit Burke zusammen sein!

»Alles in Ordnung, Cooper.« Tröstend streichelte mich Grandma mit ihrer nach Speck duftenden Hand.

Grant schlüpfte wieder hinters Lenkrad. Aber Burke war nicht da! »Willst du fahren, Grandma?«

»Ich übernehme, wenn du ausgestiegen bist. Cooper! Hör auf mit dem Gewinsel!«

Grant drehte sich um und legte die Hand auf meinen Rücken. »Cooper! Beruhig dich!«

Ich krümmte mich zusammen. Alles, was ich machte, schien falsch zu sein. Mein Junge war weg, und Grant und Grandma schimpften mich aus. Wo war Burke?

Grandma tätschelte meinen Kopf, und ich schleckte eifrig ihre Hand ab, konnte den Speck beinahe schmecken. »Das ist für Burke ganz schön hart, Grant«, sagte sie nach einer Weile. »Er hasst es, wenn Leute ihn im Rollstuhl sehen.«

»Das kapier ich nicht. Er war immer im Rollstuhl. Er ist zu Geburtstagspartys gegangen, zu Fußballspielen, und es war nie ein Problem. Keine Ahnung, warum das jetzt so eine große Sache sein soll.«

Ungläubig blickte ich aus dem Heckfenster. Wir fuhren weg. Ohne Burke!

»Im Moment hat er damit eben Probleme.«

Grant zuckte die Achseln. »Kann sein, aber alle wissen, dass er irgendwann operiert wird und danach gehen kann.«

Grandma seufzte. »Vorausgesetzt, die Operation verläuft erfolgreich.«

Sie verfielen in Schweigen. Je länger wir fuhren, desto mehr verblasste der Geruch meines Jungen. Verängstigt gähnte ich, verstand wieder einmal gar nichts.

Schließlich hielten wir vor einem anderen großen Gebäude an. Jungen und Mädchen in Grants Alter strömten hinein. Grant schloss die Augen. »Grandma«, sagte er leise.

»Was hast du auf dem Herzen, mein Schatz?«

»Ich muss dir etwas erzählen. Ich habe etwas Schlimmes getan. Etwas richtig Schlimmes.«

»Was denn, Grant?«

»Ich bin schuld, dass Burkes Stuhl an der Seite eingedellt ist. Ich habe ihn geschubst. Einen Hügel hinuntergeschubst.«

Eine Zeit lang starrte Grandma Grant nur schweigend an. »Warum hast du das gemacht, Grant?«, fragte sie dann erregt.

Besorgt schob ich die Schnauze in ihre Hand.

»Keine Ahnung. Ich weiß es wirklich nicht. Aber ... manchmal hasse ich ihn so sehr, dass ich an nichts anderes denken kann. Ja, ich glaube, ich wollte ihm wehtun«, stieß Grant gehetzt hervor. »Als ich den Stuhl losließ, tat es mir sofort leid.« Er wischte sich die Augen. »Jeder Tag in meinem Leben ist wie der andere. Schule, Feldarbeit, Hausaufgaben, dann ins Bett, und am nächsten Tag geht das Gleiche wieder von vorne los. Nur im Sommer ist es anders, da weckt mich Dad schon im Morgengrauen.«

Grandma sah Grant scharf an. »Aber was kann Burke dafür?«

»Ich kann es nicht erklären.«

»Du verschweigst mir etwas, das spüre ich.«

Grant wandte den Blick von Grandma ab und starrte aus der Windschutzscheibe. Ich folgte seinem Blick, doch ich sah Burke nicht und konnte ihn auch nicht riechen. Er war nicht hier.

Grandma schüttelte den Kopf. »Als ihr Jungs klein wart, war ich oft erschrocken darüber, wie wild ihr euch geprügelt habt. Jetzt bist du älter und kräftiger geworden, Grant, und könntest Burke richtig wehtun.«

»Ich weiß.«

»Du darfst deine Frustration nicht an Burke auslassen.«

»Bin ich ein schlechter Mensch, Grandma?«

Grandma lachte trocken auf. »Ich glaube, wir alten Leute vergessen manchmal, dass Kindheit nicht nur aus Spaß und Spielen besteht. Du hast im Moment einen Haufen Probleme zu bewältigen. Anderen Menschen wehzutun, weil man selbst leidet, ist allerdings niemals eine Lösung. Ich glaube nicht, dass du im tiefsten Inneren ein schlechter

Mensch bist, Grant. Aber wenn du diesen Impuls wieder verspürst, darfst du ihm auf keinen Fall nachgeben. Egal, wie sehr du dich im Recht fühlst, du darfst dich nicht dazu hinreißen lassen, böse Dinge zu tun.«

Grant und Grandma stiegen aus, ließen mich jedoch im Wagen zurück. Ich beobachtete sie durch das Fenster. »Ich hab dich lieb, Grandma«, sagte Grant und umarmte sie. Freudig wedelte ich mit dem Schwanz.

Grant rannte los. Grandma setzte sich ans Steuer, und ich sprang neben sie auf den Sitz, hielt nach Eichhörnchen und anderer Beute Ausschau. Wir besuchten einige sehr freundliche Menschen, aber es gab keine Leckerlis. Danach fuhren wir nach Hause, machten ein Nickerchen und stiegen schließlich wieder in den Wagen. Zwei Autofahrten an einem Tag wären normalerweise eine herrliche Sache, doch ich sorgte mich um Burke. Würde er jemals wieder nach Hause kommen? Wir holten Grant ab, und dann saß ich erneut mit Grandma auf der Rückbank. Ich hoffte, wir würden als Nächstes Burke einsammeln, und ja, genau das geschah! Er saß in seinem Stuhl vor dem großen Gebäude. Auf der Steintreppe saßen immer noch Kinder, aber nicht mehr so viele. Großmutter hielt mich mit beiden Armen fest, um mich am Rausspringen zu hindern. Ich riss mich allerdings los und stürmte zu Burke, sprang auf seinen Schoss und schleckte ihm das Gesicht ab.

»Okay! Okay. Ist ja gut, Cooper!«, rief er.

Während der Fahrt beugte Grandma sich nach vorne und tippte Burke auf die Schulter. »Und? Wie war dein erster Tag?«

Er drehte sich zu ihr um. »Schrecklich!«

10

Burke wirkte bekümmert. Aufmerksam sah ich ihn an, würde ihn gern abschlecken oder *Hilf!* machen oder irgendetwas, um seine Traurigkeit zu verscheuchen.

»Oje!«, rief Grandma. »Waren die anderen Kinder gemein zu dir?«

Burke schüttelte den Kopf. »Nein, viel schlimmer. Alle waren so nett. Beim Mittagessen wollten alle neben mir sitzen, und jeder bewunderte meinen Rollstuhl, als wäre er ein verdammter Ferrari. Ich wurde von mindestens zehn Kindern nach Hause eingeladen, und alle betonten ununterbrochen, dass ich natürlich willkommen sei, wenn es eine Party gäbe. Mehr als willkommen. Was zum Teufel soll das heißen? Entweder man ist willkommen, oder man ist es nicht.«

Grant lachte.

»Ich glaube, sie wollten einfach nur freundlich sein, mein Junge«, sagte Grandma.

»Und Grant hatte recht. Alle saßen draußen auf der Treppe. Die coolen Kids oben, die Blödmänner unten, aber selbst die saßen dort. Und dann bin ich da, auf dem Pflaster vor der Treppe, als wäre ich eine eigene Sorte von Blödmann.«

»In der Highschool machen wir so bescheuerte Sachen nicht mehr. Das ist typisch Middle School.«

»Ja, aber da gehe ich nun mal hin«, erwiderte Burke.

Am nächsten Morgen machten wir die gleiche Autofahrt. Grandma saß wieder mit mir auf der Rückbank. »Hast du wirklich die Erlaubnis bekommen, Cooper in die Schule mitzubringen?«, fragte Grant Burke.

»Ich habe nicht gefragt. Wenn man nicht fragt, können sie nicht Nein sagen.«

Grant prustete los. »Die Weisheit eines Achtklässlers.«

»Das gefällt mir nicht, Burke«, warf Grandma ein. »Hast du deinem Vater erzählt, dass du Cooper in die Schule mitnimmst?«

Ein langes Schweigen trat ein. »Kann sein, dass ich vergessen habe, es zu erwähnen«, sagte Burke schließlich.

Grant lachte.

Dieses Mal durfte ich vor dem großen Gebäude aus dem Wagen springen. Ich hatte kaum Zeit, das Bein zu heben, weil Burke mich sofort um *Bereit!* bat. Grant fuhr davon, und ich blieb dicht an Burkes Seite, als er zur Steintreppe rollte. Am Fuß der Treppe sollte ich wieder *Bereit!* machen, also blieb ich geduldig stehen, während er mich am Geschirr packte und sich aus dem Stuhl gleiten ließ. »Hilf!«, befahl er dann.

Die Kinder auf der Steintreppe wurden mucksmäuschenstill und rutschten bereitwillig zur Seite, als ich Burke nach oben half.

»Süßer Hund«, flüsterte ein Mädchen.

»Hey, Burke!«, rief ein Junge grüßend. Manche Kinder rochen ganz köstlich nach Wurst und Käse, aber ich konzentrierte mich ganz auf den Aufstieg. Bald waren wir auf der obersten Treppe angelangt.

»Könnte mir jemand bitte meinen Rollstuhl bringen?«, fragte Burke. Mehrere Jungen sprangen auf, rannten hinunter, schnappten sich den Stuhl und brachten ihn uns. Dann redeten alle durcheinander, und ein paar Mädchen streichelten mich. Ein Junge kratzte mich am Schwanzansatz, und ich stöhnte vor Wonne.

»Wie heißt er?«

»Cooper.«

»Guter Hund, Cooper!«

»Hi, Cooper!«

Burke vergrub das Gesicht in meinem Fell. »Danke, Cooper«, flüsterte er. »Dank dir fühle ich mich, als wäre ich normal.«

Eine laute Glocke ertönte, worauf alle gleichzeitig aufsprangen. Burke ließ mich *Bereit!* machen, damit er wieder in seinen Stuhl klettern konnte. Im Eingangsbereich wimmelte es von Kindern, und ich wurde von vielen gestreichelt. »Netter Hund!« An manchen Händen roch ich andere Hunde.

»Er heißt Cooper.«

»Guter Hund, Cooper.«

Wir bahnten uns den Weg zu einem Zimmer mit mehreren Tischen und vielen Kindern. Burke ließ mich neben seinem Stuhl *Sitz!* und *Bleib!* machen. Ein Mann in Grandmas Alter kam zu uns, um mit uns zu reden und mich zu loben, was für ein braver Hund ich sei. »Ich nehme an, Direktorin Hawkins weiß über die Sache Bescheid, ja?«, fragte der Mann, während er meinen Kopf kraulte.

»Ähm, nein, aber sie meinte, sie würde mir jede Hilfe zukommen lassen, die ich benötige ...«

Lächelnd zuckte der Mann die Achseln. »Für mich ist das in Ordnung. Was ist er für eine Rasse?«

»Wir glauben, er ist ein Schlittenhund-Dogge-Mischling.«

»Kein Wunder, dass er so riesig ist.«

Es war komisch, so lange neben einem Tisch zu sitzen, ohne dass irgendwelches Essen auftauchte. Im Schulranzen eines Jungen witterte ich Schinken, aber wenn ich *Bleib!* machte, durfte ich solche Sachen nicht auskundschaften.

Burke war glücklich, das spürte ich an der Art, wie er atmete, mich anlächelte und mir die Ohren kraulte. Was immer ich hier auch tat, es machte ihn glücklich, und ich war bereit, es den ganzen Tag zu machen.

Schließlich drehte ich einen kleinen Kreis und legte mich mit wohligem Gähnen hin. Ich sprang jedoch wieder auf, als erneut diese Glocke schrillte und alle Kinder von ihren Bänken aufsprangen. Wir drängten uns durch das Getümmel in den Korridoren zu einem anderen Zimmer. Würde das den ganzen Tag so weitergehen? Wenn dies »Schule« bedeutete, erschien es mir ziemlich sinnlos.

In dem neuen Zimmer gab es keine Tische, nur Stuhlreihen. Burke rollte mit seinem Stuhl zum hinteren Bereich des Raums und befahl mir *Sitz!* und *Bleib!*. Eine Frau kam herein. Sie roch nach Blumen. Sie war ungefähr in Chase Dads Alter und hatte lange helle Locken. »Burke!«, rief sie.

»Ja, Mrs. Hawkins?«

Sie hob einen Finger und krümmte ihn. »Komm bitte mit mir in mein Büro.«

Ich nahm bei den Kindern eine große Anspannung wahr, als ich Burke in den Korridor hinausfolgte.

Die Frau ging neben uns her. Ihre Beine machten ein reibendes Geräusch. Wir durchquerten einen großen Raum, in dem Menschen an Schreibtischen saßen, und betraten dann ein daran angrenzendes kleineres Zimmer. Die Frau schloss die Tür. Im Zimmer gab es Stühle, aber weder Tische noch Kinder. Essen roch ich auch nicht.

»Schule« kam mir immer sinnloser vor.

Die Frau setzte sich. Als sie mit den Fingern auf ihr Knie tippte, stieg mir der Geruch eines Tieres in die Nase, kein Hund, auch keine Ziege. Es war das unsichtbare Tier, das ich in Avas Haus gewittert hatte. Ich hoffte, das geheimnisvolle Tier würde sich zeigen, damit ich es endlich kennenlernte.

»Warum tust du das, Burke?«

Ich sah ihn an, als sie seinen Namen sagte. Er runzelte die Stirn. »Ich habe nichts getan.«

»Du hast einen Hund in meine Schule mitgebracht.«

Die Art, wie sie »Hund« sagte, klang so, als würde sie damit »böser Hund« meinen. Ich beschnupperte Burkes Hand.

»Er ist mein Assistenzhund. Er hilft mir mit meinem Rollstuhl.«

»Mir wurde gesagt, du könntest dich ohne Hilfe mit deinem Rollstuhl bewegen.«

»Das schon, aber ...«

»Diese Schule wurde so ausgestattet, dass sie für einen Rollstuhlfahrer weitgehend barrierefrei ist. Ich habe sogar erlaubt, die Rampe zu verlegen, damit du morgens nicht durch die Schulküche rollen musst. Dein Hund ist ein Störfaktor. Alle reden nur über ihn. Außerdem ist er riesengroß. Ich will mir erst gar nicht ausmalen, was geschehen würde, wenn er einen der Schüler beißt.«

»Oh, Cooper würde niemals jemanden beißen!«

Bei meinem Namen blickte ich auf. Ich spürte, dass Burke langsam wütend wurde.

»Das sagst du. Aber ich kann das Risiko nicht eingehen.«

Burke verschränkte die Arme vor der Brust. »Da besteht kein Risiko.«

»Das hast nicht du zu entscheiden.«

»Sie haben nicht das Recht, meinem Hund den Zutritt zu verbieten.«

Sie zog die Brauen hoch. »Ich habe jedes Recht der Welt, junger Mann. Werd bloß nicht frech!«

Ein angespanntes Schweigen breitete sich aus. Ich gähnte nervös.

Die Schultern der Frau lockerten sich ein wenig. Ihre Miene wurde weicher. »Ich weiß, du wurdest in den letzten Jahren zu Hause unterrichtet. Und ich verspreche dir, ich werde alles in meiner Macht Stehende tun, damit du den Lernstoff aufholst. Aber dafür musst du dich auch an die Regeln halten. Hier läuft es nicht wie bei dir daheim. Dies ist eine öffentliche Schule.«

»Ich muss nichts aufholen. Ich habe dieselben Prüfungen wie alle anderen Schüler abgelegt und immer sehr gut abgeschnitten. Doch ich brauche meinen Hund an meiner Seite.«

»Die Antwort lautet Nein.«

Burke holte tief Luft. »Cooper bleibt bei mir«, sagte er mit zitternder Stimme.

Als mein Name fiel, wedelte ich mit dem Schwanz.

Die Frau stand auf. »Dann werde ich jetzt deine Eltern anrufen und sie bitten, dich abzuholen.«

Burke schüttelte den Kopf. Um seine Lippen zuckte ein seltsames kaltes Lächeln.

»Nicht meine Eltern. Meinen Dad«, sagte er ausdruckslos. »Meine Mom hat uns verlassen, weil ich verkrüppelt zur Welt gekommen bin und sie damit nicht umgehen konnte.«

Abermals trat ein langes Schweigen ein. Die Frau öffnete den Mund und schloss ihn dann wieder. »Du kannst vor dem Büro warten.«

Sie öffnete uns die Tür, die zu dem großen Zimmer führte. Freundlich wedelte ich den Menschen an den Schreibtischen zu, und sie lächelten lieb zurück. Burke rollte zu einem Fenster. Die Glocke ertönte wieder, und wir beobachteten durch die Scheibe, wie Kinder durch die Korridore liefen. Schweigend sah Burke dem Treiben zu. Einige Kinder steckten die Köpfe durch die offene Tür und sagten »Hi, Cooper« und »Hi, Burke«. Ich antwortete allen mit einem fröhlichen Schwanzwedeln.

Ein Mädchen kam herein, das ich sofort wiedererkannte. Laceys Mensch! »Hi, Burke. Erinnerst du dich an mich?«

»Wenling?«

Ihr Name war Wenling.

»Ja.« Sie lächelte, als ich sie begeistert beschnüffelte. Ihre Haut und ihre Kleidung verströmten den Duft meiner Lacey. Sie setzte sich auf einen Stuhl. »Was machst du hier? Warst du bei der Direktorin?«

»Sie hat mich rausgeschmissen.«

»Aus der Schule? Echt jetzt?«

»Anscheinend gibt es eine Hundeverbotsregel, ob er nun meine Hausaufgaben auffrisst oder nicht.«

Sie streichelte meine Flanken, und ich schleckte dankbar ihre Hand ab. »Das kann nicht sein. Gibt es da nicht irgendwelche Gesetze oder so? Ich bin mir ziemlich sicher, dass ein Assistenzhund überall erlaubt ist.«

»Wahrscheinlich überall, außer an dieser Schule.«

Ein großer Junge schob den Kopf durch die Tür. »Hey, Burke!«

»Ähm, hi …«

»Grant.«

»Richtig. Grant Karr.«

Verwirrt sah ich mich um. Grant?

Der Junge klopfte mit der Hand auf den Türrahmen. »Ich dachte, du hättest vielleicht Lust, nach der Schule mit auf den Sportplatz zu gehen. Das erste Footballtraining nach den Ferien.« Der Junge machte eine werfende Handbewegung. Eifrig folgte ich der Hand mit meinem Blick, doch es landete nichts auf dem Boden.

»Football?«, sagte Burke.

»Ja.«

»Und in welcher Position würde ich spielen?«

Der Junge zuckte kaum merklich zusammen. »Ich

meinte nur, na ja, also einfach mit dem Team abhängen. Nicht …« Der Junge biss sich auf die Unterlippe. »Wir dachten, wir könnten dich vielleicht als Ausrüstungsbeauftragten einsetzen oder so was in der Art.«

»Oder als Cheerleader«, warf Wenling grinsend ein.

Burke lachte. »Im Moment habe ich ziemlich zu tun, aber trotzdem danke, Grant.«

Schon wieder fiel Grants Name! Der große Junge klopfte mit den Handknöcheln gegen die Tür. »Alles klar. Vielleicht ein anderes Mal.« Er drehte sich um und ging. Burke seufzte.

»Das kenne ich«, sagte Wenling. »Als ich neu in die Klasse kam, wollten sich alle mit dem chinesischen Mädchen anfreunden. Und weißt du, was sie mir zu essen servierten, wenn sie mich zu sich nach Hause einluden? Und es nach wie vor tun? Chinesisches Essen. Immer und immer wieder.«

Burke lachte. Es hörte sich glücklich an, und ich wedelte begeistert mit dem Schwanz. »Magst du chinesisches Essen überhaupt?«

»Ich mag das chinesische Essen meiner Mom.« Das Mädchen stand auf. »Ich muss in den Unterricht. Ach ja, noch etwas. Habt ihr wegen dieses Feldroboters, auf den dein Vater geschossen hat, Probleme gekriegt?«

»Bisher nicht. Dafür ist eine Tierfängerin der Tierschutzbehörde bei uns aufgetaucht, aber die Frau war mehr an Dad als an Cooper interessiert.«

»Erst der Feldroboter, und dann bringst du ein bösartiges Tier in die Schule mit. Ihr seid eine Familie von Gesetzlosen.«

115

»Mein Bruder Grant holt mich nach der Schule ab, weil wir die Bank ausrauben wollen.«

»Dann nimm sicherheitshalber Cooper mit. Bis dann, du Räuber.«

Nachdem sie gegangen war, tauchte plötzlich Grandma auf! Ich freute mich riesig, sie zu sehen. Sie sagte zu mir, ich sei ein guter Hund, und nahm auf dem Stuhl Platz, auf dem vorher Wenling gesessen hatte. »Was ist passiert, Burke?«

»Mrs. Hawkins hat mich aus dem Unterricht geholt. Sie meinte, ich darf Cooper nicht in die Schule mitnehmen, weil ich mich mit meinem Rollstuhl allein bewegen kann. Außerdem sagte sie, ich sei dumm, weil ich zu Hause unterrichtet wurde.«

Grandmas Züge verhärteten sich. »Deine Lektüre- und Mathematikkenntnisse sind auf College-Niveau.«

»Das hört sie bestimmt nicht gern.«

Die Frau mit dem Geruch nach dem fremden Tier kam aus ihrem Zimmer, reichte Grandma die Hand und verschwand mit ihr hinter der verschlossenen Tür. Ich wedelte mit dem Schwanz, da mir nichts anderes einfiel.

Burke rollte mit seinem Stuhl hin und her, nahm von einem kleinen Tisch irgendwelche zusammengefalteten Papiere, betrachtete sie, legte sie wieder zurück, ergriff sie erneut, legte sie wieder zurück. Dann tätschelte er meinen Kopf. »Hey, Cooper. Guter Hund«, murmelte er.

Manchmal erzählen dir Menschen, du seist ein guter Hund, vergessen jedoch, das mit einem Leckerbissen zu bekräftigen. Trotzdem macht es mich immer glücklich, wenn ich »guter Hund« höre.

Grandma kam aus dem Büro heraus. Auf dem Weg zum Auto sprachen Burke und sie kein einziges Wort. Ich setzte mich mit Burke auf den Rücksitz. Als alle Türen geschlossen waren, legte Grandma die Hände auf das Lenkrad, ließ sie dann aber wieder fallen.

»Grandma?«

Sie drehte sich um und sah Burke an. »Oh, Burke. Die Direktorin hat mir erzählt, was du über Patty gesagt hast. Über deine Mutter.«

Burke senkte den Kopf und starrte auf seinen Schoß.

»Deine Mutter ist nicht deinetwegen gegangen. Sie ist einfach … Es ist kompliziert. Deine Mutter ist anders als wir. Sie hat die Stadt vermisst. Ständig redete sie darüber, dass sie gern in Geschäfte gehen würde, in Restaurants. Sie konnte sich mit dem Leben auf der Farm einfach nicht anfreunden.«

Burke gab einen leisen, traurigen Laut von sich. »Du warst damals nicht da, Grandma. Du warst nicht dabei, als sie sagte, wir könnten uns zwischen Dad und ihr entscheiden. Als ich zu reden begann, wusste sie, ich würde mich für sie entscheiden, und sie … sie fand das schrecklich. Was ihr deutlich anzusehen war.«

»Du darfst dir so etwas nicht einreden, Burke.«

Er wandte den Blick ab, und ich beschnupperte seine Hand, um ihn daran zu erinnern, dass wir vor wenigen Momenten noch so glücklich gewesen waren.

Grandma schürzte die Lippen. »Patty ist nach Europa gezogen und hat wieder geheiratet. Ihr neuer Mann scheint ein Kontrollfreak zu sein, ein richtiger Mistkerl.«

Verblüfft wich Burke zurück. Ich blickte aus dem Fenster. Waren das Eichhörnchen?

Grandma lachte leise. »Ich weiß, ist sollte keine Schimpfwörter benutzen, aber genau so sehe ich das. Als ich das letzte Mal mit Patty telefonierte, erzählte sie mir, er würde ihr nicht erlauben, Kontakt zu euch aufzunehmen.« Kopfschüttelnd sah sie aus dem Fenster.

»Geht's dir gut, Grandma?«

»Ob es mir gut geht? Mir? Oh, Burke, du hast das weichste Herz der Welt.«

Später saßen wir im Wagen und aßen aus köstlich riechendem Papier. Burke fütterte mich mit Käse, dessen Geschmack ich sogar bei der Rückkehr auf der Farm noch auf der Zunge hatte.

Als Grant auftauchte, fragte ich mich, ob ihm klar war, wie viele Leute den ganzen Tag über ihn geredet hatten. Er kroch auf allen vieren und wedelte mit diesem dummen Nylon-Kauknochen vor meiner Nase herum, bis ich ihm das Ding aus Mitleid wegnahm. Verstohlen schlich ich dann hinter einen Sessel und spuckte den Knochen aus.

Chase Dads Stiefel rochen nach Erde und Insekten. Sorgfältig untersuchte ich sie, während er sich in der Küche mit Grandma, Grant und Burke unterhielt. In der Küche? Sofort rannte ich los, um zu sehen, ob in der Küche ein Leckerbissen auf mich wartete.

»Tja, damit wäre das Thema erledigt«, sagte Chase Dad gerade. »Du musst in die Schule gehen, Burke. Mrs. Hawkins hat recht, die Schule ist tatsächlich barrierefrei.« Grandma stand am Herd. In der Luft lag der köstliche Duft nach etwas Fleischigem.

»Nein, sie hat nicht recht, Dad! Ich habe das recherchiert. Wenn ich sage, ich brauche einen Assistenzhund, kann sie das nicht einfach abtun«, rief Burke.

»Nach zwei Tagen aus der Schule fliegen – alle Achtung, Burke! Das ist ein neuer Rekord«, sagte Grant lachend.

»Grant!«, schalt Grandma.

»Zeig mal, was du da recherchiert hast«, sagte Chase Dad. Er beugte sich über Burkes Schulter und starrte auf einen Gegenstand auf dem Tisch. Ich konzentrierte mich auf Grandma. Sie machte irgendetwas mit Butter, und ich esse alles, was mit Butter bestrichen ist.

»Okay, Burke, das mag ja vielleicht im Gesetz verankert sein. Aber Mrs. Hawkins hat bestimmt noch ein paar schulinterne Vorschriften in der Hinterhand, um ihre Entscheidung begründen zu können«, sagte Chase Dad schließlich. »Ich kenne sie aus ihrer Zeit als Basketballtrainerin. Sie ist knallhart, wenn es drauf ankommt.«

»Du sagst immer, wir müssen uns wehren, wenn wir etwas für ungerecht halten. Und das ist ungerecht. Wenn Cooper bei mir ist, bin ich nicht mehr der Junge im Rollstuhl, sondern der Junge mit dem Hund. Mit Coopers Hilfe kann ich die Treppe hochklettern und mit meinen Freunden zusammensitzen. Das ist ein gewaltiger Unterschied.«

Chase Dad schüttelte den Kopf. »Werde jetzt nicht theatralisch, Sohn.«

Mein Junge wandte sich wortlos vom Tisch ab und rollte in sein Zimmer. Natürlich folgte ich ihm. Ich machte es mir auf seinem Bett bequem, während er in seinem

Stuhl sitzen blieb. Nach einer Weile ging die Tür auf, und Chase Dad kam herein. »Burke, ich werde dich morgen zur Schule fahren und noch einmal mit Mrs. Hawkins wegen Cooper sprechen. Okay? Vielleicht kann ich sie ja überzeugen.«

»Danke, Dad.«

Chase Dad tätschelte mir den Kopf und ging hinaus. Ich dachte an den leckeren Käse und stieß einen tiefen Seufzer aus.

11

Wie es aussah, würden wir wieder Schule spielen, obwohl uns dieses Mal Chase Dad in seinem Truck mitnahm. Er machte es jedoch falsch, denn er setzte zuerst Grant vor seinem Gebäude ab, ehe er Burke zu seinem Gebäude brachte. Aber wenigstens wusste Chase Dad, wo es war. Aufgeregt wedelte ich mit dem Schwanz, als ich all die Kinder auf den Stufen entdeckte.

Chase Dad drehte sich zu uns um. »Wartet hier.« Er stieg aus und erklomm die Steintreppe. Höflich rutschten die Kinder zur Seite, um ihn vorbeizulassen.

Nach einem Moment öffnete Burke die Tür. »Komm, Cooper.« Ich machte *Bereit!*. Wir rollten zur Treppe, dann machte ich *Hilf!*, bis mein Junge sich auf halbem Weg nach oben neben Wenling setzte.

»Cooper!«, begrüßte sie mich und hielt mir ihre nach Lacey duftenden Hände hin. Ich vergrub die Nase in ihnen, sog den Duft ganz tief in mich ein. Mir war unverständlich, warum Wenling ohne Lacey hierherkam. Wenn Lacey hier wäre, wären alle viel glücklicher!

Einige Kinder riefen Burkes Namen, und während er winkte und den Kindern etwas zurief, legte ich den Kopf auf Wenlings Schoß und ließ mich ausgiebig von

121

ihr streicheln. Mein Geruch würde an ihr haften bleiben, und wenn sie wieder zu Hause wäre, würde Lacey sie beschnuppern und an mich denken.

»Mein Dad hat sich freiwillig ins Direktorat begeben«, erzählte Burke Wenling.

»Weil er auf den Feldroboter geschossen hat?«

»Ich schätze, er kriegt zur Strafe mindestens zwei Stunden Nachsitzen.«

Wenling lachte leise.

»Er will Mrs. Hawkins überreden, dass ich Cooper in die Schule mitbringen darf«, erklärte Burke. »Mal sehen, was passiert, wenn zwei Sturköpfe aufeinandertreffen.«

»Alle sind der Meinung, dass sie es erlauben muss. Rechtlich gesehen, meine ich«, sagte Wenling.

»Meinst du mit ›alle‹ die gesamte achte Jahrgangsstufe? Also, es ist so: Wir haben zwar nicht mit einem Anwalt gesprochen, aber ich habe ein wenig recherchiert, und bingo! Mrs. Hawkins darf Cooper nur von der Schule verbannen, wenn er jemanden gebissen hat oder etwas in der Art.«

Wenling streichelte meinen Kopf. »Du würdest niemals jemanden beißen, nicht wahr, Cooper?«

»Natürlich nicht!«

»Riechst du Lacey an mir, Cooper? Beschnüffelst du mich deshalb so intensiv?«

Ich merkte auf. Lacey? Würde Lacey kommen?

Auf den Stufen über mir wurde es unruhig. Die Kinder rutschten zur Seite, als Dad Chase die Treppe hinunterging. Er hatte seinen wütenden Gang. Als er Burke und mich entdeckte, blieb er abrupt stehen. »Burke!« Er holte tief Luft und atmete hörbar wieder aus. »Wir gehen! Komm!«

Chase Dad bückte sich, als wollte er Burke hochheben. Burke machte sich stocksteif und streckte die Arme aus. »Nein! Lass das Cooper machen, Dad.«

»Wie du meinst.« Chase Dad marschierte mit seinem wütenden Gang zum Truck.

»Offenbar ist es mit Mrs. Hawkins nicht sonderlich gut gelaufen«, sagte Burke zu Wenling.

»Ich werde dich im Gefängnis besuchen.«

Burke gluckste. »Bis dann, Wenling.«

»Bis dann, Burke.«

Ich machte *Hilf!* bei den Stufen und *Bereit!* beim Stuhl. Burke zog sich allein in den Truck, während Chase Dad den Stuhl verstaute.

Mit finsterer Miene stieg Chase Dad ein und knallte die Tür so laut zu, dass ich zusammenzuckte. »Ich hatte gesagt, du sollst im Wagen warten.«

»Ich wollte meine Freunde begrüßen.«

Chase Dad schüttelte den Kopf. »Hör zu, ich möchte nicht, dass du dich weiterhin mit diesem Mädchen abgibst.«

»Mit Wenling? Wieso denn nicht?«

»Ihre Familie will uns aus dem Geschäft drängen. Ihr Vater arbeitet als Ingenieur für die Smart-Farming-Bauern.« Chase Dad fuhr los. Nach einer Weile warf er meinem Jungen einen Blick zu und sagte: »Das meine ich ernst.«

»Was hat die Direktorin gesagt?«

Chase Dads Hände verkrampften sich um das Lenkrad. »Sie sagte, Cooper sei ein Störfaktor, die Lehrer könnten mit ihm keinen Unterricht abhalten und die Kinder hätten Angst vor ihm, weil er so groß ist.«

Burke lachte bitter auf. »Was? Das ist so ein Schwachsinn! Niemand hatte Angst vor ihm, im Gegenteil! Sie wollten ihn alle streicheln. Cooper weiß, wie man sich benimmt.«

»Tja, sie sieht das offenbar anders. Du wirst den Hund zu Hause lassen müssen.«

Burke starrte aus dem Seitenfenster. Seine Hand an meinem Hals spannte sich an. »Jetzt kapier ich es.«

Seine Stimme war bitter, seine Miene wütend und finster. Ängstlich sah ich ihn an. Was war los?

Chase Dad warf ihm einen Blick zu. »Was kapierst du? Ich verstehe nicht, was du meinst.«

»Du willst mich in deinen Krieg mit Wenlings Vater hineinziehen und mir den Umgang mit ihr verbieten, obwohl Wenling und ich nichts damit zu tun haben. Aber wenn ich auf Kriegsfuß mit der Schule stehe, hilfst du mir nicht, sondern verlangst, ich solle einfach aufgeben.«

Wir fuhren an der Ziegenfarm vorbei, die so herrlich wie immer roch. »Pass auf, Sohn, dies ist ein Kampf, den wir nicht gewinnen können. Diese Institutionen haben viel Geld und viel Macht. Wenn wir versuchen, uns mit ihnen anzulegen, werden sie uns vernichten.«

»Warum verkaufen wir die Farm nicht gleich an den Smart-Farming-Konzern?« Burke wischte sich die Augen, und ich leckte ihm besorgt über das Gesicht. Seine heiße Haut strahlte Traurigkeit und Zorn aus. »Warum überhaupt für irgendetwas kämpfen?« Burke drehte sich zur Seite und sah Chase Dad an. »Das bedeutet mir viel, Dad. Verstehst du das nicht?«

»Ich verstehe, dass es dir wichtig ist, aber glaub mir, wenn du älter bist …«

»Es geschieht aber jetzt!«, kreischte er. Sein scharfer Ton und die Flut an Emotionen, die von ihm ausging, ließen mich zusammenzucken. »Warum ist es dir egal, wie ich mich fühle?«

»Beruhige dich, Sohn.«

Die restliche Fahrt verlief in bedrücktem Schweigen. Normalerweise machen Autofahrten mich glücklich, aber diese Fahrt war traurig und angespannt. Ich war froh, als ich endlich herausspringen konnte, und rannte sofort zum Teich, um die Enten zu erschrecken.

Auf dem Rückweg vom Teich erspähte ich vor dem Schuppen etwas Schwarzes, das herumschlich, und meine Nase verriet mir sofort, dass dies das geheimnisvolle Tier war! Es war klein und geschmeidig, und als es mich entdeckte, flitzte es um die Ecke und verschwand. Ich folgte seiner Witterung bis hin zu einem großen Loch an der Seite des Schuppens. Neugierig beschnüffelte ich dieses Loch und atmete den Geruch tief ein. Ich war enttäuscht, dass das Tier nicht mit mir spielen wollte. Außerdem verstand ich nicht, warum so viele Menschen den Geruch des Tiers an sich trugen, obwohl es anscheinend in Schuppen lebte.

Danach kehrte alles wieder zur Normalität zurück. Grant verließ morgens das Haus, Chase Dad spielte draußen mit Pflanzen oder fuhr mit dem niedrigen Truck herum. Manchmal sah ich ihm müßig bei seinem Treiben zu, vor allem, wenn Burke nichts anderes machte, als mit Grandma zu reden oder reglos auf einen beleuchteten Gegenstand auf seinem Tisch zu starren. »Beeindruckend, wie du dich in die Infinitesimalrechnung einarbeitest«, sagte Grandma eines Tages zu Burke. »Aber ich komm da nicht mehr mit. Ich kann dir leider nicht länger helfen.«

»Schon okay, Grandma. Der Online-Unterricht ist klasse. Ich liebe Mathe, aber gewisse Leute scheinen Rechnen ja langweilig zu finden.«

»Oh, ganz und gar nicht, Liebling. Ich finde es unglaublich spannend, dir dabei zuzusehen, wie du immer schlauer wirst. Ich bin mächtig stolz auf dich.«

Grandma beugte sich zu Burke hinunter, und er schlang die Arme um sie. Sogleich stellte ich mich auf die Hinterpfoten und drängte den Kopf zwischen die beiden, um diesen besonderen Moment noch einzigartiger zu machen.

Als ich mit Burke nach draußen ging, lief ich schnurstracks zum Schuppen. Überall war der Geruch des geheimnisvollen Tiers, aber von ihm selbst war nichts zu sehen.

Burke rollte mit seinem Stuhl zum Steg hinunter. Er raschelte mit irgendwelchen Papieren auf seinem Schoß, was sich ähnlich anhörte wie die Blätter, die in einem steten Regen von den Bäumen fielen. Zufrieden streckte ich mich zu seinen Füßen aus und döste vor mich hin, als mir plötzlich ein ganz besonderer Duft in die Nase stieg. Sofort sprang ich auf.

»Cooper!«, rief Burke, aber ich stürmte einfach los. Lacey! Sie rannte mir entgegen, und es war, als wären wir nie auch nur einen Moment getrennt gewesen. Natürlich hatte Lacey mich gefunden! Wir gehörten zusammen, das wussten wir beide. Ich konnte mich nicht auf die Suche nach ihr machen, weil ich mich um meinen Jungen kümmern musste. Doch Wenling konnte allein gehen, ohne Lacey.

Was für ein herrlicher Tag! Lächelnd sah Burke zu, wie Lacey und ich Enten jagten, ins Wasser sprangen, schnüffelnd am Ufer entlangliefen. Ich roch Wenling an Lacey, was mich daran erinnerte, dass Lacey mich wieder verlassen würde, aber im Moment hatte ich sie ganz für mich allein.

Wann immer Burke »Cooper! Lacey!« rief, liefen wir zu ihm, hatten jedoch bald wieder nur noch Augen füreinander. Was gibt es Schöneres, als mit deinem Menschen und deinem Lieblingshund zusammen zu sein? Der Nachmittag verging wie im Flug. Bald würde Grant heimkommen, und dann könnten wir alle zusammen Spaß haben.

Die Enten hatten sich in dem sumpfigen Abschnitt gegenüber dem Steg zu einem mürrischen Haufen versammelt. Als Lacey und ich durch den Matsch sausten, flogen die Enten quakend auf und flatternten schimpfend zur Mitte des Teichs.

Ich sah die Schlange zuerst. Ich erstarrte, die Schlange ebenfalls. Sie lag zusammengerollt im Gras, züngelte böse und sah mich mit kalten Augen an. Als ich sie anbellte, hob sie den Kopf ein Stück höher. Ich wusste nicht warum, aber ich wollte sie sofort angreifen, sie beißen, sie sogar töten – es war ein unwiderstehlicher Drang, der mich wie ein Beben durchfuhr. Mein Nackenfell sträubte sich, und in meinem Bellen schwang ein wilder Klang. Als Antwort schüttelte die Schlange ihr Schwanzende, was weniger ein Wedeln als ein Zittern war, und machte ein kratzendes Geräusch.

»Cooper? Was hast du?« Burke drehte auf dem Steg seinen Stuhl herum, damit er mich besser im Blick hatte.

Lacey kam herbei, um zu sehen, was ich gefunden hatte. Wie ich wurde sie sogleich von einer wilden Rage erfasst, die ihren Schwanz stocksteif werden ließ. Sie begann zu bellen und zu knurren, rannte hinter der Schlange im Kreis herum. Die Schlange bewegte ihren Kopf hin und her, versuchte uns beide im Blick zu behalten.

»Hey, Hunde! Was ist da?«

Ich machte einen Satz nach vorne, worauf die Schlange in meine Richtung schnellte und mich fast im Gesicht erwischt hätte. Hastig wich ich zurück. Sie war so unglaublich schnell. Jetzt wandte sie sich Lacey zu, und ich ging wieder auf sie los. Erneut schnellte sie auf mich zu, und dann sprang Lacey einfach auf sie drauf und nahm sie wie einen Stock ins Maul. Die Schlange wand sich und biss Lacey ins Gesicht.

»Nein! Lacey, nein! Aus! Aus, Lacey! Nein!«, schrie Burke.

Lacey schüttelte den Kopf, ihr Auge zuckte an der Seite, wo sich die Fangzähne in ihre Backe gebohrt hatten. Die Schlange schlug abermals zu, und Burke schrie immer noch. Schließlich ließ Lacey die Schlange fallen, die sofort ins Schilfgras flüchtete.

»Lacey, hierher! Cooper!«

Burkes Stimme war schrill vor Angst – es musste etwas sehr Ernstes passiert sein. Wir rannten zu Burke hinüber. Lacey ließ die Ohren hängen, weil sie ahnte, dass sie ein böser Hund gewesen war. Ich ahnte das auch. Burke schien jedoch kein bisschen wütend auf sie zu sein. Er breitete die Arme aus. »Lacey. Oh nein! Komm her, mein Mädchen.«

Lacey trottete zu Burke und setzte sich vor ihn. Er umfasste mit beiden Händen ihre Schnauze, zog den Kiefer auseinander und betrachtete die Stelle, wo die Schlange sie gebissen hatte. Laceys Rute hämmerte auf den Steg. Ich eilte zu Burke, weil er eine schreckliche Angst verströmte und mich bestimmt ganz dringend brauchte. Doch es war Lacey, die er umarmte und auf seinen Schoß hob. Er hatte Tränen in den Augen. Ich machte *Sitz!*, verstand nicht, was los war. »Oh Gott, Lacey, das tut mir so leid. Sie hat dich wirklich übel erwischt.« Er blickte zum Haus hinüber. »Dad!« Burkes Stimme glich einem wilden Heulen, rau und panisch. So hatte ich ihn noch nie erlebt. »Dad! Schnell, Dad! Komm her!«

Der Wind trug Burkes Schreie zu uns zurück. Er wandte sich mir zu. »Cooper! Komm!«

Ich gehorchte und spürte das Klicken, als er meine kurze Leine an meinem Geschirr befestigte. »Zieh, Cooper!«

Mit Lacey auf Burkes Schoß und ohne die Mithilfe seiner Hände war Burke viel schwerer zu ziehen, aber ich bohrte die Krallen in den Boden und kämpfte mich langsam bergauf.

»Dad! Dad!«, schrie Burke. »Dad! Hilfe!«

Ich erwartete, Chase Dad zu sehen, doch es war Grant, der aus dem Haus gestürmt kam und uns entgegenrannte.

»Beeil dich!«, kreischte Burke.

Grants Stiefel hämmerten auf der hart gepressten Erde. »Was ist los?«

»Lacey wurde von einer Massasauga gebissen!«

»Einer was?«

»Das ist eine Klapperschlangen-Art!«

»Was? Bist du dir sicher?«

»Grant, ich hab sie gesehen! Sie ist giftig. Viel giftiger als eine gewöhnliche Klapperschlange. Sie hat sie mehrfach gebissen. Du musst sie sofort in die Tierklinik bringen.«

»Hat sie Cooper auch erwischt?«

»Nein, Gott sei Dank nicht.«

»Sollten wir das Gift nicht erst einmal aussaugen?«

»Nein, das würde uns wahrscheinlich töten. Fahr endlich los!«

Grant klatschte in die Hände. »Komm, Lacey.«

Zögernd schätzte Lacey die Höhe von Burkes Stuhl bis zum Boden ab. Burke klickte meine Leine los, und ich trabte zu Grant, da ich annahm, er wolle beide Hunde bei sich haben. Endlich sprang Lacey vom Stuhl hinunter, ihre Beine knickten unter ihr ein, als sie auf dem Boden landete. Wacklig stand sie auf, schüttelte sich. Grant drehte sich um und rannte den Hügel hinauf.

Aber Lacey rannte ihm nicht hinterher. Ihre Hinterbeine zitterten, und sie fiel hin. Besorgt schnupperte ich an ihr, und sie leckte matt meine Schnauze ab.

Irgendetwas stimmte ganz und gar nicht mit ihr.

»Du musst sie tragen!«

Grant hob Lacey hoch und rannte auf das Haus zu. Er schwankte unter der Last. Die Art, wie Laceys Kopf hin und her baumelte, machte mir Angst. Ich wäre gern hinterhergelaufen, doch Burke brauchte mich, um *Zieh!* zu machen. Wir kamen nur sehr langsam voran. Als wir das Haus erreichten, waren Grant und sein Truck verschwunden. Der Geruch von Lacey lag noch in der Luft, zog langsam in Richtung der Straße ab.

Im Haus redete Burke mit Grandma, und sie umarmten sich. Kurze Zeit später ertönte das Rumpeln von Chase Dads niedrigem Truck. »Schon was gehört?«, rief er beim Betreten des Hauses.

»Grant hat sein Telefon nicht dabei«, antwortete Grandma. »Er hat es hier liegen lassen, als er Burkes Schreie hörte. Ich hatte in meinem Zimmer gerade ein Nickerchen gemacht.«

»Unter den gegebenen Umständen ist es in Ordnung, dass Grant allein fährt. Ich hoffe nur, er wird nicht angehalten, sonst verliert er seine Fahrerlaubnis.«

»Du sagst doch immer, er sei ein guter Fahrer.«

»Klar, für einen Fünfzehnjährigen.«

Burke streichelte mich. Ich machte *Sitz!*. »Dad, ich habe Wenling angerufen. Es ist ihr Hund. Sie und ihr Dad sind auf dem Weg zu uns. Mr. Zhang, der Smart-Farming-Bauer.«

Burke und sein Vater taxierten sich einen Moment lang. »Alles klar«, sagte Chase Dad schließlich. »War es sicher eine Massasauga?«

»Ja, Dad. Ich habe mich letztes Jahr in Biologie mit ihr beschäftigt. Die einzige Giftschlange in unserem Staat.

Diese Klapperschlangen-Art gilt als nahezu ausgestorben.«

»Ich habe noch nie eine gesehen, Burke. Tut mir leid, dass du das erleben musstest.«

Burke wandte den Blick ab; er verströmte eine tiefe Traurigkeit. Ich winselte. Was war los? Warum waren alle so bedrückt? Und wo war Lacey?

»Du hättest es nicht verhindern können, Burke«, sagte Grandma.

Burke presste die Lippen zusammen. »Wäre ich imstande gewesen, aufzustehen und zu den Hunden ins Schilfdickicht zu rennen, hätte ich die Schlange gesehen und die Hunde vielleicht rechtzeitig zurückrufen können.«

Ich tauchte die Schnauze in meine Spielzeugkiste und zog das Quietschspielzeug heraus. Es roch intensiv nach Lacey. Um ihr nah zu sein, schleppte ich es in mein Hundebett.

Nach einiger Zeit ertönte das unmissverständliche Scheppern von Grants Truck. Wir schreckten alle hoch und rannten aufgeregt auf die Veranda. Grant sprang aus dem Truck, blickte zu uns hinüber und schüttelte langsam den Kopf. Großmutter schlug die Hand vor den Mund. »Oh nein«, sagte sie leise.

Als er zu uns auf die Veranda kam, roch ich Lacey an ihm. Ein Meer von Traurigkeit umwogte ihn, das uns alle überspülte und mitriss. Irgendwie wusste ich: Lacey würde nicht zurückkommen. Es war wie bei Judy, der alten Ziege – das, was sie zu Lacey, zu meinem geliebten Hunde-Mädchen gemacht hatte, war nicht mehr da. Die Schlange hatte sie einfach zu schlimm erwischt.

Ich winselte vor Kummer, und mein Junge streckte die Hand nach mir aus und streichelte mich.

Grandma bückte sich, umfasste mit beiden Händen meinen Kopf und sah mir in die Augen. »Du weißt Bescheid, Cooper, nicht wahr? Du weißt, was mit Lacey geschehen ist. Du bist ein junger Hund, aber du hast eine sehr alte Seele.«

Ich leckte ihr übers Gesicht.

»Gott sei Dank wurde Cooper nicht gebissen«, sagte Chase Dad.

Nun kam noch ein Truck die Einfahrt hoch. Wenling und ihr Vater stiegen aus. Er hatte eine lange Metallrute in der Hand. Chase Dad sah Grandma an. »Er hat ein Gewehr. Geh mit den Jungs ins Haus.«

12

Als Chase Dad zu dem Truck ging, war sein Gang wütend und furchtsam zugleich. Ich blieb an seiner Seite, als würde ich für ihn *Hilf!* machen. Wenling schluchzte, wischte sich salzige Tränen vom Gesicht. Die Metallrute nach unten gerichtet, stand ihr Vater neben ihr.

Chase Dad stemmte die Hände in die Hüften. »Was zum Teufel fällt Ihnen ein? Wollen Sie mich bedrohen?«

»Er will die Schlange erschießen, die Lacey getötet hat«, erklärte Wenling. Als ich zu ihr trottete, ging sie in die Hocke und schlang die Arme um mich. Laceys Duft umwehte sie. Ich spürte ihren Schmerz an der Art, wie sie mich verzweifelt an sich drückte. Ich war nicht Lacey, aber ich konnte für sie ein Hund sein, der ihr Trost spendete.

»Man betritt nicht mit einer Waffe das Grundstück eines Mannes, ohne um Erlaubnis zu fragen«, bemerkte Chase Dad kalt.

Wenling sagte etwas zu ihrem Vater, der daraufhin etwas erwiderte und dann den Kopf senkte. »Er sagt, es tut ihm leid. Er wollte nicht respektlos sein. Er bittet Sie jetzt höflich um Erlaubnis.«

»Erlaubnis … Teil ihm bitte mit, er soll seine Waffe in den Truck legen.«

Wenlings Vater öffnete die Fahrertür und legte die Metallrute in den Truck. »Er spricht nur ein bisschen Englisch, versteht inzwischen aber schon recht viel«, sagte Wenling.

Ich spürte, wie die Anspannung von Chase Dad abfiel. »Sehen Sie, ähm, ZZ. Ich kann nachvollziehen, wie Sie sich fühlen. Das würde mir genauso gehen. Aber diese Schlange ist eine bedrohte Spezies. Wir dürfen sie nicht erschießen. Das ist gegen das Gesetz. Sie könnten dafür ins Gefängnis kommen.«

Fragend blickte der Mann zu seiner Tochter. Sie tauschten ein paar Worte aus, dann sagte der Mann: »Zhè shì yītiáo dúshé. Rúguǒ tā shā sǐ lìng yī zhǐ gǒu huò yīgè házi ní!«

»Mein Vater fragt, was ist, wenn die Schlange ein Kind beißt oder einen anderen Hund?«

Hinter mir vernahm ich ein Geräusch und drehte mich rasch um. Burke und Grant kamen langsam auf uns zu; Grant schob den Rollstuhl.

Chase Dad schüttelte den Kopf. »Diese Schlangen sind nicht aggressiv. Sie greifen nur an, wenn sie sich bedroht fühlen. Ich selbst habe noch nie eine gesehen, und ich lebe bereits mein ganzes Leben hier.«

Wenling sagte etwas zu ihrem Vater, ehe sie mich erneut an sich drückte. »Wie ist es passiert?«, fragte sie leise und wischte sich die Augen.

»Ich war nicht da. Aber Burke war dabei.« Chase Dad nickte zu seinen Söhnen hinüber.

Burke kam zu uns. »Hi, Wenling. Es tut mir so leid«, sagte er. Grant hielt sich im Hintergrund. »Die Hunde haben die Schlange entdeckt, und ehe ich reagieren konnte, hatte Lacey sie auch schon im Maul. Die Schlange hat sie dann direkt ins Gesicht gebissen.« Sein Gesicht zuckte. »Sie hat, glaube ich, nicht gelitten.«

Wenling nickte. »Danke für alles, was du für Lacey getan hast«, sagte sie mit erstickter Stimme.

»Ach, ich habe nicht viel getan, das war eher mein Bruder Grant. Er hat Lacey in die Tierklinik gefahren.«

Grant trat vor. »Hi, ich bin Grant. Es tut mir so leid, dass Lacey es nicht geschafft hat.«

»Hi, Grant«, sagte Wenling leise. »Ich bin Wenling, und das ist mein Vater ZZ. Danke, dass du versucht hast, Lacey zu retten.«

»Ich bin nur leider … Es tut mir so wahnsinnig leid«, sagte Grant zu Wenling.

Wenlings Vater sagte etwas, worauf Wenling nickte. »Er sagt, er wird in der Tierklinik anrufen und die Rechnung an uns schicken lassen.«

Alle schienen zu traurig zu sein, um sich noch länger zu unterhalten. Also fuhren Wenling und ihr Vater wieder ab, nahmen den wunderschönen Duft meiner Lacey mit sich.

In dieser Nacht weckte Burke mich auf und strich mit beiden Händen über mein Fell. »Warum weinst du, Cooper? Hast du schlecht geträumt?«

Unruhig tappte ich ins Wohnzimmer. Grandma saß auf einem Stuhl, das Fenster stand offen. Ich hob die Nase, witterte Laceys verblassenden Geruch. Einen Moment lang schien es möglich zu sein, dass alles nur ein böser Traum gewesen war und Lacey sich durch die Hundeklappe ins

Haus geschlichen hatte und in Burkes Zimmer auf mich wartete. »Hörst du das, Cooper?«, flüsterte Grandma. Sie streichelte meinen Rücken. »Lass uns mal nachsehen.«

Zu meiner Überraschung führte sie mich nach draußen. Auf unserem Weg zum Schuppen setzte ich an den Büschen ein paarmal meine Duftnote ab. Die Schuppentür stand einen Spalt auf, und ein Lichtschein fiel heraus. Witternd hielt ich die Nase in die Luft, denn es roch sowohl nach dem geheimnisvollen Tier als auch nach Chase Dad. Ich hörte Chase Dads Stimme und nahm eine eigenartige Schwingung in der Luft wahr. Als Grandma die Schuppentür aufstieß, trottete ich hinein, um Chase Dad zu begrüßen. Neugierig schnüffelte ich an dem Ding mit den Metallschnüren, das er auf dem Schoß hielt.

»Spiel bitte weiter«, bat Grandma.

Chase Dad grinste. »Du hast mich ertappt!«

»Was war das eben? Es klang sehr schön.«

»Ach, nur ein bisschen Geklimper …«, wehrte Chase Dad achselzuckend ab. Ich beschnüffelte eingehend die Wände, registrierte den Geruch des geheimnisvollen Tieres, sah es allerdings nicht. »Ich weiß nicht, woran es liegt, Mom, aber zurzeit habe ich zu keinem meiner Jungs eine gute Beziehung. Vor allem nicht zu Burke. Es ist mir unbegreiflich, warum er nicht ohne Cooper in die Schule gehen kann.«

Ich hatte die Augen geschlossen, öffnete sie jedoch wieder, als ich meinen Namen hörte.

»Kannst du dich noch an deine achte Klasse erinnern?«

»Ganz ehrlich, Mom, das habe ich irgendwie verdrängt.«

»Weißt du nicht mehr, dass du immer deine Gitarre in die Schule mitgeschleppt hast?«

»Was? Na ja, okay, du meinst damals, als ich die Band hatte.«

Sie schienen doch nicht über mich zu sprechen. Ich seufzte schläfrig.

»Nein, Chase. In jeden Unterricht, jeden Tag. Du hast behauptet, die Gitarre sei zu groß für dein Schließfach. Der Direktor meinte, das sei schon in Ordnung, wenn du dich damit besser fühlst. Er war da völlig locker. Er meinte, manche Jungs würden jeden Tag dasselbe Detroit-Lions-Trikot tragen, und das sei viel schlimmer.« Grandma hielt sich die Nase zu.

Chase Dad lachte. »Stimmt. An den sauren Schweißgeruch kann ich mich tatsächlich noch erinnern. Gut, Mom, ich verstehe, was du mir sagen willst, aber das ist eine andere Geschichte. Wir müssten uns einen Anwalt nehmen, und das kann ich mir beim besten Willen nicht leisten.«

Grandma ging hinaus. Ich beschloss, bei Chase Dad zu bleiben und den Geräuschen zuzuhören, die er mit dem seltsamen Ding auf seinem Schoß machte. Als Grandma kurze Zeit später zurückkehrte, schüttelte ich mich und wedelte mit dem Schwanz. Sie reichte Chase Dad ein Blatt Papier. »Was ist das?«, fragte er.

»Mein Beitrag für den Anwalt.«

Chase Dad legte die Stirn in Falten. »Das ist eine Menge Geld, Mom.«

»Ich habe es gespart für den Fall, dass irgendwann mal etwas Wichtiges ansteht. Und diese Sache ist wichtig. Nur … erzähl Burke nichts davon. Wir ziehen das als Familie durch.«

Nachdem Grant am nächsten Morgen das Haus verlassen hatte und die köstlichen Frühstücksdüfte abgeklungen waren, besuchte uns Chase Dad in Burkes Zimmer. »Willst du den ganzen Tag verschlafen, Burke? Es ist schon halb elf«, sagte er.

Burke stöhnte. »Cooper hat die ganze Nacht unruhig gezuckt und geweint.«

»Ich muss etwas mit dir besprechen, Sohn. Deine Großmutter und ich hatten gestern Abend ein langes Gespräch. Du hast recht. Es ist richtig, für das zu kämpfen, woran man glaubt.«

Ungläubig sah Burke ihn an.

Chase Dad nickte grimmig. »Ich habe gleich heute früh meinen Anwalt angerufen. Er ist deiner Meinung. Er meint, nur wenn der Hund stört oder gefährlich ist, kann er womöglich aus der Schule verbannt werden, aber Mrs. Hawkins muss das erst einmal beweisen. Vor Gericht. Wir ziehen mit der Sache vor Gericht.«

Burke blieb der Mund offen stehen. Chase Dad hob die Hand. »Sollte der District ein großes Ding daraus machen wollen, wird unser Geld nicht ausreichen. Paul – unser Anwalt Paul Pender – glaubt jedoch, dass sie nach einer informellen Anhörung nachgeben werden. Das würde sonst ein schlechtes Bild auf sie werfen.«

Der Winter zog mit Schnee und Kälte ein. Der Teich gefror und wurde rutschig. Burke warf am Teich oft einen Schneeball für mich und lachte, wenn ich den Schneeball überrannte, weil ich auf dem glatten Eis keinen Halt mit meinen Krallen fand. Doch wenn ich unten am Teich war, musste ich oft daran denken, wie ich mit Lacey hier herumgetollt hatte. Burke war mein Mensch, aber Lacey war meine Seelengefährtin gewesen.

An einem dieser Nachmittage kehrten wir zum Haus zurück; ich machte auf der festgetretenen Schneedecke *Zieh!*, während Burke schnaufend die Räder seines Stuhls voranschob. Kurz zuvor hatte ich einen Wagen gehört, der immer noch in der Einfahrt stand, als wir über die Rampe auf die Veranda und weiter ins Haus rollten.

»Burke, erinnerst du dich an Mr. Pender?«, fragte Chase Dad.

Grüßend hob Burke die Hand. »Guten Tag, Sir.«

»Hi! Ist das Cooper?«, sagte der Mann, der ungefähr in Chase Dads Alter war. Ich trottete zu ihm hinüber und schnupperte an seiner ausgestreckten Hand. Seine Finger verströmten einen süßen Wohlgeruch, ganz anders als bei den Männern, die mit mir zusammenlebten. »Du kannst mich Paul nennen«, sagte der Mann. Er tätschelte meinen Kopf. »Du kommst genau richtig. Ich habe deinem Vater gerade erzählt, dass der Richter unserem Antrag stattgegeben hat. Cooper darf bei der Anhörung vor Gericht dabei sein«, erzählte der Mann lächelnd.

»Das sind gute Nachrichten«, bemerkte Burke zurückhaltend.

»Was bedeutet das?«, hakte Grandma nach.

»Es bedeutet, dass wir in die Schlacht ziehen.«

Einige Zeit später sah ich den Mann wieder. Er fuhr uns in seinem Auto zu einem Gebäude mit einer Steintreppe, aber ohne Kinder. Burke saß vorne, und ich saß mit

Grandma und Chase Dad auf der Rückbank. Wir parkten direkt vor der Steintreppe, und dann blieben wir einfach nur untätig im Wagen sitzen. Menschen sind manchmal sehr seltsam: Es müsste bloß jemand eine Tür öffnen, dann könnten wir alle aussteigen, herumtoben, spielen und vielleicht einen Stock entdecken oder ein Eichhörnchen. Doch anscheinend gefiel es ihnen, sinnlos im Auto zu sitzen, ohne etwas zu essen oder einem guten Hund Leckerlis zu geben.

Und noch etwas wunderte mich: Obwohl die Menschen jederzeit und ununterbrochen etwas essen könnten, taten sie das nicht.

»Die Frau von der Tierschutzbehörde steht nicht auf der Zeugenliste der Gegenpartei«, sagte der Mann mit den wohlriechenden Händen.

»Ist das gut?«, fragte Chase Dad.

»Ja. Die Tatsache, dass sie wegen einer Beschwerde zu Ihnen gerufen wurde, ist zugunsten der Gegenpartei. Aber so, wie Sie mir das Gespräch mit ihr geschildert haben, würde ihre Aussage der Gegenpartei vermutlich nicht helfen. Ich weiß nicht, ob das eine bewusste Entscheidung war oder einfach nur Faulheit. Es gefällt mir, wenn sie faul sind.« Er beugte sich vor. »Okay, da ist der Wagen der Richterin. Steig aus, Burke. Wir folgen dir mit deinem Rollstuhl.«

»Komm, Cooper!«

Nachdem wir ausgestiegen waren, dachte ich, ich könne vielleicht ein wenig herumlaufen, doch Burke verlangte, dass ich für ihn bis zur untersten Treppe *Hilf!* machte. Noch erstaunter war ich, als ich dann *Bleib!* machen sollte. Ich nahm an, dass er auf etwas wartete, vielleicht auf das Klingeln einer Glocke und Kinder, die aus der Tür auf die Treppe strömten. Diskret hob ich das Bein an der Stelle, wo ein anderer Rüde vorher markiert hatte.

Als eine Frau um die Ecke des Gehwegs kam, befahl mir Burke *Hilf!*, und wir erklommen zusammen die Stufen. Die Frau blieb stehen und sah uns zu, also strengte ich mich ganz besonders an, um ihr zu zeigen, was für ein guter Hund ich war. Man weiß nie, wer ein Leckerli in der Tasche versteckt hat.

Chase Dad folgte uns mit Grandma und dem Stuhl nach oben. Der Mann, mit dem wir gekommen waren, startete den Motor und fuhr die Straße hinunter. Ich machte *Bereit!*, damit Burke sich in seinen Stuhl hochziehen konnte. Wir betraten das große Gebäude, das laute Klackern von Grandmas Schuhen hallte in dem riesigen Eingangsbereich wider. Dann gingen wir in einen kleinen Raum, der mich ein wenig an eine Schule erinnerte, weil Stühle und Tische darin standen.

Kurz darauf gesellte sich auch unser Fahrer zu uns. Er nahm auf einem Stuhl Platz. »Dann wollen wir mal«, sagte er. Er wirkte aufgeregt, als würde er gleich ein Quietschspielzeug hervorholen.

Noch mehr Leute kamen herein, setzten sich aber an einen anderen Tisch und nicht zu uns, obwohl wir die einzige Gruppe mit einem Hund waren. Eine der Frauen kannte ich vom Schule-Spielen. Sie roch so intensiv nach dem geheimnisvollen Tier, dass ich fast nichts anderes mehr erschnüffeln konnte. Es war jedoch nicht derselbe Geruch, den ich aus dem Schuppen kannte, sondern der eines anderen geheimnisvollen Tieres. Die Frau kam nicht zu uns herüber, um uns zu begrüßen.

Alle standen auf, also nahm ich an, wir würden wieder gehen. Stattdessen kam nun die Frau herein, die uns an der Eingangstreppe zugesehen hatte, nahm an einem erhöhten Tisch Platz, und dann setzten sich alle wieder. Ich gähnte. Zu diesem Zeitpunkt hatte ich noch keine Ahnung, wie tödlich langweilig diese Sache später werden würde. Die Menschen saßen an Tischen, aber es gab kein Essen.

Ich ließ mich zu einem Nickerchen nieder, wurde allerdings sofort wieder wach, als die nach dem geheimnisvollen Tier riechende Frau das Wort »Hund« sagte. Sie hatte mittlerweile ihren Platz verlassen und saß vor dem erhöhten Tisch.

»Meine vorrangige Sorge gilt der Sicherheit meiner Schüler. Aller Schüler. Meines Wissens hat Cooper nicht einmal ein professionelles Training als Assistenzhund erhalten«, sagte die Frau.

Unser Fahrer nickte und beugte sich an unserem Tisch nach vorne. »Das heißt also, wenn ein professioneller Assistenzhundetrainer Cooper beurteilen und ihm die Fähigkeit als Assistenzhund bescheinigen würde, dürfte Burke seinen Hund in die Schule mitnehmen, Mrs. Hawkins?«

Alle sagten meinen Namen! Freudig wedelte ich mit dem Schwanz und fragte mich, was nun passieren würde.

Die Frau runzelte die Stirn. »Nein«, erwiderte sie gedehnt. »Ich habe lediglich darauf hingewiesen, dass mir das Wohl meiner Schüler am Herzen liegt. Der Hund war ein Störfaktor. Ich habe die absolute Autorität, jedwede

Maßnahme, die ich für angemessen halte, zu ergreifen, um ein sicheres und produktives Lernklima zu gewährleisten.«

»Nun, Mrs. Hawkins«, wandte unser Fahrer geschmeidig ein, »deshalb sind wir hier. Wir wollen feststellen, ob Sie tatsächlich über absolute Autorität verfügen. Sie sagen, der Hund sei ein Störfaktor. Können Sie uns das an einigen Beispielen erläutern?«

Die Frau schwieg einen Moment. »Alle haben nur noch über diesen Hund geredet.«

»Alle …?«

»Mein Personal.«

»Meinen Sie das Büropersonal?«

»Ja.«

»Und was war mit den Lehrern? Was haben die gesagt?«

»Ich war selbst jahrelang Lehrerin. Ich weiß, wie schwierig es ist, die Kinder zur Aufmerksamkeit zu bewegen. Mit einem Hund im Klassenzimmer wäre das unmöglich.«

»Meine Frage wurde nicht beantwortet, Euer Ehren.«

Die Frau hinter dem hohen Tisch hob den Kopf. »Mrs. Hawkins, Mr. Pender hat Sie gefragt, was die Lehrer über den Hund gesagt haben.«

Alle sagten sehr oft »Hund«. Ich fand es sehr schade, dass ich keine Spielsachen dabeihatte.

»Die Lehrer haben mir gegenüber nichts geäußert. Das brauchten sie auch nicht. So weit ließ ich es gar nicht erst kommen. Sobald ich von der Sache erfuhr, habe ich Burke unverzüglich aus dem Unterricht genommen.«

»In der ersten Unterrichtsstunde?«

»Nein, in der zweiten.«

»In der ersten Stunde wurde Burke von Mr. Kindler unterrichtet, das ist doch richtig, nicht wahr?«

»Ja. Amerikanische Geschichte.«

»Und der Hund befand sich während Mr. Kindlers Unterricht im Klassenzimmer?«

Ein Mann, der neben der Frau gesessen hatte, räusperte sich. »Einspruch, Euer Ehren. Woher hätte Mrs. Hawkins das wissen sollen?«

»Ich ziehe die Frage zurück«, sagte unser Fahrer. »Mrs. Hawkins, ich habe eine eidesstattliche Erklärung von Mr. Kindler über die fragliche Unterrichtsstunde. Er bestätigt, dass der Hund während des gesamten Unterrichts im Klassenzimmer war. Euer Ehren?«

»Fahren Sie fort«, sagte die Frau hinter dem hohen Tisch.

Unser Fahrer stand auf, überreichte dem Mann am anderen Tisch ein Blatt Papier, und dann gingen beide zu der Frau, die nach dem geheimnisvollen Tier roch, und reichten das Blatt auch ihr. Von allen Sachen, mit denen Menschen spielen, mag ich Papier am wenigsten. Es riecht trocken und klebt an der Zunge fest. Die Frau setzte eine Brille auf, die an Schnüren an ihrem Hals hing.

»Bitte, Mrs. Hawkins. Wären Sie so freundlich, den dritten Absatz vorzulesen?«

Sie runzelte die Stirn.

»Mrs. Hawkins?«, forderte unser Fahrer sie auf.

»Zu keinem Zeitpunkt hat der Assistenzhund mich, den Unterricht oder die Schüler gestört. Er lag ruhig neben

Burke. Als es läutete, setzte Cooper sich auf, bewegte sich aber nicht von der Stelle, bis Burke ihm ein Kommando gab. Ehrlich gesagt würde ich mir wünschen, unsere Schüler wären so wohlerzogen wie Cooper.«

Grandma, Burke und Chase Dad lachten, und unser Fahrer auch. Die bloße Erwähnung meines Namens schien alle sofort in gute Laune zu versetzen.

Die Frau nahm die Brille ab, bei der Bewegung stiegen Geruchsschwaden des geheimnisvollen Tieres auf. »Ich bin seit acht Jahren Direktorin an der Lincoln Middle School. Unter meiner Leitung hat sich die schulische Situation in jeder Hinsicht gebessert. Meine Arbeit erfordert oft schwierige Entscheidungen. Es tut mir leid wegen Burkes Einschränkung, aber die Schule ist barrierefrei und für Rollstuhlfahrer geeignet. Dass der Hund ihn vor den Augen aller Schüler die Treppe … hinaufschleift, stört den normalen Schulablauf und ist zutiefst irritierend.«

Die Frau hinter dem hohen Tisch schüttelte den Kopf. »Das sehe ich anders. Ich habe heute Morgen beobachtet, wie Cooper Burke hilft. Es war wunderschön.«

Grandma ergriff Burkes Hand.

Es wurden noch einige Worte gewechselt, bis die Frau dann wieder neben dem Mann am anderen Tisch Platz nahm – vielleicht war er ja ihr Fahrer. Dann redeten alle durcheinander, und ich döste ein wenig. Plötzlich legte sich eine seltsame Spannung über alle Anwesenden. Ich öffnete die Augen und blickte zu Burke. Er lächelte mich an und kratzte mich an der kitzligen Stelle unter meinem Kinn.

»Gut, ich danke Ihnen«, sagte die Frau hinter dem hohen Tisch. »Aufgrund der Dringlichkeit dieses Falls – der junge Mann verdient schließlich eine Ausbildung – werde ich meine Entscheidung morgen früh um neun Uhr verkünden.«

Alle standen auf, also tat ich das ebenfalls, denn ich war ein guter Hund.

13

War dies das neue Schule-Spielen? Am nächsten Morgen befanden wir uns nämlich wieder mit denselben Leuten am selben Ort. Alle wirkten nervös, und ich überlegte gerade, wie ich die Stimmung aufhellen könnte – vielleicht zu einem kleinen Bauchkraulen auf den Rücken legen? –, als alle Menschen im Raum plötzlich aufsprangen, die Frau hereinkam, sich hinter den hohen Tisch setzte und sich dann alle wieder setzten.

Es war sehr eigenartig.

Die Frau hinter dem hohen Tisch beugte sich vor. »Ich will keine Zeit vergeuden, um meine Entscheidung zu verkünden – die Fakten sprechen für sich. Diese Sache hat sich bereits unnötig in die Länge gezogen. Wichtig allein ist es, dass dieser junge Mann wieder in seine Schule gehen kann.«

Grandma hielt den Atem an. Chase Dad, der die Hand auf Burkes Schulter gelegt hatte, verstärkte seinen Griff.

»Mr. Pender hat absolut recht: Es gibt keinen Beweis, dass Cooper ein signifikantes Hindernis für die Fähigkeit der Lehrer zu unterrichten und die Fähigkeit der Schüler zu lernen darstellt. Die Schulleitung ist nicht berechtigt, den Hund oder dessen Besitzer von der Schule auszuschließen. Da ist der Gesetzestext zum Schutz für Amerikaner mit Behinderungen sehr eindeutig.«

Stöhnend ließ ich mich auf den Boden plumpsen, um wieder ein Schläfchen zu machen.

»Und ja«, fuhr sie fort, »wäre der Hund aggressiv, hätte die Schule jedes Recht, die Schüler zu schützen. Ich stimme zwar zu, dass er ein sehr großer Hund ist, aber ich sehe ihn nicht als gefährlich an. Ich meine, schauen Sie ihn sich an, er ist der Inbegriff von Passivität. Burke, du und Cooper, ihr beide erhaltet die Genehmigung, zusammen die Schule zu besuchen. Morgen geht es los.«

Ich rappelte mich hoch, weil plötzlich alle an unserem Tisch sich umarmten. Natürlich umarmten sie auch mich. An unserem Tisch waren alle sehr glücklich. Ich blickte zum anderen Tisch hinüber, wo die Leute sich zum Gehen anschickten, jedoch überhaupt nicht glücklich wirkten. Trotzdem ging ich nicht zu ihnen, um sie aufzuheitern. Manchmal kann man Menschen nicht aufheitern, ganz gleich, wie viel Zuwendung sie von einem Hund erhalten.

Auf der Heimfahrt saß ich mit Grandma, Burke und Grant auf der Rückbank und hielt nach Eichhörnchen Ausschau. Am nächsten Morgen fuhr Grandma Burke und mich zu dem großen Gebäude mit den vielen Kindern. Burke und ich stiegen aus, und als ich auf der Steintreppe *Hilf!* machte, hielt Burke auf halber Strecke an.

»Hi, Wenling«, sagte Burke.

Wenling roch nicht mehr nach Lacey, auch nicht nach einem anderen Hund. Das fand ich seltsam. Wie konnte ein Mädchen nur ohne Hund leben?

Dieses Mal genoss Burke das Schule-Spielen so sehr, dass wir von da an immer wieder hingingen. Der Schnee schmolz, und die Luft war vom fruchtbaren Geruch nach frischen Gräsern und Blättern erfüllt. Beim Schule-Spielen war ich immer an der Seite meines Jungen, wenn er mich brauchte, ansonsten schlief ich. Die Frau, die ich von meinem ersten Besuch her kannte, sah ich nur selten, aber überall in den Gängen schwebte ihr Geruch nach dem geheimnisvollen Tier.

»Der Sommer fängt trocken an«, sagte Chase Dad beim Abendessen. »Hoffentlich regnet es bald.«

Als das Gras hoch stand und überall kleine Käfer herumkrabbelten, hörten wir abrupt damit auf, meine Freunde auf der Steintreppe zu besuchen. Dafür konnte ich jetzt mehr Zeit mit meinem Jungen verbringen. Ich machte *Zieh!* und *Hilf!*, rollte mich nachts neben ihm ein und war einfach nur sein Hund.

Wir spielten nie wieder Schule, doch im Herbst fuhren wir zu Grants Gebäude, auf dessen Treppe keine Kinder saßen. Grant und Wenling waren auch da; ich roch sie beide, obwohl ich sie nicht sehen konnte. Ich traf manche meiner alten Freunde wieder und fand neue. Schule-Spielen vermisste ich überhaupt nicht, genauso wenig wie die unglückliche Frau mit dem Geruch nach ihrem geheimnisvollen Tier. Dieser Ort hier war einfach nur lustig!

Es wurde Winter, der Schnee war schwer und fest, und Burke brauchte mich ganz oft, um für ihn *Zieh!* zu machen. Ich liebte es, ein guter *Zieh!*-Hund zu sein. Manchmal schob Grant mit an, wenn ich *Zieh!* machte. Er war ein guter Junge, und ich war ein guter Hund.

Als der Schnee schmolz, die Luft sich erwärmte und mit dem Duft nach Gräsern und Blumen gesättigt war, wusste ich, dass wir jetzt bald wieder zu Hause bleiben würden. Ich würde alle Freunde aus Grants Gebäude sehr vermissen. Aber wenn ich das richtig verstand, war dies nun mal mein Lebensmuster.

Ich liebte es, im schwindenden Licht auf der Veranda zu sitzen und die verschiedenen Farmgerüche zu schnuppern. Manchmal witterte ich die Ziegenfarm, manchmal Pferde und sehr oft Kühe – von all diesen Tieren hatte ich bisher nur mit einer Ziege gespielt. Auf die anderen konnte ich gut verzichten. Ich konnte meine Menschen riechen, das geheimnisvolle Tier im Schuppen, die Enten …

Hund! Ich setzte mich auf und hob schnüffelnd die Nase. Der Abendwind brachte den Duft eines Hundes mit sich, der immer stärker wurde, je näher der Hund kam. Meine Nase verriet mir, dass es ein Weibchen war, das in meine Richtung lief. Aufgeregt sprang ich von der Veranda und trabte los, um die Hündin zu begrüßen.

Im dämmrigen Licht erspähte ich eine dünne, junge Hündin, die schwanzwedelnd die Auffahrt hinaufstürmte. Wir rannten aufeinander zu, scherten im letzten Moment aus und näherten uns Nase-an-Schwanz. Ihr langes blondes Fell war voller winziger Pflanzenteile, und sie hatte kein Halsband. Ich hob das Bein und markierte. Höflich nahm sich die Hündin einen Moment Zeit, um an meiner Duftmarke zu schnuppern. Dann hüpfte und sprang sie so begeistert umher, dass ich sie nicht mehr so intensiv beschnüffeln konnte, wie ich es wollte. Ihr fauliger Atem war mir seltsam vertraut. Rings um eines ihrer

Ohren klebte getrocknetes Blut, und als ich auf sie draufsprang, spürte ich ihre Knochen. Sie war eine sehr magere Hündin! Die Art, wie sie spielte, neben mir herrannte und zärtlich an meinen Kinnbacken kaute, erinnerte mich an meine Lacey. Alles an ihr erinnerte mich an Lacey!

Ich blieb stehen. Die Hündin sprang hoch und warf sich auf den Rücken, sodass ich endlich Gelegenheit zu einer gründlichen Untersuchung hatte. Als ich ihre Ohren beschnupperte, die mit störrischem Fell überzogen waren, leckte sie meine Schnauze ab.

Es gab keinen Zweifel: So sicher, wie ich wusste, was »Sitz!« und »Bleib!« bedeuteten, wusste ich, wer diese Hündin war. Sie sah anders aus, aber sie war dieselbe Hündin. Sie war Lacey!

Lacey! Wir rannten Seite an Seite, flitzten im Hof herum, zogen Pfade im Gras nach, die wir vor langer Zeit gepflügt hatten. Ich sprang auf die Veranda, holte das Quietschspielzeug, kaute darauf herum und ließ es vor ihre Pfoten fallen, um ihr zu zeigen, dass ich sie erkannte.

Ich hatte nicht gewusst, dass ein Hund, der plötzlich nicht mehr da war und eine große Leere hinterließ, als ein anderer, neuer Hund wieder zu dem Ort zurückfinden konnte, wo er einst glücklich gewesen war. Aber jetzt ergab das absolut Sinn für mich. Natürlich kehrte Lacey zu mir zurück! Wir gehörten schließlich zusammen.

Auf welch verschlungenen Pfaden sie auch immer hierhergekommen sein mochte, sie hatte sich verändert, denn als Grant aus dem Haus kam, drehte Lacey sich blitzschnell um und jagte in die Nacht hinaus. Ich stürmte ihr hinterher, blieb jedoch stehen, als ich Grants schrillen

Pfiff vernahm, und sah traurig zu, wie Lacey in der Dunkelheit verschwand. Sie hatte jetzt Angst vor Grant, was mir unbegreiflich war. Zu mir war Grant immer gut gewesen, mal abgesehen von dem dummen Nylon-Kauknochen, den er mir unbedingt als Spielzeug andrehen wollte.

In dieser Nacht lag ich auf Burkes Bett und hielt die Schnauze in Richtung des offenen Fensters. Lacey hatte sich nicht sehr weit entfernt, ich konnte sie draußen im Wald wittern.

Am nächsten Abend gab Grandma mir einen Knochen, an dem saftiges Fleisch und Fett klebten. Sabbernd schlüpfte ich damit durch die Hundetür nach draußen. Voller Vorfreude auf mein Schlemmermahl legte ich den Knochen ordentlich vor mich hin, doch als ich mich darauf stürzen wollte, stieg vor meinem inneren Auge ein Bild auf: Die magere Lacey mit ihrem stechenden, übel riechenden Atem, der mich an die Ausdünstung meiner Mutter in der Metallhöhle erinnerte. Als wir danach alle bei Sam Dad und Ava lebten, wurde Mutter wieder kräftiger und verströmte nicht mehr den Geruch eines schrecklich ausgehungerten Tieres.

Lacey brauchte etwas zu essen. Ich tappte an eine Ecke der Veranda und legte den köstlichen Leckerbissen dort ab. Mitten in der Nacht witterte ich Lacey und hörte ihr leises Getrappel. Sie verschlang den Knochen noch im Hof, war zu hungrig, um ihn weiter wegzubringen.

Eines war klar: Lacey lebte bei ihrem Menschen, allerdings nicht bei Wenling, denn wenn sie uns besuchte, haftete kein Hundegeruch an ihr. Wer war jetzt Laceys Mensch?

An Wenlings Ärmeln haftete dafür ein anderer Geruch – der meines Jungen. Die beiden pressten sich oft eng aneinander, murmelten sich irgendetwas zu und schienen völlig zu vergessen, dass neben ihnen ein Hund saß. Meistens zwängte ich dann die Schnauze zwischen die beiden, um ihre Aufmerksamkeit wieder in die richtige Richtung zu lenken.

»Wann holst du mich mit Grant zur Party ab?«, fragte Wenling.

»Hm, da es sich um eine formelle Feier handelt, werde ich uns besser einen anderen Fahrer organisieren als Grant mit seinem wilden Fahrstil«, antwortete Burke. »Ich könnte meinen Dad bitten.«

An diesem Abend fuhren Chase Dad und Burke mit dem Auto weg, ohne mich mitzunehmen. Lacey ließ sich auch nicht blicken. Und Grandma beachtete mich nicht einmal dann, als ich mich auf den Rücken rollte und mit den Beinen wackelte, um sie einzuladen, meinen Bauch zu kraulen. Chase Dad kehrte bald zurück, aber ohne Burke. Ich beschnupperte ihn sorgfältig, um vielleicht Hinweise darauf zu finden, was mit meinem Jungen geschehen war.

»Der Sommer fängt feucht an«, sagte Chase Dad. »Es soll die ganze Woche regnen.«

»Wie sah sie aus?«, fragte Grandma.

»Wer?«

»Ach, Chase! Wenling natürlich, wer sonst?«

»Ähm, na ja, sie hatte ein Kleid an, und ihre Haare waren gelockt.«

»Was für eine großartige Beobachtungsgabe! Achtest

154

du bei Natalie genauso wenig auf ihre Kleidung und ihr Äußeres?«

Chase Dad schwieg eine Weile. Ich behielt ihn scharf im Auge, falls er sich dazu durchringen sollte, mir ein Stück Speck zu geben, doch er schien zu abgelenkt von Grandmas Worten zu sein. »Woher weißt du das mit Natalie?«

»Wie groß ist diese Stadt?«

»Ich habe allen Leuten in der Gegend strikte Anweisung gegeben, nicht darüber zu sprechen.«

»Glaubst du etwa, mein Telefon bleibt stumm, wenn mein Sohn schon wieder eine neue Freundin hat?«

»*Schon wieder*. Interessante Wortwahl, Mom. Laufen die Telefonleitungen zwischen euch Damen sofort heiß, wenn ich ein Date habe?«

»Ich habe sie mal gesehen, weißt du. Sie ist nett. Sie war mit ihren Nichten auf der Buchmesse und ist eigens zu mir gekommen, um mich zu begrüßen.«

»Es ist nichts Ernstes, Mom.«

»Vielleicht sollte es das aber sein.«

»Ich habe genug um die Ohren.«

»Die typische Ausrede eines Junggesellen. Und wo warst du dann Samstag Nacht? Oder hat dein Auftritt bis fünf Uhr morgens gedauert?«

»Mom, das ist peinlich.«

»Mein Sohn ist zu Hause stocksteif«, fuhr sie heiter fort, »aber dann geht er in die Stadt, spielt Gitarre, tanzt und hat jede Menge Spaß. Man munkelt, dass du außerhalb der Farm ein völlig anderer Mensch bist. Warum lässt sich dieser wilde, ausgelassene Mann niemals hier bei uns blicken?«

Chase Dad seufzte. »Ich muss für die Jungen ein Vorbild sein. Landwirtschaft ist kein Spaß, sondern harte Arbeit.«

Ich gab die Hoffnung auf, von den beiden noch einen Leckerbissen zu ergattern, und senkte betrübt den Kopf. Der Gedanke an ein Stückchen Speck war einen Moment lang so intensiv gewesen, dass ich ihn beinahe schmecken konnte.

»Wenn du ein gutes Vorbild sein willst, solltest du ihnen auch deine heiteren, übermütigen Seiten zeigen.«

»Die Jungs brauchen Stabilität. Sie müssen wissen, dass sie immer auf mich zählen können.«

Grandmas Ton wurde weicher. »Das wissen sie, Chase. Sie wissen, du würdest sie niemals im Stich lassen.«

»Ich habe keine Lust mehr auf diese Unterhaltung.«

»Wie du willst.«

Ich lag eingerollt auf Burkes Bett, als ich in der Auffahrt einen Wagen hörte. Sofort schlüpfte ich durch die Hundetür nach draußen und sah nach dem Rechten. Wenlings Vater holte gerade Burkes Stuhl aus dem Wagen und klappte ihn für Burke auf. Wenling umarmte Burke und küsste ihn neben sein Ohr. Ich ging zu ihm, falls er mich brauchte, um *Zieh!* zu machen, aber er saß nur da, winkte dem Wagen hinterher und drehte sich dann mit seinem Stuhl ein paarmal im Kreis herum.

Ich hatte keinen Schimmer, was er da machte.

Als wir ins Haus rollten, erwartete Grandma uns im Wohnzimmer. »Hattest du einen schönen Abend, Schatz?«

»Das war so ziemlich der schönste Abend meines Lebens!«

»Oh, Burke. Wie wunderbar. Ich freue mich so für dich.«

Grants Geruch stieg mir in die Nase. Er befand sich direkt um die Ecke. Offenbar hatte er kein Verlangen, uns Gesellschaft zu leisten.

Grandma und Burke unterhielten sich noch ein Weilchen, bis Grandma aufstand und sagte: »Ich gehe ins Bett.« Ich begleitete Burke in sein Zimmer. Dann lief ich schnurstracks zum Fenster, drückte die Nase an die Scheibe und hielt nach Lacey Ausschau, doch sie war weder zu sehen noch zu riechen.

Grant kam herein und lehnte sich an die Wand. »Wie war der Schulball?«, fragte er ausdruckslos.

»Mit meinen Tanzkünsten hapert es noch ein wenig«, sagte Burke, »aber es war eine super Party.«

»Hast du mit Wenling rumgeknutscht?«

»Geht dich das was an?« Ich spürte, wie Burke wütend wurde.

»Du wirst im Juni fünfzehn. Ich war viel jünger, als ich das erste Mal ein Mädchen geküsst habe.«

»Ach ja? Hast du auch im Rollstuhl gesessen?«

»Oh, Mann. Das ist deine Antwort auf alles.«

»Oder vielleicht hat man in einem Rollstuhl einfach weniger Chancen auf ein Date.«

»Ich kann es kaum erwarten, dass du endlich deine Operation hast. Dann kannst *du* dich mal auf dem Feld abrackern.«

»*Du* kannst es kaum erwarten?«

Grant drehte sich um und ging hinaus. Sein wütender Gang glich dem von Chase Dad.

Als Lacey zurückkehrte, hatte sie einen verheilten Schnitt an der Schulter. Aber etwas anderes erregte meine Aufmerksamkeit weit mehr: ein Duft, so betörend und verlockend, dass ich wie von Sinnen wurde. Ein unwiderstehlicher Drang ergriff mich, den ich noch nie zuvor erlebt hatte und den ich nicht verstand. Während wir uns balgten, musste ich unbedingt auf ihren Rücken klettern und sie mit den Vorderpfoten festhalten. In diesem Moment war es viel wichtiger, mit Lacey zusammen zu sein als mit meinen Menschen, und hätte Burke mich gerufen, wäre es mir unmöglich gewesen, dem Ruf zu folgen.

Später streckte sich Lacey auf dem Boden aus, und ich ließ mich neben sie fallen, bettete den Kopf auf ihren Körper, der sich mit jedem Atemzug hob und senkte. Sie roch immer noch nicht nach Wenling.

Als ich zur Veranda lief, blieb Lacey zurück. Ich schlüpfte durch die Hundetür ins Haus, und mir war klar, dass Lacey wieder in der Nacht verschwunden war. Wo waren ihre Menschen? Warum kümmerten sich Wenling und ihr Vater nicht um Lacey und fütterten sie? Und wohin ging Lacey, wenn sie mich verließ und so viele Tage wegblieb?

Als es heiß wurde, veränderte sich der Familienalltag abrupt. Wie ich es vorhergesehen hatte, besuchten wir jetzt nicht mehr meine Freunde. Grant und Chase Dad gingen jeden Morgen zeitig aus dem Haus, um mit der Erde und den Pflanzen auf den Feldern zu spielen. Burke beschäftigte sich mit seinem Telefon und sagte häufig »Wenling«.

Eines Tages fuhr Grandma mit Burke und mir eine

längere Strecke im Wagen. Der Regen prasselte so laut auf das Dach und gegen die Windschutzscheibe, dass er alle anderen Geräusche übertönte. Hin und wieder hielt Grandma an, eilte in ein Gebäude und kehrte mit einem Karton oder einer Tüte zurück, aber leider ohne Leckerlis. Jedes Mal, wenn wir anhielten, ließ Burke das Fenster ein Stück hinunter, und ich bekam mit, wie der Regen abebbte und dann völlig aufhörte. Zufrieden saß ich mit meinem Jungen im Wagen und atmete den würzigen Geruch nach Schlamm, Laub und Wasser ein.

»So, Grandma«, sagte Burke, als Grandma mal wieder mit einer Tüte in den Wagen zurückkehrte. »Kannst du mir bitte noch einmal erzählen, warum ich dich unbedingt begleiten sollte?«

»Ich musste Besorgungen machen.«

»Das sehe ich«, entgegnete Burke. »Aber ich merke doch, dass da irgendwas im Busch ist.«

Lächelnd zwinkerte Grandma ihm zu. »Ich habe keine Ahnung, wovon du sprichst.«

»Ich glaube, du wolltest mich absichtlich von zu Hause weglocken«, sagte Burke. »Hat vielleicht die Tatsache, dass ich am Mittwoch fünfzehn werde, etwas damit zu tun?«

»Zum Glück hat es aufgehört zu regnen.«

Burke lachte, also wedelte ich mit dem Schwanz. Der Wagen setzte sich in Bewegung, die Fenster glitten zu, doch ich konnte immer noch die herrliche feuchte Luft an den nassen Außentüren riechen. Als wir an der Ziegenfarm vorbeifuhren, schnüffelte ich vergnügt. Jetzt würden wir bald daheim sein.

Kaum hielt der Wagen an, sprang ich auch schon heraus. Überrascht stellte ich fest, dass aus dem Schuppen alle Sachen nach draußen geräumt und an der Seite des Gebäudes übereinandergestapelt worden waren. Erfreut markierte ich die Gegenstände. Im Schuppen selbst traute ich mich das nicht. Viele Sachen rochen nach dem geheimnisvollen Tier, deshalb versah ich diese besonders sorgfältig mit meiner Duftnote.

In der Nähe standen zwei Autos, die ich auch gleich eifrig markierte.

Grandma verschwand im Haus, und Grant kam lächelnd aus dem Schuppen. »Alles Gute zum Geburtstag, kleiner Bruder.«

»Danke. Du bist ein paar Tage zu früh dran, aber ich danke dir, dass du den Schuppen für mich ausgeräumt hast. Echt das beste Geschenk, das ich jemals bekommen habe.«

»Komm kurz rein.« Grant machte eine einladende Handbewegung.

Mein Junge ließ mich nicht *Zieh!* machen, als wir zum Schuppen rollten. Zu meiner Überraschung erwarteten uns dort mehrere Jungen, die über das ganze Gesicht strahlten. Zögernd blieb Burke im Eingang stehen, ehe er langsam hineinrollte. »Du hast ein Basketballnetz montiert, Grant«, stellte er fest. »Ist das mein Geburtstagsgeschenk? Wenn ja, ist das wirklich eine gelungene Überraschung. Ich hatte mit einer Aschenbahn gerechnet.«

Einige Jungen lachten. Sie schüttelten Burke die Hand oder schlugen ihm mit der flachen Hand auf die Handfläche und streichelten dann auch mich.

Grant zauberte einen großen Ball hervor, der laut knallte, wenn er auf dem Boden aufschlug. Ich war ein wenig verunsichert, weil ich dieses Ding niemals zwischen den Kiefer bekäme, aber einen Versuch wäre es natürlich wert. »Wir dachten, es würde dir Spaß machen, eine Runde Basketball zu spielen«, sagte er und legte Burke den Ball auf den Schoß. »Das Spiel beginnt.«

»Hä?«, erwiderte Burke verwirrt.

14

Grinsend wechselten die Jungen Blicke, gingen dann einer nach dem anderen durch die Hintertür hinaus und kehrten mit Rollstühlen zurück, die genauso wie Burkes Stuhl aussahen! Ich war total perplex, vor allem als sie sich in die Stühle setzten und sich damit ruckartig im Kreis drehten. Sogar Grant hatte einen Stuhl!

»Zeig mal, was du draufhast, Geburtstagskind!«, rief einer der Jungen laut.

Die Situation wurde immer verwirrender: Die Jungen rollten blitzschnell hin und her, warfen den Ball und kreischten. Mein Junge befahl mir, *Bleib!* zu machen, doch das war schlicht unmöglich. Immer wieder tänzelte ich nach vorne, um diesen Ball zu kriegen. Schließlich klickte Burke meine Leine an einem Pfosten fest. Aufgeregt beobachtete ich, wie die Jungen aneinander vorbeidrängelten und den Ball in die Luft warfen.

Obwohl ich nicht verstand, was sie da machten, schloss ich aus Burkes strahlender Miene und seinem Lachen, dass er glücklich war. Er bewegte sich schneller als alle anderen, fädelte sich geschickt zwischen den Stühlen hindurch.

»Wie macht er das nur?«, rief einer der Jungen keuchend Grant zu.

Burke überholte die anderen Jungen mit seinem Stuhl. Er warf den Ball in die Luft, und dann fiel der Ball wieder herunter, worauf mehrere Jungen jubelten. Komischerweise schienen sie auch ohne Hund sehr viel Spaß zu haben.

»Alles Übung«, erklärte Grant dem keuchenden Jungen.

Eine Zeit lang versuchte ich, mich durch Bellen und Schwanzwedeln einzubringen, fand mich dann aber notgedrungen damit ab, einfach dabei zu sein und meinen Jungen scharf im Auge zu behalten.

Später am Nachmittag fuhren die Jungen in ihren Autos weg, sodass bloß Grant, Burke und ich zurückblieben.

Mein Junge kraulte mich zwischen den Ohren, und ich seufzte vor Wonne. »Wie bist du an die vielen Rollstühle rangekommen?«, fragte er.

Grant feixte. »Zwei sind gemietet, die anderen haben wir auf Flohmärkten, in Leihhäusern und solchen Plätzen gekauft.«

»Du hast das also seit Längerem geplant?«

Grant nickte. »Ja. Und? Wie fandest du es?«

Ich drehte den Kopf um, um Burke anzusehen, weil eine Flut von Emotionen aus ihm herausströmte, so jäh und heftig wie der Regen heute Morgen. »Grant«, sagte Burke. Er hielt inne, wandte den Blick einen Moment ab und begann dann erneut. »Grant, ich bin noch niemals Teil eines Teams gewesen. Es war nicht nur das Spiel, sondern auch das … das …«

»Du hast uns ganz schön blöd dastehen lassen. Du warst der Beste«, sagte Grant.

»Danke, Bruder.«

Burke und Grant lächelten sich an. Die Verbindung zwischen den beiden war gerade so stark, dass ich einfach aufspringen und die Pfoten auf Grants Oberkörper legen musste, um daran teilzuhaben.

Normalerweise saß ich beim Abendessen unter Grants Stuhl, weil er mehr Leckerbissen fallen ließ als Burke. Auch jetzt war ich an meinem angestammten Platz, als Chase Dad sagte: »Ich hab eine neue Tür für den Schutzkeller bestellt. Unsere Tür ist so morsch, dass man bloß leicht dagegentippen müsste, um sie zum Einsturz zu bringen. Bei einem Tornado hätten wir da schlechte Karten. Grant, wenn wir morgen mit der Arbeit fertig sind, kannst du die alte Tür abbauen. Das Teil ist verdammt schwer.«

Grant trat mit den Füßen gegen die Stuhlbeine. »Klar. Ich schufte den ganzen Tag auf dem Feld, und danach rackere ich mich mit einer tonnenschweren Tür ab. Kein Problem!«

»Achte auf deinen Ton!«, sagte Chase Dad scharf.

»Ich kann das übernehmen«, bot mein Junge an.

Grant schnaubte abfällig.

»Grant!«, mahnte Grandma leise.

»Ich meine es ernst. Glaubt mir, ich werde mir etwas einfallen lassen«, beharrte Burke.

Für einen Moment trat Schweigen ein. Schließlich sagte Chase Dad: »Gut, Burke. Dann übernimmst du das.«

Am nächsten Morgen schien Burke sehr interessiert an einer Holztür zu sein. »Das wird funktionieren, Cooper«, sagte er.

Ohne sonderliches Interesse beobachtete ich, wie er Seile zusammenknotete und der Länge nach zu einem Baum hinüberzog. In dem Baum hing ein seltsames Ding, das schepperte, als Burke es anhob. »Siehst du? Wenn die Scharniere entfernt sind, kann ich die Tür mithilfe des Flaschenzugs aus den Angeln ziehen.«

Ich gähnte und rollte mich zu einem Nickerchen zusammen. Doch meine Neugierde erwachte, als die Holztür entfernt wurde und den Blick auf Stufen freigab, die zu einem Raum unter dem Schuppen führten.

»Mach schon, Cooper! Sieh nach!«

Die Treppe war aus Stein, doch es saßen keine Kinder darauf. Während der Schuppen geräumig und luftig war, war der kleine Raum darunter dunkel und feucht. Ich entdeckte nichts Interessantes darin: einige weiche Decken, die in Plastik gehüllt waren, ein paar Behälter, eine Metallbox, die nach verbranntem Holz roch. Kein Anzeichen von dem geheimnisvollen Tier. Ich begab mich wieder zu der Stelle, wo Burke mit den Seilen spielte. »Wir werden niemandem erzählen, wie ich das gemacht habe. Okay, Cooper?«, sagte er.

»Wie hast du die Tür herausbekommen?«, fragte Chase Dad meinen Jungen beim Abendessen.

»Das war ganz einfach«, antwortete Burke.

»Wer hat dir geholfen?«, rief Grant herausfordernd.

»Niemand.«

»Lügner.«

»Idiot.«

»Schluss jetzt!«, sagte Chase Dad streng.

Wehmütig lauschte ich den Essensgeräuschen. Auf dem

Tisch stand köstlich duftendes Rindfleisch, aber kein einziges Bröckchen fiel auf den Boden.

»Burke, warum lädst du nicht irgendwann Wenling zum Abendessen zu uns ein?«

Abrupt hörten die Essensgeräusche auf. Grant trat gegen die Stuhlbeine.

»Ähm«, sagte Burke.

»Mom? Was soll das?«, fragte Chase Dad.

Lange sagte niemand etwas.

»Lasst mich mit eurer Großmutter kurz allein, Jungs. Ich möchte etwas mit ihr besprechen«, durchbrach Chase Dad schließlich das Schweigen.

Grant und Burke gingen aus dem Zimmer, aber ich blieb wegen dem verführerisch duftenden Rindfleisch sicherheitshalber unter dem Tisch.

»Ich meine es ernst. Was soll das?«, fragte Chase Dad in gedämpftem Ton.

»Ich weiß, was du gleich sagen wirst, und ich will es nicht hören. Wenling ist Burkes erste Freundin. Deine Vorbehalte gegen ihren Vater sind deine Sache. Das hat nichts mit deinem Sohn zu tun.«

»Es geht nicht nur darum, dass diese Leute Smart-Farming-Bauern sind. Mir gefällt auch die Vorstellung nicht, dass sie seine Freundin sein soll. Woher wissen wir, was wirklich dahintersteckt? Was, wenn sie sich nur aus Mitleid mit ihm trifft, oder schlimmer noch, wenn sie sich einfach nur in der Rolle des großherzigen Mädchens gefällt, das bereit ist, mit einem behinderten Jungen auszugehen?«

»Ach, Chase.«

»Was, ach? Ich bin sein Vater. Ich will doch bloß das Beste für ihn.«

Grandma stand auf. Ich erhob mich ebenfalls, schüttelte mich und sah sie erwartungsvoll an. »Ich glaube, seit Patty dich verlassen hat, bist du allen Frauen gegenüber extrem misstrauisch. Statt dich darüber zu freuen, dass dein Sohn sich verliebt hat, siehst du überall nur Verrat. Sicher, sie wird ihm das Herz brechen, oder er ihr – sie gehen in die Highschool, Herrgott noch mal! Aber du versuchst, alle emotionalen Risiken für dich selbst und deine Söhne zu vermeiden, was bedeutet, dass du nicht wirklich am Leben teilnimmst.«

»Oh Gott, geht es wieder um Natalie?«

»Nein, es geht um das Leben. Glaubst du nicht, dass ich deinen Vater jeden einzelnen Moment an jedem Tag vermisse? Aber wenn ich die Zeit zurückdrehen könnte, würde ich dann lieber davon absehen, mit ihm zusammen zu sein, ihn zu heiraten und eine Familie mit ihm zu gründen, weil ich wüsste, dass ich eines Tages vom Einkaufen zurückkommen und ihn tot in der Küche vorfinden würde? Nein, weil das Leben da ist, um gelebt zu werden, Chase. Wenn du dein Herz versteinern lässt, wird es nicht stärker, sondern kalt.«

Ich konnte mich nicht entsinnen, dass Grandma jemals zuvor einen wütenden Gang gemacht hatte. Nachdem sie gegangen war und mit Nachdruck ihre Zimmertür geschlossen hatte, saß Chase Dad noch lange Zeit allein am Tisch.

Am nächsten Morgen gingen Grant und Burke zum Teich, aber nicht, um Enten zu jagen. Grant zog sein

T-Shirt aus und sprang ins Wasser, während Burke ihm in seinem Stuhl vom Steg aus zusah.

Grant ließ sich auf dem Rücken auf der Wasseroberfläche treiben. »Du solltest auch reingehen.«

»Du weißt doch, ich kann nicht schwimmen«, antwortete Burke.

»Glaubst du, ich würde dich nicht retten?«

»Warum sollte ich das glauben?«

»Komm schon. Warum hast du die Badehose angezogen, wenn du nicht schwimmen gehst?«

»Ich habe es mir anders überlegt!«

»Feigling.«

»Echt? Was Besseres fällt dir nicht ein?«

»Ich weiß, dass du gern ins Wasser gehen würdest.«

Wachsam blickte ich auf, als ein Geräusch ertönte. Gleich darauf witterte ich Wenling. Sie saß auf einem Fahrrad und fuhr, auf den Pedalen stehend, die Auffahrt hoch. Sie blickte nicht zu uns herüber, und auch die Jungen sahen sie nicht. Vor Freude, bald von ihr geknuddelt zu werden, wedelte ich mit dem Schwanz.

»Cooper! Bereit!«

Sofort schoss ich an die Seite meines Jungen. Er hielt sich an meinem Geschirr fest und ließ sich an den Rand des Stegs hinuntergleiten.

»Ja, trau dich!«, ermunterte ihn Grant.

Seufzend stieß Burke sich vom Steg ab und landete im Wasser. Ich machte einen Satz nach vorne, starrte in das grüne Wasser, sah und roch ihn, während er sank.

Und sank.

Und dann war er komplett verschwunden. Eine ange-

168

spannte Stille trat ein. Eine Ente schnatterte. Irgendwo in der Ferne klagte eine Kuh. Alarmiert hechelte ich, wartete darauf, dass mein Junge wiederauftauchte.

»Komm schon«, murmelte Grant.

Ein ängstliches Winseln entrang sich meiner Kehle. Ich blickte zu Grant, dann zum Haus, wo Wenling sich mit Grandma unterhielt. Grandma deutete in unsere Richtung, worauf Wenling sich umdrehte und mit der Hand die Augen abschirmte.

Nervös tänzelte ich hin und her, krallte mich mit den Vorderpfoten an den Rand des Stegs. Meinem Jungen war irgendetwas Schlimmes passiert. Burke!

Mit einem Aufspritzen tauchte Grant unter. Ich bellte verzweifelt. Jetzt verschwand auch Grant! Ich musste etwas unternehmen.

Panisch sprang ich ins Wasser, tauchte zum Grund des Teiches, und während ich immer tiefer sank, widerfuhr mir etwas Außergewöhnliches: Ich erinnerte mich, dass ich das schon einmal getan hatte. Ich erinnerte mich, wie ich durch angenehm warmes Wasser geschwommen war. Und eine Stimme mir *Guter Hund, Bailey!* zugerufen hatte.

So deutlich diese Erinnerung auch war, ich konnte nicht verorten, wo sich das ereignet hatte. Oder wann.

Dann stießen die Jungen auf dem Weg nach oben mit mir zusammen, und der Moment verblasste. Ich folgte den beiden an die Wasseroberfläche. Prustend hielt Grant Burke mit beiden Händen fest.

Burke spuckte Grant einen Mundvoll Wasser ins Gesicht. »Reingefallen!« Lachend entwand er sich Grants

Griff, während ich im Kreis um die beiden herumpaddelte und vor Erleichterung leise winselte.

Grant wischte sich über die Augen. »Was?«

»Natürlich kann ich schwimmen, du Idiot.«

»Hi!«, rief Wenling vom Steg aus. Beide Jungen drehen sich um und starrten sie verblüfft an.

»Wie bist du hierhergekommen?«, fragte Grant.

»Ich freue mich auch, dich zu sehen, Grant. Ich bin mit dem Fahrrad hier. Jetzt tut mir ordentlich der Hintern weh, weil die Straße voller Schlaglöcher ist.«

»Hey, willst du nicht auch reinkommen?«, fragte Burke wassertretend.

»Oh, ich, ähm … Ich hab keinen Badeanzug dabei.«

»Ah.« Burke holte tief Luft und tauchte unter.

Plötzlich keuchte Grant auf und wirbelte herum. Burke tauchte an der Wasseroberfläche auf und schleuderte Grants Badehose auf den Steg. »Da, Wenling! Du kannst dir Grants Badehose leihen!«

Nach einer Weile zog sich Burke wieder auf den Steg hoch, und ich machte *Bereit!*, um ihm in den Stuhl zu helfen. Grant blieb noch im Wasser und kam auch nicht heraus, als Burke, Grants Badehose in der Hand, mit Wenling zum Haus zurückrollte. Erst als niemand mehr zu sehen war, zog er sich auf den Steg, rannte dann wie der Blitz zu der Treppe unter dem Schuppen und tauchte, in eine Decke gehüllt, wieder auf.

Oft verstand ich die Menschen überhaupt nicht.

Später saßen alle drei draußen am Holztisch und aßen Eis am Stiel. Hingerissen beobachtete ich sie. Die Jungen aßen ihr Eis mit kleinen Bissen, während Wenling ihr

Eis so genüsslich schleckte, dass mir der Sabber aus dem Maul troff. »Ich habe meine erste Flugstunde absolviert«, sagte sie.

Entgeistert starrten beide Jungen sie an. »Flugstunde?«, wiederholte Grant.

»Du hast erzählt, dass du am Flugplatz arbeitest, aber von Flugstunden hast du nie etwas erwähnt«, sagte Burke.

»Außerdem bist du erst vierzehn«, warf Grant ein.

»Moment mal, euch Jungs passt es nicht, wenn ein Mädchen den Flugschein macht?«, spottete Wenling.

Von ihrem Eis löste sich ein dicker Tropfen und landete auf dem Stuhl neben ihr. Ich behielt ihn scharf im Auge.

»Unsinn«, wehrte Burke verlegen ab.

»Bis ich sechzehn bin, darf ich nicht allein fliegen, aber ich darf schon jetzt Flugstunden nehmen.« Wenling grinste. »Mein Vater will mich nicht Auto fahren lassen, bis ich achtzehn bin. Es ist ihm nie in den Sinn gekommen, dass ich fliegen könnte. Meine Mom weiß Bescheid, aber sie hält dicht.«

Der Eiscremetropfen lag immer noch da!

»Hast du einen Fallschirm?«, erkundigte sich Burke.

»Hör auf, mich zu löchern. Ich werde meinen Flugschein noch vor dem Führerschein machen und Schluss.« Ihre Augen blitzten unternehmungslustig. »Magst du irgendwann mal bei mir mitfliegen, Burke?«

»Du meinst, der Erde Lebewohl sagen?«

Wenling lachte.

»Ich würde gern mitfliegen«, warf Grant ein.

»Kann das Ding Feuer fangen?«, fragte Burke.

»Blödsinn. Der Lehrer sitzt neben mir im Cockpit.«

»Oh, dann ist für mich wahrscheinlich gar kein Platz mehr. Wie schade, ich habe mich so darauf gefreut«, seufzte Burke.

»Ich würde gern mitfliegen«, wiederholte Grant.

»Es gibt für euch beide Platz. Und für Cooper auch«, sagte sie.

Kaum hörte ich meinen Namen, machte ich einen Satz und schleckte den Eiscremetropfen mit einem Happs auf.

Viele Tage vergingen ohne irgendein Anzeichen von Lacey. Doch in meinen Träumen tollten Lacey und ich zusammen umher; manchmal war sie die braune Hündin mit dem dunklen Gesicht und dem kurzen Fell, die ich damals kannte, dann wieder war sie die blonde Hündin mit dem struppigen Fell, die ich jetzt kannte.

Eines Nachts träumte ich so intensiv von ihr, dass ich aufschreckte. Und obwohl ich wach war, konnte ich sie immer noch riechen. Ich schlüpfte durch die Hundetür in die Nacht hinaus. Ihr Duft führte mich zu der Steintreppe unter dem Schuppen. Sie war da unten, ihr Geruch war stark und beständig.

Und noch etwas anderes war bei ihr.

15

Wachsam stieg ich die Stufen zu dem Raum unter dem Schuppen hinunter. Lacey hatte eine Decke aus ihrer Plastikumhüllung gerissen und sich darauf eingerollt. Als ich mich näherte, wedelte sie mit dem Schwanz, stand jedoch nicht auf, um mich zu begrüßen. Sie hechelte vor Schmerzen, und ich bekam Angst, weil etwas vor sich ging, das ich nicht verstand. Der Bereich am Fuß der Treppe war sehr dunkel. Ich hatte Mühe zu erkennen, was Lacey da machte.

Die Luft war von einer starken Präsenz erfüllt, die ich zunächst für ein weiteres Tier hielt, bevor ich merkte, dass sie von Lacey kam. Ich beschloss daraufhin, sie genauer in Augenschein zu nehmen, und war geschockt, als sie mich mit einem warnenden Knurren, das tief unten aus ihrer Kehle kam, auf Abstand hielt. Sie wollte offensichtlich unter keinen Umständen, dass ich näher kam. Was war los?

Verunsichert stand ich auf der Treppe, spähte in die dunklen Schatten. Die einzige Beleuchtung war der matte Lichtschein, der vom Haus in den Raum unter dem Schuppen sickerte. Ich hörte, wie Lacey leckte, dann ertönte leises Fiepen, ein Tierlaut. Lacey hatte gerade einen

Welpen geboren, und der intensive Geruch verriet mir, dass ein zweiter Welpe unterwegs war.

Lacey hatte sich hier unten eine Höhle geschaffen. Ich musste sie beschützen, schließlich war ich ihr Freund, ihr Seelengefährte.

Doch als Burke mich mit einem Pfiff zu sich befahl, musste ich gehorchen. Widerwillig ging ich ins Haus, legte mich in Burkes Zimmer auf den Boden und hielt die Nase witternd in Richtung des offenen Fensters. Die ganze Nacht hindurch hechelte ich vor Angst. Als Burke mich in der Früh endlich hinausließ, stürmte ich sofort zu der Treppe und entdeckte dort unten meine Lacey mit mehreren winzigen Welpen. Sie begrüßte mich mit einem Schwanzwedeln.

Eine überwältigende Liebe für sie durchströmte mich. Mir wurde klar, dass ich meine neue Hundefamilie nicht nur beschützen, sondern auch für sie sorgen musste. Aufgeregt rannte ich zum Haus zurück. Meine Menschenfamilie saß am Tisch. Ich trabte zu meinem Futternapf, aber er war noch leer.

Chase Dad räusperte sich. »Die Zucchini sind bald so weit, Grant. Lass uns nachher mal nach ihnen sehen.«

»Muss das wirklich sein, Dad?«, erwiderte Grant. »Wäre es nicht besser, ich würde hierbleiben und Burke bei seiner Modellstadt helfen?«

Schweigen trat ein. Erneut ging ich zu meinem Napf und spähte hinein. Immer noch leer.

»Ob es dir passt oder nicht, Grant, ist mir egal«, sagte Chase Dad, »weil ich dich da draußen jede Minute brauchen werde, und selbst dann wird ein Teil der Ernte verfaulen. Früher gab es hier an die hundert Wanderarbeiter, die uns bei der Ernte halfen, aber diese Zeiten sind vorbei.«

Um auf mich aufmerksam zu machen, nahm ich meine Futterschüssel ins Maul, trug sie zu Burkes Stuhl und ließ sie klappernd auf den Boden fallen. Burke lachte. »Hast du Hunger, Cooper?«

Erwartungsvoll sah ich ihn an, bis er sich endlich in Bewegung setzte. Mein Futter kam aus einer offenen Tüte am Boden. Natürlich könnte ich den Kopf in die Tüte stecken und mich selbst bedienen, aber ein guter Hund machte so etwas nicht. Also ignorierte ich tapfer den köstlichen Geruch, der aus der Tüte aufstieg. Kaum war mein Napf gefüllt, stürzte ich mich gierig darauf.

Als Grant und Chase Dad aus dem Haus gingen, schlüpfte ich durch die Hundetür und folgte ihnen ängstlich. Ich hoffte, sie würden nicht in den Raum unter dem Schuppen gehen. Sie waren meine Menschenfamilie, und ich fühlte mich wie ein böser Hund, weil ich ein Geheimnis vor ihnen hatte, aber ich konnte nicht anders – irgendwie spürte ich, dass ich meine Hundefamilie bloß dann beschützen könnte, wenn ich die Höhle geheim hielt. Zum Glück gingen Grant und Chase Dad in Richtung der Felder. Ich atmete auf und lief schnurstracks zum Schuppen.

Aus dem Maul dünstete ich noch den Geruch meines Futters aus. Unter dem empörten Fiepen der an Lacey gepressten Welpen stand sie auf und beschnüffelte mich. Geduldig hielt ich still. Als sie meine Lippen abschleckte, überkam mich ein seltsamer, unwiderstehlicher Zwang, der in meiner Kehle anfing, dann nach unten in den Magen wanderte, und auf einmal kam alles, was ich soeben vertilgt hatte, in einem Schwall heraus. Lacey begann zu fressen.

»Cooper! Komm!«

Widerwillig riss ich mich los, rannte die Treppe hinauf und weiter ins helle Morgenlicht. Burke hatte sich mit seinem Stuhl in den Hof gerollt. »Wo warst du, Cooper?«

Laceys Geruch hing in der Luft, und ich wollte unbedingt zu ihr zurückkehren, aber mein Junge erwartete von mir, dass ich bei ihm blieb. Laut seufzend ließ ich mich ins Gras sinken und schlief erschöpft ein. Diesmal träumte ich nicht, dass ich mit Lacey umhertollte, nein, ich träumte, dass wir mit den Welpen spielten.

Später rollte Burke in sein Zimmer. Als ich mich hinausschlich, kam ich mir wie ein böser Hund vor. Ich stahl mich in den kleinen Raum hinter der Küche und schnappte mir die Tüte mit dem Futter. Plötzlich erstarrte ich: Ich witterte, dass Grandma auf ihrem Bett lag, aber sie schlief nicht. So leise ich konnte, schleifte ich die Futtertüte durch das Wohnzimmer. Aus Burkes Zimmer ertönte ein Geräusch – kam er etwa heraus? Ich sah schon vor mir, wie alle ankamen und »Böser Hund! Böser Hund!« schrien. Als ich mich vorsichtig durch die Hundetür schob, verfing sich die Tüte im Rahmen. Ich glitt wieder zurück, zerrte ein wenig und bekam die Tüte endlich frei. Dann blieb ich stehen und spitzte die Ohren. Mein schlechtes Gewissen nagte an mir. Kam da jemand? Mein Herz pochte so schnell wie bei Grant, wenn er die Stufen hinunterrannte.

Die Tüte schlug mir gegen die Beine, als ich quer über den Hof zum Schuppen rannte. Lacey stand nicht auf, aber natürlich roch sie, was sich in der Tüte befand. Ob die Welpen das auch rochen, wusste ich nicht. Sie schienen überhaupt nicht an mir interessiert zu sein.

Doch ich war an ihnen interessiert. Sie gaben winzige Piepslaute von sich, ihre Augen waren geschlossen, die kleinen Gesichter verknautscht. Verzückt sah ich sie an, prägte mir Aussehen und Geruch eines jeden einzelnen Welpen ein. Es waren meine Welpen.

Als Grant und Chase Dad zum Essen zurückkehrten, war ich schon wieder zu Hause. Ich hatte großen Hunger und bezog hoffnungsvoll unter dem Tisch Stellung.

»Ist die neue Tür für den Schutzraum bereits geliefert worden?«, fragte Chase Dad.

»Nein«, antwortete Burke.

»Wenn jetzt ein Tornado käme, wäre der Schutzraum völlig untauglich.«

»Willst du die neue Tür selbst anbringen, Burke?«, fragte Grant grinsend.

»Mal sehen. Ich wette, ich kriege das hin.«

Chase Dad räusperte sich. »Ich schlage vor, wir erledigen das gemeinsam. Die neue Tür ist aus Stahl und extrem schwer. Dafür wird sie ewig halten.«

Verstohlen senkte Grant die Hand und gab mir ein winziges Stück Brot. Ein guter aufmerksamer Hund macht *Sitz!*, und alles, was er bekommt, ist ein Stück Brot!

In den folgenden Tagen hielt ich im Schuppen auf der obersten Treppe Wache. Lacey kam bloß nachts heraus und rannte zum Teich hinunter, um Wasser zu trinken.

Bis zu ihrer Rückkehr blieb ich im Schuppen und passte auf unsere Welpen auf. Lacey roch ganz wunderbar nach Milch und unseren winzigen Welpen.

Ich war zur Schlafenszeit in Burkes Zimmer eingesperrt – die Nase erhoben, die Ohren wachsam gespitzt –, als mit der Brise ein Tiergeruch durchs offene Fenster hereinwehte. Ein tiefes Knurren entstieg meiner Kehle.

Mein Junge bewegte sich. »Schlaf endlich, Cooper.«

Was auch immer da draußen war, ich wusste, es war hier, um Lacey etwas anzutun. Ich sprang vom Bett, rannte zur Tür und kratzte wild daran.

»Cooper!«

Ich bellte, zog die Lefzen zurück. Burke setzte sich auf und sah mich verschlafen blinzelnd an. »Was hast du, Cooper?«

Die Vorstellung, meinen Welpen könnte etwas zustoßen, machte mich rasend. Jetzt kratzte ich nicht nur an der Tür, sondern warf mich auch dagegen.

»Hey!«, schrie Burke.

Er glitt in seinen Stuhl, rollte zur Tür und öffnete sie. Wie ein Pfeil schoss ich an ihm vorbei, raste durchs Wohnzimmer und weiter durch die Hundetür. Augenblicklich erspähte ich das Wesen, das ich gewittert hatte – ein kleines, wild aussehendes Tier mit spitzen Ohren. Es hatte die Größe eines niedrigen kleinen Hundes und hundeartige Gesichtszüge. Auf der Veranda ging das Licht an, ergoss sich über den Hof.

Das Tier sah mich und erstarrte. Ich zögerte nicht, sondern rannte direkt darauf zu.

»Cooper!«

Das Tier war schnell, zu schnell für mich, um es zu erwischen. Ich raste hinterher, verlor aber bald die Spur, als es in den Wald floh.

Mein Junge rief mich erneut, und ich kehrte widerwillig zu ihm zurück. Chase Dad stand neben ihm.

»Hast du den Fuchs gesehen?«, fragte Chase Dad.

»Ja. Cooper hat ihn davongejagt.«

Chase Dad streichelte mich. »Guter Hund, Cooper.«

Mein Junge rief mich zu sich ins Haus, aber ich sprang von der Veranda und setzte mich in den Hof. Ich wollte Wache halten, falls der Angreifer zurückkäme. Burke kam aus dem Haus und beobachtete mich von der Veranda aus.

»Was tust du da, Cooper?«

Ich hörte meinen Namen und fühlte mich wie ein böser Hund, doch ich wollte meinen Wachposten nicht verlassen. Nach einem Moment seufzte Burke und sagte: »Na gut.«

Nach diesem Erlebnis verbrachte ich die Nächte draußen im Gras. Das Tier witterte ich zwar nicht mehr, ich wollte allerdings nicht das Risiko eingehen, dass es zurückkommen und sich in die Höhle unter dem Schuppen schleichen würde. Burke gab es schließlich auf, mich nachts zum Schlafen zu sich zu rufen.

»Er will einfach den Fuchs kriegen«, bemerkte Grant.

»Hoffen wir mal lieber, dass er nicht zurückkommt«, sagte Chase Dad.

»Ach, ich glaube, Cooper würde mit ihm fertigwerden«, sagte Burke.

»Kann sein, aber nicht ohne eine saftige Rechnung vom Tierarzt.«

Eines Abends fuhren Grant und mein Junge mit Grants Truck weg, ohne mich mitzunehmen. »Alles in Ordnung, Cooper«, sagte Grandma. »Sie holen nur Burkes Freundin ab.« Ich verstand nicht, was sie sagte, und ging nach draußen, um im Schuppen auf der oberen Stufe Stellung zu beziehen. Als die Jungen zurückkehrten, hatten sie Wenling dabei.

Beim Abendessen saß ich unter Wenlings Stuhl, sowohl, um freundlich zu sein, als auch deshalb, um sie diskret mit der Schnauze anzustupsen. Zu meiner Freude sah sie ein, dass ich ein guter Hund war, der ein paar Brocken Fleisch verdiente, die ich ihr sanft aus der Hand nahm.

Nach dem Essen rollte sich Burke vom Tisch zurück. »Hey, Wenling, hast du Lust auf einen Spaziergang?«

Spaziergang! Ich trottete voraus, während Burke und Wenling langsam durch den Hof spazierten. Vor uns befand sich der Schuppen mit dem kleinen Raum darunter. Laceys Geruch verriet mir, dass sie dort unten war und sich um unsere Welpen kümmerte.

»Willst du die Operation wirklich schon dieses Jahr machen lassen?«, fragte Wenling.

»Ja, das wäre mir am liebsten, aber wahrscheinlich ist es ein Wunschtraum.« Burke seufzte. »Ich bin noch am Wachsen, was an sich ja gut ist, allerdings nicht in diesem Fall. Es ist nicht so, dass ich es kaum erwarten kann, Basketball zu spielen. Ich will es einfach bloß hinter mir haben, verstehst du? Wenn es nicht klappt, okay, aber dann weiß ich es wenigstens.«

Wenling legte die Hand auf Burkes Schulter, und Burke blieb stehen. »Es wird klappen, Burke. Das weiß ich.«

»Danke.«

Sie umarmten sich und schoben ihre Gesichter zusammen. Ich seufzte. Sie machten das in letzter Zeit sehr häufig. Ergeben wartete ich, bis sie sich nach einer endlos währenden Zeit wieder in Bewegung setzten.

»Hey, was ist das denn?«

»Das ist unser Schutzraum. Du weißt schon, bei Tornados, Zombies, solchen Sachen eben.«

Sie drehten zum Schuppen ab. Nervös folgte ich ihnen. Einerseits wollte ich, dass sie die Welpen fanden, andererseits wollte ich das auf gar keinen Fall.

»Tornados? Doch nicht in Michigan«, sagte Wenling neckend.

»Und ob! Was ist mit dem Flint-Beecher? Das war der tödlichste Tornado in der Geschichte der Vereinigten Staaten, bis dann dieser Tornado in Joplin, Missouri, kam.«

»Ach, hängst du den ganzen Tag vorm Fernseher und schaust dir die Wettervorhersage an?«

Burke lachte. »In der siebten Klasse habe ich einen Aufsatz über Tornados in Michigan geschrieben. Wir sind nicht Kansas, aber eine harte Konkurrenz.«

»Okay, solange wir bei der Tornado-Olympiade dabei sind, bin ich beruhigt.«

Mein Junge lachte wieder. Anscheinend machte Wenling ihn glücklich.

»Und was ist in diesem Schutzraum?«, fragte sie.

»Na ja, Wasser, Konserven, ein Holzofen. Alles, was man so braucht, wenn man ein paar Tage dort verbringen müsste. Wie bei einem Atomangriff.«

»Oder einer Zombie-Invasion. Kann ich da mal runtergehen?«

Burke rollte auf die obere Treppe. Ich hechelte vor Angst, wusste weder ein noch aus. Vor meinem inneren Auge sah ich die leere Futtertüte, jedes einzelne meiner kleinen Welpen, Lacey. Auch sie war angespannt. Ich fühlte, wie sie zu uns hinaufblickte.

»Klar. Unten gibt es Licht. Zieh einfach an der Schnur.«

»Da unten sind aber keine Ratten, nicht wahr? Oder Schlangen?«

»Nein, natürlich nicht.«

»Versprichst du mir das?«

»Jetzt geh schon.«

Langsam stieg Wenling die Treppe hinunter, tastete sich an der Wand entlang. Hilflos folgte ich ihr. Ich dachte, Lacey würde knurren, wenn sie Wenling witterte, doch als Wenling an einer Schnur zog und helles Licht den Raum erfüllte, wedelte Lacey freudig mit dem Schwanz, und unsere kleinen Welpen fiepten.

»Oh mein Gott!«, keuchte Wenling.

16

Wenlings Ausruf ließ Burke zusammenzucken. Sein Stuhl quietschte, als er sich vorbeugte. »Was ist los?«

»Hier unten ist eine Hündin mit ihren kleinen Welpen!«

»Das ist nicht dein Ernst!«

Ich wusste, was gleich passieren würde: Wenling würde näher kommen, und Lacey würde knurren. Aber als Wenling Lacey die Hand hinstreckte, leckte Lacey sie ab. Ja, natürlich machte Lacey das! Wenling war ihr Mensch! »Was bist du nur für ein süßer Mommy-Hund.«

»Cooper! Komm her!«

Ich machte für Burke *Hilf!*. Als wir auf halbem Weg nach unten waren, begann Lacey zu knurren. Wenling hob die Hand. »Komm nicht näher, Burke, das macht sie nervös. Vielleicht ist sie irgendwann mal von einem Mann misshandelt worden.«

Burke zog an der Leine, und ich blieb auf der Treppe stehen. »Okay. Wow! Das ist echt cool.«

Wenling drehte sich zu ihm um. »Cool? Okay, bis auf die unbedeutende Tatsache, dass die Hündin völlig verwahrlost ist. Sieh sie dir an, sie hat einiges durchgemacht. Ein Halsband hat sie auch nicht. Sie hat hier unten Zuflucht gesucht, weil sie keinen anderen Ort hat, an den sie gehen kann.«

»Du hast recht. Entschuldige.«

Lacey knurrte nicht mehr, aber sie starrte Burke, der auf der untersten Stufe saß und sich an mich lehnte, unverwandt an. Ich stupste ihn mit der Schnauze an, um Lacey zu zeigen, dass er keine Gefahr darstellte, doch ihre Haltung blieb angespannt.

»Weißt du was, Wenling?«

»Was denn?«

»Diese Welpen sehen Cooper ziemlich ähnlich.«

»Cooper?«, wiederholte Wenling.

»Ja.«

»Unsinn. Ihr habt Cooper ja kastrieren lassen.«

Immerzu sagten sie meinen Namen, doch ich wusste nicht, ob ich ein guter oder ein böser Hund war. Vorsichtshalber wedelte ich mit dem Schwanz.

»Burke? Cooper ist doch kastriert, oder?«

»Nein, das konnten wir uns damals nicht leisten. Hey, wir sind keine Smart-Farming-Bauern!«

Wenling schüttelte den Kopf. »Das werde ich jetzt mal überhören. Wir müssen bei der Tierrettung anrufen, damit alle einen guten Platz bekommen. Aber erst einmal sollten wir der Hunde-Mommy Futter und Wasser geben.«

Wenling ging zum Haus und kehrte mit einer Schüssel Futter und einem Napf Wasser zurück. Lacey wedelte mit dem Schwanz und stürzte sich hungrig auf das Futter, während die Welpen auf der Decke herumkrochen und fiepend nach ihrer Mutter riefen. Vorsichtig näherte ich mich den Welpen, und dieses Mal erlaubte Lacey es mir, die Kleinen zu beschnuppern. Vielleicht fühlte sie sich sicherer, weil sie wieder mit Wenling zusammen war. Ich nuckelte an ihnen, sog ihren Geruch ein und legte mich dann ausgestreckt auf den Boden, um ganz nah bei ihnen zu sein. Spürten sie, dass ich ihr Vater war? Oh ja, da war ich mir sicher. Sie wanden sich und quiekten, und ich wedelte beruhigend mit dem Schwanz. Lacey beobachtete uns ganz genau, und die Liebe, die ich für sie empfand, strömte auch auf diese kleinen Hunde über, meine Welpen.

»Du bist ein guter Hund, du kleine Streunerin. Eine gute Mommy für deine Babys«, lobte Wenling. Ich fragte mich, ob sie wusste, dass es Lacey war. Menschen können erstaunliche Dinge vollbringen, doch sie verstehen oft nicht, was in Hunden vor sich geht.

In den nächsten Tagen verbrachten wir alle viel Zeit auf der Treppe und schauten den Welpen zu. Wenn Wenling da war, ließ Lacey sogar Grant ohne Knurren in ihre Höhle und hatte auch nichts dagegen, als Wenling Grant einen Welpen reichte.

Grant hob das Hundebaby hoch und gab ihm einen Kuss auf die Nasenspitze. »Der hier sieht Cooper total ähnlich! Habt ihr euch schon Namen überlegt?«

»Ich dachte, das überlassen wir besser den Leuten von der Tierrettung«, sagte Wenling.

Grant nickte. »Gib dem Kaninchen, das du schlachten wirst, keinen Namen.«

»Genau. Wenn wir ihnen eigene Namen und Persönlichkeiten geben, wird es uns viel schwerer fallen, sie wegzugeben, obwohl es das Beste für sie ist. Sie brauchen schließlich ein gutes Zuhause. Aber der Mutter habe ich einen Namen gegeben – Lulu. Stimmt's, Lulu?« Wenling streichelte Laceys Kopf.

»Willst du einen Welpen behalten?«

»Nein, mein Vater erlaubt es nicht.«

»Hey, krieg ich auch einen Welpen zum Knuddeln?«, rief Burke von der Treppe aus. Wenling schnappte sich einen männlichen Welpen und setzte ihn Burke auf den Schoß.

»Aber wie war das bei eurem ersten Hund? Den dann die Schlange erwischt hat? Da hatte sich dein Vater doch auch nicht quergestellt«, sagte Grant, als Wenling zurückkam.

»Ja, Lacey«, stimmte Wenling ihm zu. Abrupt hoben Lacey und ich die Köpfe und starrten Wenling an. Wenling wusste Bescheid! Natürlich, wie könnte es auch anders sein? Lacey und Wenling gehörten zusammen. »Ich glaube, Dad hat mir damals den Wunsch nach einem Hund erfüllt, weil ich ein braves kleines Mädchen war, das ihm nie widersprach. Jetzt ist unser Verhältnis … kompliziert. Er meint, wenn er Nein zu einem Hund sagt, demonstriert er damit seine Autorität. Meine Mom hat deswegen oft Streit mit ihm.« Sie trat näher und senkte die Stimme. »Dad passt es nicht, dass ich mit Burke zusammen bin. Er findet, ich sollte einen Freund haben, der …« Sie zeigte auf ihr Gesicht.

»Chinese ist?«

Wenling blickte zu Burke hinüber. »Genau«, flüsterte sie.

Grant lachte. »Hier? Hat er sich in der lokalen Bevölkerung schon mal umgesehen?«

»Ich habe panische Angst davor, dass eine chinesische Familie in die Stadt zieht, die einen Sohn hat. Mein Dad würde alles tun, um mich mit ihm zu verheiraten, selbst wenn der Typ ein Psychopath ist.«

»Was tuschelt ihr da? Ich kann euch nicht hören«, beschwerte sich Burke.

»Ich habe nur gerade herausgefunden, dass du kein Chinese bist«, rief Wenling zu ihm herauf.

»Was?« Burke klang verärgert. Besorgt sah ich ihn an, doch er grinste. »Mann, Grant, wieso hast du ihr das verraten?«

Alle lachten. Wenling tauschte Welpen mit Grant. »Ich weiß, es gibt bereits viel zu viele Hunde auf der Welt, aber ich liebe diese Welpen einfach, besonders den, der wie Cooper aussieht«, sagte sie. Ich wedelte mit dem Schwanz.

»Du hast ein großes Herz«, sagte Grant ernst. »Ich glaube, Burke weiß gar nicht, wie glücklich er sich schätzen kann, mit dir zusammen zu sein.«

Wenling blinzelte. »Wie meinst du das?«

Lacey und ich reagierten beide auf die jähe Spannung zwischen den beiden. Grant trat näher. »Ich habe lange überlegt, wie ich es dir sagen soll, aber ich muss es einfach tun. Ich kann es nicht länger für mich behalten.«

»Was denn?«

»Weißt du das wirklich nicht? Merkst du es nicht jedes Mal, wenn ich dich ansehe? Ich bin in dich verliebt, Wenling.«

Wenling nahm einen tiefen, zitternden Atemzug. Lacey setzte sich auf und schob die Schnauze in ihre Hand.

»Es ist einfach passiert, okay?«, fuhr Grant gehetzt fort. »Ich weiß, es ist falsch. Ich weiß, ich sollte diese Gefühle für dich nicht haben. Aber ich habe sie nun mal, und zwar schon sehr lange. Wenn du mich ansiehst, kommt es mir manchmal so vor, als würdest du dasselbe auch für mich empfinden. Es ist so schwer, meine …«

»Hey, wenn wir noch länger hierbleiben, kann ich mich von Cooper zu euch hinunterbringen lassen«, bot Burke an.

Einen Moment sah Wenling Grant schweigend an. »Nein, ich muss gehen«, rief sie. Sie legte die Welpen auf die Decke, wo Lacey sie sofort beschnüffelte.

»Wenling«, flüsterte Grant traurig.

Als er die Hand nach ihr ausstreckte, drehte sie sich weg und stieg die Treppe hinauf.

»Wenling?«, fragte Burke verwirrt.

»Ich muss gehen«, wiederholte sie. Rasch sprang ich nach oben, um bei meinem Jungen zu sein. Ich verstand nicht, was hier vor sich ging.

Viele Tage später umarmte und küsste mich Burke und sagte: »Ich gehe zum Arzt. Bis dann, Cooper.« Ich wedelte mit dem Schwanz, weil er meinen Namen sagte. Dann fuhr er mit Grandma weg, und sein Geruch verwehte. Es betrübte mich, dass er ohne mich wegfuhr, aber ich rannte ihm nicht hinterher, weil ich bei Lacey und unseren Welpen bleiben musste. Als ich zum Schuppen trottete, um nach ihnen zu sehen, traf ich dort zu meiner Freude Wenling an! Seit Kurzem war sie dazu übergegangen, für

Lacey und mich Fleisch-Leckerbissen mitzubringen, eine Entwicklung, die ich höchst erfreulich fand. Eine Weile spielten wir mit den Welpen, kamen dann allerdings aus dem Schuppen, als ein großer Van in die Auffahrt einbog.

Ein Mann und ein kleines Mädchen, das etwas jünger als Burke war, stiegen aus, die ich beide sofort wiedererkannte: Es waren Ava, das erste Mädchen, das ich kennengelernt hatte, und ihr Vater Sam Dad! Ihr helles Haar war kürzer, und sie war größer geworden, doch sonst war sie dieselbe geblieben. Überglücklich rannte ich zu ihnen, sprang winselnd an ihnen hoch. Würden sie von nun an mit Grant, Burke und den Welpen bei uns auf der Farm leben? Es gäbe nichts, was mich glücklicher machen würde!

»Hallo, du!«, begrüßte mich Ava und kniete sich hin, damit ich sie küssen konnte. Begeistert warf ich mich auf sie, und sie fiel lachend auf den Rücken.

»Das ist Cooper«, sagte Wenling.

Ava richtete sich auf und drehte ihren Kopf von einer Seite zur anderen, sodass ich ihr das ganze Gesicht abschlecken konnte. »Cooper!«

Vor Aufregung rannte ich im Kreis um sie herum. Alle lachten. »Ich bin Sam Marks, und das ist meine Tochter Ava«, sagte Sam Dad.

»Ich bin Wenling Zhang. Die Welpen sind im Schutzraum. Ich bringe Sie hin. Die Mutter ist Fremden gegenüber ziemlich misstrauisch.«

Ava tätschelte meinen Kopf. »Ist Cooper der Vater?«

»Ja, daran besteht kein Zweifel. Die Ähnlichkeit ist unübersehbar.«

Wir gingen zum Schuppen. Ich war schon ganz aufgeregt. Lacey würde schön staunen, wenn plötzlich Sam Dad und Ava auftauchten!

»Danke, dass Sie den weiten Weg hierhergekommen sind«, sagte Wenling.

Sam Dad zuckte die Achseln. »Keine Ursache. Wir sind mit dem Rettungsfahrzeug sowieso zweimal die Woche in der Gegend. In diesen ländlichen Gebieten ist die Situation weitaus problematischer als in Grand Rapids. Wir haben tatsächlich vor, demnächst hier eine Zweigstelle aufzumachen.« Er räusperte sich. »Die Mutter werden wir natürlich sterilisieren lassen.«

»Ihr Name ist Lulu.«

»Gut. Wir werden Lulu also sterilisieren lassen. Cooper ist zwar kein Streuner, aber wenn ihr mögt, würden wir auch für ihn die Kastration bezahlen. Unsere Mission besteht nicht nur darin, Tiere zu retten, sondern auch darin, dafür zu sorgen, dass sie gar nicht erst gerettet werden müssen. Inzwischen geben wir unsere Tiere bloß noch an Leute weiter, die sich einverstanden erklären, die Tiere zu sterilisieren und zu kastrieren. Was das betrifft, haben wir unsere Lektion gelernt.«

Nachdenklich schüttelte Wenling den Kopf. »Cooper ist nicht mein Hund, sondern der eines Freundes. Aber ich kann mit ihm reden. Er wird sicher einverstanden sein.«

Sie sagten sehr oft meinen Namen. Ich fragte mich, ob ich rasch losrennen sollte, um mein Quietschspielzeug zu holen.

Wie ich vermutet hatte, erinnerte auch Lacey sich an Ava! Das war deutlich zu erkennen an der Art, wie Lacey strahlte und mit dem Schwanz wedelte, als Ava sich vor sie kniete und ihr zum Schnuppern die Hand hinhielt. »Das sind die niedlichsten Welpen, die ich je gesehen habe! Hallo, Lulu. Guter Hund.«

Lächelnd beobachtete Sam Dad, wie die Welpen um Ava herumwuselten. »Bei der Mutter erkennt man eindeutig den Terrier, gemischt mit … Schäferhund?«

Wenling zuckte die Achseln. »Lulu ist aus dem Nichts aufgetaucht. Es wird mir schwerfallen, mich von ihr und den süßen Welpen zu verabschieden, aber ich weiß ja, dass Sie für alle ein schönes Zuhause finden werden.«

Sam Dad nickte. »Das ist das Paradoxe an der Rettung. Wir machen Familien und Hunde glücklich, aber es wäre uns lieber, wenn das gar nicht nötig wäre. Woher kennst du die Hope-Tierrettung?«

Wenling schmunzelte. »Die Trevinos haben Cooper von Ihnen adoptiert. Ich hatte auch einen Hund von Ihnen. Lacey.«

Lacey hatte Ava hingebungsvoll beschnuppert und abgeleckt, doch nun, da sie ihren Namen hörte, ging sie zu Wenling und drückte ihr die Schnauze in die Hand.

Ava lächelte. »Daran kann ich mich leider nicht erinnern.«

»Du warst noch sehr jung, Ava«, sagte Sam Dad.

Ava neigte den Kopf zur Seite. »Ich bin zwölf.«

»Ich werde im September fünfzehn«, erklärte Wenling. »Ist Lacey auch hier?«

Wenling ging in die Knie, um Lacey zu streicheln, und schüttelte bekümmert den Kopf. »Lacey wurde von einer Massasauga gebissen und ist gestorben.«

Ava schlug die Hand vor den Mund. »Oh nein!«

Sam Dad wirkte verdutzt. »Hier! Eine Massasauga? Ich dachte, die wären so gut wie ausgestorben.«

Wenling lächelte traurig. »Das war schrecklich.«

Alle verfielen einen Moment lang in Schweigen. Lacey trottete zu ihren Welpen und ließ sich auf die Decke plumpsen.

»Wir werden natürlich auch für die Mutter ein schönes Zuhause suchen«, sagte Sam Dad schließlich.

Meine Hoffnung, dass Ava und Sam Dad bei uns leben würden, erfüllte sich leider nicht. Mit einem Welpen unter jedem Arm kehrten sie zu ihrem Van zurück – demselben, in dem ich einst gefahren war, mit übereinandergestapelten Hundekäfigen im Inneren. Aufgeregt schnüffelnd lief Lacey hinter ihnen her und folgte ihren Welpen, ohne zu zögern, in einen Käfig im rückwärtigen Teil des Vans. Als ich mich ihnen hinzugesellen wollte, hob Wenling die Hand. »Bleib, Cooper.«

Bleib? Ich verstand das alles nicht. Hilflos sah ich zu, wie die restlichen Welpen im Van verschwanden. Von meinem Platz aus konnte ich nur Lacey sehen. Sie starrte mich voller Entsetzen an. Ich fühlte mich wie ein böser Hund, weil ich ihr nicht helfen konnte. Dann fuhren Ava und Sam Dad weg, und Laceys Duft verschwand mit ihnen. Wenling tätschelte meinen Kopf. »Alles gut, Cooper.«

Ich ging zum Schuppen zurück und lief die Treppe hinunter. Obwohl in dem engen Raum alles nach Lacey und meinen Welpen duftete, waren sie nicht mehr da. Ich drückte die Nase in die Decke. Sie war noch warm. Ich atmete tief ein, erkannte jeden einzelnen individuellen

Geruch, erinnerte mich daran, wie meine Welpen auf mir herumgeklettert waren und an meinen Backen geknabbert hatten. Ich wusste nun, Menschen konnten mir meine Hundefamilie wegnehmen, wenn sie wollten, aber warum taten sie das?

Ich verließ den Raum unter dem Schuppen auch dann nicht, als ich hörte, wie Burke und Grandma zurückkamen. Tieftraurig lag ich eingerollt auf meiner Welpendecke, bis Burke mich zum Essen rief.

Bald darauf ging ich zum Tierarzt und fiel in einen langen, traumlosen Schlaf. Als ich wieder zu Hause war, spürte ich zwischen den Hinterbeinen ein scheußliches Jucken, doch ich konnte nichts dagegen tun, weil ich einen schweren steifen Kragen umhatte, der meine Bewegungsfreiheit extrem einschränkte. Ich fühlte mich jetzt anders – nicht schlecht, einfach anders, und das stoppelige Haarbüschel zwischen meinen Beinen fühlte sich rau auf der Zunge an.

Ich war sehr traurig, als Chase Dad und Grant die Öffnung, die zu Laceys Höhle führte, mit einer schweren Metalltür verschlossen.

Würde ich Lacey und meine Kleinen jemals wiedersehen?

Grant und Burke ließen nun wieder häufig das Wort »Schule« fallen, und tatsächlich kehrten wir wieder in Grants Gebäude zurück. Da es für mich kaum etwas zu tun gab, döste ich die meiste Zeit, außer wenn die Glocke schrillte. Dann wurden alle ganz hektisch, rannten in die Eingangshalle, flitzten herum, schrien und knallten Türen. Wenn wir dann in einem neuen Raum waren, wurden alle wieder ganz still. Für einen Hund waren diese Aktivitäten unverständlich, aber ich hatte trotzdem meinen Spaß.

Ich war immer an Burkes Seite, roch jedoch oft Wenling und Grant und sah die beiden in den Gängen. Mein Junge hatte viele Freunde, und sie waren alle sehr nett zu ihm. »Ihr könnt ihn streicheln, aber gebt ihm keine Leckerlis«, sagte Burke oft. Und obwohl er ständig das Wort »Leckerli« sagte, kam niemand auf die Idee, mir welche zu geben.

Mir fiel auf, wie gezwungen Wenling und Grant miteinander redeten, wenn sie überhaupt miteinander redeten. Eine seltsame, unbehagliche Spannung herrschte zwischen den beiden, und ich traf sie auch nie allein an.

An einem sonnigen warmen Nachmittag fuhr ein Wagen voller Mädchen in Burkes Alter vor der Farm vor. Sie saßen mit Burke auf der Veranda, unterhielten sich, lachten und gaben mir Leckerlis – ein perfekter Tag. Die Mädchen dufteten süßlich nach Blumen und Moschus. Eines hatte einen Geruch an seiner Kleidung, den ich sofort als den des geheimnisvollen Tiers wiedererkannte, das in Schuppen lebte und so unhöflich vor mir wegrannte.

Als Grant und Chase Dad von den Feldern zurückkehrten, rannte ich ihnen schwanzwedelnd entgegen, um sie zu begrüßen. Feuchte Erde klebte an ihren Händen.

»Hi, Grant!«, riefen mehrere Mädchen winkend. »Hallo, Mr. Trevino.«

Grant und Chase Dad setzten sich zu uns auf die Veranda, und alle unterhielten sich eine Weile zusammen.

»Die Blätter beginnen sich zu verfärben«, sagte Chase Dad schließlich und ging ins Haus. Grant blieb bei uns.

»Wo ist Wenling heute?«, fragte er Burke.

Alle verstummten und sahen Burke an. Er runzelte die Stirn, fühlte sich sichtlich unwohl. Fürsorglich drückte ich die Schnauze in seine Hand, um ihn darauf hinzuweisen, dass man sofort wieder gute Laune bekam, wenn man einem Hund ein Hühnchen-Leckerli zuwarf.

»Wir haben gehört, ihr habt euch getrennt«, sagte ein Mädchen.

Grant legte den Kopf zur Seite. »Ach?«

»Na ja«, sagte Burke.

»Das tut mir so leid, Burke«, sagte ein anderes Mädchen.

Burke senkte einen Moment den Blick. »Wir haben uns nicht wirklich … Also, wir hatten einen Streit. Aber wir haben nicht direkt Schluss gemacht.«

»Oh, okay«, sagte ein Mädchen.

Grinsend ging Grant ins Haus. Kurz darauf fuhren die Mädchen wieder weg – leider, denn damit war es mit den Leckerlis vorbei. Als Burke mit seinem Stuhl in die Küche rollte, folgte ich ihm. »Vielen Dank, Grant«, sagte er ausdruckslos. »Ich hatte echt keine Lust, vor all den Mädchen über Wenling zu sprechen.«

Abwehrend hob Grant die Hände. »Entschuldige, du hältst mich über dein spannendes Liebesleben ja nicht auf dem Laufenden.«

»Du weißt genau, was ich meine.«

»Ich weiß nur, dass du deinen Zenit bereits erreicht hast.«

»Meinen Zenit?«

»Na ja, du bist im zweiten Jahr an der Highschool und bereits mit dem hübschesten Mädchen zusammen, das du jemals haben wirst. Danach kann es für dich nur noch bergab gehen.«

»Du weißt ja, dass du adoptiert bist, oder?«

Nicht lange danach waren Burke und ich unten am Teich, um mit den Enten zu spielen. Wenling kam mit dem Fahrrad vorbei, und Burke sagte immer wieder: »Es tut mir leid.« Er klang so traurig, dass ich ihm einen Stock brachte. Wenling umarmte ihn, dann drückten sie lange die Lippen aufeinander. Ergeben wartete ich und zerkaute den Stock in winzige Teile.

Manchmal fuhr Grandma uns zu Wenlings Haus und setzte uns dort ab, um uns später wieder abzuholen. Als uns Grandma eines Abends mal wieder zu Wenling fuhr, saß ich auf der Rückbank und hob witternd die Nase. Es roch nach Käse, obwohl niemand etwas aß und mir niemand etwas gab. Der Geruch schien aus Grandmas Haaren zu kommen. Vor Wenlings Haus sprang ich aus dem Wagen und machte *Hilf!* und *Bereit!*. »Bis später!«, rief Burke Grandma zu.

Ich machte auf der Eingangstreppe *Hilf!*, dann klopfte Burke an die Tür. Aus dem Inneren des Hauses ertönten das Schreien eines Mannes und gleich darauf das wütende Kreischen einer Frau. Nervös blickte ich zu meinem Jungen.

Wenling öffnete die Tür. Sie weinte.

»Oh Gott, Wenling! Was ist los?«, rief Burke.

17

Wenling wischte sich die Augen. »Kommt rein«, sagte sie. Ich leckte ihre Hand ab, die nach Salz schmeckte. »Meine Eltern haben meinetwegen einen Riesenkrach.«

»Was? Warum?« Ich machte *Hilf!* und *Bereit!*, damit Burke in seinen Stuhl klettern konnte.

»Mein Dad verbietet mir, dass ich mich bei der Air Force Academy bewerbe. Er meint, ich soll mir das aus dem Kopf schlagen. Er will nicht, dass ich weggehe und das College besuche. Ich soll hierbleiben und zur Schule gehen.« Sie hielt sich ein dünnes Blatt Papier vor das Gesicht.

»Aber hier gibt es nur das Community College«, wandte Burke ein.

Das Geschrei ging weiter. Ich drückte mich an Wenlings Beine und wünschte mir, wir würden diesen bösen Ort verlassen.

»Ich weiß, aber er findet, ich soll hierbleiben und mich um meine Eltern kümmern. Und Mommy sagt, wir ... wir würden ihn verlassen. Oh, Burke!« Wenling klang verängstigt. Ich hob die Pfote, stupste ihr Bein an. »Sie sagt, sie wird mit mir weggehen, sich einen Job suchen und mich zur Schule schicken.«

»Das tut mir wirklich sehr leid. Sollen wir lieber wieder gehen, Wenling?«

»Nein, bloß nicht!« Wenling kniete sich hin und schlang die Arme um mich. Ich schmiegte mich an sie, freute mich, dass ich für sie da sein konnte.

Ein lauter Knall erschütterte die Luft. Ich kannte das Geräusch: Es entstand, wenn eine Tür mit Nachdruck zugeschlagen wurde. Schlagartig hörte das Geschrei auf. Burke und Wenling setzten sich in den Garten, und ich saß bei ihnen, war ein guter Hund, bis Wenlings Traurigkeit nach und nach abklang.

Der Winter rückte näher. Die Luft und die Wiesen waren feucht, als Grant uns eines Tages zu einer Autofahrt mitnahm.

Ich saß allein auf der Rückbank, schob die Schnauze durch das halb offene Fenster und atmete glücklich den würzigen Geruch des nassen Laubes ein, das in einer dicken Schicht den Boden bedeckte. Grüßend wedelte ich mit dem Schwanz, als wir an der Ziegenfarm vorbeikamen, und blähte witternd die Nasenlöcher, als wir über einen Fluss fuhren. Ich wäre zu gerne in diesen Fluss gesprungen, doch stattdessen endete unsere Fahrt an einem flachen, unwirtlichen Ort mit kleinen Gebäuden und seltsamen Fahrzeugen, die am Boden befestigt waren.

Wenling war da! Ich machte *Bereit!*, während Grant den Stuhl für Burke aufklappte, aber dann durfte ich zu ihr flitzen und sie richtig begrüßen. Sie ging vor mir in die Hocke, und ich schleckte begeistert ihr Gesicht ab. Grinsend stand sie auf.

»Bist du dir wirklich sicher, dass du das willst? Vielleicht würde es lustiger werden, wenn wir vorher etwas essen. Einen Kuchen oder so«, sagte Burke, als sie ihn umarmte.

Sie lachte. »Ich bin mir ganz sicher. Und das mit dem Kuchen lassen wir besser bleiben!«

Sie wandte sich Grant zu. Einen Moment lang herrschte betretenes Schweigen, dann kam er mit ausgebreiteten Armen auf Wenling zu. »Okay. Hi, Wenling«, sagte er leise. Sie umarmten sich kurz, lösten sich dann wieder voneinander und blickten aus irgendeinem Grund zu Burke hinüber.

Wenling lächelte. »Also, Jungs, seid ihr bereit?«

Burke spähte in den Himmel empor. »Ein guter Tag zum Sterben«, bemerkte er trocken.

»Hey«, antwortete Wenling, »dir wird schon nichts passieren, es sei denn, wir schmeißen dich wegen deiner Kommentare aus dem Flugzeug.«

»Hm, auch wenn er nichts sagt, halte ich das für eine gute Option«, merkte Grant grinsend an.

Wir begaben uns zu einem Fahrzeug und stießen dort auf eine freundliche Frau namens Elizabeth. Sie drückte Grant und Burke die Hand und bot mir dann ihre Handflächen zum Beschnuppern an, die sowohl nach ihr als auch nach den Jungen rochen.

Im Inneren des Fahrzeugs war es sehr eng, und Burke ließ seinen Stuhl draußen stehen. Elizabeth und Wenling nahmen vorne Platz, und ich saß hinten auf dem Boden zwischen den Sitzen der Jungen. Das Fahrzeug startete mit einem Höllenlärm. Nervös wedelte ich mit dem Schwanz, denn ich hatte keine Ahnung, was uns erwartete.

»Du hast das schon öfter gemacht, ja?«, fragte Burke. Ich spürte seine Beklommenheit und stupste ihn aufmunternd mit der Schnauze an.

Das Fahrzeug machte einen Satz, der Motor brüllte, und ich spürte, wie wir uns bewegten. Eine eigenartige Schwere sackte mir in den Bauch, ein Gefühl, das mich an jene Zeit erinnerte, als ich mit meiner Mutter in der Metallhöhle gewesen war und sie die Krallen ausgefahren hatte, um nicht auszurutschen. Burke sog scharf die Luft ein. »Was haltet ihr davon, wenn wir einfach drei Meter über dem Boden bleiben?«, fragte er laut.

Grant grinste. »Hey, Wenling, mir war nicht klar, dass du das Ding allein fliegst«, schrie er gegen den Lärm an. »Ich dachte, Elizabeth würde fliegen und du würdest nur zuschauen.«

»Solange meine Fluglehrerin dabei ist, darf ich die Maschine fliegen. Aber nicht ohne sie«, erklärte Wenling.

»Ich sehe Grandpa! Er sagt, ich solle mich zum Licht hinbewegen!«, schrie Burke.

Es war eine sehr langweilige Autofahrt. Niemand öffnete ein Fenster, der Ölgestank war auch nicht sonderlich interessant. Als der Lärm etwas nachließ, fühlte ich, wie Burkes Nervosität abebbte und seine Hand auf meinem Fell sich entspannte.

»Schaut!«, rief er. »Von hier oben aus kann man sehen, wie die Flüsse von Bächlein gebildet werden und wie die Seen alle kleine Abläufe haben, die in die Bäche fließen. Das gesamte hydraulische System ist hier angelegt, als wäre es von jemandem entworfen worden.«

»Ja«, stimmte Grant ihm zu. »Und man kann sehen,

wie die Smart-Farming-Betriebe das gesamte Land übernehmen.«

Ich schlief auf dem vibrierenden Boden ein, schreckte allerdings ruckartig hoch, als das Fahrzeug auf etwas aufknallte und dann stehen blieb. Wir stiegen aus. Burke lag auf dem Boden und küsste die Erde.

»Sehr witzig«, murmelte Wenling.

»Wenling, das war großartig. Du bist großartig!«, rief Grant begeistert.

Sie schlug die Augen nieder. »Danke.«

»Das meine ich ernst.«

Die Rückfahrt nach Hause war viel schöner als die Fahrt in dem komischen Fahrzeug, weil das Fenster offen war und ich ein galoppierendes Pferd sah und Ziegen roch.

Abends blieb ich jetzt sehr oft mit Grandma und Chase Dad daheim, während Grant mit Burke unterwegs war. Wenn sie zurückkamen, rochen sie beide nach Wenling, doch der Duft haftete viel stärker an Burke.

Wenn Burke weg war, war ich unruhig, ging ständig durch die Hundetür hinaus und hinein, bis Chase Dad mich streng ermahnte. Ich verstand nicht, was er sagte, genauso wenig wie er verstand, dass Burke heimkommen musste. Umso glücklicher war ich, als Burke und Grant mich eines Abends mitnahmen! Erst holten wir Wenling ab und fuhren dann zu einem Gebäude, wo wir mit einem Mann redeten, der uns vor der Tür erwartete. Er trug einen Hut und roch wie verbranntes Laub.

»Ist einer von euch schon einundzwanzig?«, fragte der Mann.

Grant, Burke und Wenling wechselten einen Blick.

»Dachte ich's mir doch«, sagte der Mann.

»Ich bin siebzehn«, erklärte Grant.

»Cooper ist einundzwanzig«, fügte Burke grinsend hinzu. Ich wedelte mit dem Schwanz.

Der Mann vor der Tür hatte ein winziges Stöckchen im Mund, das er nun herausnahm und zwischen zwei Fingern drehte. Das Stöckchen war so klein und dürr, dass ich mir, wenn er es für mich werfen würde, nicht einmal die Mühe gäbe, es aufzuheben. »Bedaure, Kids, wir haben unsere Regeln.«

»Unser Dad ist Chase Trevino«, sagte Burke. »Wir wollen ihn einfach bloß spielen hören.«

Schweigend musterte uns der Mann eine Weile. »Oben gibt es ein Büro mit einem offenen Fenster, aber ich weiß nicht, wie du da hinaufkommen sollst«, knurrte er und deutete mit seinem kleinen Stöckchen auf Burkes Stuhl.

»Das ist kein Problem. Cooper kann mir hinaufhelfen«, versicherte Burke ihm. Ich wedelte mit dem Schwanz.

Ich machte über etliche sehr enge, steile Stufen *Hilf!*, während Grant uns mit Burkes Stuhl folgte. Wir gelangten in einen kleinen Raum. Es herrschte ein ohrenbetäubender Lärm, weil viele Menschen sich sehr laut unterhielten. Dann wurde es sogar noch lauter, das Gebäude wurde von so heftigen Vibrationen erschüttert, dass die Wände bebten. Wenling und Grant begannen herumzuhüpfen, und Burke wackelte mit dem Kopf. Ich gähnte und fragte mich, ob das jetzt mein neues Leben war: Ich würde mit Burke, Wenling und Grant in kleine Räume gehen, und dann würde es sehr laut werden. Würde Elizabeth auch noch hinzukommen?

»Er ist wirklich super!«, rief Grant lachend.

Alle waren total aufgeregt, doch was mich betraf, so fand ich es hier ungefähr genauso interessant, wie langweiligen Enten beim Schwimmen zuzusehen. Schließlich streckte ich mich vor Burkes Stuhl aus und schlief ein.

Es war ziemlich schwierig, Burke mit *Hilf!* über die enge Treppe nach unten zu bringen, aber ich bewegte mich sehr langsam und machte dann *Bereit!*, damit Burke in seinen Stuhl gleiten konnte. Freudig begann ich mit dem Schwanz zu wedeln, da ich Chase Dad witterte. Gleich darauf stand er vor uns.

»Ich bin einigermaßen überrascht, euch Jungs hier zu sehen. Hallo, Wenling.« Er streichelte über meinen Kopf, und ich leckte seine Hand ab, die nach Salz und Käse schmeckte.

»Wir wollten dich einfach mal spielen hören, Dad«, erklärte Burke.

»Sie sind echt gut«, sagte Wenling. »Die ganze Band ist super.«

Chase Dad neigte den Kopf zur Seite. »Es gehört sich nicht, Leuten heimlich nachzuschnüffeln. Das ist unanständig«, sagte er. »Ihr hättet mich fragen können.«

»Wir wussten, du würdest Nein sagen«, wandte Burke ein.

»Es war meine Idee«, sagte Grant rasch.

Chase Dad nickte. »Hätte ich Nein gesagt, wärt ihr in Schwierigkeiten gewesen, also habt ihr gar nicht erst gefragt. Du argumentierst genauso logisch und rational, wie du deine Modellstadt baust, Burke. Das kann sich irgendwann auch nachteilig auswirken.« Er hielt einen Moment inne und fügte dann verschmitzt hinzu: »Ich hoffe, die Band und ich haben euch dreien den Spaß an Musik nicht verdorben.«

Erst jetzt, als die Stimmung sich lockerte, merkte ich, welche Anspannung vorher geherrscht hatte. Aber nun lachten alle. »Ich muss wieder rein, wir haben noch einen Auftritt. Fahrt nach Hause, wir sehen uns dann später«, sagte Chase Dad.

Wir brachen auf, Chase Dad blieb allerdings noch. Burke traf auf dem Gehweg ein paar Jungen und Mädchen, deren Geruch ich von Grants Gebäude kannte. Wenling und Grant setzten sich schon einmal ins Auto, während Burke mit seinen Freunden lachte und scherzte. Ich wedelte mit dem Schwanz, doch bis auf ein halbherziges Kopftätscheln schenkte mir niemand Aufmerksamkeit, und niemand hatte Leckerlis in den Taschen. Gelangweilt trottete ich zum Wagen. Grant öffnete mir die Tür, beachtete mich aber überhaupt nicht. Er hatte sich auf seinem Sitz zur Seite gedreht und sah Wenling an, die neben ihm saß.

»Wie kannst du so etwas nur vorschlagen?«, fragte Grant. Er wirkte bekümmert. Unsicher wedelte ich mit dem Schwanz.

»Sie ist nett«, antwortete Wenling.

»Nein, ich meine, wie bringst du das fertig, nachdem ich dir gestanden habe, was ich für dich empfinde? Es ist, als würdest du mir ins Gesicht spucken, wenn du mir anbietest, mich mit einer deiner Freundinnen zu verkuppeln.«

Grant setzte sich wieder richtig hin und starrte in die Nacht hinaus. Als Wenling ihn leicht am Arm berührte, reagierte er nicht. Er wirkte traurig und wütend zugleich. Nun kam auch Burke zum Wagen gerollt und hievte sich neben mich auf die Rückbank. Mit finsterer Miene verstaute Grant seinen Stuhl im Kofferraum. Burke streichelte über meinen Rücken, und ich wedelte zustimmend mit dem Schwanz.

Grant startete den Motor. »Ständig lässt du mich mit deiner Freundin allein«, sagte er schroff. »Vielleicht werden wir dich irgendwann vergessen und ohne dich wegfahren.«

Niemand sagte etwas, und ich spürte, wie angespannt Wenling während der gesamten Fahrt war. Vor ihrem Haus angekommen, stieg sie aus, öffnete die hintere Tür und umarmte erst mich, dann Burke.

»Weißt du, was ich mir wünsche?«, fragte Burke, als wir weiterfuhren. »Ich wünschte, Dad würde nicht aus allem eine Lektion machen. Er war sauer, okay, aber statt ordentlich zu schimpfen, hält er mir eine Moralpredigt.«

»Er ist schon komisch. Ich meine, warum sollen wir ihn nicht mit seiner Band sehen? Will er sein Privatleben vor uns verbergen, damit wir nicht denken, er würde sich irgendwann wie Mom aus dem Staub machen?«, sagte Grant nachdenklich.

»Ich glaube, er schämt sich dafür, dass er Spaß hat. Wir könnten ihn ja für einen schlechten Vater halten. Oder einen schlechten Farmer. Oder was auch immer«, bemerkte Burke.

»Er ist ein Psycho«, warf Grant hitzig ein.

»Sagt der Mann, der versucht hat, seinen Bruder umzubringen«, entgegnete Burke.

Grant schnaubte abfällig.

Der nächste Morgen war einer jener Tage, an denen wir nicht zu Grants Gebäude fuhren. Wenling kam vorbei und ging mit Burke und mir zum Steg hinunter. »War dein Dad sehr sauer?«, fragte Wenling.

»Er ist manchmal schwer zu durchschauen. Oder eigentlich fast immer. Er hat so extreme moralische Ansprüche an sich und andere – das hat alles damit zu tun, dass er unser Vater ist, eine Farm betreibt und meine Mom uns verlassen hat.«

Eine Weile schwiegen sie. »Hat sich das für dich seltsam angefühlt, als wir gestern Abend nur als Freunde ausgegangen sind?«, fragte sie leise.

»War es denn für dich seltsam?«

Erneut schwiegen sie. Eine Ente kam angeflogen und landete, direkt vor mir platschend, auf der Wasseroberfläche. Ich ging zum Ende des Stegs und funkelte sie drohend an.

»Nein, eigentlich nicht. Ich fand den Abend sehr lustig«, sagte Wenling schließlich. »Im Grunde war es auch nicht viel anders als vor unserer Trennung.«

»Wir beide, Grant und Cooper, dieselbe Truppe wie an jedem Abend«, stimmte Burke ihr zu.

Sie lächelten sich an, doch ich spürte Wenlings Traurigkeit.

Auf dem Rückweg vom Teich erspähte ich das geheimnisvolle Tier aus dem Schuppen. Ich fetzte los, worauf es in den Schuppen rannte. Jetzt saß es in der Falle! Doch als ich durch die offene Tür stürmte, ließ sich das unhöfliche Tier einfach nicht blicken. Meine Nase verriet mir, dass es irgendwo über mir war, dort, wo Chase Dad und Grant manchmal hinaufkletterten. Warum wollte es nicht mit mir spielen?

Als wir im Haus eintrafen, fanden wir Chase Dad und Grandma im Wohnzimmer vor. Sie saßen wie versteinert nebeneinander auf dem Sofa. Ich wedelte mit dem Schwanz, verstand nicht, warum sie sich so fürchteten. Burke und Wenling blieben in der Mitte des Zimmers stehen. Burke runzelte die Stirn. »Was ist los?«

Grant kam die Treppe hinunter und blieb wie angewurzelt stehen. »Hi, Wenling.«

»Hi, Grant.«

Er blickte von einem zum anderen. »Was ist passiert?«

Abwehrend hob Chase Dad die Hand. »Es ist nichts Schlimmes. Nein, ganz im Gegenteil. Dr. Moore hat angerufen. Er ist sehr zufrieden mit deinen letzten Röntgenbildern, Burke.«

Wenling schnappte nach Luft. Ich sah, dass Grandma weinte, und trottete zu ihr.

»Also …«, sagte Burke langsam.

»Die Operation soll in den Weihnachtsferien stattfinden. Du wirst deine Chance erhalten, mein Sohn.«

18

Grant war der Erste, der reagierte. »Du bist mit deinen fünfzehn Jahren also schon ausgewachsen«, rief er mit höhnischem Grinsen.

Chase Dad furchte die Stirn. »Ich bitte dich, Grant! Ist das alles, was du dazu zu sagen hast?«

Grant hörte auf zu grinsen. Er warf Wenling einen bedeutsamen Blick zu und sah dann weg.

»Ist das wahr?«, fragte Burke leise.

»Ist was wahr? Das, was Grant gesagt hat? Nein. Du kannst immer noch ein Stück wachsen. Ich glaube, die Ärzte sind einfach nur der Meinung, dass du deine endgültige Größe beinahe erreicht hast. Hey, du bist größer als ich, Burke.«

Burke leckte sich über die Lippen. »Nein, ich meinte, dass ich operiert werde. Ist das wirklich wahr?«

Danach gab es viele Nächte, in denen Burke kaum schlief. Ich spürte seine Angst und legte mich nachts neben ihn, stupste ihn mit der Schnauze an und bot ihm jede Unterstützung an, die ich ihm geben konnte.

»Was ist, wenn es nicht klappt, Cooper?«, flüsterte er mir in der Dunkelheit zu.

Ich leckte seine Hand ab.

Eines Tages trugen Chase Dad und Grant das Sofa aus dem Wohnzimmer und stellten eine Art aufrechtes Gestell auf den freien Platz, das zwei Geländer hatte wie diejenigen, an denen sich Grandma beim Treppensteigen festhielt, bloß führten diese Geländer weder nach unten noch nach oben. Mir war dieses Ding nicht geheuer. Es erinnerte mich an die Leiter, die auf dem Boden des Schuppens lag, allerdings hatte es keine Sprossen und war auch nicht so hoch, sondern reichte Grant bis zu den Schultern. In die Ecke des Gestells schleiften Chase Dad und Grant mühsam eine Maschine mit Kabeln und Bleiplatten, bis sie dann keuchend zurücktraten und ihr Werk betrachteten. Grant ließ sich vor der Maschine auf einen niederen Stuhl nieder und schob die Pedale an, worauf die Metallpedale sich klappernd drehten. Ich beschnüffelte das Gestell, fand es aber völlig uninteressant. Ärgerlich war freilich, dass mein Bett sich nun auf der anderen Seite des Zimmers befand und das Sofa im Schuppen. Was auch immer die Menschen da machten, sie bereiteten dem Hund des Hauses einen Haufen Unannehmlichkeiten. Später entdeckte ich jedoch, dass ich auf dem Sofa im Schuppen liegen konnte, ohne dass jemand »Runter!« rief.

Kurz nachdem mein Hundebett der Maschine gewichen war, fuhren eines Morgens alle zusammen weg und ließen mich allein zurück. Ich fühlte mich im Stich gelassen. Rastlos schlüpfte ich durch die Hundetür hinein und hinaus und hinterließ im Schnee Fußspuren und Duftmarken. Dann wieder tigerte ich im Wohnzimmer hin und her, schnupperte an meinem Futternapf und verzog mich schließlich in den Schuppen, wo ich mich auf dem Sofa einrollte. Ich vermisste Lacey ganz schrecklich.

Als die Familie endlich zurückkehrte, rannte ich nach draußen, um sie zu begrüßen. Schwanzwedelnd sprang ich an allen hoch und hoffte, sie würden das mit dem Sofa nicht herausfinden. Plötzlich fiel mir auf, dass Burke nicht da war.

In den folgenden Nächten schlief ich auf Grants Bett, stahl mich jedoch immer wieder in Burkes Zimmer, um zu überprüfen, ob er zurückgekehrt war. Ich dachte daran, wie Ava und Sam Dad mir Lacey und meine Welpen entrissen hatten. Hatten sie mir auch Burke weggenommen? Würde ich ihn jemals wiedersehen?

»Hey, Cooper. Hey«, flüsterte Grant in der Dunkelheit. »Ich weiß, du machst dir Sorgen. Er wird bald wieder zu Hause sein, das verspreche ich dir.« Grants Hände auf meinem Fell waren tröstlich, aber ich sehnte mich nach meinem Jungen. »Gott, ich hoffe, es klappt«, murmelte er. Er schlief auch nicht gut. Vielleicht sehnten wir uns beide nach Burke.

Wenn Grant nicht im Zimmer war, unterhielten Grandma und Chase Dad sich oft in gedämpftem Ton.

»Mir war nicht klar, dass es so schmerzhaft sein würde«, klagte Grandma. Ich spürte ihre Traurigkeit und Angst, trottete zu ihrem Stuhl und ließ mich zu ihren Füßen nieder.

»Seine Beinmuskeln haben vorher noch nie mit seinem Gehirn kommuniziert, und die haben eine Menge zu sagen. Sein Nervensystem wird mit Reizen überflutet«, erklärte Chase Dad. »Sie sagen, das sei normal, damit habe man rechnen müssen. Aber sie wollen ihm nicht zu viele Schmerzmittel geben. Seine Nerven bauen gerade zahllose neue Verknüpfungen auf, und diesen Prozess wollen sie nicht stören.«

»Er ist so tapfer«, seufzte Grandma. »Man sieht ihm an, wie sehr er leidet.«

Grandma fuhr jeden Tag weg, kehrte aber zum Abendessen immer nach Hause zurück. An ihren Ärmeln konnte ich Burke riechen, also hatte sie ihn wohl gefunden. Als sie das nächste Mal zu ihrem Wagen ging, begleitete ich sie und versuchte, mich hineinzuschmuggeln, doch sie scheuchte mich weg. Eines tröstete mich allerdings: Da sein Geruch an Grandma haftete, war es ihm nicht so ergangen wie Lacey nach dem Schlangenbiss oder wie Judy, der alten Ziege. Er war irgendwo da draußen. Nervös hechelnd lief ich im Haus herum, stellte mir vor, er befände sich am Fuß einer Treppe und benötigte *Hilf!*.

»Heute haben sie Burke in die Badewanne gesteckt. Gott sei Dank, das wurde aber auch Zeit!«, berichtete Grandma Chase Dad beim Abendessen. Es gab Fisch. Hühnchen mochte ich lieber. Und Rindfleisch. Aber wenn man es mir anbot, würde ich auch Fisch essen. Also bezog ich sicherheitshalber schon einmal unter Grandmas Stuhl Position.

Grant war mit ein paar Freunden unterwegs. Jetzt hatte ich Angst, auch er könnte nicht zurückkommen. Im Laufe der Zeit hatte ich ein tiefes Bedürfnis entwickelt, alle Menschen, die ich mochte – Ava, Sam Dad und Wenling eingeschlossen –, um mich zu haben, damit ich sie alle im Blick hatte und beschützen konnte.

Chase Dad lachte. »Er ist ein typischer Teenager. Keine Ahnung, warum diese pubertierenden Jungs sich selbst nicht riechen können.«

Grandma lachte auch. Um meinen Beitrag zu der heiteren Stimmung zu leisten, wedelte ich vergnügt mit dem Schwanz. Aber selbst wenn Menschen richtig glücklich sind, geben sie einem Hund keinen Fisch.

Ein langes Schweigen trat ein, ehe Chase Dad fragte: »Gibt es irgendeine Verbesserung? Einen Fortschritt?«

»Bisher leider nicht, Chase. Ich mach mir Sorgen, dass womöglich alles umsonst war«, antwortete Grandma leise.

»Du machst dir Sorgen?«, rief Chase Dad erregt. »Ha, Sorgen! Ich bin vor Angst schier verrückt!«

Grandma stand auf und eilte in ihr Zimmer. Ich folgte ihr, legte die Pfote auf ihr Bein, aber sie weinte noch lange weiter.

Wenige Tage danach schreckte ich aus meinem Mittagsschläfchen hoch, als ich das Zuknallen einer Wagentür hörte.

»Cooper!«

Burke! Ich schoss durch die Hundetür nach draußen und rannte winselnd und schluchzend zu ihm. Er saß in seinem Stuhl, und ich sprang ihm direkt auf den Schoß. »Cooper!« Er lachte und prustete los, als ich ihm das Gesicht abschleckte. Mein Junge war wieder daheim! »Runter! Aus!«

Vor Aufregung schaffte ich es kaum, im Schnee für ihn *Zieh!* zu machen. Wenling kam vorbei, und alle saßen im Wohnzimmer und unterhielten sich. Dann gingen Chase

Dad und Grant zum Schuppen. Grandma bereitete ein modrig riechendes Getränk zu. »Willst du auch grünen Tee, Burke?«, fragte sie.

»Klar.«

»Also, was sagen die Ärzte?«, fragte Wenling Burke, als Grandma ihm eine Tasse mit der stinkenden Flüssigkeit reichte. Ich habe in meinem Leben bereits viele Sachen gekostet, doch der Dampf, der aus der Tasse aufstieg, verbreitete einen derart widerlichen Geruch, dass ich am liebsten aus dem Zimmer geflüchtet wäre.

»Na ja, es wird wohl sehr viel länger dauern, als ich dachte. Okay, ich wusste, ich würde nicht sofort aus dem Bett springen und Basketball spielen, aber ich war überzeugt, ich würde wenigstens meine Füße bewegen können. Allerdings habe ich jetzt ein Gefühl in den Beinen, eine Art Jucken. Ja, ein brennendes Jucken. Es ist schon viel besser als noch vor ein paar Tagen – ich hatte die schlimmsten Krämpfe, die du dir vorstellen kannst.«

»Das tut mir so leid.«

»Nein, nein! Ich kann meine Beine fühlen, Wenling. Nicht so, wie ich meine Arme fühle, aber da ist etwas! Der Neurochirurg meinte, die Operation sei sehr gut verlaufen. Morgen fange ich mit dem Aufbautraining an.«

»Wann kommst du in die Schule zurück?«

»Wenn ich durch diese Haustür gehen kann.«

Wenling runzelte die Stirn. »Okay, aber du hast bereits eine Woche versäumt. Was ist, wenn du zu viel vom zweiten Semester verpasst? Du wirst dann wohl kaum mit unserer Klasse den Abschluss machen können.«

»Dann werde ich eben im Herbst ein Semester wiederholen. Mir ist es egal, wann ich den Abschluss mache. Älter zu sein hat sich bei Grant immer ausbezahlt«, erwiderte Burke. Er trank einen Schluck aus seiner Tasse. »Igitt! Du magst dieses Zeug?«

Jeden Tag kam nun ein Mann namens Hank vorbei, um mich zu besuchen und mit Burke zu spielen. Ich mochte ihn. Er hatte sauber riechende Hände, und seine Haare befanden sich nicht auf dem Kopf, sondern unter seinem Kinn. Der Geruch mehrerer verschiedener Hunde haftete an ihm. Hank hielt Burkes Füße fest und befahl ihm *Zieh!*. Ich verstand nicht, was das bedeutete, und Burke offenbar genauso wenig, weil er nichts machte. »Gut so! Gut so!«, rief Hank. »Merkst du das? Ich habe es gefühlt.«

»Es ist nichts passiert«, antwortete Burke verdrossen.

»Was redest du da? Du hast praktisch einen Abschlag gemacht und mich wie einen Rugbyball quer durch das Zimmer geschleudert. Hey, wir sollten hier ein paar Tore aufstellen.«

Wir verbrachten nun viel Zeit an dem seltsamen Gestell. Burke stand darin, hielt sich am Holzgeländer fest. Hank stand hinter ihm, und manchmal zuckten Burkes Füße ein wenig. Was passierte da?

Hank klatschte in die Hände. »Schau an, wie du tanzen kannst! Die Mädchen werden bei dir Schlange stehen!«

»Hör auf, mich anzulügen, Hank«, knurrte Burke.

Manchmal saß Grandma dabei und schaute zu. »Ich kapier nicht, warum ich keinerlei Fortschritte mache. Warum kann ich immer noch nicht gehen?«, beklagte Burke sich eines Tages bei ihr, nachdem Hank gegangen war.

»Die Ärzte haben doch gesagt, es würde einige Zeit dauern, Schatz«, sagte Grandma beschwichtigend.

»Nein! Es sind jetzt schon mehr als zwei Monate. Die Ärzte sagten, ich könnte nach sechzig Tagen kleine Schritte machen, aber ich kann noch nicht einmal meine Füße bewegen!« Burkes aufgebrachte Stimme ängstigte mich. Ich winselte.

»Cooper spürt, dass du traurig bist. Du bist so ein wunderbarer Hund, Cooper«, lobte mich Grandma.

Aus irgendeinem Grund war Burke nicht mehr derselbe Mensch wie früher. »Sitz, Cooper! Bleib!«, befahl er mir barsch, wenn Hank nicht da war und er sich bemühte, auf die komische bewegliche Leiter zu klettern. Warum ließ er sich nur nicht von mir helfen? Eines Tages lag er bäuchlings auf dem Boden und schlug mit den Fäusten darauf ein. Grandma eilte herbei und blieb stumm in der Tür stehen. Ich trottete zu ihr, wedelte mit dem Schwanz, suchte Trost. Liebevoll kraulte sie meine Ohren.

Ich spürte so wenig Glück im Haus, selbst als es draußen wärmer wurde und lärmende Vögel in den Bäumen herumflatterten. Wir hatten eine Feier, und alle sagten zu Grant »Alles Gute zum Geburtstag«, ein Ereignis, das ich im Laufe der Jahre mit einer berauschenden Süße in der Luft verband, der vom Esstisch aufstieg und mir direkt in die Nase wehte. Obwohl ich nie Gelegenheit zu einer Kostprobe erhielt, war ich selbstverständlich bereit, auch andere Gaben zu akzeptieren. An diesem Tag saß ich da und starrte alle Menschen so intensiv an, wie ich nur konnte, aber niemand deutete meinen Ausdruck richtig.

»Der Sommer fängt feucht an«, sagte Dad in einem ruhigen Moment.

»Oh mein Gott, Dad, ich wusste, dass du das sagen würdest!«, heulte Grant auf. »Das sagst du immer, wenn ich Geburtstag habe!«

Alle lachten, bis Burke dann sagte: »Ich habe mir früher oft ausgemalt, wie ich mit Grant an seinem achtzehnten Geburtstag ein Wettrennen auf die Obstplantage veranstalte und ihn besiege. Jetzt kann ich nicht einmal aufstehen.«

»Burke«, flüsterte Grandma. Ich wusste, mein Junge brauchte mich. Also ging ich zu ihm und legte den Kopf auf seinen Schoß.

»Wir müssen uns der Realität stellen«, fuhr er fort, ohne mich zu streicheln, obwohl er bloß die Hand heben müsste. »Irgendetwas ist schiefgegangen. Ich werde niemals aus diesem Stuhl herauskommen.«

19

Von meiner Menschenfamilie ging eine so tiefe Traurigkeit aus, dass ich vor Mitgefühl leise zu winseln begann.

»Nein, Mann, so etwas darfst du nicht einmal denken«, sagte Grant flehend.

»Einen schönen Geburtstag noch«, erwiderte Burke. Er rollte in sein Zimmer und kletterte ins Bett, wo er in letzter Zeit so viel Zeit verbracht hatte. Ich legte den Kopf auf seine Brust. Aus dem Wohnzimmer wehte der süße Duft zu mir herüber, aber im Moment brauchte mein Junge seinen Hund.

In diesem Sommer besuchte mich Wenling nicht mehr so oft, wie ich es mir gewünscht hätte. Und wenn sie kam, war Grant immer draußen auf den Feldern. Ich beschnupperte sie jedes Mal intensiv, witterte an ihr jedoch nie den Geruch von Lacey oder den eines anderen Hundes.

Eines Morgens tauchte Hank nicht auf, aber dafür kam Wenling. Burke saß in seinem Stuhl vor dem Gestell mit den Metallkabeln. »Wie geht's voran?«, fragte sie.

»Nichts geht voran. Ich mache keinerlei Fortschritte. In zwei Wochen beginnt die Schule, und ich bin immer noch an den Rollstuhl gefesselt«, antwortete er finster. »Ich kann noch nicht einmal mit den Zehen wackeln.«

Wütend schlug er sich auf den Schenkel, und ich zuckte erschrocken zusammen.

»Wirst du trotzdem wieder in die Schule gehen?«, fragte Wenling.

»Keine Ahnung. Das ist mir im Moment egal.«

Wenling seufzte. »Tja, ich habe Neuigkeiten. Ich werde doch am 15. September sechzehn, ja?«

»Ja, und?«

»An diesem Tag werde ich für meine Pilotenprüfung den ersten Alleinflug haben. Ist das nicht toll?«

»Ja, super«, murmelte Burke. Aufmerksam blickte ich von einem zum anderen, fühlte bei beiden eine Flut an unterschwelligen Emotionen.

»Burke, kann ich irgendetwas für dich tun?«

»Wie zum Beispiel?«

»Ich weiß nicht, Burke. Deshalb frage ich dich ja.«

»Mir geht's gut.«

»Ich muss jetzt los.«

Burke zuckte die Achseln. »Okay, bis dann.«

Wenling tätschelte mir den Kopf und ging. Ich merkte, dass mein Junge sehr zornig war, und fragte mich, ob ich ein böser Hund war. Kurz entschlossen folgte ich Wenling zu ihrem Fahrrad, das im Hof auf der Wiese lag. An dem Fahrrad klebten so viele fremdartige Gerüche, dass ich mich gezwungen sah, am Strauch daneben das Bein zu heben und eine Duftmarke zu setzen. Grant kam aus dem Schuppen.

»Hi, Wenling. Lange nicht gesehen.«

»Hi.«

»Alles okay bei dir?«

Sie fuhr sich mit der Hand durch ihr schwarzes Haar. »Na ja, nur ... Ja, alles in Ordnung.«

»Gehst du schon?«

»Das hatte ich eigentlich vor.«

»Mein Dad hat mich nämlich gefragt, ob ich jemanden kenne, der sich etwas Geld verdienen möchte und uns bei der Zucchini-Ernte hilft. Bei der Hitze wachsen sie wie verrückt. Ich habe herumgefragt, aber natürlich hatte niemand dazu Lust. Klar, das ist ja Arbeit.«

Wenling lachte. »Dann bin ich also nicht deine erste Wahl?«

»Das habe ich nicht gesagt.«

Sie lachte wieder. »Stimmt, das hast du nicht gesagt. Aber gut. Warum nicht?«

Grant strahlte. »Echt?«

Ich begleitete Grant und Wenling zu den Feldern, Chase Dad war nicht da. Grant reichte ihr einen Eimer. »Okay, weißt du, wie man das macht? Man muss unter die Blätter schauen, weil die kleinen Mistdinger sich gern verstecken. Alle, die größer als dreizehn Zentimeter sind, schneidest du am Fruchtansatz ab. Hier ist ein Messer.«

»Wo ist dein Dad?«

»Er arbeitet heute in der Apfelplantage. Also bin ich für die Zucchini-Ernte zuständig. Ich Glückspilz. Der Zucchini-König.«

Wenling lachte. »Ich bin schon schwer davon beeindruckt, dass du Senior an der Highschool bist, aber Zucchini-König? Oh Gott, wie ging noch mal der Hofknicks?«

Sie bückten sich, spielten mit Blättern und Stielen.

Ihre Köpfe berührten sich beinahe. Unablässig warfen sie Pflanzen in ihre Eimer, leerten sie in Kisten aus, und dann ging das gleiche Spiel von vorne los. Währenddessen unterhielten sie sich und lachten sehr viel. Ich verstand nicht, wie dieses merkwürdige Spiel jemanden so erheitern konnte. Irgendwann nahm ich die Witterung eines Hasen auf und folgte seinem Geruch ein Weilchen, doch vermutlich sah er mich kommen und rannte weg.

»Cooper! Renn nicht zu weit weg!«, rief Wenling. Folgsam trottete ich zu den beiden zurück.

»Ach, er ist kein Streuner. Er ist ein guter Hund.«

Ich wedelte mit dem Schwanz.

»Lass uns eine Pause einlegen«, schlug Grant vor. Sie gingen zu einem Picknicktisch und nahmen einander gegenüber Platz. Der Tisch war sehr alt und etwas schief. Grant reichte Wenling eine Flasche. »Leider nur Wasser.«

»Ich hatte Champagner erwartet.«

Er lachte, wurde dann allerdings ernst. »Du sagst, mein Bruder ist immer noch schlecht drauf?«

»Er ist nicht mehr derselbe.«

»Ja, das stimmt.«

Ich zwängte mich unter den Tisch, um in Stellung zu sein, falls irgendetwas Essbares für mich abfiel.

»Hey«, sagte Grant, »erinnerst du dich noch an unsere allererste Begegnung?«

Wenling runzelte die Stirn. »Nein, nicht so richtig.«

»Doch, komm schon. Bei der Tiervermittlung. Wir haben dort Cooper adoptiert.«

Als ich meinen Namen hörte, blickte ich Grant hoffnungsvoll an.

Wenling lächelte. »An dem Tag hatte ich nur Augen für meinen neuen Hund. Tut mir leid.«

»Wahrscheinlich habe ich keinen besonderen Eindruck auf dich gemacht. Ein doofer älterer Junge.«

»Nein, sag nicht so was. Dass du älter bist, war für mich nie ein Thema. Doof schon eher.«

Grant lachte weich. »Gut gekontert. Da bist du genauso wie Burke. Ihr seid beide so schlagfertig. Ich bin nicht halb so witzig.«

Wenling schlug die Hand vor den Mund. »Oh mein Gott! Grant erzählt einen Witz!«

»Hör auf. Ich kenne Witze, weiß aber, wie lahm du sie finden würdest. Weil du im Witzemachen einfach viel besser bist. Du bist in allem so verdammt gut.«

»Das ist nun wirklich übertrieben.«

Obwohl sie immer noch an dem Tisch saßen, roch es nicht nach Essen. Ich war einem Trugschluss erlegen. Seufzend ließ ich mich auf die Seite fallen. Eine Weile sagte keiner von beiden etwas.

»Weißt du, was ich vermisse?«, fragte Grant schließlich. »Mit dir und Burke ins Kino fahren oder einen Burger essen gehen.«

»Ich vermisse das auch, Grant.«

»Meinst du, ihr beiden kommt irgendwann wieder zusammen?« Grants Bein wippte. Interessiert beobachtete ich es.

»Oh nein. Nicht als Paar.«

»Dann könnten wir doch mal ins Kino gehen. Nur wir beide.«

»Würde ich dann Zucchini-Königin werden?«

Grant lachte. »Nein, ich würde einfach so gern mal wieder neben dir im Kino sitzen, dich lachen hören.«

Wenling atmete hörbar ein. »Ich würde das auch gerne tun, Grant.«

Ich spürte, dass etwas vor sich ging. Die Luft vibrierte von einer Emotion, die irgendwo zwischen Angst und Aufregung lag. Neugierig kroch ich unter dem Tisch hervor, um zu sehen, was los war. Grant und Wenling sahen sich in die Augen. »Ich weiß, du empfindest für mich nicht dasselbe, aber meine Gefühle für dich haben sich nicht verändert, Wenling. Und das wird auch immer so bleiben. Denn wenn ich dich ansehe …«

»Sch, Grant.« Wenling legte die Hand um seinen Nacken, zog sein Gesicht zu sich heran, und dann pressten sie die Lippen in einem endlosen Kuss aufeinander. Ich gähnte, kratzte mich mit dem Hinterbein am Ohr und ließ mich seufzend auf den Boden plumpsen. Plötzlich sprang Wenling auf, und ich hob alarmiert den Kopf. »Oh Gott, das wird so verdammt hart werden.«

Grant stand ebenfalls auf. »Ich weiß. Aber das ist mir egal. Ich liebe dich.«

»Ich sollte jetzt lieber gehen, Grant.«

»Wenling, bitte!«

»Ich liebe dich auch«, flüsterte sie. Sie küssten sich erneut. »Okay, wirklich, ich muss … nachdenken.«

Wir verließen die Felder. Wenling sprang auf ihr Fahrrad und radelte weg. Langsam gingen Grant und ich zum Haus zurück. Burke lag ausgestreckt auf dem Boden.

»Hi, Burke«, begrüßte Grant ihn fröhlich.

Burke drehte ihm den Kopf zu. »Ich weiß, was ich tun

muss. Ich habe Hank gesagt, wenn ich gehen lernen will, sollte ich es wie die Babys machen. Das heißt, ich muss mit Krabbeln beginnen.«

»Aha. Wie du meinst. Sag mal, willst du mir deine Modellstadt zeigen oder so etwas?«

»Nein.«

»Kann ich dir irgendwie helfen? Etwas aus der Küche holen? Oder willst du heute Abend ins Kino gehen?«

»Hör auf, mich zu bedauern, Grant. Lass mich allein.«

»Okay, aber wenn du etwas brauchst, gib Bescheid, ja?«

»Was ist denn heute mit dir los?«

Grant seufzte und ging wieder nach draußen. Ich hatte die dumpfe Ahnung, er würde wieder mit seinen Pflanzen und Eimern spielen, und davon hatte ich für heute ganz sicher genug gehabt. Burke strengte sich an, um auf dem Boden voranzukommen. Sofort eilte ich zu ihm, um *Hilf!* zu machen. »Nein, Cooper.«

Nein? Frustriert beobachtete ich seine Bemühungen. Er brauchte seinen Hund!

»Nein! Platz!«

Widerwillig gehorchte ich. Ich verstand nicht, warum er sich japsend und keuchend und mit Tränen in den Augen auf dem Teppich abrackerte, wo er doch einen guten Hund an seiner Seite hatte.

Von diesem Tag an kam Wenling jeden Tag frühmorgens zu uns und fuhr mit dem langsamen Truck zu den Feldern, um Grant und Chase Dad zu helfen. Wenn Chase Dad nicht da war, verbrachten Wenling und Grant sehr viel Zeit mit Küssen und Umarmungen. »Willst du wirklich nicht, dass ich es ihm sage?«, fragte Grant.

»Nein, das muss ich selbst tun.«

»Alles in Ordnung mit dir?«

»Eigentlich nicht.« Sie stieß ein kurzes, raues Lachen aus. Grant schlang die Arme um sie, und sie küssten sich wieder endlos lange. »Grant, ich liebe dich so sehr.«

»Und ich liebe dich, Wenling.«

»Ich werde es ihm jetzt sagen, damit ich es endlich hinter mir habe.«

»Ich muss Dad in der Obstplantage helfen. Komm später vorbei und erzähl, wie es gelaufen ist.«

Sie küssten sich wieder. Ich fand das ziemlich langweilig, aber ihnen schien es zu gefallen. Schließlich ging Wenling zum Haus, und ich folgte ihr. Hank war bereits gegangen, und Burke lag auf dem Teppich und wiegte sich vor und zurück. Als wir hereinkamen, hob er den Kopf. »Es funktioniert! Weißt du, wie Babys zu krabbeln beginnen? Ich zeige es dir!«

Stumm beobachtete Wenling, wie er sich keuchend und japsend abmühte. Ich ging zu ihm, falls er mich brauchen sollte. Um ihn auf mich aufmerksam zu machen, leckte ich sein Ohr ab. Plötzlich hielt er in seiner Bewegung inne und sah Wenling stirnrunzelnd an. »Was ist los?«

20

Burke befahl mir *Hilf!* und *Bereit!*, damit er sich auf seinen Stuhl hieven konnte. Es fühlte sich herrlich an, wieder gute Hundearbeit zu leisten! Er rollte zu Wenling hinüber, sagte aber nichts, sondern sah sie einfach nur an.

Sie räusperte sich. »Du bist mein bester Freund, Burke. Der beste Freund auf der Welt. Das weißt du doch, oder?«

Er holte tief Luft und atmete langsam aus. »Wer ist es?«

»Wer ist was?«

»Lass das. Du weißt genau, was ich meine. Wer ist der Typ?«

Wenling wandte den Blick ab. »Der Typ. Du warst es doch, der sagte, wir sollen auch andere Leute daten.«

Burke lachte bellend auf. Besorgt sah ich ihn an. »Tja, seit meiner Operation ist mein soziales Leben nicht gerade prickelnd.«

»Das ist deine Entscheidung, Burke.«

»Ich habe allen erzählt, ich würde wieder gehen können. Auf keinen Fall werde ich im Rollstuhl zu einem Date erscheinen. Ich will überhaupt nichts im Rollstuhl machen!«

Seine laute Stimme ließ mich zusammenzucken. Eingeschüchtert verzog ich mich in mein Hundebett, rollte mich zusammen und machte mich so klein wie möglich.

»Es tut mir total leid, Burke.«

Einen Moment lang brütete er düster vor sich hin. »Du liebst ihn also?«, sagte er dann. »Klar bist du in ihn verliebt. Ich sehe es dir doch an.«

»Nein, das ist es nicht. Ich meine, ja, wir sind verliebt, aber du musst das verstehen. Das hat keiner von uns gewollt. Das war so nicht vorgesehen.«

Burkes Hände verkrampften sich um die Armlehnen. »Moment mal. Ist es Grant? Mein Bruder?«

»Es tut mir so leid, Burke.«

Ich verließ mein gemütliches Lager, wich zurück vor Burke und seinem Zorn und kam mir wie ein böser Hund vor.

Burke biss die Zähne zusammen. »Du solltest jetzt besser gehen.«

»Nein! Lass uns reden, Burke! Bitte!«

Stumm rollte Burke aus dem Zimmer. Ich folgte ihm, doch er knallte mir die Tür vor der Nase zu. Also machte ich wieder kehrt und trottete auf die Veranda. Wenling rannte zu ihrem Fahrrad, doch ich folgte ihr nicht. Sie fuhr die Auffahrt hinunter.

Als Grandma nach Hause kam, war Burke immer noch in seinem Zimmer. Erst sehr viel später hörte ich, wie seine Zimmertür sich öffnete. Er rollte ins Wohnzimmer, und ich sprang freudig zu ihm, er beachtete mich allerdings nicht. Grandma hatte sich zu einem Nickerchen in ihr Zimmer zurückgezogen. Durch das Fenster sah ich, wie Chase Dad und Grant sich näherten. Chase Dad drehte zum Schuppen ab, während Grant über die Veranda ins Haus kam. Als er Burke im Wohnzimmer entdeckte, sackte er in sich zusammen. »Burke. Großer Gott, ich weiß nicht, was ich sagen soll.«

Burke rollte zu ihm, wurde immer schneller. Nachdem er vor Grant angelangt war, rief Grant »Hey!«, worauf Burke aus dem Stuhl schnellte und sich auf Grant stürzte. Beide Jungen fielen auf den Boden. Burke lag auf Grant, hob die Faust und boxte Grant ins Gesicht. Grant krümmte sich, versuchte sich zu entwinden, aber Burke hielt ihn mit einer Hand an der Schulter fest und schlug ihn mit der anderen noch einmal ins Gesicht, dann noch einmal. Nun schlug auch Grant auf Burke ein, und ich begann laut zu bellen. Eine rasende Wut ging von beiden aus, heiß und zerstörerisch. Ich roch Blut und verstand nichts und bellte auch dann noch weiter, als Grandma aus ihrem Zimmer gestürzt kam.

»Jungs! Aufhören!«, kreischte sie panisch. »Chase! Schnell!« Sie ballte die Hände zu Fäusten. Grant gelang es schließlich, sich auf Burke zu rollen, aber dann haute ihn Burke auf den Mund, und ich hörte, wie Grants Zähne klirrend aufeinanderschlugen.

»Hey!« Chase Dad stürmte herein, rannte zu Grant und zerrte ihn weg. Blut strömte aus Grants aufgeplatzter Lippe. Beide Jungen keuchten schwer.

»Cooper! Hilf!«, befahl Burke.

Aber ich hatte Angst und senkte den Kopf.

»Schluss jetzt!« Chase Dad schubste Grant so fest, dass Grant taumelte und gegen die Wand fiel. »Was fällt dir ein, Grant?«

»Immer ergreifst du für ihn Partei!«, schrie Grant. »Immer!«

Chase Dad wirkte verwirrt. »Nein, ich wollte nur …«

Grant gab einen unverständlichen Laut von sich. Er hob die Hand hoch, um das Blut an seinem Mund aufzufangen. Grandma reichte ihm ein Handtuch.

»Erzähl es ihm, Grant«, sagte Burke mit harter Stimme.

»Was erzählen?«, fragte Chase Dad. »Grant?«

Ein langes Schweigen trat ein. Grant wandte den Blick ab. Ich fühlte, wie die Wut abflaute, aber niemand schien glücklich zu sein.

Als Burke mir *Hilf!* befahl, half ich ihm in seinen Stuhl.

»Ich habe euch beide schon früher raufen sehen«, sagte Grandma, »aber das ist lange her und war nie so brutal. Was auch immer euer Problem ist, so löst man es jedenfalls nicht. Ihr seid Brüder!«

»Jetzt nicht mehr«, fauchte Burke.

»Sprich mit deiner Großmutter nicht in diesem Ton!«, wetterte Chase Dad. »Raus mit der Sprache, Burke! Was ist los?«

»Wenling ist nicht mehr meine Freundin.«

Es kam mir vor, als würden alle im Raum die Luft anhalten. Vor Angst begann ich zu zittern. Irgendetwas Schlimmes ging hier vor, und ich wusste nicht, was.

»Habt ihr euch nicht schon vor längerer Zeit getrennt?«, fragte Grandma leise.

»Nein. Sie hat mich wegen eines anderen Typen verlassen.« Burke zeigte auf Grant. »Seinetwegen.«

Grandma keuchte. Chase Dad wirbelte zu Grant herum. »Ist das wahr?«

Grant hielt immer noch das Handtuch vor seinen Mund. Er schloss die Augen. »Nicht ganz. Ja, Wenling und ich sind ein Paar, aber es ist bereits eine Weile her, dass Burke und sie auseinandergegangen sind.«

»Burke ist dein Bruder«, erwiderte Chase Dad streng. »So etwas macht man einfach nicht.«

Grant öffnete die Augen und nahm das Handtuch von seinen blutigen Lippen. »Ich weiß auch nicht, es ist einfach passiert«, flüsterte er verzagt.

»Also, ich werde dir jetzt sagen, was du tun wirst«, sagte Chase Dad in scharfem Ton.

»Chase«, rief Grandma warnend.

Er sah sie an, und sie schüttelte den Kopf. Nach einem Moment nickte Chase Dad. Seine Schultern sackten nach vorn.

»Ich hasse dich, Grant«, erklärte Burke ruhig. »Ich habe dich immer gehasst und werde dich immer hassen.«

»Das reicht, Burke«, sagte Chase Dad erschöpft.

»Hast du mich verstanden, Grant?«

»Ist mir doch egal, ob du mich hasst oder nicht.«

»Schluss jetzt!«, rief Chase Dad. »Ich habe genug von euch beiden. Geht auf eure Zimmer. Und kommt erst wieder heraus, wenn ich es euch sage.«

Grant schnaubte. »Stubenarrest? Pf, ich bin achtzehn!«

»Willst du Miete zahlen oder dich an meine Regeln halten? Die Entscheidung liegt bei dir«, fuhr Chase Dad ihn an.

Burke rief mich nicht zu sich und sah mich auch nicht an. Dennoch folgte ich ihm zu seinem Zimmer, doch er schlug mir abermals die Tür vor der Nase zu. Verwirrt trottete ich ins Wohnzimmer zurück und stupste Grandma mit der Schnauze an, damit sie mich tröstete. Sie kniete sich vor mich hin und umfasste mit beiden Händen meinen Kopf. »Ach, Cooper, das war ziemlich schlimm für dich, was? Das tut mir leid. Du bist so ein guter Hund.« Sie warf einen Blick zu Chase Dad, der trübsinnig ins Leere starrte. »Manchmal glaube ich, Cooper hat ein Geheimnis. Wenn er doch nur sprechen könnte.«

»Keine Ahnung, worüber du redest.«

»Also, ich könnte jetzt einen Drink gebrauchen. Wärst du so freundlich, mir ein Glas Whisky zu bringen?«

Chase Dad ging in die Küche und kehrte kurz darauf mit zwei Gläsern zurück. Ein stechender Geruch breitete sich aus. Mit einem klirrenden Geräusch hoben sie die Gläser an die Lippen.

»Grant sollte seine aufgeplatzte Lippe kühlen. Kannst du ihm etwas Eis bringen? Mit meinen Hüften komme ich so schlecht die Stufen hinauf.«

»Gleich.«

»Du bist immer noch wütend auf ihn.«

Chase Dad machte ein finsteres Gesicht. »Natürlich bin ich wütend.«

»Chase, hör mir zu. Das sind Jungs, und Wenling ist ein junges Mädchen. Erinnerst du dich nicht mehr, wie du in diesem Alter warst?«

»Am meisten bin ich auf Wenling wütend. Ich habe Burke gebeten, sich von den Zhangs, diesem Smart-Farming-Pack, fernzuhalten, aber er wollte ja nicht auf mich hören. Und was geschieht? Sie macht ihm was vor, bricht ihm das Herz. Und fängt dann etwas mit seinem Bruder an. So etwas gehört sich doch nicht.«

Grandma nippte an ihrem Getränk. »Treue ist für dich sehr, sehr wichtig«, bemerkte sie.

»Herrgott, Mom, lass gut sein! Ich weiß, worauf du hinauswillst, aber ich würde genauso empfinden, wenn Patty und ich noch verheiratet wären.«

»Und du meinst, Burke hat einen lebenslangen Anspruch auf Wenling? Als wäre sie eine … eine Kuh?« Erschrocken sah ich Grandma an. So aufgebracht hatte ich sie selten erlebt.

Chase Dad schüttelte den Kopf. »Das habe ich nicht gesagt.«

»Sieh es doch einmal so, Chase: Du hast zwei wunderbare Söhne großgezogen, zwei junge Männer, die Wenling besser kennen als jeder andere. Natürlich liebt sie beide Jungen. Sie macht keinem von ihnen etwas vor. Burke hat im Moment sehr viel Zorn in sich, ist dir das nicht aufgefallen? Ich glaube, seine heftige Reaktion hat noch eine ganz andere Ursache, als ein Mädchen, von dem er seit einem halben Jahr getrennt ist.« Seufzend stand sie auf. »Ich hole jetzt das Eis.«

Danach schien alles wieder seinen normalen Gang zu gehen. Das stimmte jedoch nicht, nichts war normal. Gut, wir aßen und gingen ins Bett, aber es war, als lebte ich mit einer völlig anderen Familie zusammen. Es dauerte einige Zeit, bis ich den Grund dafür herausfand. Grant und Burke waren nie miteinander allein. Beim Abendessen waren sie einsilbig, unterhielten sich nicht mit Chase Dad oder Grandma oder gar miteinander.

Außerdem begann Burke nun, sich auf den Armen durch das Zimmer zu ziehen, was mich sehr betrübte. Er befahl mir *Sitz!* und *Bleib!*, aber ich konnte nicht still sitzen bleiben, während er hilflos auf dem Boden lag und sich stöhnend vorwärtsbewegte. Wenn ich zu ihm ging, um *Hilf!* zu machen, schob er mich weg. Warum? Ich war für ihn da, war ein guter Hund, der ihm helfen konnte, zu seinem Stuhl zu gelangen. Ich verstand nicht, was er da machte. In meiner Not versuchte ich alles, um unser früheres Leben wiederherzustellen. Ich brachte Burke Spielzeug, ich jaulte, ich bellte sogar.

»Nein!«, rief Burke streng.

Nein? Ich versuchte nur, meinen Job zu machen und für meinen Jungen da zu sein. Aber er ließ mich nicht. Liebte er mich nicht mehr?

»Brauchst du etwas aus dem Laden?«, fragte Grandma ihn eines Tages.

»Könntest du Cooper mitnehmen? Er springt ständig auf mich drauf und jammert herum. Ich glaube, ihm ist langweilig.«

»Klar. Komm, Cooper.«

Grandma nahm mich auf eine Autofahrt mit! Es fühlte sich wundervoll an, diesem unglücklichen Haus zu entfliehen, wo mein Junge unter qualvollen Schmerzen auf dem Teppich herumkroch. Selig vor Glück, schob ich die Schnauze aus dem Fenster und bellte laut, als wir an der Ziegenfarm mit ihren berauschenden Düften vorbeikamen. Der Fahrtwind stieg mir kitzelnd in die Nase, und ich musste niesen. Grandma lachte.

Plötzlich witterte ich unter all den fremdartigen Aromen einen unverwechselbaren himmlischen Duft: Lacey. Er wurde immer stärker. Wir fuhren an einer Farm vorbei, und dann verflüchtigte sich der Geruch wieder. Es gab keinen Zweifel: Lacey war dort, auf dieser Farm!

Nach einiger Zeit hielt Grandma den Wagen an und kurbelte alle Fenster nach unten. »Ich weiß, du bist ein guter Hund, Cooper. Bleib!«, ermahnte sie mich.

Ich setzte mich, machte *Bleib!*. Um mich herum gab es nur geparkte Fahrzeuge. Grandmas Geruch flaute langsam ab, als sie in ein großes Gebäude ging. Aber im Moment galt mein ganzes Sehnen nicht Grandma, sondern Lacey. Ich wusste jetzt, wo ich sie finden konnte.

Bleib! Grandma war nicht langsamer gefahren, als wir die Farm passierten, wo Laceys Präsenz am stärksten zu fühlen war. Also wusste Grandma nicht, was ich wusste!

Ich winselte. Manchmal soll ein Hund etwas tun, doch er spürt, dass es falsch ist. Und in diesem Moment spürte ich, dass *Bleib!* falsch war. Unschlüssig blickte ich zu dem Gebäude, in dem Grandma verschwunden war.

Bleib!

Lacey.

Die Außenseite des Wagens fühlte sich kühl unter meinen Pfoten an, als ich herauskletterte. Leichtfüßig landete ich auf dem Boden, schüttelte mich und trabte dann los, um Lacey zu suchen, meine Seelengefährtin.

Bald hatte ich ihre Witterung aufgenommen und lief zuversichtlich in ihre Richtung. Als ich in die Auffahrt bog, die zu einem großen Platz mit einem Farmhaus, einem Schuppen und anderen Gebäuden führte, begann ich zu rennen. Überall roch es nach Pferden.

Lacey jaulte vor Freude, als sie mich sah. Sie befand sich in einem kleinen Pferch. Wir schoben die Nasen durch den Zaun hindurch und beschnupperten uns begeistert, wackelten mit den Hinterteilen, wedelten mit dem Schwanz. Vor lauter Glück rannte ich wild im Kreis herum. Ich hatte Lacey gefunden!

Laceys Hundehaus lag im rückwärtigen Teil ihres Pferches. Ich folgte ihr am Zaun entlang, als sie zu dem Hundehaus lief und geschickt aufs Dach sprang. Sie legte die Vorderpfoten auf den Zaun und blickte sich kurz zum Farmhaus um, ehe sie zu einem geschmeidigen Sprung ansetzte. Der Zaun klapperte, und dann landete Lacey auf dem Boden. Vor Freude winselnd, sprang ich auf sie drauf.

Wir rauften und spielten. Ich war so glücklich wie niemals zuvor, hatte bloß noch Lacey im Sinn. Plötzlich schüttelte sie sich, stupste mich mit der Schnauze an und rannte auf einen Wald zu. Ich folgte ihr, versuchte zu spielen, aber sie rannte immer weiter. Sie hatte offenbar ein Ziel. Ich nahm an, wir würden zur Farm laufen. Wohin denn sonst?

Ich hatte mich geirrt. Nach einiger Zeit führte Lacey mich zu einem Haus, das in einer Reihe mit anderen Häusern stand. Ich kannte das Haus. Lacey trottete zur Tür, kratzte daran, setzte sich dann hin und bellte. Ich streifte durch den Vorgarten und markierte einige Sträucher.

Die Tür öffnete sich, wunderbare Geruchsschwaden quollen aus dem Haus. Das Mädchen in der Tür war natürlich Wenling. »Lulu? Wie um alles in der Welt kommst du denn hierher?« Sie blickte in den Vorgarten und stutzte. »Cooper?«

Wenling führte uns durch eine niedrige Holztür, die sie hinter uns zumachte. Wir gelangten in den Garten, der hauptsächlich aus Rasen bestand. Gierig schlabberten wir dann das Wasser aus, das Wenling uns hinstellte. Und danach spielten wir, fetzten durch den Garten, rauften, zerrten an einem Strick. Hier musste Lacey wohnen, weil Wenling hier war!

Als Wenlings Vater herauskam, rannten wir freudig zu ihm. »Platz!«, sagte er.

»Ich habe angerufen, Dad. Lulus Besitzerin ist schon unterwegs. Cooper würde ich gern selbst nach Hause bringen. Kannst du mich zu den Trevinos fahren, Dad?«

Lacey und ich setzten unser Spiel fort. Irgendwann öffnete sich die Gartentür, und eine Frau kam herein. Sie roch nach Gewürzen und Käse. »Lulu«, schalt sie, »du kannst doch nicht einfach ausbüxen!«

Lulu rannte zu ihr. Verunsichert hob ich das Bein an einem Zaunpfosten.

»Die beiden sind plötzlich hier aufgetaucht«, erzählte Wenling der Frau. »Schon komisch. Ich kenne nämlich beide Hunde. Cooper gehört meinem, ähm … einem Freund. Wir haben Lulu damals gefunden, als sie ihre Welpen bekommen hatte. Es waren Coopers Welpen. Ich habe dann die Hope-Tierrettung angerufen, damit sie Lulu und ihren Wurf abholen.«

»Dort habe ich Lulu adoptiert«, antwortete die Frau. »Sie ist Cooper also hierhergefolgt.«

»Sieht ganz danach aus«, erwiderte Wenling nachdenklich. »Aber es ist schon seltsam. Warum sind sie nicht zu Coopers Farm gelaufen, sondern zu mir?«

Mit einem scharfen Klicken befestigte die Frau eine Leine an Laceys Halsband. Ich nahm an, wir würden zu einem dieser Spaziergänge aufbrechen, wo wir nicht frei herumlaufen und Eichhörnchen jagen konnten. Erwartungsvoll trottete ich zu Wenling hinüber, aber sie tätschelte mir nur den Kopf.

Ich geriet in Panik, als die Frau Lacey zur Gartentür führte. »Komm, Lulu.« Lacey sah mich an, riss an der Leine. Ich rannte zu ihr, und als die Frau Lacey durch die Gartentür zerrte, versuchte ich, ihnen zu folgen. Doch die Frau versperrte mir mit dem Bein den Weg, und dann fiel die Tür ins Schloss. Winselnd kratzte ich an den Holzlatten. Ich musste mit Lacey zusammen sein!

Rastlos lief ich durch den Garten, hob schnüffelnd die Nase und wartete bang auf Laceys Rückkehr. Dann nahm mich Wenling zu einer Autofahrt mit, ihr Vater saß am Steuer und ich auf der Rückbank. Als wir die Ziegenfarm passierten, wurde mir klar, dass wir zur Farm fuhren.

Wir bogen in die Auffahrt ein, und Wenling wurde plötzlich ganz nervös. Der Wagen hielt an. Wenling schlug die Hand vor den Mund und keuchte: »Oh mein Gott!«

Burke beobachtete uns von der Türschwelle aus.

Er stand!

21

Kaum hatte Wenling die Tür geöffnet, sprang ich aus dem Wagen und stürmte begeistert zu Burke auf die Veranda. Er war so groß! Wenling war dicht hinter mir. »Burke!«, schrie sie. »Du stehst!«

Momente später rief jemand: »Burke!« Das war Grandma, die aus dem Schuppen kam. Ich lief zu ihr, um sie zu begrüßen, doch dann hörte ich einen lauten Schrei und drehte mich um. Chase Dad tauchte aus den Feldern auf.

»Burke!«, schrie er atemlos, während er auf uns zustürmte. Seine Schritte donnerten auf der harten Erde. »Burke!«

»Burke!«, kreischte Wenling erneut. Ich freute mich, dass alle den Namen meines Jungen riefen.

Wenling und ich waren als Erste bei Burke. Sein Rollstuhl lehnte hinter ihm an seinen Kniekehlen, und er stützte sich mit beiden Händen am Türrahmen ab. Er schwankte, und als Wenling bei ihm war, fragte er: »Willst du Grant besuchen?« Dann fiel er rückwärts in seinen Stuhl. Er seufzte. »Ich kann stehen, wenn ich mich abstütze. Aber noch nicht gehen. Irgendwie kriege ich es nicht hin, auf einem Bein zu stehen und das andere zu heben. Bei dir sieht das so einfach aus.«

Wenling weinte. »Dich da stehen zu sehen war wie ein Wunder.«

»Ein Wunder, das mich unzählige Stunden harter Arbeit gekostet hat.«

»Ganz zu schweigen von meinem genialen Können«, bemerkte Hank, der hinter Burke auftauchte.

»Oh, Burke.« Grandma eilte zu ihm, nahm ihn in die Arme und begann zu schluchzen. Kurz darauf erschien keuchend und schwitzend Chase Dad und schlang die Arme um Grandma und Burke. Alle weinten, aber niemand war traurig.

»Hey, das reicht«, protestierte Burke. Ich wedelte mit dem Schwanz, weil ich spürte, dass er glücklich war.

»Das ist der schönste Tag meines Lebens«, verkündete Chase Dad. Seine Stimme war heiser und belegt.

Nur eine Sache könnte alle noch glücklicher machen. Ich flitzte ins Wohnzimmer und schnappte mir das Quietschspielzeug.

»Ich wusste, wenn ich krabbeln könnte, würde ich bald auch stehen können«, sagte Burke stolz.

»Er krabbelt, dann steht er, er krabbelt, dann steht er. Hey, da könnte man einen Song draus machen.«

Alle lachten. Ich stimmte in die Freude mit ein, warf das Quietschspielzeug hoch in die Luft und stürzte mich darauf.

Nach einer Weile verabschiedete sich Hank, Chase Dad kehrte auf die Felder zurück, und Grandma ging in ihr Zimmer. Wenling und Burke blieben auf der Veranda. »Komm, Cooper«, rief Burke. Mit einem Satz war ich bei ihm, legte die Vorderpfoten auf den Stuhl und reckte den Kopf, um sein Gesicht abzulecken. »Okay, guter Hund. Aus, Cooper! Das reicht! Wo bist du gewesen, hm? Grandma ist überall herumgefahren, um dich zu suchen.«

Wenling setzte sich. »Das war unglaublich. Erinnerst du dich an Lulu, die Hunde-Mommy? Cooper ist mit ihr zusammen weggelaufen, die beiden sind zu mir gekommen!«

»Wie haben sie sich gefunden?«

»Wenn ich das wüsste!«

»Hm. Wahrscheinlich ist er herumgestromert und hat sie gewittert. Cooper weiß vielleicht gar nicht, dass er kastriert ist.« Burke hielt inne. »Tja, also vielen Dank, dass du meinen Hund zurückgebracht hast«, sagte er schließlich.

»Burke.«

Er gab keine Antwort. Wenling holte tief Luft. »Ich vermisse meinen Freund. Es fühlt sich seltsam an, nicht mehr mit dir zu reden.«

»Es war deine Entscheidung, dass wir nur Freunde sind.«

Langsam schüttelte Wenling den Kopf. Sie war traurig, aber Burke schien wütend zu sein. »Nein, niemals nur Freunde. Du warst meine erste Liebe, Burke, und du wirst immer mein bester Freund sein. Wir sind jetzt seit einem halben Jahr getrennt, und zwar auf deinen Wunsch hin. Du wolltest, dass wir andere Dates haben.«

»Andere Dates bedeutet aber nicht Dates mit Grant. Hättest du Geschwister, Wenling, würdest du verstehen, was für ein Verrat das ist.«

Wenling senkte den Blick. Ich tappte zu ihr, stupste sie mit der Schnauze an. »Du hast recht«, stimmte sie ihm leise zu.

»Wir haben früher oft zu dritt etwas unternommen, weil wir Grant ja auch als Chauffeur brauchten ... Sag mir, wart ihr damals schon zusammen?«

»Nein! Nein, Burke!«

Schweigend sah Burke sie an. Wenling wandte den Blick ab. »Um ganz ehrlich zu sein, ja, wir hatten vielleicht Gefühle füreinander, aber ich schwöre dir, weder er noch ich haben diesen Gefühlen in irgendeiner Weise nachgegeben. Glaub mir, Burke, ich wäre lieber mit jemand anderem als mit Grant zusammen. Ich weiß, das verletzt dich. Aber ›Woraus unsere Seelen auch gemacht sind, seine und meine gleichen sich‹. Das ist ein Zitat aus *Sturmhöhe*.«

»Mir ist egal, woher es stammt.«

»Oh.«

Hinter mir spürte ich das Nahen von Grandma und wedelte freudig mit dem Schwanz. Ich war glücklich, sie wiederzusehen. Sie schob die Tür auf. »Ich muss ständig daran denken, wie du in der Tür gestanden hast, Burke. Das war wirklich überwältigend.«

Er zuckte die Achseln. »Solange ich mich irgendwo festhalten kann, ist es kein Problem.« Er rollte seinen Stuhl zur Tür herum. »Genug geplaudert. Ich geh jetzt auf mein Zimmer, es gibt ein paar Sachen, die ich erledigen muss.«

Ich folgte ihm zu seinem Zimmer, doch er schloss die Tür hinter sich, und so kehrte ich auf die Veranda zurück.

Grandma redete gerade mit Wenling. »Ich weiß, im Moment ist das für dich das größte Problem überhaupt. Du glaubst, er wird sich nie von diesem Schlag erholen, dir nie vergeben, aber ihr seid beide noch so jung. Du wirst sehen, mit den Jahren verliert das immer mehr an Bedeutung.«

»Grant sagt, sie hassen sich jetzt. Oder zumindest hasst Burke Grant.«

»Die Brüder haben sich schon als kleine Kinder fürchterlich geprügelt. Sie schaffen es einfach nicht, auch ihre Zuneigung füreinander auszudrücken. Aber irgendwann werden sie bestimmt einen Weg finden. Du bist nicht der Grund, dass die beiden sich hassen, Wenling. Die Sache mit dir und Grant bietet ihrem seit Jahren schwelenden Groll einfach nur neues Futter. Und hin und wieder müssen sich dieser Groll und die stummen Vorwürfe in einer wilden Prügelei entladen.«

»Das sagt meine Mom auch über Dad.« Wenling deutete zu dem Wagen in der Auffahrt. »Sie sagt, er weiß nicht, wie man Liebe ausdrückt.«

»Oh, dein Vater ist auch da? Warum steigt er nicht aus?«

»Er … Er weiß, dass Mr. Trevino ihn nicht ausstehen kann.«

»So ein Unsinn. Geh zu ihm und bitte ihn herein. Ich werde uns einen Tee aufbrühen.«

»Ja, gut. Ähm, da wäre noch etwas …«

»Ja?«

»Niemand in meiner Familie mag grünen Tee. Wir mögen Earl Grey oder schwarzen Tee.«

»Ach!« Grandma lachte. »Wie dumm von mir! Ich hätte fragen sollen.« Sie ging ins Haus und weiter in die Küche. Küche! Ich trottete hinterher. Sie öffnete Schränke und holte Sachen heraus, was ich als ein sehr gutes Zeichen deutete. Dann öffnete sie den Kühlschrank, und die herrlichsten Gerüche stiegen mir in die Nase: Käse, Speck, Hühnchen. Vor lauter Vorfreude begann ich ein wenig zu sabbern. Ich würde so gerne einmal in diesen Kühlschrank steigen.

Wenling, Grandma und Wenlings Vater nahmen im Wohnzimmer Platz. Auf einem niedrigen Tisch stand eine Platte mit kleinen Brotstücken, Nüssen und Käse. Ich nahm die Leckerbissen scharf ins Visier.

Mit einem Löffel schlug Grandma gegen eine Tasse. »Vielen Dank für Ihr Kommen.«

Der Vater sagte etwas, dann wandte Wenling sich Grandma zu. »Er sagt, danke für die Einladung. Der Tee ist hervorragend.«

Grandma lächelte.

»Er versteht Englisch recht gut, nur mit dem Sprechen hapert es noch«, erklärte Wenling.

»Mein Englisch ist nicht gut«, fügte der Vater hinzu.

Ich konzentrierte mich weiter auf den Teller. Selbst als kurz darauf Chase Dad und Grant nach Hause kamen, blickte ich nicht auf. Beide blieben wie angewurzelt stehen, als sie uns im Wohnzimmer sahen.

»Chase, unser Nachbar hat Cooper zurückgebracht. Jetzt trinken wir gerade Tee. Komm, setz dich zu uns«, sagte Grandma freundlich, aber bestimmt.

Steif nahm Chase Dad auf einem Sessel Patz. Obwohl

er saß, glich seine Haltung seinem wütenden Gang. Grant ließ sich neben Wenling aufs Sofa fallen und ergriff ihre Hand. Sie lächelten sich an.

Eine Zeit lang sagte keiner etwas. Grant schnappte sich vom Teller Käse und Brot, und ich leckte mir die Lippen, weil ich ihn als das großzügigste Familienmitglied kannte.

»Wir könnten mehr Regen brauchen«, bemerkte Chase Dad schließlich.

Niemand gab darauf eine Antwort. Chase Dad schenkte sich eine blumig riechende Flüssigkeit in eine Tasse, trank einen Schluck und verzog das Gesicht. Er stellte die Tasse auf den Tisch zurück. »Und, ZZ? Wie lebt es sich als Smart-Farming-Bauer?«

Fragend blickte Wenlings Vater seine Tochter an. Sie sagte etwas zu ihm, und er legte die Stirn in Falten, schüttelte den Kopf und antwortete: »Gàosù tā wŏmen zhīqián de shēnghuó.«

Wenling nickte. »Dad war früher auch so ein Farmer wie Sie«, erklärte sie. »Er baute Tomaten und Äpfel an. Dann lernte er meine Mutter kennen, als sie eine Chinareise machte. Sie war Amerikanerin, aber das störte ihn nicht. Er verliebte sich Hals über Kopf in sie.«

Wenlings Vater sagte wieder etwas. Alle wirkten so steif, dass ich die Hoffnung auf Käse aufgab und auf mein Quietschspielzeug hüpfte. Es quietschte zwar nicht mehr, doch ich dachte, es könnte die Stimmung trotzdem etwas auflockern.

»Wie auch immer«, fuhr Wenling fort. »Mom zog nach China, um Dad zu heiraten, und sie lebten dort auf seiner Farm. Diese Zeit ist meine früheste Erinnerung. Er sagt, sie sei glücklich gewesen, aber in Wahrheit war sie das nicht. Sie wollte wieder in Amerika leben.« Wenling lauschte ihrem Vater und schüttelte dann den Kopf. »Er weiß, ich übersetze nicht jedes Wort genau. Na ja, jedenfalls hatte er keine Söhne, die ihm auf der Farm helfen könnten. Ich war nicht dafür geeignet, weil ich ein Mädchen bin.«

Wenlings Vater sagte: »Wǒ sóngxiǎo jiù kāishǐ zài nóngchǎng bāng wǒ bàba, zhè shì duì jiālǐ nánshēng de qīwàng.«

Sie nickte. »Er brauchte Söhne, um die Farm weiterzuführen, aber Mom bekam keine Kinder mehr. Als ich neun war, starb Moms Bruder und hinterließ ihr hier in der Stadt sein Schuhgeschäft. Dad bekam einen guten Preis für seine Farm, also verkaufte er, weil er nur eine wertlose Tochter und keine Söhne hatte. Und so zogen sie hierher. Dad war von dem Schuhgeschäft nicht gerade begeistert. Er hat gezweifelt, ob es genügend Gewinn bringt und ob Mom auf Dauer damit zufrieden wäre, weil Frauen seiner Ansicht nach ständig etwas anderes wollen. Tatsächlich ging es mit dem Laden den Bach runter, und er musste ihn schließen. Dad nahm dann einen Job bei Trident Mechanical Harvesting an, etwas anderes fand er nicht. Mom arbeitet halbtags in einem Bekleidungsgeschäft. Dad wollte auf einer Farm arbeiten, aber er sagt, Amerikaner beschäftigen keine Arbeiter, sondern Maschinen.«

»Diese Feldroboter zerstören unsere Gemeinschaft, unsere Wirtschaft, unser Land«, erklärte Chase Dad streng.

Wenlings Vater nickte. »Ja.«

Chase Dad presste die Lippen zu einem harten Strich zusammen. »Aber Sie arbeiten für diese Leute. Wenn Sie deren verfluchte Maschinen nicht reparieren würden, wären diese Dinger nicht mehr draußen auf den Feldern und würden mich aus dem Geschäft drängen.«

»Chase«, mahnte Grandma.

Ich gähnte. Chase Dads strenger Ton beunruhigte mich.

»Oh! Nein, nein, er repariert die Feldroboter nicht«, rief Wenling. »Er leistet Hausmeisterdienste, putzt die Badezimmer, ersetzt Glühbirnen und solche Sachen.«

Chase Dad zog die Brauen zusammen. Dann spitzte er die Lippen. »Wirklich? Tut mir leid, ich nahm an, er sei Ingenieur.«

»Warum? Weil er Asiate ist?«, fragte Wenling.

Grant lachte.

Chase Dad nickte langsam. »Ja«, gestand er verlegen, »du hast mich ertappt. Entschuldige.«

Grandma kicherte. Wenling sagte etwas zu ihrem Vater, worauf auch die beiden zu lachen begannen. Chase Dad fiel in ihr Lachen mit ein. Dies gehört zu den Dingen, die ein Hund nicht versteht: Erst herrschen Zorn und Anspannung, und einen Moment später lachen alle. Grant aß ein Stück Käse. Ermunternd wedelte ich mit dem Schwanz.

Nun ergriff Wenlings Vater erneut das Wort. Nickend hörte Wenling zu. »Dad sagt, er könnte die Maschinen reparieren, wenn sie ihn ließen. Und dass diese Leute beim Pflanzen ihrer Feldfrüchte dumme Fehler machen. Sie haben einen vorhandenen Baumbestand gefällt, um mehr Fläche zum Bebauen zu haben, und jetzt vernichtet der Wind alles. Dad sagt, weil er kein Englisch spricht und keinen Collegeabschluss hat, halten die Leute ihn für einen Idioten, der keine Ahnung von der Landwirtschaft hat.«

»Mein Englisch ist nicht gut«, bemerkte Wenlings Vater.

»Ich war auch nicht auf dem College«, erklärte Chase Dad.

»Ich werde Betriebswirtschaft studieren«, verkündete Grant. Wenling strahlte ihn an.

Chase Dad räusperte sich. »Seit Kurzem habe ich eine Menge umgestellt. Ich verkaufe an Kunden, die meine Feldfrüchte auf dem hiesigen Bauernmarkt vertreiben, und an Bio-Restaurants. Im Frühjahr habe ich jetzt Spargel, im Sommer Gurken, Zucchini, Tomaten und Paprikaschoten und im Herbst Äpfel und Pfirsiche. Ganz zum Schluss kommen die Karotten dran.«

Aufmerksam hatte sich Wenlings Vater nach vorne gebeugt, um genau zuzuhören. Jetzt nickte er. »Gut.«

»Ja, ja, nur machen die Landwirtschaft-4.0-Farmer jetzt auch auf Bio und werden auf dem Bauernmarkt einen Stand haben. Das wird die Preise noch weiter nach unten treiben. Außerdem kann ich nicht alles ernten, was ich anbaue, weil ich außer Grant, meinem Sohn, keine Hilfe habe. Grant ist ein verdammt guter Arbeiter, viel besser als ich in seinem Alter. Aber selbst mit seiner Hilfe schaffe ich es nicht.«

Erstaunt sah Grant seinen Vater an.

Aufgeregt begann Wenlings Vater wieder zu reden. Wenling hörte zu, und vor lauter Überraschung riss sie die

Augen auf. »Ja, okay«, sagte sie dann. »Mein Vater sagt, er weiß, wie schnell Kürbis wächst, wann die richtige Zeit ist, um die Apfelbäume zurückzuschneiden, und wie man Spargel dicht unter der Bodenoberfläche abschneidet, ohne die benachbarten Pflanzen zu verletzen. Er sagt, er würde sehr gern für Sie arbeiten, egal, wie viel Sie bezahlen, weil er seinen jetzigen Job hasst. Hm, schon seltsam – das hat er Mom und mir noch nie erzählt.«

Chase Dad kratzte sich am Kinn. »Ich würde das bezahlen, was ich immer bezahle. Das Gehalt ist recht ordentlich, aber es ist harte Arbeit, und dafür findet man heutzutage kaum noch jemanden. Wollen Sie wirklich für mich arbeiten?«

Wenlings Vater schloss kurz die Augen. Dann öffnete er sie wieder und lächelte. »Ja.« Er streckte Chase Dad die Hand hin, und Chase Dad schüttelte sie kräftig. Wenlings Vater zog den Kopf leicht ein.

Alle lächelten, als hätten sie mir gerade ein Stück Käse gegeben. Doch der Käse lag immer noch auf dem Tisch.

Danach änderten sich die Dinge, wenn auch nicht zum Besseren. Ich lernte, dass Wenlings Vater ZZ hieß. Er und Wenling besuchten uns nun jeden Tag, aber nicht, um mit mir zu spielen. Sie spazierten auf die Felder hinaus und fummelten zusammen mit Chase Dad und Grant an Pflanzen herum. Burke blieb im Haus, kroch auf dem Boden herum, stand kurz auf, setzte sich, und dann ging das Ganze wieder von vorne los. Ich war so frustriert. Warum wollte er sich von mir nicht helfen lassen, obwohl ich bereitstand. Ich konnte beinahe seine Stimme hören. *Hilf, Cooper! Bereit! Guter Hund.* Ja, ich träumte sogar da-

247

von, wachte mitten in der Nacht ruckartig auf und starrte Burke an. Allmählich fragte ich mich, ob ich die Farm nicht lieber verlassen und mich auf die Suche nach Lacey machen sollte.

»Böser Hund!«, schrie Burke, wenn ich an einem Stiefel in seinem Schrank kaute. »Ich verstehe das nicht«, beklagte er sich bei Grandma. »Er benimmt sich so merkwürdig, als wäre er ein völlig anderer Hund.«

»Hierher, Cooper!«, befahl Grandma. Sie hatte keine Leckerlis in den Händen. Trotzig sah ich sie an. Unter den gegebenen Umständen schien es mir die Mühe nicht wert zu sein, ihrem Befehl zu folgen. »Meinst du, er ist krank?«, fragte sie besorgt.

Ich senkte den Kopf und seufzte. Burke bückte sich und musterte mich eindringlich. »Was ist los mit dir, Cooper?«

Am nächsten Tag erhielt ich Besuch von Hank. Inzwischen kam er viel seltener vorbei. Traurig sah ich ihn an, als er meinen Kopf tätschelte. »Cooper«, rief er mit dröhnender Stimme, »freust du dich nicht, deinen Onkel Hank zu sehen?« Er kraulte meine Ohren, und ich lehnte mich etwas näher an ihn.

»Wir glauben, dass Cooper krank ist«, sagte Burke. »Ich werde ihn zum Tierarzt bringen.«

»Bist du krank, Cooper?«, fragte mich Hank. »Du siehst gar nicht krank aus.« Er warf Burke einen Blick zu. »Vielleicht ist er ja depressiv.«

»Wie kann ein Hund depressiv sein? Er ist immer noch ein Hund.«

»Ja, aber dank unserer gemeinsamen Arbeit kannst du nun im wahrsten Sinn des Wortes auf eigenen Beinen stehen. Hunde sind wie Menschen – sie brauchen eine Aufgabe, damit ihr Leben einen Sinn erhält. Cooper ist ein Arbeitshund, und du hast ihn quasi in die Frührente geschickt.«

Bekümmert seufzte ich, als Hank und mein Junge mit dem Gestell in der Ecke spielten. Die lauten Platten knallten zusammen, Burke stöhnte und schnaufte.

»Samstagabend war ich in der Cutter's Bar und habe deinen Dad mit seiner Band erlebt«, erzählte Hank. »Mach das noch vier Mal für mich, Burke. Mann, dein Dad hat seine Gitarre wirklich zum Jammern gebracht. Ich liebe den Namen dieser Band – die Not Very Good Band. Nette Untertreibung.« Hank lachte. »Gut, Burke, weiter so, noch zwei Mal. Dein Dad spielt total hingebungsvoll mit geschlossenen Augen, sein Anschlag ist der Hammer. Hey, ich war so begeistert, dass ich beinahe meine Unterhose auf die Bühne geschleudert hätte.«

Mit einem Knall fielen die Platten herunter. Burke lachte. »Für uns spielt er nie. Er behauptet, das würde unser Gehör ruinieren.«

»Ihr Trevinos seid schon ein merkwürdiger Haufen, das kannst du mir glauben. Ich hab noch nie eine Familie kennengelernt, in der sich alle so abkapseln. Ihr seid wie drei Inseln im selben Ozean, jede an einem anderen Horizont. Hey, kam das eben aus meinem Mund? Das war reine Poesie. Bereit für eine neue Runde? Hallo, was guckst du so mürrisch?«

»Ich habe gerade an die Schule gedacht. Jetzt habe ich das Herbstsemester verpasst und kann immer noch nicht gehen.«

Bei dem Wort Schule hob ich interessiert den Kopf. Ich erinnerte mich an die Kinder auf den Stufen. Würden wir wieder Schule spielen?

»Ich werde dich bald so weit haben, dass du durch die Gänge rennst«, erwiderte Hank.

»Meinst du nicht, ich sollte einfach im Rollstuhl in die Schule gehen? Das sagt mein Dad jedenfalls.«

»Herrgott, nein! Du wirst auf deinen eigenen Beinen gehen. Vertrau ausnahmsweise mal deinem Kumpel Hank. Von mir aus verpasst du noch ein Jahr. Aber dann wirst du in deiner Klasse der coole Typ mit dem Führerschein sein. Die Mädchen werden Schlange stehen. Du wirst mich als Bodyguard einstellen müssen, damit du von der Cheerleader-Truppe nicht niedergetrampelt wirst.«

Ich wedelte mit dem Schwanz, weil mein Junge lachte. Ehe Hank ging, kam er zu mir herüber und streichelte mich. »Denk dran, Burke. Gib diesem Hund irgendeine Aufgabe.«

22

Später beobachtete ich verstimmt, wie Burke sich ohne die Hilfe eines guten Hundes in seinen Stuhl senkte. »Okay, ich probier mal was aus«, flüsterte er mir zu und rollte in sein Zimmer. Ermattet schloss ich die Augen.

»Cooper! Bring die Socke!«, rief Burke dann.

Ich riss die Augen auf, schüttelte mich kräftig und tappte in sein Zimmer, um zu sehen, was los war. Er hatte im Zimmer einige Gegenstände verteilt, die ich kannte – einen weichen Ball, aus dem die Luft gewichen war, ein paar Kleidungsstücke, einen Plastikbecher, sogar Grants Nylon-Kauknochen. »Bring die Socke!«

Eifrig beschnüffelte ich alles, bevor ich mich für den Ball ohne Luft entschied. Ich nahm ihn ins Maul und sah Burke fragend an. »Nein. Aus! Bring die Socke!«

Ich hoffte, *Aus!* würde auch für den Nylon-Kauknochen gelten! Ich schnappte mir den zweitinteressantesten Gegenstand. »Aus! Bring die Socke!« Ich unternahm einen neuen Versuch. »Ja! Bring sie!«

Ich trottete zu Burke und ließ das Stoffding auf seinen Schoß fallen. »Guter Hund, Cooper! Und jetzt den Handschuh! Bring den Handschuh!«

Dieses Bring-Spiel machte mich glücklich, aber selig vor

Glück war ich dann, als Burke aus seinem Stuhl kletterte und nach meinem Geschirr griff. »Hilf!«

Nach und nach veränderte sich nun meine Arbeit, obwohl ich hin und wieder noch *Hilf!* machte. Wenn Burke auf den Beinen stand, lehnte er sich schwer auf meinen Rücken und schob erst den einen Fuß, dann den anderen nach vorne. Zusammen durchquerten wir anschließend das Wohnzimmer.

»Hilf, Cooper!«

Hank war für meine Mithilfe sehr dankbar. »Super machst du das, Burke! Du bist bereit für den 50-Meter-Sprint!« Hank kam weiterhin gelegentlich vorbei. Er erzählte mir immer, ich sei ein guter Hund, doch danach ignorierten Hank und Burke mich und spielten mit dem Gestell. In jenen Tagen rannte ich oft auf die Felder hinaus, um nachzusehen, was alle dort machten. Es war jedoch nie besonders spannend, also trottete ich meistens wieder zurück und ließ mich in der Küche nieder, falls Grandma beschließen sollte, Speck zu braten.

Normalerweise befanden sich ZZ und Chase Dad auf einer Seite der Felder und Grant und an manchen Nachmittagen auch Wenling auf der anderen. Eines Tages waren ZZ und Wenling nicht da. Chase Dad und Grant saßen, an den langsamen Truck gelehnt, auf dem Boden und tranken aus kalten, schwitzigen Flaschen.

»Unglaublich, wie gut die Arbeit vorangeht, seit ZZ bei uns ist«, sagte Chase Dad.

Grant nickte. »Dad?«

»Ja?«

»Hast du das wirklich so gemeint, als du neulich sagtest, ich sei ein besserer Arbeiter als du in meinem Alter?«

»Nicht nur besser. Sondern auch klüger. Meine Eltern haben diese Farm geerbt, und ich musste einfach mitarbeiten. Anfangs hat mir die Arbeit nicht gefallen. Es hat ziemlich lang gedauert, bis ich meinen Rhythmus fand. Aber du hast einfach das Messer genommen und dich über die Feldfrüchte hergemacht, als wärst du dafür geboren. Du arbeitest viel schneller als ich. Bald werde ich nur noch dasitzen und zuschauen, wie ihr beide, du und ZZ, die ganze Arbeit macht.«

»Und Wenling.«

»Ja, sie auch.«

»Wenling meint, wir sollten auf dem Hügel Rebstöcke anbauen und die Trauben verkaufen, damit Eiswein daraus gemacht wird.«

»Was zum Teufel ist das denn?«

»Man lässt die Trauben gefrieren, ehe man sie erntet. Der Zucker wird dadurch gebunden und ist hochkonzentriert. Eiswein wird kalt serviert und ist richtig süß.«

»Hört sich ziemlich bescheuert an.«

Grant lachte. »Das ist nur so eine Idee. Im Moment nutzen wir den Hang ja kaum.«

»Weil es zu anstrengend ist, ununterbrochen rauf- und runterzulaufen. Mein Dad hat früher auf diesem Hügel Tomaten gezogen, erinnerst du dich noch? Jetzt liegt seine Asche auf dem Hügel mit Blick über die ganze Farm. Ich glaube, ihm hätte die Idee gefallen.«

Grant nahm einen tiefen Schluck. »Das glaube ich auch.«

253

»Und?«

»Vielleicht werde ich im Herbst doch nicht aufs College gehen und stattdessen hierbleiben und mithelfen.«

»Hast du nicht immer gesagt, ein Collegeabschluss sei dein Fahrschein, um diesem Höllenloch zu entfliehen?«

»Ich werde aufs College gehen, nur nicht so bald. Ich will einfach noch eine Weile hierbleiben.«

Ich gähnte, drehte mich im Kreis herum und ließ mich auf den Boden fallen, sodass mein Kopf neben Chase Dads ausgestrecktem Bein lag. Er kraulte meine Ohren. »Soso. Vielleicht bis Wenling ihren Highschool-Abschluss macht?«

Grant gab keine Antwort.

Chase Dad stand auf und klopfte sich den Staub aus der Hose. Der Staub stieg mir kitzelnd in die Nase, und ich drehte den Kopf weg. »Tja, ich weiß deine Hilfe zu schätzen, Sohn. Aber es ist deine Entscheidung.«

Später am Tag kam Wenling vorbei. Sie war traurig. Sie ging mit Grant in die Apfelplantage, wo sie sich unter einen Baum setzten und sich unterhielten.

»Wie ernst ist es, Wenling?«, fragte Grant mit belegter Stimme. Er hörte sich ängstlich an. Besorgt musterte ich ihn.

Sie schüttelte den Kopf und rieb sich die Augen mit einem dünnen Papier. »Nein, darum geht es nicht. Laut meinem Arzt haben viele Menschen Herzgeräusche. Sie sind harmlos. Aber ... aber damit bin ich für die Aufnahme an der Air Force Academy disqualifiziert.«

»Nein. Nein! Oh, Wenling, das tut mir so leid. Ich weiß, wie sehr du dir das gewünscht hast.«

Sie umarmten sich, und ich legte den Kopf auf Wenlings Schoß. Lange Zeit saßen wir so da. »So«, sagte Wenling schließlich mit einem leisen Lachen, »ich denke mal, ich werde mich hier in Michigan bewerben. Niedrigere Studiengebühren sind ja auch nicht schlecht.«

»Dann bewerbe ich mich ebenfalls hier«, erwiderte Grant rasch.

Mit feuchten Augen lächelte Wenling ihn an. »Meinen Flugschein kann ich trotzdem machen. Ich bin nur nicht qualifiziert für Kampfeinsätze und waghalsige Manöver durch Bombenhagel. Schade, ich hatte mich so darauf gefreut.«

Grant lachte. Sogleich hob ich den Kopf und wedelte mit dem Schwanz. Ich freute mich, dass es mir gelungen war, die beiden aufzuheitern.

Eines Morgens, als die Blätter in einem unablässigen Regen auf die Erde fielen, fuhren wir zu Grants Gebäude. Burke hatte seinen Stuhl vergessen. Sein Gang war unsicher, und manchmal fiel er hin. Dann machte ich *Bereit!*, während die Kinder im Kreis um uns herumstanden und beobachteten, was für ein guter Hund ich war. »Keine Sorge, Cooper schafft das schon«, sagte Burke zu ihnen, während er nach meinem Geschirr griff.

Nicht lange danach konnte Burke sogar allein Auto fahren! Wir fuhren an viele Orte mit warmen Mahlzeiten und guten Freunden, aber Wenling und Grant waren nie dabei. Ich sah Wenling kaum noch, konnte sie jedoch sehr oft an Grant riechen. Wenn Wenlings Duft an Grants Kleidung haftete, beschnupperte ich ihn immer sorgsam, in der Hoffnung, auch einen Hinweis auf Lacey zu finden. Doch leider entdeckte ich nie eine Spur von meiner Lacey.

»Kaum zu glauben, dass Grant diesen Sommer seinen Abschluss macht«, bemerkte Chase Dad zu Burke, als sie das seltsame Gestell aus dem Wohnzimmer entfernten und das Sofa wieder an seinen alten Platz stellten. Ein Anflug von schlechtem Gewissen beschlich mich, weil ich das Sofa im Schuppen ausgiebig markiert hatte. Ich hoffte nur, meine Familie würde den Geruch nicht bemerken.

Burke und ich unternahmen viele Spaziergänge, die mit der Zeit immer ausgedehnter wurden. Wir gingen sogar im Schnee spazieren. Manchmal stolperte Burke und fiel der Länge nach hin, doch während die Tage langsam wärmer wurden, schien er immer mehr an Kraft und Selbstvertrauen zu gewinnen. Obwohl ich nun weniger *Hilf!* und *Bereit!* machte, hatte ich eine Menge Arbeit. »Bring den Ball!«, befahl er mir oft. »Bring den Handschuh! Bring die Socke!«

Ich hatte eine Aufgabe.

»Der Sommer fängt feucht an«, bemerkte Chase Dad. Er musterte Burke von Kopf bis Fuß. »Ich freu mich schon auf deine Hilfe, Sohn.«

Wie Chase Dad und Grant begann nun auch Burke, mit Pflanzen zu spielen. Die drei schienen vereinbart zu haben, nicht miteinander zu sprechen, wenngleich Grant und Burke oft mit mir redeten. Als Burke das nächste Mal Grants Gebäude besuchte, kam Grant nicht mit und tauchte auch nie mehr dort auf. Der Schnee kam und verschwand, das Leben auf der Farm ging seinen gewohnten Gang, und ich war ein guter Hund.

Als die Tage langsam wärmer wurden, spazierten mein Junge und ich an einem kleinen Bachlauf entlang stromaufwärts, bis wir an einen Teich gelangten, der hinter einem hohen Stapel Stöcken lag. Ein stechender Tiergeruch stieg mir in die Nase, obwohl keine Tiere zu sehen waren. Ein weiteres geheimnisvolles Tier! »Das ist ein Biberdamm, Cooper«, sagte Burke. »An diesem Fluss gibt es jede Menge davon. Komm, wir schauen uns das mal an.«

Wir folgten dem Fluss, der sich durch den Wald schlängelte. Dann floss er weiter durch ein offenes Feld, schlängelte sich jetzt aber nicht mehr, sondern verlief schnurgerade. Es war nun viel leichter, dem Flusslauf zu folgen. »Die Smart-Farming-Bauern haben alle Biberdämme entfernt und den Fluss begradigt und einbetoniert, Cooper«, sagte Burke. Ich spitzte die Ohren und sah Burke erwartungsvoll an. Sollte ich *Bring!* machen?

»Was passiert dann stromabwärts, wenn es mal richtig regnet? Haben diese Leute denn von nichts eine Ahnung?«

In diesem Sommer fuhren wir zu einem Hundepark, wo ich mit anderen Hunden spielte, und zu einem See, wo ich mit Hunden am Strand umhertollte, und in einen Wald, wo ich mit anderen Hunden Stöckchen fing. Ich liebte die Farm, aber es war herrlich, neue Gerüche zu schnuppern und neue Stellen zu markieren. Chase Dad, ZZ und Burke hielten sich meistens zusammen auf einer Seite der Farm auf und Grant und Wenling auf der anderen. So konnte ich ständig hin und her rennen, obwohl ich mich oft dazu entschied, lieber ein Nickerchen zu machen. Aber ich behielt Burke immer im Auge. Es war seltsam, ihn gehen zu sehen, und ich wollte bereit sein, falls er sich doch mal entscheiden sollte, wieder in seinem Stuhl zu sitzen.

An einem dieser Tage öffnete ich verschlafen die Augen und sah Chase Dad und Burke, die gerade Wasser tranken. Grant und Wenling waren nicht da, in den Feldern erspähte ich allerdings ZZ, der auf uns zukam. »Weißt du, was ich an deiner Stelle tun würde?«, fragte Chase Dad meinen Jungen. »Ich meine an Weihnachten, wenn du deinen Abschluss machst? Ich würde mir eine Auszeit nehmen, statt sofort aufs College zu rennen.«

Burke verzog das Gesicht. »Du meinst, ich soll vor dem College auf der Farm arbeiten? So wie Grant? Weil er und Wenling im Herbst fortgehen?«

»Ich halte das für eine gute Idee«, sagte Chase Dad heiter.

Burke schwieg. Ich leckte über seine Hand, weil ich die Traurigkeit spürte, die von ihm ausging.

Später kehrte ich mit Chase Dad, Burke und ZZ von den Feldern zurück. In Burkes Tasche roch ich Leber-Leckerlis. Als wir uns dem Haus näherten, drang mir aus dem Schuppen der Geruch von Grant und Wenling in die Nase.

Chase Dad hielt ZZ ein Werkzeug hin. »Würdest du das bitte zurücklegen, ZZ?«

»Ja.« ZZ nahm das Ding und ging auf den Schuppen zu.

Burke und Chase Dad setzten sich auf die Veranda. Grandma tauchte in der Tür auf. »Wollt ihr Männer eine Limonade?«

Burke wischte sich mit dem Ärmel über die Stirn. »Hört sich großartig an.«

Grandma drehte sich um und marschierte in die Küche. Ich überlegte, ob ich ihr folgen oder lieber auf Burke und seine Leber-Leckerlis vertrauen sollte.

»Wo sind eigentlich Grant und Wenling?«, fragte Chase Dad.

»Keine Ahnung, und es ist mir auch egal«, erwiderte Burke schroff.

»Herrgott noch mal!«, rief Chase Dad scharf. Erschrocken zuckten Burke und ich zusammen. »Willst du ewig so weitermachen? Es geht mir gründlich auf die Nerven, dass du nicht mit deinem Bruder sprichst und so tust, als könntest du es nicht ertragen, Wenling überhaupt zu sehen. Grant ist dein Bruder, und Wenling ist eine Freundin und Mitarbeiterin. Hör endlich auf, dich wie ein trotziges Kind zu benehmen.«

Ich spürte, wie Burke wütend wurde. »Manche Dinge kann man nicht verzeihen.«

»Innerhalb der Familie kann man das sehr wohl.«

»Ach ja? Zwischen dir und meiner Mutter herrscht jedenfalls Funkstille. Komisch, was?« Burke stand auf und stapfte ins Haus. Sein wütender Gang glich dem von Chase Dad. Wortlos eilte er an Grandma vorbei, die mit zwei säuerlich riechenden Getränken aus dem Haus kam.

»Burke?«, rief sie.

Chase Dad ergriff ein Glas. »Lass ihn. Er muss endlich erwachsen werden, sosehr er sich auch dagegen sträubt.«

Plötzlich ertönte aus dem Schuppen ein lauter zorniger Schrei. Alarmiert sprang Chase Dad auf. »Das war ZZ.«

Nun kam Wenling aus dem Schuppen gerannt. Sie weinte. Statt zu uns zu kommen, stürmte sie zu ZZs Wagen und stieg ein. Gleich darauf stiefelte ZZ mit wütenden Schritten zum Wagen, und beide fuhren in einer aufwirbelnden Staubwolke davon.

»Was, um alles in der Welt, war das denn?«, rief Grandma.

Chase Dad sah sie an. »Ich habe das ungute Gefühl, dass ZZ meinen Sohn und Wenling gerade bei etwas ertappt hat, das er besser nicht hätte sehen sollen.«

»Oh.« Abwesend streichelte Grandma meinen Kopf. »Das ist …«

»Ja, das könnte böse Folgen haben.« Chase Dad seufzte. »Im Moment können wir das weiß Gott nicht gebrauchen.«

Grant kam aus dem Schuppen heraus. Freudig trabte ich zu ihm, um ihn zu begrüßen. Aber manchmal geschieht es, dass ein Mensch einen Hund nicht um sich haben will, obwohl er ganz offensichtlich eine Aufmunterung benötigt. Grant hatte kein Hemd an, und sein Oberkörper glänzte vor Schweiß. Wortlos eilte er an allen vorbei und verschwand im Haus.

Einige Zeit später kehrte ZZ mit Wenlings Mutter zurück, die oft genug bei uns zum Abendessen gewesen war, dass ich ihren Namen Li Min kannte. Ihre Haare, ihre Haut und ihre Augen hatten die gleiche Farbe wie bei Wenling, aber anders als bei Wenling dufteten ihre Hände nach köstlichem Fleisch. Burke und Grant kamen aus ihren Zimmern, doch Chase Dad sagte: »Wir würden uns gern einen Moment allein unterhalten, Jungs«, worauf beide wieder in ihren Zimmern verschwanden. Aber kurz darauf hörte ich, wie Grant verstohlen die Treppe hinuntertappte und sich eng an die Wand drückte, um nicht gesehen zu werden. Als könnten wir ihn nicht riechen!

Chase Dad, Grandma, Lin Min und ZZ saßen am Küchentisch und nippten an ihren Tassen. Erst redete ZZ, dann Lin Min. »Zhuyong möchte sich dafür entschuldigen, dass unsere Tochter Schande über diesen Ort und seine Arbeitsstelle gebracht hat.«

Chase Dad schüttelte den Kopf. »Nein, du musst dich nicht entschuldigen, ZZ. Es tut mir leid, dass du … Also ich bin auch Vater. Ich verstehe das.«

ZZ und Li Min unterhielten sich wieder. Ich spürte, wie beide zunehmend wütend wurden. Schließlich sagte Li Min seufzend: »ZZ möchte, dass die beiden heiraten.«

»Oh!«, entfuhr es Grandma.

Chase Dad lehnte sich zurück. »Nun, ich will nicht unhöflich sein, ZZ, aber das erscheint mir doch etwas übertrieben.«

ZZ starrte Li Min auffordernd an, und sie seufzte erneut. »Wenling hat mir erzählt, dass sie bereits verlobt sind.«

»W-was?«, stotterte Chase Dad.

»Oder fest entschlossen sind, sich zu verloben«, berichtigte sich Li Min.

Nun redete ZZ lange Zeit auf Li Min ein. Einhalt gebietend hob sie die Hand. »Okay, Schatz, lass mich erklären. Also, ZZ fühlt sich wegen Wenling entehrt.« Finster schüttelte ZZ den Kopf. »Doch, genau das empfindest du«, wies Li Min ihn scharf zurecht. »Er sagt, wenn die beiden sowieso verlobt sind und sie sich bereits wie eine verheiratete Frau verhält, muss sofort die Hochzeit stattfinden. Ich wiederhole nur seine Worte – das ist nicht unbedingt auch meine Meinung.«

»Und was ist Ihre Meinung?«, fragte Grandma freundlich.

»Oh, nichts gegen Grant, aber ich glaube, ZZ geht es weniger um die Hochzeit als darum, Wenling weiterhin bei sich zu haben. Es passt ihm nicht, dass sie im Herbst aufs College geht und weit entfernt von ihrer Familie leben wird.«

ZZ sah Wenlings Mutter mit zusammengekniffenen Augen an. Wütend stieß er einen Schwall an Worten hervor, und sie hob die Hand. Es war das Zeichen für *Sitz!*, also setzte ich mich.

»Nein«, fuhr sie ihn an, »erzähl mir nicht, das hätte nichts damit zu tun, ZZ. Dein Plan würde sowieso nicht aufgehen. Die beiden werden einfach wegziehen und einen eigenen Hausstand gründen.«

Chase Dad und Grandma wechselten einen unbehaglichen Blick.

Ich hörte, wie Grant durch das Wohnzimmer schlich. Ich lief ihm hinterher und bekam gerade noch mit, wie er aus der Haustür schlüpfte und wegfuhr.

Die Leber-Leckerlis in der Tasche meines Jungen kamen mir wieder in den Sinn: Sie waren wesentlich interessanter als das Gerede in der Küche. Ich kratzte an Burkes Tür, und als er öffnete, sprang ich auf sein Bett, setzte mich hin und sah ihn treuherzig an wie ein Hund, der einen kleinen Leckerbissen verdiente. Endlich gab er mir ein Leckerli. Ja! Ich machte *Platz!*, um ihm noch eines zu entlocken, aber leider zeigte er keine Reaktion.

Irgendwann gingen ZZ und Li Min, und sehr viel später hörte ich dann, wie Grant zurückkehrte. Beim Schlafen hielt ich die Nase auf den Schrank gerichtet, weil dort Burkes Hose hing, die immer noch verführerisch nach Leckerlis roch.

Als Burke mir am nächsten Morgen meinen Futternapf füllte, war Grant bereits gegangen. Nachdem ich mir den Bauch vollgeschlagen hatte, ging ich nach draußen, setzte neue Duftmarken an die Stellen, wo der Geruch bereits abgeklungen war, döste ein wenig und beschloss dann, auf der Veranda ein Nickerchen zu machen. Ich wachte auf, als Grant zurückkehrte, war aber viel zu bequem, um aufzustehen. Bis ich dann hörte, wie Burke kreischte: »Was? Das ist ja völlig irre!«

Burke und Grant standen im Wohnzimmer. Chase Dad und Grandma saßen auf dem Sofa. Burke deutete auf Grant. »Sie ist erst siebzehn, das ist dir doch bekannt, oder?«

Grant verschränkte die Arme vor der Brust. »Im September wird sie achtzehn.«

Burke wirbelte zu Chase Dad herum. »Dad, das kannst du nicht zulassen!«

»Das ist nicht Dads Entscheidung. Es ist unsere Entscheidung. Wenlings und meine«, erwiderte Grant kühl.

»Jetzt beruhigen wir uns alle erst einmal«, sagte Chase Dad.

Mein Junge verdrehte die Augen. Ich ging zu ihm, war verstört von den starken Emotionen, die in der Luft vibrierten. Anklagend deutete er mit dem Finger auf Chase Dad. »Hast du nicht immer gesagt, deine Ehe sei auch deshalb gescheitert, weil Mom und du zu jung geheiratet habt?«

Chase Dad war wie versteinert. »Nenn sie nicht ›Mom‹. Sie hat dich geboren, aber ich habe dich großgezogen.«

Burke schnaubte. »Und? Was hat das jetzt damit zu tun?«

Plötzlich kam durch die Hundetür ein Hund hereingestürmt. Grandma keuchte auf, und alle erstarrten. Es war Lacey! Überglücklich sprang ich auf und rannte schwanzwedelnd zu ihr. Vielleicht war sie ja hier, um in dem Raum unter dem Schuppen neue Welpen zu bekommen? Sogleich begannen wir zu raufen, waren außer uns vor Freude, wieder zusammen zu sein.

»Hey!«, schrie Chase Dad.

»Cooper!«, brüllte Burke.

Erschrocken starrten Lacey und ich die beiden an. Sie klangen wütend, aber wie konnte man wütend sein, wenn etwas so Großartiges wie dieses Wiedersehen passierte?

»Was ist das für ein Hund?«, fragte Grant.

Burke kniete sich nieder und ergriff Laceys Halsband. Sie wedelte mit dem Schwanz. »Erkennst du sie nicht wieder? Das ist die Hündin, die im Schutzkeller ihre Welpen geboren hat und die Wenling und ich Lulu genannt haben.« Er richtete sich auf und sah Grant an. »Die deine Verlobte Lulu genannt hat.«

»Das war so ungefähr das Verrückteste, was ich je gesehen habe. Diese Hündin ist hier hereinspaziert, als würde sie hier wohnen«, rief Dad bewundernd.

Burke zerrte Lacey zur Tür. »Ich ruf die Besitzerin an und bring sie zurück. Komm, Cooper.«

Lacey und ich folgten Burke zum Wagen und kuschelten uns auf dem Rücksitz eng aneinander. Autofahrt! Auf der Rückbank war es sehr eng, aber der Platz reichte aus, um miteinander zu spielen. »Hi. Hier ist noch einmal Burke Trevino, falls Sie meine erste Nachricht nicht gehört haben sollten. Ich habe Lulu gefunden, sie ist in meinem Auto, und wir sind gerade im Begriff aufzubrechen. Ich bringe Ihnen Lulu vorbei, nur habe ich leider Ihre Adresse nicht. Rufen Sie mich bitte zurück, sobald Sie diese Nachricht gehört haben. Danke«, sagte er.

Er wartete ein Weilchen, dann ließ er den Motor an. »Okay, Hunde. Bis Lulus Leute zurückrufen, machen wir einen kleinen Ausflug.«

Lacey und ich steckten die Köpfe aus den Fenstern und atmeten die himmlische Ziegenfarm und all die anderen saftigen Gerüche ein, die in der Nachmittagsluft schwebten. Vor einer Einfahrt blieben wir stehen und gingen zu einem Haus. Als Burke an die Tür klopfte, stieg mir der Geruch von ZZ, Li Min und Wenling in die Nase. Hier waren wir bereits einmal gewesen!

Wenling öffnete die Tür, ließ uns jedoch nicht herein, obwohl wir rochen, dass drinnen gerade Fleisch gekocht wurde. »Oh mein Gott! Ist sie schon wieder ausgebüxt?«, fragte Wenling.

»Lulu ist mitten in einer, ähm, einer Unterhaltung ins Wohnzimmer hereingeplatzt. Ich habe bei der Nummer an ihrem Halsband angerufen und eine Nachricht hinterlassen.«

»Was für eine verrückte Geschichte.«

»Wenling, wir sollten reden.«

23

Meine Nase verriet mir, dass ZZ und Li Min im Haus waren. Ich sah sie jedoch nicht, als wir durch einen Flur gingen und weiter in ein Zimmer, in dem in einem Loch in der Wand ein Feuer brannte. Lacey und ich balgten und spielten und knabberten uns an, folgten jedoch jedes Mal, wenn Burke rief: »Hey! Schluss jetzt!« Er hörte sich zornig an, also machten wir *Sitz!* und waren gute Hunde, bis einer von uns den anderen wieder ansprang.

»Du hast da kein Vetorecht, Burke. Akzeptier das bitte.«

»Okay, okay. Aber du bist erst siebzehn!«

»Die Schwester meines Dad hat auch mit siebzehn geheiratet.«

»Aha, das ist natürlich ein Argument. Ähm, ich muss dich das fragen.« Burke legte die Hand auf ihren Bauch. »Bist du …«

Wenling zog die Brauen hoch. »Nur fett?«

»Komm schon!«

Lacey legte sich auf den Rücken, zeigte ihre Zähne, und ich biss sie spielerisch in den Hals.

»Nein, bin ich nicht. Ist dir schon mal in den Sinn gekommen, dass ich das will?«

»Echt? Du gehst also nicht aufs College?«

Lacey wand sich und sprang auf. Mit einer Verbeugung forderte ich sie auf weiterzuspielen.

»Wie kommst du darauf? Das hat nie jemand behauptet. Natürlich gehe ich aufs College. Aber apropos College, eine Sache hat mich wirklich sehr verletzt: Als die Royal Academy mich für untauglich erklärte, habe ich dir eine Nachricht geschickt, und du hast darauf überhaupt nicht reagiert. Wieso hast du nicht geantwortet?«

Burke senkte den Blick. »Du hast recht. Ich hätte dir zurückschreiben sollen. Entschuldige bitte. Ich war damals in einer ziemlich üblen Verfassung.«

»Okay«, sagte Wenling ruhig.

»Du studierst also an der MU, ja? Es sei denn natürlich, du heiratest.«

»Ich werde an der MU studieren, und Grant ebenfalls. Wir sind verliebt. Und Liebespaare heiraten.«

Lacey und ich hoben beide witternd die Nasen. Ein schweres Unwetter nahte.

»Liebespaare heiraten nicht, wenn einer von ihnen gerade erst den Abschluss an der Highschool gemacht hat. Es mag ja sein, dass manche heiraten, aber zu dir passt das irgendwie nicht. Ist es wegen deiner Eltern? Deinem Vater?«

Seufzend zuckte Wenling die Achseln. »Das spielt vielleicht mit rein.«

»Das ist ein Fehler! Er hat ein paar Ansichten, die total bescheuert und rückständig sind, und du gibst einfach klein bei?«

Wenling war traurig. Sie wischte sich die Tränen vom Gesicht, doch Lacey war für sie da. Aufmunternd wedelte sie mit dem Schwanz, versuchte, ihre feuchten Wangen abzulecken, und tat einfach alles, damit Wenling sich wieder besser fühlte. »Mein Vater sagt, ich habe unserer Familie Schande gemacht.«

»Mein Gott, das ist so …« Hilflos hob Burke die Hände und ließ sie dann wieder auf den Schoß fallen.

»Er ist sehr traditionell erzogen worden. Ehre bedeutet ihm sehr viel. Ich glaube, am schlimmsten war es für ihn, dass dieser Schuppen, wo er uns erwischt hat, auf seinem Arbeitsplatz steht.«

»Warum seid ihr nicht einfach in mein Zimmer gegangen? Es liegt im Erdgeschoss – bei Gefahr hättet ihr durch das Fenster abhauen können.«

Wenling lachte unter Tränen.

»Ich meine es ernst.« Burke hielt inne, furchte die Stirn. »Dein Dad ist sehr traditionell. Und er hätte gern eine Farm, okay? Wenn du Grant zum Mann nimmst, heiratest du in einen Landwirtschaftsbetrieb ein. Das kann ihm nur recht sein. Er verschachert dich, als wärst du eine Prostituierte.«

Entgeistert sah Wenling ihn an. Lacey stupste mit der Schnauze ihre Hand an. »Das ist die schlimmste Beleidigung, die ich je gehört habe, Burke Trevino.«

»Tut mir leid, aber als wir zusammen waren, hast du mir erzählt, er will dich unbedingt mit einem Chinesen verkuppeln, und jetzt ist auf einmal Grant sein Favorit? Bei mir war es anders, weil ich im Rollstuhl saß. Mich konnte er sich nicht als Farmer vorstellen.«

»Herrgott noch mal, willst du dein Leben lang alles nur aus diesem Blickwinkel sehen? Du sitzt nicht mehr im

Rollstuhl! Niemanden schert es, wie du deine Kindheit verbracht hast!«

Wenlings laute Stimme machte Lacey und mich nervös. Ich setzte mich neben Burke und beobachtete ihn aufmerksam, um in seiner Miene einen Hinweis darauf zu finden, was da vor sich ging. Er holte tief Luft. »Okay, ich nehme alles zurück. Es tut mir leid. Du hast recht. Das war sehr kränkend. Das habe ich kapiert. Ich bin einfach wütend auf deinen Vater. Er verhält sich, als wärst du sein Eigentum.«

Nun begann es zu regnen, begleitet von einem fernen Donnergrollen. Wenling streichelte Lacey, die auch ein guter Hund war und *Sitz!* machte.

»Ich weiß. Als kleines Mädchen war ich brav und fügsam, aber als ich anfing, mich zu schminken, konnte ich den Abscheu in Dads Blick sehen, als wäre ich auf dem besten Weg, eine Nutte zu werden. Vielleicht glaubt er, wenn ich den Sohn eines Farmers heirate, kann er mich davor retten, ein gefallenes Mädchen zu werden.«

»Wie sieht deine Mom das?«

»Na ja, in der einen Minute ist sie total dagegen, in der nächsten redet sie über Hochzeitskleider. Aber sie unterstützt mich in allem, was ich tue. Sie hat mir sogar Geld für meinen Flugschein zugesteckt.«

»Wenling, ich liebe dich.«

Sie zog scharf die Luft ein.

Burke schüttelte den Kopf. »Nicht in dem Sinn, dass ich dich heiraten will. Ich liebe dich, da wir während unserer Schulzeit immer zusammen waren. Du sagst, wir sind beste Freunde. Das stimmt. Du liegst mir wirklich sehr am Herzen. Wenn du Grant heiraten willst, werde ich dein Trauzeuge sein. Bloß ... warum die Sache überstürzen? Solange ihr studiert, könnt ihr doch einfach so zusammen sein und erst dann heiraten, wenn du deinen Abschluss gemacht hast.«

Sie lächelte. »Er hat sich vor mich hingekniet. Es war so romantisch.«

»Ha, Grant, unser Romantiker.«

»Hör auf. Nein, mein Vater war total außer sich. Er hat gesagt: ›Ich nehme an, du heiratest, weil du dich bereits wie eine verheiratete Frau benimmst.‹ Ich versuchte ihm zu erklären, was eine verbindliche Beziehung bedeutet, aber er stürmte los, um mit deinem Vater zu sprechen, als wäre das eine Angelegenheit zwischen den beiden. Dann kam Grant vorbei und hat mir einen Antrag gemacht. Und ich dachte einen Moment lang, ich bin verlobt. Ich war so glücklich.« Wenling stand auf und ging ein paar Schritte auf und ab. »Bis du gekommen bist und alles zerstört hast.«

»Das tut mir leid.«

»Blödsinn, ich wusste, es war alles nur ein schöner Traum. Du hast vollkommen recht. Den ganzen Tag habe ich versucht, die Realität einfach auszublenden.« Sie seufzte. »Grant wird sehr verletzt sein. Er war so, ach, ich weiß auch nicht. In seinen Augen lag so viel Hoffnung, verstehst du? Als würde er zum allerersten Mal, seit ich ihn kenne, eine Entscheidung treffen, hinter der er voll und ganz steht.«

Ich beobachtete Burke immer noch genau, aber sein Zorn schien sich verflüchtigt zu haben.

»Ich kriege ja mit, wie er dich anhimmelt, Wenling. Er liebt dich wirklich.«

»Möchtest du den Ring sehen?«

»Er hat dir schon einen Ring geschenkt?«

»Ja, heute Morgen. Ich habe ihn abgenommen, als ich dich in der Einfahrt gehört habe.« Wenling ging zu einem Tisch und ergriff eine kleine Schachtel. Sie nahm etwas heraus und reichte es Burke. Lacey und ich wussten sofort, dass es nichts Essbares war.

Burke gab ihr das Ding zurück. »Hübsch. Zieh ihn doch an.«

Mit traurigem Lächeln betrachtete Wenling das Ding in ihrer Hand. »Nein, ich finde, ich sollte ihn erst tragen, wenn ich bereit bin für das, was er bedeutet.«

Der Regen wurde immer stärker und lauter. Burke blickte zur Decke empor. »Da kommt ordentlich was runter.«

»Sie haben Starkregen vorhergesagt.«

»Willst du, dass ich mit meinem Bruder rede?«

»Nein. Oder vielmehr, ja, das wäre vielleicht besser. Aber nein. Nein. Ich muss es ihm selbst sagen.«

Plötzlich schreckte Burke hoch, und ich war sofort alarmiert.

Verwundert sah Wenling ihn an. »Was ist los?«

Burke sprang auf. »Der Biber-Teich. Den habe ich ganz vergessen!«

»Was für ein Biber-Teich?«

»Ich muss los. Am Teich lebt eine Biberfamilie. Der starke Regen wird sie wegschwemmen. Vielleicht kann ich sie ja irgendwie retten. Komm, Cooper.«

»Ich komme mit!«

Hastig schnappte sich Burke in der Garage irgendwelche Werkzeugteile und warf sie in den Kofferraum. Dann stiegen wir alle in den Wagen.

Autofahrt im Regen!

Burke saß am Steuer. »Die Agrarroboter sind am effektivsten, wenn die Feldfrüchte in geraden Reihen angebaut sind. Das gilt auch für die Wasserläufe. Sie haben das Flussbett total begradigt und einbetoniert, sodass der Fluss in einer schnurgeraden Linie bis zum Rand ihres Grundstücks verläuft. Es gibt keine Krümmungen oder Gebüsch, um die Wassermassen abzuleiten. Bei diesem Regen wird es eine gigantische Flutwelle geben.«

»Was können wir tun?«

Burke zuckte die Achseln. »So genau weiß ich das auch nicht.«

Als Burke anhielt, regnete es immer noch. Die dicken Tropfen leuchteten im Scheinwerferlicht auf, das Burke eingeschaltet ließ. Er deutete zu einem kleinen Teich, den ich sofort wiedererkannte. Lacey sprang gleich ins Wasser, während ich bei meinem Jungen blieb. Seine angespannte Stimmung verriet mir, dass er mich brauchen würde. »Sieh nur, Wenling!«, rief er. »Die Biber stapeln noch mehr Äste auf ihren Bau. Das Wasser muss bereits steigen.«

»Da ist ein Biber-Baby!«, schrie Wenling.

Meine Aufmerksamkeit wurde auf eine Gruppe eichhörnchenartige Tiere im Teich gelenkt. Sie schleiften Stöcke mit sich, als wären sie Hunde. Eines der Tiere war viel kleiner als die beiden anderen. Burke öffnete den Kofferraum und reichte Wenling einen Gegenstand. »Nimm du das Beil. Ich nehme die Axt. Los, fangen wir an!«

Verwirrt beobachteten Lacey und ich, wie Burke und Wenling Stöcke von kleinen Bäumen abhackten, zum Teichufer rannten, die Stöcke auf einen unordentlichen Stapel Gestrüpp warfen, um dann wieder von vorne zu beginnen. Die Wassereichhörnchen verschwanden. Lacey schnappte sich einen Stock und rannte damit umher, als wüsste sie, was hier vor sich ging, doch ich konzentrierte mich ganz auf Burke. Diese Situation war wie *Bring!*. Es war: »Bring den Stock!« Und dann: »Bring den nächsten Stock!«

Ich tauchte tiefer in den Wald ein, fand einen Stock und schleifte ihn zu Burke. »Guter Hund, Cooper!« Er nahm den Stock und warf ihn auf den Stapel. Lacey flitzte mit ihrem Stock an uns vorbei. Ich jagte ihr kurz hinterher, machte dann aber kehrt, schnappte mir einen eigenen Stock und brachte ihn Burke. »Guter Hund!«

Ein Wassereichhörnchen tauchte im Teich auf und sah sich kurz nach allen Seiten um, ehe es zum anderen Teichufer schwamm und mit einem eigenen Stock im Maul zurückpaddelte. Es kletterte auf den Stapel, legte den Stock ab, schwamm wieder ans andere Ufer und kehrte in Begleitung der beiden anderen Wassereichhörnchen zurück, die ihre eigenen Stöcke trugen. Wir spielten alle *Bring!*.

Lacey wollte die Wassereichhörnchen jagen, das merkte ich an ihrer zuckenden Schwanzspitze und ihrem starren Blick. Ich trabte zu ihr und machte *Bereit!*, um ihr den Weg abzusperren. Sie beschnupperte mich. Kannte sie *Bring!* etwa nicht?

»Das Baby kann die Zweige kaum tragen«, sagte Wenling, »aber es versucht es trotzdem.«

Ich bemerkte, dass das kleinste Wassereichhörnchen kaum die Nase über Wasser halten konnte, als es mit seinen Stöcken über den Teich glitt. »Sie wissen, wenn ihr Damm nicht hält, werden sie alle untergehen«, antwortete Burke.

Lacey streckte sich auf dem Boden aus und begann ihren Stock zu zerkauen, während ich wieder loszog, um Burke und Wenling zu helfen. Als der Regen nach einer Weile nachließ, strahlte Wenling über das ganze Gesicht.

Skeptisch blickte Burke zu dem verhangenen Himmel empor. »Wir müssen weitermachen. Der Wasserspiegel wird noch eine Weile ansteigen.«

Wir hätten mit den Stöcken viel lustigere Spiele machen können, trotzdem spielten wir endlos lange nur *Bring!*. Schließlich ließ Burke den Blick über den Teich wandern und sagte lächelnd: »Das Wasser steigt nicht mehr. Der Damm wird halten!«

Wenling fiel ihm um den Hals, und wir stiegen alle wieder in den Wagen. Lacey und ich waren völlig durchnässt. Frierend lagen wir auf der Rückbank und waren viel zu erschöpft, um mehr zu tun, als uns gegenseitig an den Lippen zu knabbern.

Fröstelnd rieb sich Wenling die Hände. »Puh, mir ist kalt.«

»Die Heizung ist an, in einer Minute wird es warm sein.« Burke ergriff sein Telefon. »Ah, Lulus Besitzerin hat angerufen und eine Nachricht hinterlassen. Magst du mitkommen, wenn ich sie zurückbringe?«

»Klar. Burke … Das hat echt Spaß gemacht und war total wichtig und sinnvoll. Danke, dass ich mitmachen durfte.«

»Wären wir nicht gekommen, hätten sie es nicht geschafft.«

»Ich dachte die ganze Zeit: Da sind diese Bibermutter und der Vater und das Baby, und sie wissen, was sie zu tun haben, weil sie Biber sind. Sie stehen sich zur Seite, bauen sich ein gemeinsames Leben auf. Genau so sollte eine Ehe sein.«

»Du weißt schon, dass Biber Nagetiere sind, oder?«

»Lass den Quatsch! Ich will damit sagen, dass ich im Gegensatz zu den Bibern keine Ahnung habe, was ich mit meinem Leben anfangen soll. Ich hatte diesen Plan, zur Air Force zu gehen, Pilotin zu werden. Dann dachte ich, ich würde gern Agrarwissenschaften studieren, aber in ein, zwei Monaten werde ich vielleicht auch das wieder hinschmeißen und mir etwas anderes überlegen. Die Biber hingegen wissen genau, was sie wollen, und solange ich das für mich nicht weiß, kann ich mich nicht verloben!«

»Stimmt. Ich glaube, du hast das bereits gesagt.«

»Spar dir deine ironischen Kommentare. Diese Sache mit den Bibern war für mich eine tief greifende Erfahrung.«

Aus irgendeinem Grund setzten wir Lacey an demselben Haus ab, wo ich sie schon einmal gefunden hatte. Es war das Haus von Fremden, doch Lacey rannte schnurstracks zur Tür, die sich für sie öffnete. Ich musste mit Wenling im Wagen bleiben, während Burke zu Lacey ging. Aber statt sie, wie ich hoffte, am Halsband zu nehmen und zum Wagen zurückzubringen, wechselte er ein

275

paar Worte mit der Frau auf der Türschwelle und ließ Lacey bei ihr zurück. Danach fuhren wir zu Wenlings Haus. Sie umarmte Burke, stieg aus und dann kehrten wir ohne sie zur Farm zurück.

So gut wie nichts, was an diesem Tag geschehen war, ergab für mich irgendeinen Sinn.

Am nächsten Tag sah ich Wenling jedoch wieder. Burke, Grandma und Chase Dad waren irgendwo unterwegs. Ich war so glücklich, Wenling zu sehen! Sie setzte sich mit Grant unter einen Baum; eine Weile unterhielten sie sich, und irgendwann brüllte er sie an. Sie drückte ihm irgendetwas in die Hand, worauf er aufsprang und mit wütendem Gang zum Haus marschierte. Wenling ging zu ihrem Auto und fuhr weg.

Ich vertrieb mir die Zeit mit der Jagd auf Eichhörnchen, bis ich Grandmas Wagen in der Auffahrt hörte. Sofort flitzte ich nach Hause. Als ich mich durch die Hundetür schob, sah ich, dass alle Tüten trugen, aus denen es himmlisch nach köstlichen Speisen duftete. Dann kam Grant mit dem wütendsten Gang, den ich je gesehen hatte, die Treppe hinuntergestapft. Er marschierte schnurstracks zu Burke. Burke stellte seine Tüte ab und sah ihn an. Mit beiden Händen packte Grant ihn an den Schultern und schubste ihn. Burke taumelte und fiel zu Boden. Sogleich rannte ich zu ihm, um *Bereit!* zu machen, aber er rappelte sich allein hoch.

Chase Dad und Grandma eilten aus der Küche zu uns. »Hey! Aufhören!«, befahl Chase Dad mit lauter Stimme.

Grant wirbelte zu ihm herum. »Wenling hat die Verlobung gelöst.«

276

Chase Dad und Grandma sahen sich an. »Grant«, begann Grandma.

»Weil *er* gesagt hat, ihr Vater will sie bloß deshalb mit mir verheiraten, damit die Farm eines Tages ihm gehört.«

»Blödsinn«, verkündete Chase Dad nach einem kurzen Moment. »ZZ würde niemals …«

»Das hat Burke ihr aber erzählt!« Grant drehte sich um und schubste Burke erneut, nur blieb Burke diesmal stehen.

»Du kannst mich von mir aus schlagen, Grant. Ich werde mich nicht wehren«, sagte Burke ruhig.

»Hier wird sich nicht geschlagen! Hast du das wirklich gesagt, Burke?«, donnerte Chase Dad.

»Ich habe es als Möglichkeit in den Raum geworfen, mehr nicht.«

Chase Dad schüttelte den Kopf. »Das war sehr dumm von dir. Du schuldest deinem Bruder eine Entschuldigung. Die Farm wird irgendwann zu gleichen Teilen an euch übergehen. Wenn ihr sie euch teilt, müsst ihr sie gemeinsam bewirtschaften.«

Protestierend hob Burke die Hände und ließ sie dann wieder sinken. »Dad … ich will Ingenieur werden. Ich möchte Dämme entwerfen und bauen, solche Sachen. Grant ist der Farmer.«

Grant schnaubte verächtlich. »Ich? Ich will doch nicht mein Leben lang am Hungertuch nagen.«

Der Zorn schoss wie eine Flamme aus Chase Dad heraus. Er schlug mit der Faust auf den Tisch. »Diese Farm ist seit Generationen in der Familie. Ich schufte jeden verdammten Tag wie verrückt, um sie am Laufen zu halten, und ihr wollt euch einfach verdrücken?«, brüllte er. »Bedeutet diese Farm euch denn gar nichts? Bedeutet mein ganzes Leben nichts?«

»Und was ist mit meinem Leben?«, kreischte Grant. »Ich ackere für dich wie ein Hund, wie ein gottverdammter Sklave! Und wenn ich dann einmal etwas für mich selbst machen will, sind alle dagegen. Wenling ist das Beste, was mir jemals passiert ist, und Burke macht alles kaputt!«

»Sie ist erst siebzehn«, schrie Burke zurück. »Warum kannst du nicht ein paar Jahre warten? Was macht das für einen Unterschied? Warum denkst du nicht daran, was für Wenling das Beste ist? Du bist kein bisschen anders als ihr Vater.«

Grant ballte die Hände zu Fäusten. »Du bist nur eifersüchtig, weil sie sich nicht für dich, sondern für mich entschieden hat.«

Alarmiert riss ich den Kopf herum. Grandma war in einen Sessel gefallen und zur Seite gesackt. Ich lief zu ihr, witterte den fremdartigen Geruch, den sie ausdünstete.

»Du bist doch kein Sklave, Grant!«, rief Chase Dad wutentbrannt. »Das ist ja lächerlich. Die Farm gehört der Familie. Wir bewirtschaften sie gemeinsam. Sie sichert uns unseren Lebensunterhalt!«

Ich bellte. Alle drehten sich zu mir um. Ich bellte noch einmal.

»Mom?« Chase Dad rannte zu ihr. »Oh Gott, Mom! Grant, ruf einen Krankenwagen.« Er zog Grandma rücklings auf den Boden und presste die Faust auf ihren Oberkörper. »Mom!«

24

Grandma wurde auf einem rollenden Bett weggebracht, und es lag eine solche Angst in der Luft, dass ich winselte. Als Chase Dad, Burke und Grant in einen Wagen sprangen und die Auffahrt hinunterfuhren, weinte ich und rannte ihnen hinterher, verfolgte sie bis zur Straße, bis sie anhielten und Burke die Tür für mich öffnete. Nach einer kurzen Fahrt kamen wir vor einem großen Gebäude an, aber ich sah Grandma nie wieder.

Nicht lange danach war das Haus randvoll mit traurigen, stillen Menschen. Eine Menge Menschen umarmten Chase Dad. Es gab viele Teller mit Essen, was eigentlich alle glücklich machen sollte – mich machte es jedenfalls sehr glücklich –, doch manche Leute waren so traurig, dass sie nur weinten. Ich wusste nicht, wie ich ihnen helfen sollte, fühlte mich wegen dieses Unvermögens ein wenig wie ein böser Hund.

Wenling setzte sich neben Grant, worauf er aufstand und wegging. Also setzte sie sich neben Burke. Sie unterhielten sich in gedämpftem Ton. Auch ZZ und Li Min waren da und redeten ebenfalls bloß ganz leise. Ich verstand nicht, warum nicht jemand einfach einen Ball warf.

Grandma war nicht da. Ich wusste, das war der Grund, weshalb alle in so einem traurigen Flüsterton redeten. Das Leben endet für Menschen genauso wie für Ziegen, und wenn es geschieht, trauern die Menschen, und dann muss ein Hund für Umarmungen und Stille da sein.

Nach und nach verabschiedeten sich alle, bis nur noch Chase Dad, Burke und Grant da waren. Sie trugen Teller in die Küche und begannen, Sachen in Tüten zu packen. »Genug, um eine ganze Armee zu verköstigen«, bemerkte Chase Dad düster.

»Wann willst du ihre Asche begraben?«, fragte Burke.

Chase Dad wischte sich mit einem Tuch über die Augen. »Oh, wahrscheinlich morgen. Im Moment fühle ich mich dazu nicht imstande. Es kommt mir vor, als seien wir erst gestern mit Dads Asche auf dem Hügel gestanden. Jetzt sind sie beide tot.« Chase Dad vergrub das Gesicht in den Händen.

Eine lange Stille senkte sich über den Raum. Schließlich räusperte sich Grant. »Dann bleibe ich so lange noch da.«

Verständnislos sahen Chase Dad und Burke ihn an.

Grant nickte. »Und danach gehe ich.«

Chase Dad stand auf und breitete die Arme aus. »Komm her, Sohn. Wir sind alle traurig und verletzt.«

Grant trat einen Schritt zurück und schüttelte den Kopf. »Mein Freund Scott sagt, ich kann bei ihm wohnen, bis ich weiß, was ich tun werde. Er wohnt unten in Kalamazoo. Vielleicht werde ich am Bau arbeiten oder in den Westen gehen. Jedenfalls nicht mit Wenling an die MU. Aber ich kann nicht länger hierbleiben. Ich muss hier raus!«

»Bitte, Grant«, bat Chase Dad.

Grant ging zur Treppe, drehte sich auf der ersten Stufe aber noch einmal um. »Du wirst dir überlegen müssen, wie du die Farm ohne mich leitest, weil ich nie wieder zurückkommen werde. Für mich ist das hier wie ein Gefängnis.«

Chase Dad setzte sich. »Ich habe mich noch nie im Leben so alt gefühlt«, flüsterte er. Ich ging zu ihm und legte den Kopf auf seinen Schoß.

Am nächsten Tag stiegen wir auf den großen Hügel, von dem aus man einen Blick über die gesamte Farm hatte. Jeder sagte mit leiser Stimme ein paar Worte, dann grub Chase Dad ein Loch und legte etwas Schweres hinein. Ich schnüffelte an der Erde, verstand dieses Spiel jedoch nicht.

Grant und Burke gingen zum Haus zurück, aber Chase Dad setzte sich auf einen Fels und war so traurig, dass ich wusste, ich musste jetzt ein besonders guter Hund sein und bei ihm bleiben. Tröstend legte ich den Kopf auf seinen Schoß, und er kraulte meine Ohren und weinte mit tiefen, schmerzerfüllten Schluchzern. Ich ließ die Tränen auf mein Fell tropfen, ohne sie abzuschütteln.

Wir blieben sehr lange an diesem Ort, und als wir zum Haus zurückkehrten, war Grant gegangen.

Und wie Grandma kehrte er nicht mehr zurück.

Noch lange danach ertappte ich mich dabei, wie ich in Grants Zimmer lief, um die Gerüche in seinem Schrank einzuatmen, und wie ich in Grandmas Zimmer ging, um an ihren Kleidern zu schnuppern.

Eines Tages war ich gerade zum Schnuppern in Grandmas Zimmer, als mein Junge hinter mir in der Tür auf-

tauchte. Nach all dieser langen Zeit war es immer noch
ein Schock, ihn ohne meine Hilfe stehen zu sehen. »Hey,
Cooper, vermisst du Grandma? Komm, wir fahren in die
Stadt.«

Ich hoffte, wir würden zu Wenling fahren und Lacey
dort sehen, doch stattdessen fuhren wir in den Hundepark.

Ich liebte den Hundepark. Ich liebte es, überall meine
Duftmarken zu setzen. Vergnügt tollte ich mit Hunden
umher, als plötzlich ein großer kompakter Rüde aggressiv auf mich zuraste. Ich wurde stocksteif, machte mich
auf alles gefasst, aber der Hund verlangsamte sein Tempo, blieb vor mir stehen und beschnüffelte mich höflich
zwischen den Hinterbeinen. Ich erwies ihm dieselbe Aufmerksamkeit und erkannte ihn an seinem Geruch sofort
wieder: Es war Brummer Buddha, mein Bruder!

Wir ignorierten die anderen Hunde, jagten uns quer
durch den Park und spielten Fangen. Ich war bald erschöpft – Brummer Buddha ließ sich viel schwieriger fangen als Lacey und konnte mich beim Raufen mühelos um-
schmeißen. Doch auch er hechelte, und nachdem wir ein
paar braune Hunde von der Wasserschüssel verscheucht
hatten, schlabberten wir Wasser und ließen uns dann gemütlich im Schatten nieder.

Plötzlich rief ein Mann: »Buddha!«, und klatschte in
die Hände. Brummer Buddha stand auf, aber ich blieb liegen. Freudig lief mein Bruder auf den Mann zu und folgte
ihm durch das Tor. An der anderen Seite des Zauns blieb
Brummer Buddha stehen, hielt nach mir Ausschau, und
als unsere Blicke sich trafen, wedelte er mit dem Schwanz.
Ich wedelte zurück.

Wir waren Brüder.

Dies war das Schicksal von uns Hunden: Wir waren Welpen mit Geschwistern und einem Mutterhund, und dann griffen Menschen ein. Das war für uns das Beste, denn als Mutter uns in der Höhle großzog, hatte sie Angst, und wir waren nicht ausreichend ernährt und hatten keine Bestimmung. Einen Menschen zu haben, mit dem man zusammenlebte, war das Geschenk, das guten Hunden gegeben wurde.

Der Sommer verging im Großen und Ganzen wie der vorherige, nur Grant und Grandma waren nicht da. Als Chase Dad begann, mit Eimern voller Äpfel herumzufahren, besuchte mich Wenling. Ihr Wagen war so vollgepackt, dass ich keine Autofahrt darin machen könnte, selbst wenn Wenling mich dazu eingeladen hätte. Misstrauisch beschnüffelte ich die Sachen – es waren hauptsächlich Kleidung und Plastikzeug.

Burke öffnete die andere Wagentür. »Wow, du hast da drin ungefähr ein Zehntel deines Kleiderschranks verstaut.«

»Blödsinn. Das ist alles, was ich besitze. Ähm, hast du dich mit deinem Dad ausgesprochen?«

Burke schüttelte den Kopf. »Nicht so richtig. Er meint, ich soll Grant anrufen und mich entschuldigen. Ganz egal, dass mein Bruder absichtlich sein Telefon hiergelassen hat und kein Mensch weiß, wo er überhaupt ist. Irgendwie scheint es meine Schuld zu sein, dass mein Bruder abgehauen ist.«

Wenling drehte sich um und blickte auf die Felder hinaus. »Hast du nicht gespürt, dass Grant immer vorhatte zu gehen?«, fragte sie leise. »Wenn es etwas gab, das er nicht wollte, dann war es, hierzubleiben und auf der Farm zu arbeiten.«

»Stimmt. Er hat bloß auf die richtige Gelegenheit gewartet.«

»Also war ich die richtige Gelegenheit«, stellte Wenling fest.

»Genau, du bist mehr oder weniger der Grund für alles, was jemals geschehen ist.«

Wenling lachte leise. Bei dem vertrauten Klang wedelte ich mit dem Schwanz.

»Du hast also auch nichts von ihm gehört?«, fragte mein Junge.

»Nein. Ich habe ihm das Herz gebrochen, Burke. Ich sagte, ich wolle mit ihm zusammenbleiben, aber nicht sofort heiraten. Für ihn hieß es jedoch nur jetzt oder nie. Es war, als würde man ihm dabei zusehen, wie er sich selbst kaputtmacht. Als wollte er mir und seiner Familie und der ganzen Welt etwas beweisen.«

Burke schlug die Autotür zu. »Grant war immer voller Wut gewesen, konnte das allerdings nicht in Worte fassen. Keine Ahnung, ob er im tiefsten Inneren überhaupt weiß, warum er so wütend ist.« Er ging um das Auto herum, um bei Wenling und mir zu sein. »Wenn ich nun an der Michigan State studiere und du an der MU, werden wir harte Rivalen sein und dürfen nicht länger miteinander sprechen.«

»Das ist ja nichts Neues.«

»Autsch. Tja. Was das betrifft, ich möchte mich für mein Verhalten entschuldigen, Wenling. Es tut mir sehr,

284

sehr leid. Ich wollte dich und Grant bestrafen und verletzen ... Aber letztlich habe ich damit bloß mir selbst geschadet. Ich denke oft daran zurück, wie es war, als wir drei ständig zusammen abhingen und alles Mögliche unternommen haben. Obwohl ich damals im Rollstuhl saß, war ich nie glücklicher gewesen. Und dann habe ich alles zerstört.«

»Ach, Burke.«

»Nein, das meine ich ernst. Jedes Mal, wenn du mich in der Schule angelächelt hast, habe ich weggeschaut. Wenn ich Grant und dich zusammen gesehen habe, bin ich sofort in die andere Richtung gegangen. Ich wünschte, ich könnte die Zeit zurückdrehen. Dann würde ich vieles ganz anders machen.«

»Mach dir keine Vorwürfe, Burke. Das spielt alles keine Rolle mehr.«

Sie standen sich gegenüber und sahen sich lächelnd an. »Pass auf dich auf«, sagte er.

»Pass du lieber auf dich auf.«

»Viel Glück, Wenling.«

Sie umarmten sich sehr lange. Ich verstand nicht, was vor sich ging, aber ich wusste, es machte die beiden traurig. Besonders traurig war es, als Wenling wegfuhr und Burke einfach stehen blieb und dem Wagen noch lange nachblickte, obwohl er nicht mehr zu sehen oder zu hören war.

Später lag ich auf der Veranda und verdaute eine sehr wohlschmeckende Hundemahlzeit, als mir plötzlich der wunderbarste Duft der Welt in die Nase stieg. Lacey war in der Nähe! Wir rannten uns auf der Auffahrt entgegen.

Ich war überglücklich, sie zu sehen. Rasch blickte ich zum Haus, wollte dieses beglückende Ereignis mit meinen Menschen teilen, doch vor dem Haus war niemand zu sehen. Natürlich könnte ich sie suchen, aber dazu hatte ich keine Zeit. Lacey war da! Wir stürmten zusammen in die Felder, sprangen uns unterwegs gegenseitig an. Wir ließen die Felder hinter uns und jagten auf den Hügel hinauf, stürmten vorbei an dem Fels, wo Chase Dad so traurig gewesen war. Auf dieser Farm hatte ich mein ganzes Leben verbracht, und jetzt, da Lacey bei mir war, würde alles noch schöner werden.

Vom Essen hatte ich nach wie vor ein schweres Gefühl im Bauch, und als wir spielten, wurde es immer schwerer, als würde ich noch essen. Dann hatte ich einen schlimmen Krampf. Ich hatte das Bedürfnis, mich zu übergeben, konnte jedoch nicht. Ich hörte auf zu spielen. Besorgt und mit hängenden Ohren schmiegte sich Lacey an mich.

Hechelnd machte ich mich auf den Heimweg. Ich brauchte meinen Jungen. Burke würde dafür sorgen, dass es mir wieder besser ging. Mit jedem Schritt spürte ich, wie mein Magen sich ausdehnte und schmerzhaften Druck auf meine Rippen ausübte. Winselnd blieb ich stehen und sah Lacey hilflos an. Ich konnte mich nicht hinlegen, aber gleichzeitig konnte ich kaum noch stehen. Ich stellte mir vor, wie Burke mich sanft streichelte, mich tröstete, meine Schmerzen vertrieb.

Lacey bellte auf jene wilde, verzweifelte Art, wie Hunde bellen, wenn sie einen Menschen brauchten. Sie stand in Richtung des Hauses und bellte und bellte, doch die Entfernung war zu groß, niemand hörte uns.

Sie drückte ihre Nase leicht an meine und rannte dann auf das Haus zu. Schwer atmend sank ich zu Boden und jaulte vor Qual, als ich auf die aufgeblähte Seite fiel. In der Ferne hörte ich Lacey bellen. Ich stellte mir vor, wie sie auf der Veranda stand.

Abrupt endete das Bellen. »Cooper!«, rief Burke. Seine Stimme schwebte zitternd in der Luft.

Mühsam erhob ich mich, stand sabbernd und schwankend da und versuchte ein paar Schritte, ehe ich erneut stehen bleiben musste.

Laceys Bellen drang wieder an mein Ohr. Sie kam näher. Ich hob den Kopf und sah, wie Lacey vor Burke herrannte. Er legte die Hände um den Mund. »Cooper!«

Ich konnte kein guter Hund sein und *Komm!* machen.

Dann war Lacey da. Weinend leckte sie mein Gesicht ab. Burkes Schritte näherten sich. »Cooper! Was hast du?«

Er kniete sich neben mich und legte die Hände auf mein Gesicht. Dann umfasste er mich mit beiden Armen und hob mich ächzend hoch. Obwohl ich einen stechenden Schmerz spürte, fühlte es sich unendlich tröstlich an, an Burkes Brust gebettet zu sein. Er trug mich in den Wagen. Lacey sprang zu mir auf die Rückbank, rollte sich vorsichtig neben mir ein und bewachte mich.

Nach einer Weile hielten wir an, und die Geräusche und die Gerüche, die vom Parkplatz hereinwehten, verrieten mir, dass wir beim Tierarzt angekommen waren. Als Burke mich hochheben wollte, schrie ich vor Schmerzen auf, und so ließ er mich mit Lacey im Wagen. Tröstend legte Lacey die Nase an meine. Ich wedelte, so gut es ging, mit dem Schwanz.

Dann wurde mir auf einmal etwas klar: Hier ging es nicht nur um die qualvollen Schmerzen in meinem Bauch. Nein, es passierte gerade etwas weitaus Bedeutsameres. Die Erinnerung überfiel mich, und plötzlich war mir alles klar. Ich wusste, was nun geschehen würde. Ich wusste, ich würde nie wieder im Teich schwimmen oder bei meinem Jungen schlafen oder mit Lacey herumtollen oder ein guter Hund sein, der *Hilf!* und *Bereit!* machte. Wenn Burke in seinem Stuhl saß und mich brauchte, um *Zieh!* zu machen, würde ich nicht da sein, um ihm zu helfen.

Burke gab meinem Leben einen Sinn. Der Gedanke machte mich traurig, dass dies nun vorbei war.

Als Burke zurückkam, war der Tierarzt in seiner Begleitung. Ich spürte Finger, die vorsichtig über meine Seite strichen. »Aufgebläht und Darmverschlingung«, sagte der Tierarzt. »Sein Magen ist verdreht.«

»Kann er gerettet werden?«

»Helfen Sie mir, ihn in die Chirurgie zu bringen.«

Arme streckten sich nach mir aus. Obwohl ich wusste, sie würden vorsichtig sein, ließ mich der schreckliche Schmerz aufheulen. Beide Männer wichen zurück. »Oh Gott«, sagte Burke.

»Ich werde ihm Ketamin verabreichen.« Der Tierarzt eilte davon.

»Cooper, du bist ein guter Hund, der beste Hund der Welt. Halt durch, Cooper. Ich hab dich lieb, weißt du. So ein guter Hund«, flüsterte Burke. Er küsste mein Gesicht, und ich wedelte mit dem Schwanz. Ich spürte, dass mein Junge Angst hatte, also riss ich mich zusammen, leckte über seine Wange, und ein Teil seiner Angst verwandelte sich in Traurigkeit.

Ich war mit Burke und Lacey zusammen. Burke war mein Junge und Lacey meine Hündin. Ich war von den Lebewesen umgeben, die ich liebte.

Der Tierarzt kehrte zurück, und nach einem scharfen Stich in mein Fell durchströmte mich wohlige Wärme. Die Schmerzen in meinem Bauch wurden ein wenig erträglicher.

»Wir verlieren ihn, Burke.«

Burke presste das Gesicht an mein Fell. Ich roch seine Tränen. »Oh, Cooper, Cooper. Du bist so ein guter Hund. Bitte, kannst du nicht noch ein Weilchen für mich durchhalten?«

Lacey hatte die Schnauze an meine Lippen gedrückt, doch ich hatte dort kein Gefühl mehr. Ich konzentrierte mich ganz auf Burke und Lacey, klammerte mich an ihre Gerüche, solange ich konnte.

»Tut mir leid, Burke. Er ist tot.«

Burkes Stimme kam von sehr weit her. »Cooper, es ist okay. Ich hab dich lieb. Du bist ein guter Hund. Du wirst mir ganz schrecklich fehlen. Ich werde dich nie vergessen, Cooper.«

Umringt von meinem Jungen und meiner Seelengefährtin fühlte ich einen tiefen Frieden in mir, der Schmerz verschwand, und alles wurde dunkel, und ich hörte, wie Burke immer wieder meinen Namen rief, aber ich konnte ihn nicht mehr sehen. Doch ich konnte seine Liebe fühlen, fühlte sie genauso stark, wie ich seine Arme gefühlt hatte, als er mich an seine Brust drückte.

Ich war froh, dass Lacey da war, um ihn zu trösten. Burke würde jetzt einen guten Hund brauchen.

Dann war es, als würde ich durch warmes Wasser gleiten. Mein Sehvermögen kehrte zurück, es gab allerdings nichts zu sehen außer einem diffusen goldfarbenen Licht. Ich hatte das Gefühl, an einem anderen Ort zu sein, nicht mehr auf dem Parkplatz mit Burke und Lacey. Ich wusste, ich war hier bereits einmal gewesen, obwohl ich nicht genau sagen konnte, wo ich war.

»Bailey, du bist ein guter Hund«, hörte ich einen Mann sagen. Seine Stimme klang vertraut, als hätte ich sie vor sehr langer Zeit schon einmal gehört. Aber ich konnte mich nicht erinnern, zu wem sie gehörte.

»Ich weiß, du wirst das nun nicht verstehen, mein Freund, aber deine Mission ist noch nicht beendet. Es geht nicht anders, du musst für mich zurückkehren. Du bist ein guter Hund, doch du musst noch eine sehr wichtige Aufgabe erledigen.«

Ich fragte mich, wer der Mann war und was er versuchte, mir mitzuteilen.

25

Ich war wieder ein Welpe.

Diese Tatsache konnte ich akzeptieren, weil mir tatsächlich nichts anderes übrig blieb. Ich hatte eine Mutter, allerdings war sie ein anderer Hund als meine erste Mutter. Ihr Fell und das meiner Geschwister war mit weißen, schwarzen und braunen Flecken übersät, und alle hatten helle Augen und zugespitzte Ohren. Mein eigener Körper war klein und leicht, meine Bewegungen unkoordiniert und meine Sinne nur schwach entwickelt.

Ich rechnete damit, dass Boden und Wände der Höhle aus Metall waren, aber als ich alt genug war, die Gegend zu erkunden, erkannte ich, dass diese Höhle zwar eine genauso niedrige Decke hatte wie die erste, doch sonst war alles komplett anders – der Boden war blanke Erde und die Wände aus Stein. Aus viereckigen Löchern, die in alle vier Seiten dieses merkwürdigen Ortes gehauen waren, strömte indirektes Sonnenlicht zu uns herein.

Lacey war als ein anderer Hund zu mir zurückgekommen, und offenbar war es bei mir genauso. Erlebte das jeder Hund so?

Ich saugte an den Zitzen meiner Mutter, spielte mit meinen Geschwistern, und als wir aus dem viereckigen Loch ins Licht krochen, entdeckte ich, dass wir in einem Raum unter einem Haus wohnten. Auf dem Boden lag Schnee, und meine Geschwister wälzten sich darin und bissen hinein, als hätten sie vorher noch niemals Schnee gesehen.

Burke konnte ich nicht riechen, auch keine anderen Menschen. Aus dem Haus, das geduckt an einem kleinen, zugefrorenen See lag, drangen weder Geräusche noch Essensdüfte heraus. Immer wieder hielt ich witternd die Nase in die Luft, aber ich schnupperte weder einen Hinweis auf die Ziegenfarm noch auf einen anderen bekannten Ort.

Dann kam mir ein ganz wunderbarer Gedanke in den Sinn: Einer der Welpen könnte Lacey sein! Sorgsam schnüffelte ich an jedem einzelnen meiner Geschwister, ertrug geduldig deren unvermeidliche Sprünge und Tollereien, doch zu guter Letzt musste ich mir eingestehen, dass sie nicht da war. Ich würde Lacey erkennen, wenn ich ihr begegnete.

Es war ein sonniger Tag, das Licht beinahe schmerzhaft hell; wir waren alle draußen im Schnee und genossen das etwas wärmere Wetter. Mutter lag friedlich da, dann riss sie plötzlich alarmiert den Kopf hoch. Sie witterte Gefahr, obwohl ich nichts riechen konnte. Sofort packte Mutter eine meiner Schwestern am Nacken und trug sie in die Höhle.

Wir hatten die Gefahr zwar nicht wahrgenommen, waren aber klug genug, unserer Mutter in die Höhle zu folgen. Wie der Blitz flitzten wir auf das viereckige Loch zu, das zu unserer Höhle führte. Als ich menschliche Stimmen hörte, blieb ich jedoch stehen und sah mich um.

Mehrere Männer näherten sich uns mit langen, fließenden Bewegungen. Sie trugen Stöcke in den Händen und hatten Bretter an den Füßen. Ich wusste, dass sie mich erspäht hatten.

»Da ist ein Welpe!«, rief einer der Männer.

Freudig wedelte ich mit dem Schwanz, denn ich würde jetzt zu ihnen gehen, und sie würden mich zu Burke bringen. Ich sprang durch den Schnee, rutschte immer wieder aus, und dann spürte ich die Zähne meiner Mutter im Nacken und wurde weggezerrt.

»Wow, habt ihr das gesehen?«, hörte ich einen der Männer sagen. »Ich wusste nicht, dass Hunde das tatsächlich so machen.«

In der Höhle ließ Mutter mich fallen. Nach einem Moment wurde das Licht aus einem der viereckigen Löcher von Schatten verdunkelt. Mutter knurrte böse, und meine Geschwister und ich duckten uns verängstigt. Ein Mann lachte. »Ich würde an deiner Stelle den Kopf da nicht durchstecken.«

»Das habe ich auch nicht vor. Ich will nur hineinsehen.«

»Hey, ich habe luftgetrocknetes Truthahnfleisch dabei. Warte, ich geb es dir.«

Mutter knurrte abermals, eine tiefe, kehlige Warnung, die in der Luft vibrierte. Als etwas durch das viereckige Loch hereinsegelte und in unserer Nähe landete, zuckte sie zusammen, blieb allerdings dicht bei uns.

Nach einer Weile spürte ich, dass die Männer gegangen waren. Argwöhnisch näherte sich Mutter dem Ding auf dem Boden und begann dann schmatzend zu essen.

Meine Geschwister waren erleichtert und spielten fröhlich weiter, doch während ich die Nase reckte und dem verblassenden Geruch der Männer nachspürte, fühlte ich mich zutiefst enttäuscht.

Ein paar Tage später waren wir draußen und rauften unter einem grauen Himmel, als ich über uns ein seltsam quiekendes Geräusch vernahm. Ich blickte nach oben und erspähte mehrere fette Vögel, die mit dicken Flügeln durch die Luft flatterten und lärmend um den kleinen See kreisten. Auch Mutter hatte die Vögel bemerkt und beobachtete aufmerksam, wie sie auf dem Eis landeten, ins Rutschen gerieten, zusammenstießen und unelegant auf ihren Bäuchen dahinglitten. Sie sahen wie Enten aus, bloß waren sie viel größer, und während Enten nervtötend quakten, veranstalteten diese Vögel ein nicht auszuhaltendes Gekreische.

Geduckt schlich Mutter zum Ufer des Sees und weiter auf die Eisfläche. Sie würde eine der großen Enten fangen! Mir selbst war es nie gelungen, eine Ente zu erwischen, also sah ich ihr nun eifrig zu, um zu lernen, wie man das machte.

Wachsam hielten die fetten kreischenden Vögel Mutter im Auge, während sie sich ihnen langsam näherte. Plötzlich richtete sie sich auf und raste auf die Vögel zu. Wie auf ein geheimes Kommando hin schlugen alle gleichzeitig mit den Flügeln und waren in der Luft, noch bevor Mutter sie erreichte. Frustriert bellte sie.

Und dann brach sie im Eis ein.

Sie hatte sich umgedreht, um zu uns zurückzurennen, aber das Eis gab unter ihrem Gewicht nach. Ihre Hinterläufe knickten ein, und sie tauchte unter, nur ihr Kopf war noch zu sehen. Unruhe und Furcht ergriffen meine

Geschwister und mich. Verzweifelt begann ich zu winseln. Mutter streckte die Vorderpfoten aus dem Wasser, um sich am Rand des Eislochs festzuhalten, doch es gelang ihr nicht, sich hochzuziehen. Sie hing einfach bloß hechelnd an der Eisdecke.

Fiepend liefen wir umher, wussten uns keinen Rat. Dann wurde mir klar, dass wir bei ihr sein sollten, und ich rannte den Abhang zum Teich hinunter. Meine Geschwister folgten mir. Als wir über die glatte Eisfläche liefen, rutschten unsere kleinen Pfoten immer wieder unter uns weg, und wir landeten der Länge nach ausgestreckt auf dem Bauch.

Mutter gab ein warnendes, scharfes Bellen von sich. Ich blieb stehen, und meine Geschwister taten es mir gleich. So ein Bellen hatten wir noch nie von ihr gehört, aber es enthielt eine Botschaft, die wir seltsamerweise sofort verstanden. Mutter befahl, wir sollten uns von ihr fernhalten. Verwirrt mit den Köpfen wackelnd, krochen wir zögernd weiter und erstarrten, als Mutter erneut bellte.

Ich spürte die wild pochenden Herzschläge meiner Geschwister, als wir uns besorgt und verängstigt zu einem Knäuel aneinanderdrängten. Hier ging es um unsere Mutter, unsere Lebensquelle, und sie war in so großer Gefahr, dass sie uns nicht erlaubte, unserem Urinstinkt zu folgen und Schutz bei ihr zu suchen.

Ein neues Geräusch ertönte, das sich für meine Ohren sehr vertraut anhörte: Ein Wagen näherte sich. Ich drehte mich um und sah, wie ein kastenartiger Wagen schlitternd neben dem Haus anhielt. Eine Frau stieg aus und schüttelte ihre langen blonden Haare. Sie stapfte durch den Schnee zum Haus und öffnete die Außentür. Ich beobachtete, wie sie erst den oberen Rahmen der Haustür abtastete, dann eine Matte hochhob und schließlich ein Holzkästchen aufklappte. Sie sperrte die Haustür auf und trat ein. Nach wenigen Momenten kam sie wieder heraus, senkte den Kopf und spähte in den Schnee. Sie folgte unseren Pfotenabdrücken und erstarrte vor Schreck, als sie uns entdeckte. »Oh nein! Nein, kommt zurück! Hündchen!«

Ich löste mich von meinen Geschwistern und galoppierte voller Freude auf die Frau zu, die zum See hinunterrannte. Als sie auf das Eis trat, brach sie mit dem Fuß ein, und schwarzes Wasser ergoss sich über ihren Stiefel. »Oh!« Sie wich zum Ufer zurück, ließ sich auf die Knie fallen und breitete die Arme aus. Als ich sie erreichte, sprang ich ihr überglücklich in die Arme, denn ich kannte diese Frau, erkannte sie an ihrem Aussehen, ihrem Geruch und ihrer Stimme wieder. Es war Ava!

Sie war zu einem sehr großen Mädchen herangewachsen.

Meine Geschwister kannten sie zwar nicht, oder vielleicht doch, aber sie folgten meinem Beispiel, und binnen Kurzem wuselten und hüpften wir alle um ihre Füße herum. »Okay, okay, ihr seid in Sicherheit. Wow. Jetzt müssen wir noch eure Mutter retten.« Sie holte ihr Telefon aus der Tasche und hielt es ans Ohr. »Hallo. Mein Name ist Ava Marks von der Hope-Tierrettung. Ich bin draußen bei den Silver Lake Cottages. Eine Hündin, die einen Wurf Welpen hat, ist im Eis eingebrochen. Es ist das vierte Cottage an der Straße. Die Hündin kommt ohne Hilfe nicht heraus. Moment. Wie bitte? Was? Ein paar Stunden?

Nein, bitte, ich … Können Sie nicht sofort jemanden vorbeischicken? Wenn es länger dauert, könnte sie erfrieren. Bitte. Okay, ja, ja, rufen Sie mich bitte zurück.«

Sie schob das Telefon wieder in die Tasche. Einige meiner Geschwister schauten zu Mutter hinaus, andere blickten zu Ava empor. Die Geschwister, die sich von Ava abwandten, hatten eindeutig mehr Angst als jene, die sich auf Ava konzentrierten. Wenn Hunde ihr Schicksal einem Menschen anvertrauen, fühlen sie sich viel sicherer, als wenn sie glauben, sie müssten ein Problem selbst lösen.

Mutter rührte sich nicht. Hechelnd und mit angelegten Ohren beobachtete sie uns.

»Okay, Hündchen. Ich werde euch jetzt ins Rettungsfahrzeug bringen, okay?« Sie bückte sich, ergriff eine meiner Schwestern und trug sie liebevoll zu ihrem Van – derselbe oder zumindest ein ähnlicher Van, in dem ich vor sehr langer Zeit gefahren war. Ich wusste, im Inneren befanden sich Käfige, Decken und Spielzeug. Ava kehrte zurück und schnappte sich einen meiner Brüder.

Ich begriff, was sie machte, weil so etwas schon einmal passiert war. Ava wollte uns an einen sicheren Ort bringen, an dem Mutter uns finden könnte. Aber wie sollte das funktionieren? Mutter saß immer noch in dem Eisloch fest, und es sah nicht so aus, als käme sie allein heraus. Verstand Ava denn nicht, dass wir unserer Mutter helfen mussten?

Ein Stück die verschneite Straße hinunter erspähte ich einen Mann. Er glitt auf langen Brettern dahin und schlug die Stöcke, die er in den Händen hielt, rhythmisch in den Schnee. Ava bückte sich, um eine andere Schwester zu nehmen, richtete sich dann allerdings auf, als sie den Mann entdeckte. Sie winkte. »Hey! Hilfe!«

Rasch ging sie zum Van, setzte meine Schwester darin ab und legte die Hände an den Mund. »Schnell! Kommen Sie!«

Der Mann keuchte so laut, dass ich es sogar aus der Ferne hören konnte. Ich sah zu Mutter hinüber, die sich nicht rührte, und wandte mich dann dem letzten verbliebenen Welpen zu, ein Rüde, der kleiner war als ich. Er zitterte vor Angst, und ich beschloss, ein guter Hund zu sein und ihn zu trösten. Also schmiegte ich mich an ihn und machte *Bleib!*.

Der Mann hielt an. Er war nur noch ein kleines Stückchen von uns entfernt. Keuchend lehnte er sich auf seine Stöcke und hob die Hand.

Ava eilte zu ihm, ihre Stiefel sanken im Schnee ein. »Da draußen ist eine Hündin. Sie ist im Eis eingebrochen!«

Der Mann nickte und blickte zu Mutter hinüber. »Okay«, japste er. »Mal sehen, ob in der Hütte ein Seil ist.«

»Ich habe sie aufgesperrt.«

»Ich weiß. Sie haben die Alarmanlage ausgelöst. Puh, ich hätte nicht gedacht, dass ich eine so schlechte Kondition habe.«

»Ich bin von der Hope-Tierrettung. Wir erhielten einen Anruf, dass sich in der Blockhütte ein Wurf Welpen befindet.«

»Ich sehe mal nach, ob ich ein Seil finde.« Der Mann schob sich mit seinen Stöcken weiter und glitt an uns vorbei. Sein Geruch stieg mir in die Nase, und vor lauter

Überraschung hätte ich beinahe laut aufgejault. Das war nicht irgendein fremder Mann – es war Burke!

Natürlich sollte Ava mich finden, und natürlich würde sie mich Burke übergeben!

Burke kickte sich die Bretter von den Füßen. Er sah noch genauso aus, roch genauso. Ich wusste, er würde überglücklich sein, mich zu sehen. Ich wollte zu ihm rennen, aber Ava sammelte erst mich auf und danach meinen verängstigten Bruder, der leise weinte.

»Es wird alles gut werden, meine Kleinen. Wir werden eure Mutter retten«, flüsterte Ava und schmiegte das Gesicht an uns. Sofort nutzte ich die Gelegenheit und schleckte ihr kaltes Gesicht ab. Sie kicherte.

»Ich hab ein Seil gefunden!«, rief Burke und kam zu uns.

Ich krümmte und wand mich, um aus Avas Armen in Burkes Arme zu gelangen, aber Ava hielt mich fest. »Ist das Ihr Cottage?«

»Nein. Mein Kumpel arbeitet als Hausmeister für die Verwaltung, und ich bin für ihn eingesprungen, damit er seine Eltern besuchen kann. Okay, ich habe Folgendes vor: Ich werde über das Eis robben, damit mein Gewicht verteilt ist, und zur weiteren Entlastung in jede Hand einen Ski nehmen. Sie halten das Seil fest, und ich schleife es mit mir mit. Wenn ich bei der Hündin bin, schlinge ich das Seil um sie, und dann müssen Sie ziehen.«

»Seien Sie bitte vorsichtig.«

»Oh, darauf können Sie sich verlassen.«

Burke trug seine Bretterschuhe zum See hinunter, und Ava folgte ihm. Sie hielt meinen Bruder und mich immer noch an ihre Brust gepresst. Nun legte sich Burke mit den Brettern auf das Eis und bewegte sich mit lustigen schlängelnden Bewegungen vorwärts. Hinter ihm verlief ein Seil. Abermals wand ich mich, weil er ganz offensichtlich *Hilf!* benötigte.

Ava hielt das Ende des Seils fest. »Ich habe die Feuerwehr angerufen, aber heute gibt es zwei Hausbrände, da brauchen sie jeden einzelnen Mann.«

»Kein Problem, das wird schon klappen. Das Eis knackt nicht einmal. Hey, ich erfinde hier gerade eine neue Sportart!«

»Eisrobben?«

»Warten Sie, bis Sie meinen Dreifach-Axel sehen!«

Besorgt beobachtete ich, wie er zu Mutter hinüberkroch. Die Luft war so still, dass ich hören konnte, wie er ihr »Guter Hund!« zurief. Sie hechelte, wehrte sich jedoch nicht, als er das Seil um ihren Hals band. »Okay, und jetzt ziehen!«

Zieh!? Wie sollte ich jetzt nur *Zieh!* machen?

Ava setzte uns auf dem Boden ab und zog schnaufend an dem Seil, das sich nun straff spannte. Burke packte Mutter am Hals, gab sich alle Mühe, sie aus dem Wasser zu ziehen. »Geschafft!«, schrie er schließlich.

Sobald Mutter auf allen vier Pfoten auf dem Eis stand, versuchte sie sofort, zu uns zu laufen, aber ihre Hinterbeine spreizten sich immer wieder auseinander. Ava zog am Seil. »Es funktioniert!«

»Ich komme zurück!«, schrie Burke.

Und dann brach er ein.

Ava kreischte.

Burkes Kopf war verschwunden, und obwohl ich nur ein Welpe war, rannte ich los, um *Bereit!* zu machen und ihm aus diesem Loch herauszuhelfen. Er brauchte mich, und ein guter Hund wusste, was er zu tun hatte.

»Nein, Kleiner!«, schrie Ava. Ich ignorierte sie und rannte geradewegs auf das schwarze Wasserloch zu, in dem Burke verschwunden war.

26

Es war totenstill, bis auf das Trippeln meiner kleinen Pfoten und das Hecheln meiner Mutter, als Ava sie hastig ans Ufer zog. Mutter starrte mich an, als ich an ihr vorbei zu der Stelle flitzte, wo ich Burke zuletzt gesehen hatte.

Sein Kopf tauchte aus dem Loch auf. Er stand, das Wasser reichte ihm bis an die Hüfte. »Oh mein Gott, das Wasser ist echt eiskalt!«

So schnell meine kleinen Welpenbeine es erlaubten, rannte ich zu ihm und warf mich in seine Arme. Lachend drückte er mich an sich. Ich war sein Cooper-Hund. »Soll ich dir was verraten, Kleiner?«, flüsterte er mir ins Ohr. »Ich dachte, nun hätte mein letztes Stündlein geschlagen.«

Er warf seine langen Bretter in Richtung des Ufers und begann durch das Wasser zu waten. Mit einer Hand hielt er mich fest, mit der anderen brach er das Eis vor ihm.

Ava hielt meinen kleinen Bruder im Arm. »Ich hatte keine Ahnung, dass das Wasser so seicht ist. Alles okay mit Ihnen?«

»Na ja, verglichen damit, wie ich mich jetzt fühlen würde, wenn der See zwanzig Meter tief gewesen wäre, geht es mir blendend. Bis auf die kleine Unannehmlichkeit, dass meine Unterhose von dem eiskalten Wasser klatsch-nass ist. Hat die Mutter es gut überstanden?«

Ava blickte zu Mutter hinüber, die aufgeregt am Van schnupperte. »Sie scheint völlig vergessen zu haben, dass sie fast erfroren wäre. Sie benimmt sich, als wäre nichts passiert.«

Burke trat auf den schmalen Uferstreifen. »Sie ist jeden-falls abgehärteter als ich. Ich hoffe nur, dass die Heizung in der Hütte funktioniert.«

Er trug mich die Stufen hinauf und weiter in die Hüt-te. Vor Freude, von meinem Jungen gehalten zu werden, wedelte ich ungestüm mit dem Schwanz. Er versuchte mich abzusetzen, aber ich sprang ihm immer wieder in die Arme, um sein Gesicht abzulecken. »Hey«, pruste-te er los, »ich muss aus diesen nassen Klamotten raus!« Er lachte, war ganz offensichtlich überglücklich darüber, wieder mit mir vereint zu sein.

Verzückt schnüffelte ich an Burkes durchweichter Klei-dung, die er auf einen Haufen geworfen hatte. Aus der geöffneten Badezimmertür dampfte es heraus, während Burke unter dem heißen Wasserstrahl stand. Ava kam he-rein, und sofort rannte ich schwanzwedelnd zu ihr. Als sie sich vor mich hinkniete, hüpfte ich an ihr hoch, schleck-te ihr immer wieder aufgeregt übers Gesicht, bis sie mich lachend mit beiden Händen packte und in die Luft hob. Ava! Burke! Das war einfach himmlisch! »Mein Gott, bist du ein liebes Kerlchen! So ein süßes Hundchen. Hey«, rief sie dann in Richtung des Badezimmers, »alles okay?«

»Das ist die herrlichste Dusche meines Lebens. Könnten Sie bitte meine Klamotten gleich in den Trockner werfen?«

»Ähm, klar. Aber ich werde sie erst einmal eine Runde schleudern, sonst dauert es ewig.«

»Wäre auch okay. Dann könnte ich für immer unter dieser Dusche bleiben.«

Ava setzte mich auf dem Boden ab, sammelte Burkes tropfnasse Kleidung auf und stopfte sie in einen kleinen Schrank, wo sie wild im Kreis herumwirbelten. Anschließend legte sie die Sachen in eine vertraut riechende Maschine, die einen Höllenlärm veranstaltete. Sie stellte sich wieder neben die Badezimmertür. »Unglaublich, dass Sie genau im richtigen Moment aufgetaucht sind. Beinahe so, als wären Sie von Gott oder einer himmlischen Macht gesandt worden.«

»Auf jeden Fall schon mal von der Alarmanlagenfirma.«

Ich schnüffelte an den Wänden, spürte die Gerüche anderer Menschen auf.

»Ich wollte mich einfach nur bei Ihnen bedanken, dass Sie da waren und der Hündin das Leben gerettet haben.«

»Oh, eher sollte ich mich bei Ihnen bedanken! Mir war sterbenslangweilig. Hier gibt es nichts zu tun, außer mit den Skiern endlos um den See herumzufahren und zu überprüfen, ob eine Bäreninvasion droht oder ein neuer Vulkan entsteht.«

Ava lachte.

»Also eines weiß ich gewiss. Wenn ich diese Hütte jemals kaufen sollte, würde ich einen viel größeren Heißwassertank einbauen«, verkündete Burke. »Das Wasser wird bereits kälter.«

Ava wandte sich wieder den Maschinen zu. »Okay, warten Sie«, rief sie über die Schulter hinweg. Sie holte ein paar Handtücher und ging damit zum Bad. »Ich habe die Handtücher in den Trockner gegeben, um sie ein wenig aufzuwärmen ... Oh!« Abrupt wandte sie sich ab, und ich sah sie neugierig an.

»Hey, tut mir leid«, sagte Burke. »Ich hätte erwähnen sollen, dass ich die seltsame Angewohnheit habe, nackt zu duschen. Könnten Sie mir kurz die Handtücher reichen?«

Ava warf die Handtücher ins Bad. Dann hob sie mich hoch. Begeistert leckte ich ihr das Gesicht ab. Ich fragte mich, ob wir jetzt alle zusammen in diesem Haus leben würden. Es war deutlich kleiner als die Farm.

Einen Moment standen wir einfach bloß da. Ava hielt den Blick auf die Badezimmertür gerichtet. »Ihre Klamotten sind schon im Trockner.«

»Danke.«

»Ich lege meine Visitenkarte auf den Tisch, falls Sie irgendwann mal einen Wurf Welpen finden sollten, die gerettet werden müssen.«

»Und wenn es ein Bär ist?«

Ava lachte. »Ach, für den finden wir bestimmt auch ein gutes Zuhause.« Vor lauter Zuneigung biss ich ihr zart ins Kinn. Sie drehte den Kopf weg. »Ich habe den Motor und die Heizung im Van angelassen.«

»Hoffentlich fährt die Hündin nicht damit weg.« Burke tappte aus dem Badezimmer heraus, seine Füße hinterließen feuchte Abdrücke auf dem Holzboden. Am liebsten hätte ich mich aus Avas Arm gewunden, um zu ihm zu laufen. Ich sehnte mich so sehr danach, von ihm gestreichelt zu werden. Ein Handtuch war um seine Mitte geschlungen, ein anderes um seine Schultern drapiert. »Sehr

aufmerksam von Ihnen, die Handtücher anzuwärmen.«
Er ging zu den Maschinen, kauerte sich davor, öffnete
eine Tür und steckte den Kopf hinein. »Ich heiße übrigens Burke. Wir können uns ruhig duzen«, sagte er. Seine
Stimme klang gedämpft.

»Nett dich kennenzulernen, Burke. Ich heiße Ava.«

Burke richtete sich auf. »Das wird wohl noch eine Stunde dauern. Entschuldige, ich habe nicht gehört, was du
eben gesagt hast.«

»Ich sagte, ich heiße Ava.«

Grinsend kam Burke auf sie zu. Ava nahm mich in den
anderen Arm. »Freut mich, deine Bekanntschaft zu machen.« Sie reichten sich die Hände, schienen sich dann
aber eines anderen zu besinnen und ließen sich wieder
los. Einen langen Moment sahen sie sich lächelnd an. Ava
nahm mich erneut in den anderen Arm. »Du bist hier also
nicht fest als Hausmeister angestellt?«

»Nein, ich studiere an der Michigan State. Maschinenbau. Und du rettest Tiere?«

»Die Tierrettung gehört eigentlich meinem Dad. Seine
Mutter hieß Hope, daher der Name. Ich studiere Jura an
der Northwestern. Im Moment haben wir Weihnachtsferien. Aber trotzdem, Tierrettung ist meine Leidenschaft.
Ich war gerade zu Besuch bei meinem Dad und seiner
Freundin, als wir einen Anruf erhielten, dass irgendwelche Skilangläufer hier eine Hündin mit ihren Welpen gesehen hätten.«

Burke zuckte die Achseln. »Meine Familie macht keinen Urlaub. Ich habe diesen Aushilfsjob zum Teil auch
deshalb angenommen, um in den Ferien nicht zu meinem

Dad gehen zu müssen. Mein Bruder ist vor ein paar Jahren von zu Hause weggegangen und hat sich nie wieder gemeldet. Ist eine längere Geschichte. Aber als er ging, ist auch die Beziehung zwischen meinem Vater und mir in die Brüche gegangen. Meine Eltern sind geschieden.«

Ava nickte. »Meine auch.«

Burke öffnete den Kühlschrank. »Wenn wir eingeschneit werden, hätten wir jedenfalls genügend Bier.«

»Ich muss jetzt leider gehen.«

»Oh, ich wollte dich auf keinen Fall dazu auffordern, dich den ganzen Nachmittag mit mir zu betrinken. Aber wenn du dich dazu durchringen würdest, könnte das mein zweitaufregendstes Erlebnis an diesem Tag werden.«

»Als du durchs Eis gekracht bist, dachte ich wirklich, du würdest sterben.«

»Was meinst du, was ich dachte! Mein ganzes Leben spulte sich vor meinen Augen ab, aber dann hatte ich auch schon festen Boden unter den Füßen. Also war das nur ein Nahtoderlebnis zweiter Klasse.«

Burke und Ava reichten sich wieder die Hände. »Mach's gut«, sagte Ava. Sie trug mich zum Van und öffnete die Schiebetür. Meine Geschwister, die in einem Käfig auf einem Haufen schliefen, sprangen sofort putzmunter auf. Ava gab mir einen Kuss auf die Nasenspitze. »Du bist ein ganz besonderes Hündchen. Ich werde dich Bailey nennen«, erzählte sie mir. Sie öffnete die Käfigtür, wehrte meine schwanzwedelnden Geschwister ab und setzte mich mitten in das Gewusel. Sobald sie die Tür geschlossen hatte, waren alle an mir dran, beschnupperten mich und kauten an mir herum, als wäre ich ewig weg gewesen.

307

Moment mal! Wo war Burke? Ich schüttelte meine Geschwister ab, legte die Pfoten auf die Seite des Käfigs und spähte durch das kleine Fenster, in der verzweifelten Hoffnung, meinen Jungen zu sehen.

Mutter lag in einem eigenen Käfig. Sie wirkte benommen. Ava stieg in den Wagen und starrte eine Weile stumm vor sich hin. »Burt«, sagte sie leise.

Dann fuhr sie zu meinem Entsetzen los und ließ Burke zurück. Ich weinte und weinte. Warum? Ich gehörte zu meinem Jungen.

Schließlich hörte ich auf zu schluchzen und beschloss, gründlich über alles nachzudenken. Um mehr Ruhe zu haben, löste ich mich aus dem wimmelnden Welpenhaufen und suchte mir ein stilles Plätzchen. Warum war auch diesmal Ava zu einem Zeitpunkt aufgetaucht, als meine Mutter kaum noch genügend Milch hatte, um mich in die Welt der Menschen zu bringen? Diese Welt hatte sich beim letzten Mal ganz um Burke gedreht, und ich hatte eine wichtige Aufgabe gehabt, doch mein Junge saß nicht mehr in seinem Stuhl – hatten wir ihn deshalb zurückgelassen? Und wenn ich nicht mehr für Burke da war, was war dann jetzt meine Aufgabe? Und was war ein Bailey? Ich kannte dieses Wort von irgendwoher.

Wie sich herausstellte, war Bailey mein Name. Ava gab uns allen einen Namen, aber ich war mir nicht sicher, ob meine Geschwister das verstanden, wenn sie uns an ihr Gesicht schmiegte und sagte: »Du bist Carly. Carly, Carly, Carly.« Mich nannte sie: »Bailey, Bailey, Bailey«, und ich verstand das. Wenn sie Leckerlis verteilte und »Sophie. Nina. Willy« sagte, wartete ich geduldig auf »Bailey«, statt mich vorzudrängeln und rücksichtslos über Köpfe zu trampeln wie meine Geschwister.

Wir befanden uns in derselben Art von Gebäude, an das ich mich aus meinem ersten Leben als Welpe erinnerte. In der Luft hing der Geruch der geheimnisvollen Tiere, die in Schuppen lebten. Überall gab es freundliche Menschen, die uns fütterten und knuddelten, darunter auch Sam Dad. »Hi, Bailey«, begrüßte er mich immer.

Aber dann veränderte sich alles. Nach einer langen Fahrt im Van wurde ich einem Mann übergeben, der mich Riley nannte. Sein Name war Ward, und er war in Chase Dads Alter. Er verbrachte viel Zeit in seinem Sessel, sodass ich dachte, er würde mich vielleicht für *Zieh!* oder *Hilf!* benötigen. Doch wenn er sich mal aus seinem Sessel erhob, konnte er allein gehen. Als es wärmer wurde, lag er oft in seinem Garten, trank eine süßlich riechende Flüssigkeit aus einer Dose und rülpste und furzte dann. Wenn Ward eine Dose ins hohe Gras warf, merkte ich anfangs immer erwartungsvoll auf, aber er sagte nie *Bring!*, also nahm ich an, die Dose müsse im Gras liegen.

Ich hatte keine anderen Menschen, auf die ich aufpassen konnte, und keine einzige Aufgabe. Oft kamen andere Männer bei uns vorbei, saßen brüllend vor dem Fernseher oder lümmelten im Garten und rülpsten und furzten mit Ward um die Wette.

Dieser Garten war mein Revier. Ich schnüffelte ständig am Zaun entlang, in der Hoffnung, irgendetwas Neues zu entdecken, aber die einzigen Gerüche stammten von den zerrupften Pflanzen und meinen eigenen Duftmarken, die ich hinterließ, wenn ich das Bein hob. Mit dem

Wind wehte jedoch manchmal ganz schwach der unmissverständliche Geruch der Ziegenfarm herbei. Witternd
reckte ich dann die Nase in die Luft, in der Hoffnung, ich
könnte vielleicht auch eine Spur von Lacey erhaschen, ihr
Duft entzog sich mir allerdings. Dafür war Wards Geruch
allgegenwärtig.

Nach einem Besuch beim Tierarzt war ich benommen
und spürte ein Jucken zwischen den Beinen. »Ich hab
den alten Riley kastrieren lassen«, erzählte Ward seinen
Freunden.

»Pass auf, dass er sich nicht an dir rächt und dir dein
gutes Stück abbeißt, wenn du im Vollrausch im Bett
liegst«, johlte einer der Männer.

Die Männer lachten so heftig, dass mehrere zu furzen
begannen. Ich zog mich in die andere Seite des Gartens
zurück.

Ich wollte nach Hause.

Als diese Freunde mal wieder zu Besuch waren, aus Do-
sen tranken und die Luft mit stechendem Rauch aus ihren Mündern verpesteten, hatte ich plötzlich eine Idee. Sie
lachten mehr als sonst, wankten unsicher zum Zaun und
hielten sich mit der Hand daran fest, um meine Markierungen mit ihren eigenen zu übertönen. Ich trottete zur
Gartentür, setzte mich hin und wartete geduldig. Schließlich schob einer der Männer die Gartentür auf, torkelte
hindurch und ließ die Tür achtlos hinter sich schwingen.
Verstohlen folgte ich ihm hinaus.

Der Mann stolperte in den Vorgarten und erbrach
sich – es stank noch schlimmer als Wards Rülpser.

Aufmerksam beobachtete ich ihn. Er war auf allen vieren und sah aus, als könnte er einen Hund brauchen, der für ihn *Hilf!* machte. Aber dann stand er auf, schwankte zur Gartentür zurück und machte sie hinter sich zu.

Ich schlug die Richtung der Ziegenfarm ein, da ich von dort aus bestimmt zur Farm, meinem alten Zuhause, finden würde.

Nach kurzer Zeit stieg mir der Geruch eines mir völlig unbekannten Tieres in die Nase. Im Schein des Mondlichts erspähte ich ein Wesen von der Größe eines kleinen Hundes, das geduckt über den Asphalt huschte. Sofort brach ich zu einer fröhlichen Verfolgungsjagd auf.

Das Tier drehte sich um und sah mich an. Verspielt tollte ich um das Tier herum und machte eine kleine Verbeugung, aber das Tier zeigte mir die Zähne und griff mich an, bedrohte mich mit den Krallen seiner Vorderpfoten. Erschrocken wich ich zurück, worauf es auf mich zukam. Ohne lange zu fackeln, drehte ich mich um und rannte wie der Blitz davon. Was auch immer das für ein Tier war, es wollte jedenfalls nicht spielen! Und obwohl es viel kleiner war als ich, war mir der Anblick seiner Reißzähne nicht geheuer. Anscheinend wollten manche Tiere keinen Spaß im Leben haben, sondern lieber feindselig und unfreundlich sein.

Kurz vor der Farm begann ich schneller zu rennen. Als ich die Auffahrt hinaufjagte, erwartete ich, Laceys Geruch zu wittern, doch mir stieg nicht die leisteste Spur ihres Duftes in die Nase. Das Haus war still und dunkel. Ich schob mich durch die Hundetür, stand einen Moment schwanzwedelnd da und überlegte, was ich tun sollte. Chase Dads Tür war zu, ich wusste allerdings, dass er in seinem Zimmer war und schlief. Weder Burke noch Grant waren daheim und waren auch beide lange nicht mehr hier gewesen. ZZs Geruch war viel stärker, während Grandmas Duft nur noch ein flüchtiger Hauch war.

Es fühlte sich himmlisch an, auf das Bett meines Jungen zu hüpfen und mich dort zum Schlafen einzurollen. Es war noch genügend Präsenz von ihm vorhanden, sodass ich mir mühelos vorstellen konnte, er schliefe neben mir. Da er jedoch nicht wirklich da war, nutzte ich die Gelegenheit und machte es mir auf seinem Kissen bequem.

Am nächsten Morgen wachte ich ausgeruht auf und hörte zu meiner Freude, wie Chase Dad in der Küche hantierte. Sofort sprang ich vom Bett und eilte schwanzwedelnd zu ihm. Dies könnte ein guter Tag für ein Stück Speck sein! Er stand mit dem Rücken zu mir, und als ich mich ihm näherte, wirbelte er herum und verschüttete seinen Kaffee. »Hey!«

Verunsichert zögerte ich einen Moment, aber ich konnte mich nicht beherrschen. Ich rannte zu ihm und sprang an ihm hoch, um an sein Gesicht zu gelangen, das ich unbedingt abschlecken wollte.

»Hey! Aus! Sitz!«

Folgsam machte ich *Sitz!*. Chase Dad legte die Hand auf die Brust. »Wer bist du? Wie bist du hier reingekommen?«

Ich verstand nicht, wedelte aber trotzdem mit dem Schwanz.

»Bist du ein guter Hund? Ein freundlicher Hund?« Er hielt mir die Hand hin, und ich leckte sie ab. Sie schmeckte nach Eiern. »Okay, du bist ein guter Hund. Was machst du hier? Ist das ein Streich? ZZ? Bist du da?« Lauschend neigte er den Kopf zur Seite. »Burke?«, rief er. Und dann: »Grant?«

Ich erwartete, dass gleich jemand auftauchte, und Chase Dad ging es offenbar genauso. Seufzend griff er dann nach meinem Halsband und zog ein bisschen daran herum. »Riley. Du heißt also Riley.«

Er nannte mich Riley, aber hier auf der Farm war ich doch Cooper!

Nach einer Weile kam Ward und holte mich ab. Ich war enttäuscht, kannte jetzt aber den Weg. Bald darauf gelang mir erneut die Flucht. Ward lud Gemüsekisten aus dem Wagen, und ich stahl mich durch die Tür in die Garage und von dort nach draußen.

Chase Dad und ZZ waren in den Feldern, und ich war so außer mir vor Freude, die beiden zu sehen, dass ich mit einem Stock im Kreis um sie herumrannte. Sie spielten jedoch mit ihren langweiligen, nicht essbaren Pflanzen weiter und schenkten mir kaum Beachtung. Als ich später am Tag das Motorengeräusch von Wards Truck vernahm, war ich zutiefst niedergeschlagen. Warum holte er mich ab? Mein Zuhause war doch hier.

Die besten Gelegenheiten zur Flucht boten sich immer dann, wenn Wards Freunde zum Rülpsen und Furzen vorbeikamen. Wachsam lauerte ich dann auf einen günstigen Moment und schlüpfte geschwind hinaus, wenn jemand die Gartentür öffnete. Ward war dann wütend auf mich, aber ich kehrte trotzdem immer wieder zur Farm zurück. Allerdings war es mir ein Rätsel, woher er jedes Mal wusste, dass er mich dort finden würde.

Eines Nachmittags fiel bei einem Sturm ein Baum in Wards Garten um. Einige Männer trafen ein, um den Baum mit lauten Werkzeugen zu zerschneiden. Ich stromerte müßig umher und tat, als schenkte ich dem Ganzen keine Beachtung. Doch sobald einer der Männer die Gartentür öffnete, war ich draußen.

Fröhlich lief ich die Auffahrt hinauf und entdeckte Chase Dad auf der Veranda. Er hatte eine seltsame Kiste mit Metallschnüren auf dem Schoß, zupfte mit den Fingern an diesen Schnüren und versetzte die Luft in seltsam vertraute Schwingungen. Die Schwingungen brachen ab, als er mich sah. Er schüttelte den Kopf. »Riley, warum kommst du immer wieder hierher? Was willst du?«

Ich suchte das ganze Haus ab. Kein Zeichen von Burke. Beide Jungen waren schon sehr lange nicht mehr hier gewesen.

Chase Dad streichelte mich, gab mir Wasser und saß mit mir draußen, als ein Wagen in die Auffahrt bog. Der Fahrer stieg aus, blieb stehen und sah zum Haus hinüber.

Aber es war nicht Ward.

Es war Grant.

27

Chase Dad rannte auf Grant zu. Er schien sich genauso wenig beherrschen zu können wie ich an dem Tag, als ich ungestüm zu ihm rannte und er seinen Kaffee verschüttete. Er drückte Grant fest an sich. »Mein Gott, Grant, mein Gott«, murmelte er. Seine Wangen waren nass. Da es mir nicht gelang, den Kopf zwischen die beiden zu schieben, stellte ich mich auf die Hinterbeine und legte die Vorderbeine auf Grants Rücken.

Nach einer endlos langen Zeit ließ Chase Dad Grant los und hielt ihn in Armeslänge von sich weg. »Willkommen zu Hause, Sohn.«

»Ich dachte, ich könnte bei der Ernte helfen.« Endlich beugte sich Grant zu mir herunter und ließ sich abschlecken. »Du hast dir einen Hund zugelegt?«

»Das ist Riley. Er gehört mir nicht. Er ist Ward Pembrakes Hund, du weißt schon, der Typ mit dem Sandwich-Wagen, der Essen an die Feldarbeiter verkauft hat. Nur gibt's hier keine Feldarbeiter mehr, er ist also mehr oder weniger in Rente. Dieser verrückte Hund besucht mich ständig. Ich ruf dann Ward an, er kommt her, stinkt wie eine ganze Brauerei und fährt mit Riley nach Hause, bis Riley das nächste Mal abhaut.«

Grant kraulte meine Ohren. »Hey, Riley. Du bist ein guter Hund. Ein Australian-Shepherd-Mischling, würde ich sagen.«

Chase Dad nickte. »Australian Shepherd mit Neufundländer.«

Wenn sogar Grant mich Riley nannte und sagte, ich sei ein guter Hund, lautete mein Name nun offenbar auch auf der Farm Riley. Sie realisierten nicht, dass ich in Wahrheit Cooper war, da ihnen diese Fähigkeit offenbar fehlte. Ich hingegen würde Lacey immer erkennen, egal, welcher Hund sie wäre.

Es war eine verblüffende Erkenntnis, dass ein Hund manchmal mehr Einsicht besaß als ein Mensch.

»Willst du wirklich bei der Ernte mithelfen, Grant?«

Grant hörte auf, meine Ohren zu kraulen, und richtete sich auf. »Ich fand es einfach an der Zeit, den Kontakt wieder aufzunehmen. Das ist alles.«

»Gut. Verstehe. Der Sommer hat trocken begonnen, aber danach hatten wir etwas Regen.«

Wir saßen noch auf der Veranda, als ZZ eintraf. »Sieh nur, wer da ist!«, rief Chase Dad.

Die Holzplanken der Veranda quietschten unter ZZs Stiefeln. »Hi, Grant. Wie schön«, sagte ZZ. Er streckte die Hand aus, und Grant ergriff sie, quetschte sie und ließ sie wieder los.

»Dein Englisch ist viel besser geworden, ZZ«, bemerkte Grant.

Die Männer setzten sich, und ich ließ mich gemütlich zu ihren Füßen nieder. »Er redet nach wie vor nicht besonders viel, was, ZZ?«, rief Chase Dad lachend. Er verströmte ein tiefes Glücksgefühl, so stark und intensiv wie einer von Wards Rülpsern. »Außerdem bringt er ständig die Zeiten und Pronomen durcheinander.«

»Wie lange du bleibst?«, fragte ZZ Grant.

Grant zuckte die Achseln. »Den Sommer über. Keine Ahnung. Ich habe in einer Straßenbaufirma gearbeitet, aber der Job wurde irgendwann langweilig.«

»Langweilig? So wie auf der Straße stehen und ein Schild mit der Aufschrift ›langsam‹ hochhalten?«, gluckste Chase Dad.

»So ungefähr. Ich war hauptsächlich im Vertrieb. Irgendwann hatte ich einfach die Nase voll.«

»Dein Bruder hat einen Job bei einer Firma, die Gebäude abreißt, statt welche zu bauen.«

»Sie legen Staudämme still, Dad.«

»Moment mal. Du hast mit Burke gesprochen?«

Grant nickte. »Ja, also bloß dieses eine Mal. Ich dachte, wenn wir wieder Kontakt aufnehmen, sollte ich mit ihm anfangen. Vor ein paar Tagen habe ich ihn dann angerufen und ihm erzählt, dass ich dich besuche. Bevor ich losbretterte, wollte ich mich allerdings erst vergewissern, dass du nicht an die Smart-Farming-Bauern verkauft hast.«

»Das war euer erstes Gespräch, seit du weggegangen bist?«

»Ja.«

Interessiert beugte sich Chase Dad nach vorne. »Und, wie war's?«

»Na ja, eigentlich wie erwartet. Oder eher schlimmer. Man merkte, dass wir beide das Gespräch möglichst schnell hinter uns bringen wollten.«

»Bei mir meldet er sich auch nur selten. An meinem Geburtstag. Vatertag. Irgendwie ist es zwischen uns immer schwierig.« Chase Dad seufzte. »Ich vermisse meine Mom. Sie hätte gewusst, wie man das wieder hinbekommt.«

Im Haus ertönte ein Geräusch, ein trillernder Laut. Chase Dad stand auf. »Wartet kurz. Ich gehe rasch dran.« Er ging ins Haus, und gleich darauf brach das Geräusch ab.

Freundschaftlich schlug Grant ZZ auf den Arm. »Du siehst gut aus, ZZ.«

»Du auch.«

»Wie geht es Li Min? Und Wenling?«

»Beiden geht es gut, vielen Dank.«

»Und, ähm ... ist Wenling verheiratet? Ich meine, was treibt sie so?«

»Sie studiert jetzt. Agrarwissenschaften.«

»Oh, wow! Super!«

»Sie heiratet nicht. Sie lebt mit ihrem Freund zusammen. Seine Familie ist aus der Provinz Qinghai, aber schon lange hier.«

»Ah. Verstehe.«

Chase Dad kam auf die Veranda zurück. Glücklich wedelte ich mit dem Schwanz. »Stellt euch vor: Ward weigert sich, seinen Hund wieder abzuholen. Er meinte, wenn es Riley hier so gut gefällt, soll er eben bleiben. Ob mir das nun recht ist oder nicht, hat ihn gar nicht interessiert. Er hörte sich sturzbesoffen an, dabei ist es noch nicht einmal Mittag.« Er setzte sich und sah mich stirnrunzelnd an. »Und jetzt?«

Mit dem Finger kratzte Grant meine Brust. »Weißt du was? Ich werde ihn nehmen. Er scheint ziemlich schlau zu sein. Was meinst du, Riley? Hast du Lust, eine Weile mit mir auf der Farm zu leben?«

»Oh, die Farm liebt er, so viel ist klar«, sagte Chase Dad.

Ich gähnte und fragte mich, wann mein Junge endlich käme.

In dieser Nacht schlief ich auf Grants Bett.

Burke kam tatsächlich, aber erst in der Zeit, als die Äpfel die Luft mit ihrem süßen Duft erfüllten. Sobald er aus seinem Wagen stieg, sprintete ich schluchzend vor Freude los und stürzte mich auf ihn. »Du bist also Riley«, begrüßte er mich lachend und kauerte sich hin, damit ich auf ihn klettern und ihn abschlecken und küssen konnte. Er fiel nach hinten auf den Rücken, was ich sofort ausnutzte, um ihn mit stürmischen Küssen zu bedecken und mich unter wildem Freudengejaule auf ihn zu rollen. »Okay, okay, das reicht.« Lachend richtete er sich auf und klopfte sich den Staub aus der Hose. »Und? Wo sind die anderen?«

Zusammen spazierten wir zu den Feldern, doch vor lauter Freude flitzte ich immer wieder im Kreis um ihn herum. Als Burke Grant erspähte, begann er zu rennen, und dann rannte auch Grant los. Sie fielen sich in die Arme, schlugen sich lachend gegenseitig auf den Rücken. Aufgeregt sprang ich um beide herum und stieß vor lauter Glück, dass wir endlich wieder alle vereint waren, kleine Jubelschreie aus. Chase Dad rannte quer durch das Feld auf uns zu und legte glückstrahlend die Arme um seine beiden Söhne.

Li Min kochte köstliches Rindfleisch in der Küche. Mit dem Blick folgte ich jeder ihrer Bewegungen, um bereit zu sein, wenn sie etwas fallen lassen sollte. Alle saßen am Tisch und aßen. Aus Grants Hand fiel ein winziges Fleischbröckchen herunter. Auf Grant konnte ich mich immer verlassen!

»Erzähl uns etwas mehr über diese Stephanie«, sagte Burke.

Li Min gab ein seltsames Geräusch von sich. Sofort nahm ich sie scharf ins Visier, in der Hoffnung, sie werde auch dem guten Hund ein Stück Rindfleisch anbieten.

Chase Dads Bein, das immer ein wenig zuckte, wurde ruhig. »Da gibt's nicht mehr zu erzählen. Sie ist ein Kumpel.«

Burke prustete los. »Nennen Leute in deinem Alter das so?«

»Sie ist sehr schwer zu durchschauen«, bemerkte Li Ming.

»Ach was. Sie ist ein Groupie der Not Very Good Old White Guys' Band«, rief Grant verschmitzt.

»Sie ist kein Groupie«, widersprach Chase Dad gereizt. »Kommt doch einfach an Thanksgiving vorbei, dann werdet ihr sie kennenlernen.«

Es wurde mucksmäuschenstill, bis Grant schließlich sagte: »Was? Du willst uns tatsächlich eine deiner Freundinnen vorstellen?«

Ich konzentrierte mich wieder auf Grant und wartete geduldig auf einen Leckerbissen.

Später nahmen Grant, ZZ und Chase Dad im Wohnzimmer Platz, während mein Junge und Li Min das Geschirr abspülten. Die Männer aßen Erdnüsse, also blieb ich lieber bei ihnen als in der Küche.

Chase Dad warf eine Erdnuss in die Luft und fing sie mit dem Mund auf, geradeso wie ein Hund. »Schade, dass du schon gehen willst, Grant.«

»Ich bin bereits länger geblieben als geplant, Dad.«

»ZZ und ich könnten deine Hilfe wirklich brauchen. Und du bist für diese Arbeit wie geboren, Grant.«

»Dad!«

»Das meine ich ernst.«

ZZ stand auf. »Ich helfe in die Küche.«

Als er in die Küche ging, wollte ich ihm schon folgen, doch während ich mich noch streckte, beugte Grant sich vor und schnappte sich eine Handvoll Erdnüsse. Sofort machte ich *Sitz!*, um ein besonders guter Hund zu sein.

Grant seufzte. »Ich weiß dein Lob zu schätzen, aber ich muss etwas Geld verdienen.«

»Wir machen hier guten Profit.«

»Es reicht kaum zum Leben.«

»Mit deiner Hilfe …«

Grant hob die Hand, die einen so kräftigen Erdnuss-duft verströmte, dass ich unwillkürlich in die Luft leckte. »Können wir das Thema bitte beenden, Dad?«

Eine Weile schwiegen sie. Chase Dad zuckte die Achseln. »Und was ist mit Riley?«

Als ich meinen Namen hörte, schreckte ich hoch. Erd-nüsse?

Grant sah mich nachdenklich an. »Könnte er nicht einfach hierbleiben? Ich weiß noch nicht, wo ich wohnen werde.«

»Klar. Wir haben uns ja schon richtig an ihn gewöhnt.«

Hocherfreut sah ich später zu, wie Grant in der Spielzeugkiste kramte, doch zu meiner Enttäuschung zog er seinen blöden Nylon-Kauknochen heraus. »Hey, Riley, ist das nicht ein feiner Knochen, ja? Willst du ihn haben?«

Ich ignorierte den Knochen, zog stattdessen ein Seil aus der Kiste und schüttelte es. Das machte Spaß!

Mein Leben als Riley war ganz anders als mein früheres Leben als Cooper. Grant und Burke spielten nicht mehr Schule. Beide verließen die Farm öfter für längere Zeit, und wenn sie dann zurückkamen, schliefen sie mit mir in ihren alten Zimmern. Sie waren allerdings nie zur selben Zeit da.

Manchmal besuchte uns eine Frau namens Stephanie. Ich mochte sie, weil sie für mich immer das Quietschspielzeug warf. Als sie Li Min das erste Mal in der Küche half, hielt ich sie für sehr ungeschickt, weil die Töpfe und Teller mit lautem Scheppern auf die Theke geknallt wurden. Wenn sie jedoch Chase Dad beim Kochen half, verursachte sie keinen Lärm. Nach einiger Zeit wurde mir klar, dass hinter diesem ganzen Geschepper nicht Stephanie, sondern Li Min steckte. Es passierte jedes Mal, wenn Stephanie Li Min, ZZ und mich besuchte und mit uns zu Abend aß. Das Geschepper kam mir vor wie Li Mins Version eines wütenden Gangs.

Stephanie und Chase Dad saßen gern am Tisch und spielten »Karten«, ein Wort, dessen Bedeutung vor allem darin bestand, dass mir niemand einen Leckerbissen zusteckte. »Li Min kann mich nicht leiden«, beklagte sich Stephanie einmal.

Ein leises klatschendes Geräusch war zu hören: eine der »Karten«.

»Unsinn, Stephanie. Das bildest du dir nur ein.«

»Sie lächelt mich nie an. Spricht kaum mit mir.«

»Sie ist ein zurückhaltender Mensch.«

Ich drehte mich weg und kaute an einer übel juckenden Stelle an meiner Pfote.

»Ihr Verhalten ist geradezu feindselig, Chase.«

»Hm. Vielleicht glaubt sie ja, du willst ihr ZZ ausspannen.«

Noch ein Klatschen, Stephanies Beine spannten sich an. »Was soll die Bemerkung?«, fragte sie leise.

»Was? Das war doch nur Spaß, Steph.«

»Es war total unangemessen.«

»Tut mir leid. Entschuldigung.«

»Wenn überhaupt, ist es eher so, dass ich dich ZZ ausspanne. Ihr beiden steht euch so nahe. Kaum zu glauben, dass ihr euch am Anfang spinnefeind wart.«

»Das ging von mir aus, nicht von ihm. Als ich hörte, dass er bei TMH beschäftigt ist, hat es mir schon gereicht. Ich habe mir eine ganze Geschichte über ihn zusammenfantasiert, die komplett falsch war. Dafür habe ich mich oft bei ihm entschuldigt. Wie du gesagt hast, wir verstehen uns blendend. Ohne ihn könnte ich die Farm nicht am Leben halten. Er nimmt mir sehr viel schwere Arbeit ab, Kistenschleppen und so.«

Wieder wurde eine Karte auf den Tisch geklatscht. Wurden diese Leute denn nie hungrig?

»Ich bin mir sicher, ZZ wird die Farm übernehmen, wenn du in den Ruhestand gehst.«

»Ruhestand?« Chase Dad lachte. »Farmer gehen nicht in den Ruhestand, sie landen einfach eines Tages unter der Erde, statt auf ihr zu arbeiten.«

»Okay, aber du sagtest, du würdest gerne reisen, dir die Welt ansehen.«

»Stimmt. Und ich würde gerne mal morgens ohne schmerzende Knie aufwachen. Nichts davon wird passieren.«

»Das verstehe ich nicht.«

Gelangweilt ließ ich mich auf die Seite plumpsen und schloss die Augen.

»Selbst wenn ich das nötige Kleingeld hätte, um nach Tahiti zu fliegen, könnte ich das nicht tun, Steph. Die Farm lässt das nicht zu. Es gibt immer etwas, das repariert werden muss, sogar im Winter.«

»Nun, du könntest die Farm verkaufen.«

»Sie soll an die Jungen übergehen, das weißt du.«

»An die Jungen? Wo sind sie denn? Wenn sie so scharf auf die Farm sind, warum sind sie dann nicht hier?«

»Das ist eine Sache zwischen mir und meinen Jungen, Steph. Ein Vater und seine Söhne, die manches zu klären haben.«

»Nur klärst du nichts. Du sagst, sie haben keinen Kontakt miteinander. Und dich rufen sie auch nie an.«

Chase Dad gab keine Antwort.

»Als ich dir das erste Mal begegnet bin, warst du dieser lässige Gitarrenspieler, der seine Riffs im Schlaf beherrscht.«

Chase Dad lachte. »Mein Gitarrenspiel klingt bloß deshalb so gut, weil alle anderen in der Band schlechter sind.«

324

Als ich Chase Dad lachen hörte, wedelte ich verschlafen mit dem Schwanz.

Stephanie schniefte. »Ich wollte damit nur sagen, dass du so frei gewirkt hast, so unbelastet. Hier auf der Farm bist du ein komplett anderer Mensch. Immer total ernst.«

»Landwirtschaft ist ein ernstes Geschäft.«

Ein langes Schweigen trat ein, lediglich unterbrochen vom leisen Klatschen der Karten und meinem tiefen Seufzer.

»Wie soll es mit uns weitergehen, Chase?«

»Wie bitte?«

»Wir sind nun schon über ein Jahr zusammen. Ich habe Schuhe in deinem Schrank und eine Schublade in deiner Kommode. Und was dich angeht, scheint das zu genügen.«

»Schatz …«

»Ich will keine Zeit vergeuden, Chase. Dafür bin ich zu alt.«

»Du findest, wir vergeuden Zeit?«

»Meinst du, du wirst jemals wieder heiraten, Chase? Nein, nein, ich meine nicht mich, nur so allgemein. Nein, nicht wahr? Ganz egal, was geschieht.«

»Ich verstehe nicht, was dieses Thema jetzt soll.«

Stephanie stand auf. Erwartungsvoll sah ich sie an und erhob mich ebenfalls. »Ich brauche etwas Zeit für mich, um über alles nachzudenken, Chase.«

»Worüber nachdenken?«

Danach kam Stephanie nicht mehr zu Besuch. Wahrscheinlich mochte sie Karten genauso wenig wie ich.

Ich wusste nicht, dass Chase Dad den nahe gelegenen

Hundepark kannte, bis wir eines Tages in die Stadt fuhren und anschließend denselben Ort ansteuerten, an dem ich so viele schöne Stunden mit Burke verbracht hatte. Ich freute mich riesig darauf, überall meine Duftmarken zu setzen, an den Hinterteilen verschiedener Hunde zu schnüffeln und herumzutoben. Eigentlich hatte ich damit gerechnet, Brummer Buddha hier zu sehen, doch es gab kein Anzeichen von ihm. Dafür entdeckte ich eine Hündin, die ausgelassen durch die Gegend fetzte und verspielt den Nacken beugte. Ein Schock durchfuhr mich, denn ich kannte diese Hündin – sie war Laceys Welpe. Mein Welpe, und schon so erwachsen!

Leider erkannte sie mich nicht wieder; das war deutlich an der Art zu erkennen, wie sie sorgfältig meine Markierung untersuchte, um mich kennenzulernen.

Es wäre mir nie in den Sinn gekommen, dass ein Welpe, mit dem ich als Cooper so innig vertraut gewesen war, mich als Riley nicht mehr erkennen würde. Ich würde Laceys besondere Schwingungen immer spüren, egal, wie sie hieß oder aussah, aber für diese Hündin namens Echo war ich ein völlig fremder Hund.

Wie konnte das nur sein? Waren Lacey und ich etwa einzigartig unter den Hunden?

Echo und ich tobten durch die Gegend, waren sofort beste Freunde, wie es bei Hunden ist, wenn sie sich mögen. Irgendwie spielte es auch keine Rolle mehr, dass sie nicht wusste, wer ich war.

Im tiefen Winter, als alles von Schnee bedeckt war, besuchte uns Grant. Ich sah, wie er die Auffahrt hochfuhr. Direkt hinter ihm war ein zweites Fahrzeug, das von einem Pferd gezogen wurde, dessen Name, wie ich bald erfuhr, Lucky war.

Lucky, das Pferdemädchen, schien mir eines der nutzlosesten Tiere zu sein, denen ich jemals begegnet bin. Sie kam nie ins Haus und verstand offenbar auch nicht, wie die Hundetür funktionierte, obwohl ich es ihr mehrmals demonstrierte, indem ich hinein- und hinausschlüpfte. Sie jagte nie einem Ball oder Stock hinterher. Und sie aß nie richtige Mahlzeiten, sondern schlug sich den Bauch mit trockenem Gras voll, ohne sich anschließend zu übergeben.

Chase Dad tätschelte Luckys Schnauze. »Ist mir völlig neu, dass man ein Pferd mieten kann«, sagte er zu Grant. Er trat zurück, musterte Luckys Wagen. »Netter Anhänger.«

»Lust auf einen kleinen Ritt?«

Als Lucky, das Pferdemädchen, *Bereit!* machte, ging alles gründlich daneben und endete damit, dass Chase Dad eine Zeit lang auf ihrem Rücken festsaß, während sie stupide im Kreis herumtrottete.

»Ist schon eine Weile her!«, rief Chase Dad grinsend.

In dieser Nacht schlief Lucky im Schuppen, aber als ich nach ihr schaute, starrte sie mich nur an und senkte nicht einmal die Nase, als ich in einer freundlichen Geste das Bein an einem Strohballen hob. Es war sinnlos, freundlich zu einem Pferd zu sein. Missmutig ging ich ins Haus zurück, wo Chase Dad und Grant mit Karten spielten. Stöhnend ließ ich mich zu ihren Füßen nieder. Wenn mir jemand während dieses dummen Spiels ein Leckerli geben würde, dann Grant, aber leider war er genauso ins Spiel vertieft wie alle anderen.

Platsch. Das war das Geräusch der Karten. Es gefiel mir nicht. »Wann brichst du morgen früh auf?«, fragte Chase Dad.

Platsch.

»Nicht zu zeitig. Magst du mitkommen?«

»Puh, lieber nicht. Ich war nie so der Camping-Typ. Vor allem nicht im Winter.«

»Das hat nichts mit Camping zu tun. Ich werde unterwegs in Hütten übernachten und in einer Lodge.«

»Hm, wenn ich Natur brauche, fahre ich mit den Skiern einfach in meine Apfelplantage.«

Platsch.

»Okay, aber es wäre doch nett, mal etwas zusammen zu unternehmen, das nichts mit Arbeit zu tun hat«, sagte Grant ruhig. Ich nahm so etwas wie Traurigkeit wahr und setzte mich auf, um über seine Hosenbeine zu lecken.

»Ohne mich wirst du sicher mehr Spaß haben. Ich wäre bloß eine Belastung«, erwiderte Chase Dad.

Am nächsten Morgen nahm mich Grant zu einer langen Autofahrt mit. Lucky, das Pferdemädchen, folgte uns mit ihrem Wagen. Den ganzen Weg über hatte ich ihren Geruch in der Nase. Ich verstand nicht, wie Lucky einen Wagen allein lenken konnte.

Irgendwann hielten wir alle gemeinsam an. Mir war es ein Rätsel, weshalb wir hier waren.

Zu meiner Überraschung machte Lucky wieder *Bereit!*, sodass der arme Grant auf ihrem Rücken festsaß, und dann spazierten wir auf einem Weg entlang durch den Schnee. Vor uns waren schon eine Menge anderer Pferde hier gewesen, was ihre gefrorenen Hinterlassenschaften bewiesen. Im gefrorenen Zustand waren sie sogar noch uninteressanter als im frischen. An irgendwelchen Gebäuden mit drei Wänden blieben wir stehen, obwohl dort nichts Besonderes war außer stapelweise bleiches Gras, an dem Lucky in ihrer grenzenlosen Dummheit rupfte. Wir schliefen in einem kleinen Holzhaus an einem gefrorenen Fluss. Daneben standen ähnliche Häuser, und Grant unterhielt sich mit einigen Leuten. Die Luft war von stechendem Rauch erfüllt. Lucky verbrachte die Nacht mit anderen Pferden, aber sie spielten nicht, sondern standen nur herum und wussten nichts mit sich anzufangen.

Am nächsten Tag gingen wir tiefer in den Wald. Als wir nachmittags anhielten, bürstete Grant Lucky und führte sie zu einem eingezäunten Platz, an dem sich noch andere Pferde befanden, während ich mit einem großen schwarzen Hund und einem kleineren braunen Hund spielte und raufte. Einige Pferde beobachteten uns neidisch.

»Ab in die Lodge, Riley!«, rief Grant, als er aus dem Pferdekäfig kam. Ich folgte ihm in ein großes warmes Gebäude mit vielen Gerüchen und einem Gang mit vielen Türen. In einer Steinwand brannte ein flackerndes, spuckendes Feuer, aus dem ein beißender Geruch und Wärme in den großen hohen Hauptraum strömten. Grant unterhielt sich an einem langen schmalen Tisch mit ein paar Leuten.

Plötzlich merkte ich auf, als mir ein unmissverständlicher Duft in die Nase stieg. Er war bloß schwach, kristallisierte sich jedoch aus dem Rauch und den Menschen und den warmen Essensgerüchen klar heraus.

Ava!

28

Witternd reckte ich die Nase in die Luft. Nun, da ich Avas
Anwesenheit entdeckt hatte, fand ich überall Zeichen von
ihr. Auf der Suche nach ihrer Fährte lief ich hin und her.
Sie war in diesem großen Haus gewesen, diesem Haus mit
den knarrenden Bodendielen, den Sofas und den lachen-
den, Kaffee trinkenden Menschen. Es war noch nicht lange her – ihr Geruch war frisch, jung. Instinktiv wusste ich,
dass ich sie finden konnte, als wäre *Find Ava!* ein Befehl
wie *Bereit!* und *Hilf!*.

Aber ich müsste mich nach draußen stehlen. Grant
stand immer noch an dem Tisch, redete mit zwei Frauen
und beachtete mich nicht, während ich Avas Fährte zur
Eingangstür folgte. Sie war irgendwo hinter dieser Tür.

Nach kurzem Nachdenken versuchte ich den Trick, der
bei Wards furzenden Freunden an der Gartentür funktioniert hatte: Ich setzte mich dicht vor die Schwelle und
wartete ungeduldig darauf, dass jemand hereinkam oder
hinausging. Endlich ging die Tür auf, ein Schwall kalter
Luft wehte herein. Das war meine Chance! »Oh!«, rief
der Mann, als ich an ihm vorbeistürmte.

»Riley«, vernahm ich hinter mir Grants strengen Ruf.
Doch ich konnte Avas Geruch aus dem vieler anderer

Menschen herausfiltern und folgte einem festgestampften Pfad, auf dem Menschen, Pferde und Hunde unterwegs gewesen waren.

Als Grant mich noch einmal rief, diesmal aus größerer Entfernung, wusste ich, dass er aus dem großen Haus gekommen war, doch ich war wie getrieben, als wäre es meine Bestimmung, Ava zu finden, so wie es ihre Bestimmung zu sein schien, mich zu finden.

Der Pfad verzweigte sich mehrfach, aber Avas Geruch wurde mit der Zeit immer stärker, und so nahm ich jedes Mal vertrauensvoll die richtige Abzweigung. Nun setzte die Dämmerung ein, das Dickicht im Wald zerrann zu dunklen Schatten, und der Schnee schimmerte unter meinen Pfoten. Ich musste mein Tempo ein wenig drosseln, doch zum ersten Mal roch ich Ava nun ganz deutlich. Sie war in der Nähe. Ich rannte, so gut ich konnte, weiter, meine Pfoten sanken bei jedem Schritt ein.

Der Pfad führte am Rand einiger hoher Felsen vorbei. Er war nur von wenigen Menschen begangen worden, und Ava war einer von ihnen. Sie befand sich direkt vor mir. In der Richtung *Zieh rechts!* war ein steiler Abhang, der zu einem flachen Grund abfiel.

Ich gelangte zu einem Seil, das quer vor den Weg gespannt war. Hier endeten alle Pfade, bis auf einen. Rasch schlüpfte ich unter dem Seil hindurch. Jetzt waren im Schnee bloß noch die Fußstapfen eines Menschen zu sehen, die sich um die wenigen Bäume herumschlängelten. Ava war bis zu dieser Stelle gekommen und hatte sich ihren eigenen Trampelpfad geschaffen.

Und dann endete die Geruchsspur, und die Fußstapfen

hörten abrupt auf. Verwirrt blieb ich stehen. Ich konnte Ava immer noch riechen – es schien, als wäre sie direkt hier, ganz nah, aber wo? Mit zusammengekniffenen Augen spähte ich in das dämmrige Licht.

Ein seltsames Geräusch ertönte; ein hoffnungsloser, kleiner Schrei. Vorsichtig kroch ich auf den steilen Abhang zu. Als ich über den Rand spähte, entdeckte ich eine Frau, die mit dem Gesicht nach vorne im Schnee lag. Ihre langen, hellen Haare breiteten sich wie ein Fächer um ihren Kopf aus.

Es war Ava.

Ich wusste nicht, was ich tun sollte. Sie sah nicht zu mir herauf. Aber ich hörte ihren Atem, ein hartes, zitterndes Keuchen, das Schmerzen und Angst verriet.

Panisch begann ich zu winseln. Ava erstarrte. »Hallo?«

Ich wartete darauf, dass sie mir sagte, was ich tun sollte. Als sie wieder erschlaffte, begann ich zu bellen.

»Oh mein Gott! Hallo, ist hier ein Hund?« Sie rollte sich auf den Rücken und stieß einen lauten, gequälten Schrei aus. Dann blickte sie zu mir hoch. »Hey, Hund! Bitte, hilf mir! Komm!«

Nervös wedelte ich mit dem Schwanz. Der Abhang war zu tief, um *Komm!* zu machen und zu ihr hinunterzuspringen. Sie musste zu mir heraufklettern.

»Bitte, komm! Komm her! Komm! Komm!«

Verzweiflung durchströmte mich. Ich eilte den Weg, den ich gekommen war, ein Stück zurück, entdeckte jedoch keinen Pfad, der nach unten führte. Also kehrte ich wieder zu der Stelle zurück, wo ich Ava im Blick hatte.

»Okay. Wo sind deine Leute? Hallo!«, schrie sie. »Hierher! Ich bin verletzt. Bitte helfen Sie mir!«

Sie drehte sich um und hob den Kopf, als hielte sie nach jemandem Ausschau. Dann sackte sie wieder in sich zusammen. »Okay. Dann bist also nur du da. Kannst du zu mir kommen? Hierher, Hund! Komm!«

Vor Frustration jaulte ich auf. Aber irgendetwas musste ich tun, also drehte ich mich um und galoppierte durch den Schnee zurück, folgte meinen Spuren am Fels entlang. Als der Schnee durch die Fußstapfen mehrerer Leute fester wurde, kam ich leichter voran. Es fühlte sich wie ein Fortschritt an, obwohl ich mich immer weiter von Ava entfernte.

Nach kurzer Zeit teilte sich der Pfad – die eine Richtung führte zum großen Haus und zu Grant, in der anderen Richtung ging es jedoch bergab, und vielleicht könnte ich so zu Ava gelangen. Ohne nachzudenken, schlug ich diese Richtung ein, und als der Hang abschüssiger wurde, rannte ich aufgeregt hüpfend und springend weiter. Ich schlängelte mich zwischen Felsbrocken und umgestürzten Bäumen hindurch, bis ich schließlich am Fuß der aufragenden Felsen ankam. Der Pfad teilte sich abermals, doch ich hatte keinerlei Zweifel – ich nahm die Abzweigung, die zu Ava führte. Entlang der Felswand lag nur eine dünne Schneedecke, und ich konnte mein Tempo erhöhen. Avas Geruch wurde immer stärker, und ich konnte sie hören, hörte ihre leisen Schreie. Und dann sah ich sie vor mir, wie sie im Schnee lag, die Arme über ihren Augen. Als ich näher kam, drehte sie abrupt den Kopf zu mir um.

»Ja! Guter Hund! So ein guter Hund!«

Ich liebte es, für Ava ein guter Hund zu sein. Freudig sprang ich in den tiefen Schnee, kämpfte mich zu Ava hindurch und schleckte über ihr nasses, salziges Gesicht. Als ich in meiner Begeisterung versuchte, auf sie zu klettern, schrie sie laut auf.

»Platz! Aus! Mein Bein!«, rief sie.

Natürlich kannte ich *Platz!*, und trotz des tiefen Schnees streckte ich mich folgsam aus und kroch nach vorne, um ihr noch mehr Freudenküsse zu geben. Sie nahm meinen Kopf zwischen die Hände. »Oh, du bist so ein guter, guter Hund! Okay, lass mich kurz nachdenken. Ich muss dringend an meinen Rucksack kommen, okay? Da drin sind etwas zu essen und Streichhölzer, um ein Feuer zu machen. Und vielleicht ist mein Telefon in der Außentasche. Glaubst du, du kannst das?« Sie griff nach meinem Halsband. »Riley? Glaubst du, du schaffst das? Der Rucksack ist gleich da drüben!«

Ich spannte mich an. Mir war klar: Sie forderte mich auf, etwas für sie zu tun.

»Bring den Rucksack, Riley! Bring den Rucksack! Bring!«

Bring! Entschlossen trabte ich zur Felswand und sprang auf einen Stock. Da Ava nicht *Lass!* sagte, brachte ich ihr den Stock.

»Okay, guter Hund, aber ich brauche keinen Zweig. Ich brauche meinen Rucksack, okay, Riley? Sonst werde ich hier nicht lange genug überleben, bis mich jemand findet. Okay? Bring den Rucksack!«

Bring! Ich entdeckte einen anderen Stock. Avas Geruch haftete an ihm, also schnappte ich ihn mir. Sie stöhnte,

334

nahm den Stock allerdings an. »Nicht den Skistock, Danke, guter Hund. Aber ich brauche den Rucksack, okay? Kannst du den Rucksack holen?«

Ich hörte das Wort »holen«, es schien jedoch kein Befehl zu sein. Verunsichert blieb ich stehen. »Bring den Rucksack, Riley. Den Rucksack!«

Ausgelassen sprang ich durch den Schnee. Ich liebte es, Ava zu zeigen, wie gut ich *Bring!* konnte. Es gab hier so viele interessant riechende Dinge, die ich ihr bringen konnte. Von mir aus könnte dieses Spiel noch lange andauern.

Eifrig buddelte ich irgendein Ding aus Metall und Plastik aus und trottete damit stolz zu Ava zurück.

»Das ist ein Schneeschuh. Oh Gott!« Sie schlug die Hände vors Gesicht. Ich spürte ihre Angst und Verzweiflung und kroch mit eingezogenem Schwanz zu ihr, verstand nicht, was los war. Als ich bekümmert winselte, tätschelte sie mich. Ihre Hand war nass von ihren Tränen. »Ich will nicht sterben. Ich habe solche Angst zu sterben«, flüsterte sie.

Wir spielten *Bring!* mit weiteren Stöcken und einem Ding, das ich als einen Handschuh erkannte, doch nichts davon machte Ava froh. Ich fühlte mich wie ein böser Hund, der sie enttäuschte, weil er ihr nicht das brachte, was sie so dringend brauchte.

Ein wenig im Schnee eingesunken, entdeckte ich einen anderen Gegenstand mit Avas Geruch. Ich zerrte daran. Es war eine sehr schwere Tasche. Ich wollte sie schon liegen lassen, als Ava aufgeregt rief: »Ja! Guter Hund! Bring! Ja, Riley!«

Die Tasche ließ sich leichter ziehen als tragen, aber ich machte brav *Bring!*. Ava umarmte mich. »Oh, Riley. Was bist du doch für ein kluger Hund!« Stöhnend setzte sie sich auf und öffnete die Tasche. Als Erstes holte sie eine Flasche heraus, aus der sie ein paar tiefe Schlucke nahm, und dann eine Dose mit Brot und Fleisch darin. Sie biss ein Stück ab. »Magst du was von meinem Sandwich?« Sie bot mir ein Bröckchen an, und ich nahm es entgegen, sabberte fast vor Wonne über den himmlischen Geschmack. Nachdem ich den Krümel mit einem Happs verschlungen hatte, aß ich demonstrativ etwas Schnee.

»Mist, kein Telefon. Ich hatte es im Fäustling, als ich ein Foto machen wollte. Und dabei bin ich zu nahe an den Abgrund geraten und hinuntergefallen. Klar, es kann gar nicht im Rucksack ein.« Sie sah sich nach allen Seiten um und schüttelte den Kopf. Seufzend wandte sie sich dann mir zu. »Das wird nicht funktionieren, Riley. Ich kann auf dem Schnee kein Feuer machen. Und selbst wenn, heute Nacht soll es weitere zehn bis fünfzehn Zentimeter schneien. Ich muss es bis an die Felswand schaffen, da hätte ich etwas Schutz. Oh, Riley, ich brauche noch einmal deine Hilfe. Meinst du, du kannst das? Ich muss irgendwie zum Felsen hinübergelangen.«

Ich war mir sicher, sie wollte wieder *Bring!* spielen, und spannte mich erwartungsvoll an. Stattdessen schleuderte sie jedoch keuchend und ächzend ihre Tasche zur Seite, wo sie auf die Felswand traf und mit einem dumpfen Aufprall auf dem Boden landete. Sollte ich ihr die Tasche zurückbringen? Nun streckte sie beide Hände nach mir aus und umfasste mein Halsband. »Okay. Das wird das Härteste sein, was ich jemals gemacht habe, aber mir bleibt keine andere Wahl. Gut?« Sie kickte mit einem Bein in den Schnee und gab mir, vor Schmerzen keuchend, einen kleinen Schubs nach vorne. »Hilf mir, Riley.«

Obwohl sie es nicht aussprach, fühlte es sich wie *Bereit!* an, also hielt ich still. Japsend und schnaufend schob sie mich wieder an, drehte meinen Kopf, genauso wie Burke es machte, wenn er von mir *Hilf!* benötigte. War es das, worum sie mich bat? Zögernd machte ich einen Schritt nach vorne. Ava kreischte, und ich blieb sofort stehen und drehte mich alarmiert zu ihr um.

»Nein, alles okay. Es muss sein. Entschuldige, es war einfach nur schlimmer als erwartet. Geh weiter. Bitte. Riley! Geh weiter!«

Sie packte mich am Kopf und drehte mich wieder nach vorne. Es war *Hilf!*. Langsam und vorsichtig bewegten wir uns auf die Stelle zu, wo ihre Tasche an den hohen Felsen lehnte. Ava schluchzte, sog bei jedem Schritt scharf die Luft ein, aber sie wollte nicht aufhören. Als wir bei der Tasche ankamen, brach Ava schwer atmend zusammen und blieb reglos liegen. Besorgt schnüffelte ich an ihr.

»Okay.« Wimmernd setzte sie sich auf.

Danach spielten wir die ganze Zeit *Bring!* mit Stöcken. Ava schien an nichts anderem Interesse zu haben, was für mich in Ordnung war. Wäre ich ein Mensch, würde ich den lieben langen Tag mit Stöcken, Bällen und einem Quietschspielzeug herumtoben. Die Situation rief die Erinnerung in mir wach, als ich mit Wenling, Burke und den Wassereichhörnchen im Regen mit Stöcken gespielt hatte.

Ava war sehr zufrieden mit mir. »Du bist unglaublich, Riley! Woher wusstest du, wie man das macht?« Irgendwann nahm sie meinen Kopf in beide Hände und starrte mich an, wie sie es oft getan hatte, als ich ein Welpe war. »Bist du mein Schutzengelhund? Bist du mir vom Himmel gesandt worden?«

Als sie genug vom *Bring den Stock!*-Spiel hatte, machte sie ein Feuer. »Okay. So werde ich wenigstens nicht erfrieren.« Sie sah sich um. »Niemand weiß, dass ich hier bin, Riley. Habe ich im Bein eine innere Blutung? Was geschieht, wenn es schneit?« Sie schlang die Arme um sich. Aufmerksam machte ich *Sitz!*, war bereit, alles zu tun, was sie von mir verlangte.

Nach einiger Zeit stieg mir in der kalten Nachtluft der salzige Geruch ihrer Tränen in die Nase. »Ich bin noch nicht bereit zu sterben«, schluchzte sie. Sie ließ den Kopf hängen, ihr helles Haar fiel nach vorne. »Ich wurde noch nie von einem Mann geliebt, war noch nie in Europa, noch nie …«

Tröstend leckte ich ihr das Gesicht ab. Sie wischte sich die Nase am Ärmel ab und schenkte mir ein schiefes Lächeln. »Riley. Okay, Riley. Du hast ja recht.« Nachdenklich sah sie mich an. »Ein Neufundländer-Australian-Shepherd-Mischling. Vor Jahren habe ich mal einen Wurf Welpen gerettet, die genau solche Mischlinge waren wie du. So ein süßes Gesicht.« Sie seufzte. »Vielleicht wird ja jemand nach dir suchen, Riley. Jemand, der dich liebt und dir dieses schicke Halsband geschenkt hat.«

Ich war müde und streckte mich im Schnee aus. Als Ava meinen Kopf nahm und ihn sanft auf ihren Schoss bettete, wehrte ich mich nicht. »Spürst du, wie der Schneesturm näher kommt? Das wird schlimm werden. Ich weiß nicht, ob ich die Nacht überleben werde, Riley.« Sie begann wieder zu weinen. »Kannst du bitte bei mir bleiben? Wenn ich sterbe, möchte ich gern einen Hund an meiner Seite haben. Danach kannst du nach Hause laufen.« Sie streichelte mich, und ich schloss wohlig die Augen. »Ach, Riley«, flüsterte sie, »ich war so dumm.« Sie wischte sich mit dem Ärmel übers Gesicht. »Mein armer Dad. Das wird so schwer für ihn werden.«

Würden wir hier einfach nur herumsitzen? Ich verstand, dass Ava verängstigt war, Schmerzen hatte und fror, aber ich verstand nicht, warum wir nicht einfach zu dem Haus mit den vielen Menschen zurückkehrten.

Ein leichter Schneefall setzte ein. Ava streichelte mich, sanft und traurig. Ich glitt in einen oberflächlichen Schlaf, nahm nur noch ihren Atem wahr, die Wärme des Feuers und ihre Finger, die liebevoll meinen Kopf kraulten.

29

Ava und ich schliefen, aber ich riss augenblicklich den Kopf hoch, als mit dem Nachtwind Grants Ruf zu mir herüberwehte. »Riley!«

Er rief mich! Ehe ich mich in Bewegung setzen konnte, schoss Avas Hand hervor und hielt mich am Halsband fest. »Bleib bei mir, Riley!« Ich erstarrte. Obwohl ich Grants Ruf gern mit einem Bellen beantwortet hätte, unterließ ich es, weil Avas Griff mich verunsicherte. Ava holte tief Luft. »Hier unten! Hilfe! Hier!«

Sie lauschte angestrengt. »Hallo?«, brüllte Grant zurück.

»Hier! Ich bin am Bein verletzt. Hilfe!«

Eine lange lastende Stille setzte ein. Dann konnte ich Lucky riechen und Momente später auch Grant. In dem düsteren Licht sah ich, wie er sich einen Weg zum Fuß der Felswand bahnte und Lucky an der Leine hinter sich herzog. Ich verstand nicht, warum Lucky dabei sein musste.

»Hier!«, schrie Ava.

Grant winkte. »Ich sehe Sie!« Er blieb stehen, schlang Luckys Leine um einen Ast und kam auf uns zu. Der Schnee knirschte unter seinen Stiefeln. Freudig wedelte ich mit dem Schwanz.

Ava ließ mein Halsband los. »Gott sei Dank«, flüsterte sie.

Ich stürmte los, um Grant zu begrüßen, Lucky ignorierte ich jedoch. Eifrig führte ich Grant zu Ava. Er beugte sich nach vorne und hielt die Hände über das Feuer. »Hi. Was ist passiert?«

»Ach, ich war so dumm. Ich war mit den Schneeschuhen unterwegs und wollte mir die Klippen ansehen. Sie sahen so schön aus, deshalb habe ich Fotos gemacht und mich so darauf konzentriert, dass ich in den Abgrund gestürzt bin. Mein Bein ist gebrochen. Ist Riley Ihr Hund?«

»Ja. Ich bin Grant Trevino. Nenn mich einfach Grant.« Er reichte ihr die Hand.

»Ava. Ava Marks. Was für ein Glück, dass du deinem Hund gefolgt bist.«

»Oh nein, er ist vor Einbruch der Dunkelheit aus der Lodge ausgerissen. Erst dachte ich, er würde von allein zurückkommen. Aber als er dann nicht auftauchte, habe ich nach dem Abendessen Lucky gesattelt und mich auf die Suche nach ihm begeben.«

Ich sah ihn scharf an. Abendessen?

»Wie hast du uns gefunden?«

»An seinem Halsband ist ein GPS-Sender.« Grant grinste. »Riley büxt gerne mal aus, obwohl er das bei mir bisher noch nie getan hat. Aber dafür hat er dich gefunden.«

»Er stand plötzlich auf den Klippen und bellte zu mir herunter.«

»Soll ich mal einen Blick auf dein Bein werfen?«

»Nicht nötig … Ich kann spüren, wo es gebrochen ist. Direkt unter der Haut.«

Grant zog eine Grimasse. »Autsch! Das tut mir echt leid. Okay, das war's dann wohl mit meiner grandiosen Idee, dich auf dem Rücken meines Pferdes zu transportieren. Dann werde ich jetzt mal die Rettung anrufen, damit die einen Trupp hierherschicken.«

»Danke. Bei meinem Sturz ist mir das Telefon aus der Hand gefallen. Keine Ahnung, wohin es ist.«

Grant drehte sich weg und sagte etwas in sein Telefon. Ich schmuste mit Ava. Seit Grant da war, war sie viel glücklicher, und ich auch.

»Okay, sie kommen.« Grant kauerte sich vor das Feuer. »Du hast Glück, dass du dir nur das Bein gebrochen hast. Immerhin war das ein Sturz aus neun, zehn Meter Höhe.«

»Ich hatte vor allem das ganz große Glück, dass Riley mich gefunden hat.«

Als ich meinen Namen hörte, wedelte ich mit dem Schwanz.

»Ich dachte wirklich …« Ava hielt inne und nahm einen zitternden Atemzug. Mit gepresster Stimme fort sie dann fort: »Ich dachte wirklich, ich würde an Unterkühlung sterben. Und dann tauchte dieser Schutzengelhund auf … Ich bat ihn, mir meinen Rucksack zu bringen, und das tat er. Dann bat ich ihn, mich hierherzuziehen, wo es windgeschützter ist, und mir Zweige zum Feuermachen zu bringen. Er erledigte alle Aufgaben, als hätten wir das jahrelang lang trainiert. Ohne ihn wäre ich jetzt tot.«

Grant rieb über meine Brust. Es fühlte sich wundervoll an. »Hm, ich habe ihm so etwas jedenfalls nicht beige-

342

bracht, aber er ist ein kluger Hund. Versteht alles sofort. Als ich ihm das erste Mal *Platz!* befahl, wusste er sofort, was das bedeutet. Bist du in der Lodge abgestiegen?«

»Na ja, eigentlich schon. Aber diese Nacht werde ich wohl in der Notaufnahme verbringen.«

Grant fuhr zusammen. »Klar. Tut mir leid. Soll ich irgendwelchen Leuten Bescheid geben? Deinem Freund?«

Ava schüttelte den Kopf. »Ich bin allein hier, und zwar wegen meinem Freund. Meinem Ex-Freund. Er hat Schluss gemacht, nachdem ich die Tour bereits bezahlt hatte. Warum das Geld verschenken, dachte ich mir da.«

»Hm, er muss ein ziemlicher Idiot sein.«

Ava lächelte. »Danke. Könnte ich mir mal dein Telefon ausleihen, um meinen Dad anzurufen?«

Nach einer Weile kamen Menschen auf lauten Maschinen an. Sie schnallten Ava auf ein Bett und trugen sie fort. Zitternd schmiegte ich mich an Grant, denn das Bild erinnerte mich an jenen Tag, als ich Grandma das letzte Mal gesehen hatte.

Wir verbrachten noch einige Tage damit, ziellos mit Lucky, aber ohne Ava herumzuwandern, ehe wir endlich wieder zur Farm zurückfuhren. Als wir dort ankamen (leider folgte uns Lucky mit ihrem Wagen bis dorthin), war es bereits dunkel. Ich trottete durch die Hundetür, während Grant bei Lucky blieb.

Als ich das Wohnzimmer betrat, wusste ich sofort, dass etwas nicht stimmte. Chase Dad lag auf dem Sofa mit einem feuchten Tuch über den Augen und sagte kein Wort zu mir. Li Min und ZZ waren auch da; sie hatten ihre Sessel vor das Sofa gerückt, als hätten sie vor, vom Sofa zu essen. Auch sie ignorierten mich. Sie schienen nicht zu begreifen, welch großes Ereignis meine Rückkehr für sie bedeutete – jetzt war wieder ein Hund im Haus! Alle sollten glücklich sein!

Chase Dads Hand baumelte vom Sofa herunter. Als ich daran schnupperte, bewegte Chase Dad sich stöhnend. »Hi, Riley«, wisperte er. Er zog die Knie an die Brust.

Er roch krank und schwitzig, und als er mich flüchtig streichelte, spürte ich, dass er Schmerzen hatte. Ich setzte mich vor ihn hin, beobachtete ihn ängstlich und verstand überhaupt nicht, was los war.

Grant ließ sich lange Zeit, ehe er endlich hereinkam und Luckys Geruch mit sich ins Haus brachte. Als er uns sah, blieb er stirnrunzelnd stehen. »Was ist los?«

Li Min sprang auf. »Dein Vater ist krank, aber er will nicht ins Krankenhaus.«

Verständnislos starrte Grant sie an und blickte dann zu Chase Dad hinüber. »Was fehlt ihm?«

»Er hat Bauchschmerzen.«

Grant sah Li Min und ZZ scharf an und schüttelte den Kopf. »Nein, das können nicht nur gewöhnliche Bauchschmerzen sein.«

»Er war nicht in der Lage aufzustehen«, sagte ZZ.

»Er hat schreckliche Schmerzen!«, rief Li Min.

»Ich kann aufstehen, Herrgott noch mal«, knurrte Chase Dad. »Aber ich will nicht.«

Li Min machte eine flatternde Handbewegung. »Es hat beim Frühstück begonnen. Er konnte seine Eier nicht essen, und du weißt, wie gern er Eier isst. Dann hat er sich erbrochen. Er ging nach draußen, um zu arbeiten, kam aber kurz darauf wieder zurück, legte sich aufs Sofa und blieb den ganzen Tag dort liegen.«

»Ich bin hier, Li Min«, brummte Chase Dad. »Sprich nicht über mich, als wäre ich nicht anwesend.«

Da wir anscheinend alle im Wohnzimmer bleiben würden, streckte ich mich gemütlich der Länge nach aus. Doch ich spürte die Sorge, die von allen ausging.

»Du hast nicht gearbeitet?« Grant schüttelte den Kopf. »Dann muss es wirklich etwas Ernstes sein, Dad. Erinnerst du dich, als ich dich einmal fragte, ob ich von meinen Aufgaben freigestellt werden würde, wenn ich das Opfer eines Bärenangriffs wäre? Du meintest nur trocken: ›Kommt drauf an, wie viele Bären es waren.‹«

Chase Dad stieß ein bellendes Lachen aus, das nahtlos in einen lauten Schrei überging. »Herrgott! Das fühlt sich an, als würde man mir ein Messer in den Bauch rammen.«

»Nehmen wir eine Skala von eins bis zehn – eins ist ein Stein im Schuh, zehn ein Biss von einem Hai. Wo würdest du deine Schmerzen einordnen?«, fragte Grant.

Chase Dad schwieg eine Weile. »Acht«, murmelte er dann.

Fassungslos starrte Grant ihn an. »Acht? Mein Gott, Dad, wir müssen dich sofort ins Krankenhaus fahren.«

Chase Dad schüttelte den Kopf. »Nicht nötig.«

»Bitte!«, rief Li Min flehentlich. »Bitte geh ins Krankenhaus, Chase!«

»Dad, wenn du uns nicht erlaubst, dich zu fahren, rufe ich einen Krankenwagen.«

Chase Dad funkelte Grant grimmig an. Li Min drückte Chase Dads Schulter. »Du musst gehen.«

ZZ und Grant trugen Chase Dad aus dem Haus und fuhren mit ihm weg. Ich blieb in der Nähe von Li Min, weil sie mir etwas zu essen gab und weil sie dringend einen Hund brauchte. Nervös wanderte sie durch das Haus, blickte ständig auf ihr Telefon, stand am Fenster und starrte in die Nacht hinaus. Dreimal weinte sie. Pflicht-bewusst folgte ich ihr auf Schritt und Tritt und machte *Bereit!*, wenn sie eine Umarmung brauchte. Ich war froh, in diesem rätselhaften Geschehen eine sinnvolle Aufgabe zu haben.

Sobald ich Grants Wagen hörte, schlüpfte ich durch die Hundetür nach draußen, um Grant zu begrüßen. Er war kaum ausgestiegen, als auch Li Min herausgerannt kam. »Grant! Was ist mit deinem Vater?«

Grant umarmte sie. »Alles in Ordnung. Der Blinddarm war nicht durchgebrochen. Die Operation verlief gut, und jetzt ruht er sich aus.«

Li Min presste die Hand auf den Mund und nickte. Sie weinte.

»ZZ wird die Nacht über bei ihm bleiben. Die Ärzte meinen, er muss sich mindestens zwei Wochen lang scho-nen. Das wird ihn umbringen.« Grant neigte den Kopf zur Seite und musterte Li Min mit zusammengekniffenen Augen. »Alles okay?«

Sie nickte und wischte sich die Augen. »Ich habe mir einfach nur schreckliche Sorgen gemacht. Nach deiner SMS habe ich sofort Blinddarmentzündung gegoogelt, und die kann wirklich sehr übel ausgehen. Man kann da-ran sterben. Und dann habe ich nichts mehr von dir und ZZ gehört.«

»ZZ hat dich nicht angerufen? Ich dachte, das hätte er.«

Heftig schüttelte sie den Kopf. »Es war die reinste Folter, die ganze Nacht warten, ohne etwas von euch zu hören.«

»Das tut mir leid, Li Min. Ich war mir sicher, dass ZZ dich auf dem Laufenden hält.«

Sie holte tief Luft und straffte dann die Schultern. »Möchtest du etwas haben? Vielleicht einen Kaffee?«

»Nein, danke, aber ich habe einen Bärenhunger. Ich hatte nämlich kein Abendessen.«

Erfreut wedelte ich mit dem Schwanz. Abendessen war eine großartige Idee.

»Oh! Ich werde gleich ein paar Sachen herrichten.« Li Min eilte in die Küche und klapperte mit Töpfen, aber nicht auf die Art wütender Gang.

»Findest du das alles nicht auch ziemlich merkwürdig, Riley?«, flüsterte Grant mir ins Ohr. Da ich meinen Namen hörte, war ich überzeugt, ein zweites Abendessen sei eine reale Option.

War es nicht, doch Grant steckte mir unter dem Tisch ein paar Krümel zu.

Nach ein, zwei Tagen kehrte Chase Dad nach Hause zurück. Er war sehr müde und ging sofort in Burkes Zimmer, um sich hinzulegen. Grant stand in der Tür und musterte ihn: »Kann ich irgendetwas für dich tun?«

»Ich will mich einfach nur ausruhen.«

Ich überlegte, ob ich auf das Bett springen sollte, wo ich so viele Nächte meines Lebens verbracht hatte. Es war das Bett meines Jungen, doch Chase Dad hatte mich niemals bei sich schlafen lassen – was war da ausschlaggebend?

»Ich muss bald wieder gehen, Dad.«

»Das ist okay. Ich habe ja ZZ.«

»Und Li Min«, merkte Grant an.

»Stimmt.«

»Ist sie inzwischen jeden Tag hier?«

Ich war mir immer noch unschlüssig, wo ich mich hinlegen sollte. Müde gähnte ich.

»Ja. Genauso wie ZZ.«

»Das ist nett. Sie hierzuhaben, meine ich.«

»Worauf willst du hinaus, Sohn?«

»Auf gar nichts. Wie gesagt, ich muss wieder weg. Und ich muss das Pferd zurückgeben.«

»Würdest du mir einen Gefallen tun?«

»Klar.«

»Könntest du Riley mitnehmen? Im Grunde ist er genauso dein Hund wie meiner. Ich soll die nächste Zeit nichts tun außer schlafen und essen. Wie ein Teenager. In dieser Verfassung kann ich nicht guten Gewissens einen Hund halten.«

Autofahrt mit Grant! Eine herrlich lange Fahrt, die nur durch die Tatsache getrübt wurde, dass Lucky uns die ganze Zeit folgte, bis wir an einem nach Pferde riechenden Ort ankamen, wo viele, viele Pferde am Gras zupften, auf der Suche nach etwas Essbarem. Als wir weiterfuhren, war Lucky so beschäftigt damit, die anderen Pferde dumm anzuglotzen, dass sie vergaß, zu ihrem Wagen zurückzugehen.

Die Fahrt endete an einem Gebäude mit rutschigen Böden und einem langen Gang mit vielen Zimmern. In eines dieser Zimmer zogen Grant und ich ein. Offenbar liebte

Grant große Gebäude, in denen viele Menschen wohnten. Mir gefiel es hier auch, weil sich das Bett im selben Raum befand wie die Küche. Allerdings verstand ich nicht, weshalb wir nicht auf der Farm geblieben waren. Wir waren weit weg; ich konnte nicht die leiseste Spur der Farm wittern.

Eines Tages kam Grant mit einem Quietschspielzeug zurück. Ich liebte es – wenn ich hineinbiss, erinnerte mich das Geräusch an Lacey. Er schenkte mir auch einen neuen Nylon-Kauknochen. Den mochte ich nicht so gern.

Nach einer Weile machten wir wieder eine Autofahrt, diesmal zu einem Haus mit einem unverwechselbaren Geruch. Ava! Grant klopfte an die Tür, während ich aufgeregt mit dem Schwanz wedelte. »Bist du das, Grant?«, hörte ich sie rufen.

»Ja!«

»Komm rein, die Tür ist offen.«

Sobald Grant die Tür aufmachte, stürmte ich ins Haus und entdeckte zu meiner Freude, dass Ava in einem Stuhl mit Rädern saß, der genauso wie Burkes Stuhl aussah! Ihr eines Bein war seltsamerweise steif ausgestreckt. Sie tätschelte mich am Kopf, gab mir jedoch keine Leckerlis. Über dem ausgestreckten Bein trug sie eine sehr schwere, harte Hose.

Während Ava und Grant sich unterhielten, streckte ich mich auf dem kuschlig weichen Teppich aus und ließ mir das Fell von der durch das Fenster hereinströmenden Sonne wärmen. Mit der Zeit wanderten die Sonnenstrahlen vom Teppich auf den Holzboden, und ich musste mich entscheiden, was ich tun sollte: mich hin zur Sonne bewegen oder auf dem Teppich bleiben. Ich wählte den Teppich.

»Wie lebt es sich so im Rollstuhl?«

»Ganz okay. Nein, langweilig. Im Herbst habe ich mir das Handgelenk verstaucht, was mir gar nicht weiter aufgefallen ist, bis ich ins Krankenhaus eingeliefert wurde. Deshalb ist es ganz schön anstrengend, im Rollstuhl herumzufahren.«

»Mein Bruder saß früher im Rollstuhl.«

»Echt? Ich wusste gar nicht, dass du einen Bruder hast. Du hast ihn nie erwähnt.«

Grant zuckte die Achseln. »Wir stehen uns nicht besonders nah. Lange Geschichte. Wie auch immer, er hatte einen Hund, der ihn zog, ihm in den Stuhl hinein und hinaus half, solche Sachen eben. Vielleicht können wir das ja Riley beibringen.«

Verschlafen öffnete ich ein Auge.

»Das ist bestimmt nicht einfach«, bemerkte Ava.

Grant stand auf. »Hast du ein Seil?«

»Im Schrank da drüben ist eine Kiste mit Hundeleinen.«

Grant öffnete eine Tür. »Hey, du hast wirklich einen Haufen Hundeleinen!«

»Ich bin in der Tierrettung tätig, schon vergessen?«

Als Grant die Leine an meinem Halsband befestigte, wedelte ich aufgeregt mit dem Schwanz, in der Annahme, wir würden einen Spaziergang machen. Er drückte Ava das Ende der Leine in die Hand. »Okay, du befiehlst ihm jetzt: Zieh! Und ich werde ihn zu mir rufen.«

Ich kannte dieses Wort. *Zieh!* Es ergab Sinn, denn sie

saß in dem gleichen Stuhl wie mein Junge. Bereit, mit der Arbeit zu beginnen, machte ich *Sitz!*.

»Er wird mich vom Stuhl herunterreißen.«

»Halt einfach die Leine fest.«

»Hey, ich habe keine Ahnung, wie man Wasserski fährt.«

»So haben mein Bruder und mein Dad Cooper trainiert.«

Ich freute mich so, den Namen Cooper zu hören. Grant ging ans andere Ende des Zimmers. Ich ignorierte ihn. Ich wusste genau, was ich zu tun hatte. »Befiehl ihm jetzt: Zieh!«

Obwohl das Kommando von Ava kommen sollte, war klar, was die beiden von mir wollten. Ich machte alles so, wie man es mich gelehrt hatte, ging langsam nach vorne, stemmte mich in meine Leine und merkte, wie der Stuhl hinter mir herrollte. »Oh mein Gott!«, rief Ava aus.

Grant strahlte über das ganze Gesicht. Ich machte quer durch den ganzen Raum *Zieh!*. Niemand sagte Stopp, aber mir fiel nicht ein, wohin ich sonst noch laufen könnte. »Riley, du bist unglaublich«, sagte Grant.

»Moment mal, das kann er sich doch nicht selbst beigebracht haben. Hast du ihn als Assistenzhund ausgebildet?«

»Nein. Vielleicht hat es etwas mit deinem Gewicht im Stuhl zu tun. Er spürt den Widerstand, und das ist für ihn wie *Bei Fuß!*. Er weiß, das bedeutet, dass er sich langsam neben dir bewegen muss.«

»Du willst mir also sagen, ich sei fett.«

Grant roch auf einmal ganz schwitzig. »Nein. Oh nein, nein! Herrgott!«

Ava lachte. »War nur ein Scherz, Grant. Du solltest dein Gesicht mal sehen! Na ja, er ist ja ein Neufundländer-Mischling, und Neufundis werden oft zum Karrenziehen benutzt. Es könnte also instinktives Verhalten sein. Kommt er aus der Hunderettung? Er muss auch einen Australian Shepherd in sich haben. Das erkennt man an der typischen Felltönung.«

»Ja, ich weiß. Damals bei den Klippen habe ich dir doch erzählt, dass Riley gern ausreißt. Er gehörte früher einem Typen namens Ward, aber Riley ist ihm ständig abgehauen und auf der Farm meines Dads aufgekreuzt.«

»Ward Pembroke?«

»Ja, das ist der Typ. Kennst du ihn?«

»Nein, aber ich kenne diesen Hund! Ich habe ihn gerettet, bevor er entwöhnt war. Seine Mutter ist ein Australian-Shepherd-Mischling. Von dem ganzen Wurf war dieser Hund mein Liebling.« Ava nahm meinen Kopf in die Hände und starrte mir in die Augen. »Ja, das ist Bailey! Erinnerst du dich an mich, Bailey?« Sie kraulte meinen Kopf. »Mr. Pembrokes Bruder ist ein Freund meines Vaters. Deshalb haben wir Ward Bailey gegeben, und er hat ihn anscheinend Riley getauft. Was für ein unglaublicher Zufall!«

Ich hatte absolut nichts dagegen, von Ava Bailey genannt zu werden. Es erinnerte mich an meine Zeit als Welpe.

»Bailey ist ein guter Name«, sagte Grant. »Soweit ich weiß, hatten wir ein, zwei Baileys in der Familie.«

Wir machten noch mehrere Male *Zieh!*. Ich stellte mich darauf ein, auch *Hilf!* und *Bereit!* zu machen, doch offenbar war Ava nicht daran interessiert.

»Möchtest du dir Riley für ein paar Tage ausleihen?«, fragte Grant.

Überrascht sah Ava ihn an. »Wie meinst du das?«

Grant zuckte die Achseln. »Ich habe gerade einen neuen Job angefangen, er wäre also sowieso den ganzen Tag allein in meinem Apartment in Lansing. Mit seiner Hilfe könntest du dich im Rollstuhl freier bewegen. Ich werde noch seinen Napf, sein Futter und sein Spielzeug vorbeibringen.«

»Wird er nicht traurig sein, wenn du ihn einfach hierlässt?«

»Er ist ziemlich unkompliziert. Und er hat dich in der Wildnis aufgespürt, schon vergessen? Ich glaube, er erinnert sich an dich aus seiner Zeit als Welpe. Außerdem könnte ich euch ja öfter besuchen.« Grants Stimme war zögernd. Neugierig musterte ich ihn.

»Oh. Ja, das wäre schön, Grant«, sagte Ava leise.

Grant lächelte sie an. »Vielleicht ist es kein Zufall, dass ich mit Riley unterwegs war und er dich gefunden hat. Vielleicht sollte das ja so sein.«

Sie saßen da und sahen sich an. Ich gähnte.

Später klopfte ein Mann an die Tür und überreichte ihnen einen flachen Behälter mit Essen. Da ich um Grants Großzügigkeit beim Abendessen wusste, bezog ich neben ihm Stellung, aber er unterhielt sich die ganze Zeit und gab einem Hund, der sich einen Leckerbissen wohl verdient hatte, nichts ab.

»Nach der Scheidung von meinem Dad ist Mom nach Kansas City gezogen«, erzählte Ava. »Sie ist CEO bei Trident Mechanical Harvesting.«

»Ernsthaft?«

»Was ist daran so besonders?«

»Na ja, mein Dad ist der Meinung, dass dieses Unternehmen Amerika ruiniert. Die Farmer von ihrem Grund vertreibt. Bei diesem Thema gerät er jedes Mal in Rage. Ich werde ihn warnen, es nicht in deiner Gegenwart anzusprechen.«

»Sie vertreiben niemanden. Es ist ein gutes Geschäft für beide. Sie kaufen eine Farm, stellen das Geld zur Verfügung, aber wenn der Besitzer das will, kann er das Geld erst einmal liegen lassen und die Farm für einen Dollar im Jahr mieten, sie weiter bewirtschaften und die Feldfrüchte zum Verkauf behalten. Nach wenigen Jahren beschließen die meisten Farmer jedoch, lieber ihr Geld zu nehmen und in Florida oder woanders zu leben. Aber wenn sie möchten, können sie bis zum Lebensende auf der Farm bleiben.«

»Das ist mir völlig neu. Du sagst, sie können die Farm für einen Dollar im Jahr behalten?«

»Das ist der Deal. Meine Mutter reagiert sehr empfindlich darauf, wenn Leute wie dein Dad behaupten, ihre Firma würde Familienbetriebe zerstören.«

Grant trommelte mit den Fingern auf den Tisch. »Wow. Davon habe ich echt noch nie gehört. Tja«, sagte er bedächtig, »meinst du, deine Mom könnte auch für meinen Dad diesen Deal einfädeln?«

30

Jetzt lebte ich mit Ava zusammen. Leider durfte ich für sie nichts anderes tun außer *Zieh!*. Frustriert beobachtete ich, wie sie sich mit ihrer schweren Hose abkämpfte, wenn sie sich vom Stuhl in ihr Bett oder auf das Sofa hievte – und das, obwohl ich da war und *Hilf!* für sie machen könnte wie damals im Schnee. Ich verstand nicht, warum sie sich nicht von mir helfen ließ.

Oft kamen Sam Dad und eine Frau namens Marla vorbei, um mir und womöglich auch Ava einen Besuch abzustatten. Marla roch hauptsächlich nach Blumen und den Chemikalien in ihrem dunklen Haar. Sam Dad umarmte sie schrecklich oft.

»Soll ich eine Weile bei dir wohnen, Ava? Ich kann mir bei der Bank Urlaub nehmen«, bot Marla an.

»Nein, das ist schon okay«, erwiderte Ava. »Ich habe ja Riley.«

Manchmal lag ich da, steckte schnuppernd die Nase durch den Spalt unter der Tür und sog die durcheinanderwirbelnden Gerüche nach Bäumen, Tieren, Hunden und Menschen in mich ein. Lacey konnte ich nicht riechen. Ich redete mir ein, dass ich die Farm und die Ziegenfarm wittern konnte, doch es war eine so minimale

Geruchsspur, dass ich womöglich etwas wahrnahm, was gar nicht da war. Das war einer der merkwürdigsten Aspekte an einem Hundeleben – Menschen entschieden, wo und mit wem wir lebten. Im Herzen fühlte ich, dass ich auf die Farm gehörte, und fragte mich bang, ob wir jemals dorthin zurückkehren würden. War Lacey auf der Farm?

Natürlich musste ich mein Schicksal annehmen, es genauso akzeptieren wie die Tatsache, dass der Tierarzt mich mit einem einzigen Pikser von meinen Schmerzen erlöst hatte und ich danach mit einer neuen Mutter in einem neuen Wurf Welpen in einem neuen Leben wiedererwacht war.

Mir war auch bewusst, dass meine Gefühle sich verlagert hatten. Natürlich liebte ich Burke immer noch, fühlte mich jetzt aber auch sehr stark mit Ava und Grant verbunden. Ich gelangte zu dem Schluss, dass ein Hund über die angeborene Fähigkeit verfügte, viele Menschen zu lieben.

Grant besuchte mich oft, und ganz gleichgültig, wie tief ich den Nylon-Kauknochen in meiner Spielzeugkiste auch verbuddelte, er fand ihn jedes Mal.

Eines Tages kam er mit Blumen vorbei, die das Haus mit ihrem Duft durchfluteten und mich an Marla erinnerten. Er drückte Ava die Blumen mit einer fast groben Geste in die Hand. »Ich habe Blumen gekauft.«

»Das sehe ich«, erwiderte sie lachend. »Sie sind wunderschön, vielen Dank. Wenn du jetzt einen Freudentanz erwartest, muss ich leider passen. Erst muss der Gips ab.«

Grant gab keine Antwort.

»Das war ein Scherz, Grant. Könntest du die Blumen bitte in die Küche bringen? Ich zeige dir, wo du eine Vase findest.«

»Natürlich war das ein Scherz. Hältst du mich für so bescheuert? Ich habe bloß nach einer witzigen Antwort gesucht. In unserer Familie ist eher mein Bruder der schlagfertige Typ. Ich bin nur der gute, zuverlässige Grant.« Er küsste Ava und legte die Blumen ins Spülbecken. Den Rücken uns zugewandt, füllte er Wasser in ein hohes Glas und stopfte die Blumen hinein.

»Als ich dich das erste Mal sah, bist du zu meiner Rettung mit deinem Pferd aus dem Nebel aufgetaucht wie ein strahlender Ritter«, sagte Ava liebevoll. »Wenn du das als zuverlässig bezeichnest, bin ich sehr damit einverstanden.«

Grant kochte das Abendessen und warf mir währenddessen würzige Fleischbröckchen zu. Ich war so glücklich, dass er zu Hause war!

»Ich habe ein wenig Bammel davor, mich selbstständig zu machen, aber Unternehmensrecht liegt mir einfach nicht«, erzählte Ava später bei Tisch.

»Und was nun?«

»Ich habe bereits meinen ersten Mandanten – die Hope-Tierrettung, die gemeinnützige Organisation meines Dads. Ich dachte, ich sollte mich lieber auf so etwas konzentrieren, mit Tierheimen zusammenarbeiten, vielleicht mit Veterinärämtern. Doch wie gesagt, ich habe ein bisschen Bammel davor.«

Ein Fleischhäppchen landete auf dem Boden, und flugs stürzte ich mich darauf.

»Du wirst das schaffen. Du bist klug.«

»Du schenkst mir Blumen, lobst meine Klugheit. Deine Mutter hat dich gut erzogen«, sagte Ava schmunzelnd. Als Grant keine Antwort gab, fragte sie verwundert: »Hey, was ist los? Habe ich etwas Falsches gesagt?«

»Dad hat uns erzogen. Meine Mom hat sich von ihm scheiden lassen. Sie ist nach Europa gegangen und hat mit einem anderen Mann eine neue Familie gegründet. Ich erinnere mich kaum noch an sie. Wir haben lange nichts mehr von ihr gehört.«

»Das tut mir leid. Davon hatte ich keine Ahnung.«

Grant seufzte. »Früher habe ich mich immer gefragt, was mit mir nicht stimmt, weil sie uns nie besucht oder anderweitig Kontakt mit uns aufgenommen hat. Aber meine Grandma meinte, ihr neuer Mann würde sie total kontrollieren und ihr den Kontakt mit uns verbieten. Das ist jedenfalls die offizielle Version.« Er verstummte.

Ich stupste Grants Bein mit der Schnauze an, da auf dem Tisch nach wie vor jede Menge köstlich riechendes Fleisch stand.

»Das macht dich immer noch traurig«, sagte Ava sanft. »Das spüre ich.«

»Ach, ich habe nur gerade daran gedacht, wie es war, als sie uns verließ. Mein Bruder Burke kam von der Taille abwärts gelähmt zur Welt. Sie konnte damit nicht umgehen, also nahm sie Reißaus.«

Ava schüttelte den Kopf. »Das hat sie wirklich so gesagt? Dass sie geht, weil dein Bruder behindert ist?«

»Das brauchte sie gar nicht, da das offensichtlich war. Wir saßen alle im Wohnzimmer, und meine Eltern fragten, ob wir bei Dad oder bei ihr bleiben wollten. Ich hatte vor, sie zu wählen, wollte allerdings nicht, dass Burke sich ebenfalls für sie entscheidet, und außerdem ging sie ja wegen Burke. Also sagte ich, ich wolle bei Dad bleiben, weil ich wusste, mein Bruder würde meinem Beispiel folgen, und ich könnte mich ja dann später umentscheiden. Aber dann sagte Burke: ›Ich bleibe bei Grant.‹ Nicht bei Dad, bei mir. Was hätte ich da tun sollen? Ich saß in der Falle.«

»Wow!«

»Ich verstehe nicht, warum er das gesagt hat.«

Um auf mich aufmerksam zu machen, legte ich die Pfote auf Grants Bein. Er schenkte mir ein leichtes Lächeln.

Nachdenklich nickte Ava. »Hört sich an, als würde er dich wirklich lieben.«

Grant wandte den Blick ab. »Damals habe ich das nicht so gesehen. Ich hielt es eher für eine Art Strategie. Um mich auf der Farm festzuhalten.«

»Ja, das war sicher schwer für dich«, stimmte Ava ihm zu.

»Ich habe ihm das praktisch mein ganzes Leben lang verübelt«, sagte Grant.

»Ich habe keine Geschwister«, sagte Ava ruhig. »Aber irgendwie habe ich mir immer vorgestellt, dass meine Geschwister, wenn ich welche hätte, meine besten Freunde wären.«

»Sicher. Burke und ich haben ja versucht, uns anzunähern. Als Erwachsene, meine ich. Wir haben auch gelegentlich Kontakt. Die Gespräche haben aber stets etwas Gezwungenes, Künstliches an sich, als würden wir uns gegenseitig etwas vormachen. Zwischen uns ist einfach zu viel passiert.«

»Wir haben etwas gemeinsam. Meine Mutter hat die Kindererziehung meinem Dad überlassen, während sie sich auf ihren Beruf konzentriert hat. Es war in Ordnung, als ich klein war. Deren Arrangement, meine ich. Aber meine Mutter hat die Arbeit meines Dads nie ernst genommen. Du weißt schon, nicht gewinnorientiert. Als sie sich scheiden ließen, blieb ich bei meinem Vater. Sie wechselt häufig ihre Partner, während Dad seit Ewigkeiten mit Marla zusammen ist.«

»Ich hatte früher immer den Verdacht, dass mein Vater mich nur als billige Arbeitskraft betrachtet«, sagte Grant. »Da mein Bruder im Rollstuhl saß, blieb alles an mir hängen. Ich habe ihm das wirklich übel genommen, aber jetzt bin ich fast dankbar dafür, wie ich groß geworden bin. Bei jedem Job sagt man mir, ich würde härter als alle anderen arbeiten. Manchmal rufen mich Firmen an und fragen, ob ich bereit wäre, wieder für sie zu arbeiten.«

Ich ging zum Fenster, um nach Eichhörnchen, Hunden und anderen Eindringlingen Ausschau zu halten. Draußen war jedoch nichts zu sehen.

»Und wie läuft's in deinem neuen Job?«

»Ganz okay. Meine Firma ist darauf spezialisiert, veraltete Öko-Anlagen abzureißen. Unternehmen können gute Gewinne machen, wenn sie ihre Anlagen modernisieren. Mein Einsatzgebiet ist Nordamerika, ich werde also viel reisen. Da die Firma auch Niederlassungen in Europa hat, werde ich von Zeit zu Zeit auch dort sein. Ich kann von überall aus eingesetzt werden, das heißt, ich habe freie Wahl bei meinem Wohnsitz. Ich könnte mich hier niederlassen, wenn ich das will. Anders gesagt, wenn du das willst.«

»In Grand Rapids?«

»Wir könnten uns dann öfter sehen. Ich meine …«

»Das würde mich freuen, Grant. Sogar sehr.«

Später gingen sie in Avas Zimmer, um sich hinzulegen. Ava brauchte mich nicht, um für sie *Bereit!* zu machen, weil Grant ihr half. Danach rauften sie wild miteinander, aber als ich begeistert auf Avas Bett sprang, um mitzumachen, schrien beide: »Runter!«, also rollte ich mich auf dem Fußboden auf einem Kissen ein. Irgendwann beruhigten sie sich wieder. »Der gute, zuverlässige Grant«, sagte Ava, worauf beide laut lachten.

Am nächsten Morgen machte Grant das Frühstück und warf mir ein Stück Schinken zu. »Wann will dein Dad Riley zurückhaben?«, fragte Ava. »Ich werde ihn bestimmt sehr vermissen.«

»Ich habe erst gestern mit ihm telefoniert. Er ist wieder einigermaßen fit, kann aber noch nicht arbeiten. Ich habe ihm übrigens von dir erzählt. Und auch von Rileys erstaunlichen Fähigkeiten, als wäre er der wiedergeborene Cooper.«

Es irritierte mich ein wenig, meine beiden Namen so kurz hintereinander zu hören.

»Er meinte, Riley ist genauso mein Hund wie seiner oder deiner. Er kann also bleiben, solange du willst.«

»Guter Hund, Riley«, lobte mich Ava und steckte mir ebenfalls ein Stück Schinken zu. Allmählich schien sie zu begreifen, was sich gehört!

»Wenn du magst, kannst du ihn wieder in Bailey um-
taufen«, schlug Grant vor.

Ich starrte ihn an. Jetzt dieser Name! Was ging hier vor?

»Oh nein«, erwiderte Ava. »Riley passt sehr gut zu
ihm.«

Grant verstaute seine Kleidung in einem Schrank und
einer Kommode in einem Hinterzimmer, doch wenn er
zu Hause war, schlief er in Avas Zimmer. Normalerweise
schlief ich bei Ava, aber wenn Grant da war, zog ich mein
Hundekissen vor. Diese ständigen Raufereien in Avas Bett
waren mir zu anstrengend.

Wie Burke stellte auch Ava schließlich ihren Rollstuhl
beiseite und begann wieder zu gehen. Und wie Burke hatte sie anfangs Mühe damit. Aus Erfahrung wusste ich,
dass sie mich brauchte, um *Hilf!* zu machen, aber sie bat
mich nie darum. Wenn Menschen ihre Rollstühle in einen
Schrank stellen, ist das so, als würden sie auch das freundliche *Zieh!* eines Hundes darin ablegen.

Da Ava nun wieder laufen konnte, verbrachte sie die
meisten Tage an einem Ort, den ich von früher her kannte – ein Gebäude mit Hunden in Käfigen, Sam Dad und
anderen netten Menschen.

Und Katzen.

Ich konnte nicht glauben, dass dies das geheimnisvolle
Tier war, das ich mein Leben lang kennenlernen wollte,
jenes scheue Tier, das in Schuppen lebte und dessen Geruch an so vielen Menschen haftete. Alle nannten diese
Tiere »Katzen«, und sie waren viel uninteressanter, als ich
mir vorgestellt hatte. Die Hunde lebten in großen Käfigen
und bellten gern. Die Katzen lebten in kleineren Käfigen

und starrten nur, kommunizierten überhaupt nicht, außer vielleicht dass sie unverhüllt ihre Verachtung zeigten.

Diese Katzen waren fast so groß wie die Wassereichhörnchen, doch sie flohen nicht, wenn ich zu ihren Käfigen ging, um sie genauer in Augenschein zu nehmen. Vielmehr schlug mir einmal eine Katze ihre winzigen Krallen in die Nase, als ich die Schnauze zu dicht an den Maschendraht drückte.

Ich hatte so viel Zeit damit verbracht, mich mit diesem unsichtbaren Tier, das im Schuppen lebte, anzufreunden, bloß um nun herauszufinden, dass diese mürrischen Wesen so eifersüchtig auf uns Hunde waren, dass sie gar nicht freundlich sein konnten.

Nahezu jeden Tag kamen Menschen vorbei, um die Hunde zu besuchen und mit ihnen zu spielen, und manchmal gingen Hunde mit Menschen weg und wirkten dabei immer sehr glücklich. Es gab auch Menschen, die die Katzen besuchten, mit ihnen redeten und sie mitnahmen, bloß wirkten die Katzen dabei nie glücklich.

Ich erinnerte mich, wie ich als Welpe mit Lacey hier gelebt hatte, und stürmte immer in den Hof, um mit anderen Hunden zu spielen, in der Hoffnung, Lacey sei unter ihnen. Leider war sie nicht da. Ich schnüffelte alles nach ihr ab, erhaschte jedoch nie auch nur einen Hauch ihres Duftes. Vielleicht lebte Lacey ja inzwischen bei Wenling.

Wenn ich schlief, träumte ich manchmal, ich sei auf der Farm und würde mit Lacey herumtollen. Im Traum war sie oft meine erste Lacey mit der weißen Brust und dem kurzen Fell, dann wieder war sie die Lacey mit dem hellen struppigen Fell, die ich jetzt kannte. Und manchmal träumte ich von einem Mann, der zu mir sagte: »Guter Hund, Bailey.« Ich erkannte die Stimme nicht, obwohl sie sehr vertraut klang, als ob ich sie kennen müsste.

Ich war glücklich, mit Ava und manchmal auch mit Ava und Grant zu leben. Doch noch glücklicher wäre ich, wenn wir alle mit Burke und Chase Dad auf der Farm wären.

»Morgen fahren wir in den Norden hoch, in dein altes Revier«, erzählte Ava Grant beim Abendessen. »Du weißt schon, dieser Einsatz gegen die Hundekampf-Bande, von der ich dir erzählt habe. Hunde treten gegeneinander an, bis einer stirbt. Die Landespolizei will den Laden schließen, und wir sind die einzige Rettungsorganisation, die sich der Tiere annehmen will.«

»Wow, das hört sich ziemlich … Habt ihr keine Angst, dass sie bösartig sein könnten?«

»Manche sind sicher bösartig, aber mit Fürsorge, Liebe und Freundlichkeit kann fast jeder Hund resozialisiert werden.«

Alarmiert durch das Wort »Hund« beobachtete ich beide.

»Wenn du willst, komme ich mit«, bot Grant an.

»Wirklich? Wir können jede Hilfe brauchen.«

»Dann ist das also abgemacht.«

»Der gute, zuverlässige Grant.«

»Ja, ja.«

»Nein, das ist süß. Ich liebe das an dir.« Es wurde still. »Ich sagte, ich liebe das an dir, Grant. Ich sagte nicht, ich liebe dich. Also schau nicht so verängstigt drein.«

364

Grant räusperte sich. »Nehmen wir Riley mit?«

Ich sah ihn an, vernahm seinen fragenden Ton. Was sollte ich tun?

»Natürlich.«

Es war noch dunkel, als Ava und Grant mich am Morgen in den Van mit Hundekäfigen verfrachteten und wir eine Autofahrt machten. Grant saß neben Ava. Die leeren Käfige ratterten bei jeder Unebenheit. Ich lag eingerollt auf meinem eigenen Bett in einem der Käfige und verschlief den Großteil der Fahrt. Als vertraute Gerüche ins Innere des Vans sickerten, wurde ich ruckartig wach. Ich roch Wasser, Bäume und unmissverständlich die Ziegenfarm. Aufgeregt stand ich auf. Wir fuhren auf die Farm!

Nein, ich hatte mich geirrt. Wir fuhren zunächst auf einen Parkplatz, wo eine Menge Autos in Reihen standen.

Überall waren Männer und Frauen mit dicker Kleidung und schweren Gegenständen an ihren Gürteln, die leise klirrten, wenn sie sich bewegten. Sie wirkten ängstlich, und ich hob nervös mein Bein an mehreren Wagenrädern, weil ich nicht verstand, warum alle so angespannt waren.

»Gut«, sagte eine Frau laut, »los geht's!«

Der Van schwankte und hüpfte, und Straßenstaub wehte herein. »Mir ist ziemlich mulmig zumute«, gestand Ava.

»Wird schon gut gehen«, antwortete Grant. »Es hieß doch, wir gehen nicht eher rein, bis die Einsatztruppe den Laden geräumt hat, oder?«

»Stimmt.«

Grant atmete geräuschvoll aus. Der Klang war so vertraut – Grant war der einzige Mensch, den ich kannte, der diesen Laut machte. »Ich bin noch nie von einem Hund gebissen worden.«

»Denk nicht einmal daran.«

Ich spürte ihre Nervosität. Was auch immer geschehen sollte, es machte ihnen Angst.

Wir bogen in eine sehr schmale Auffahrt ein. Ich witterte den Geruch vieler Hunde, und als wir anhielten, hörte ich sie bellen. Ava glitt zwischen die Vordersitze, ließ mich aus meinem Käfig heraus und erlaubte mir, den Kopf aus ihrem offenen Fenster zu strecken, doch wir blieben alle im Van.

Ich sah, wie unsere neuen Freunde auf seltsam steife Art herumrannten, wie ein schneller wütender Gang. Einige unserer Freunde stürmten zur Eingangstür, und als diese sich öffnete, zogen sie einen barfüßigen Mann heraus, rauften mit ihm und drückten ihn zu Boden. Ein anderer Mann kam an der Seite des Hauses herausgerannt, unsere Freunde stürzten sich auf ihn, und es gab wieder eine Rauferei. Ich fragte mich, warum sie mich nicht mitmachen ließen, denn ein Spiel macht viel mehr Spaß, wenn ein Hund dabei ist.

Schließlich kam ein Mann auf uns zu, der einen hart aussehenden Hut aufhatte. Er legte die Hand auf den Rahmen meines Fensters, damit ich sie ablecken konnte. »Wir sind fertig und ziehen uns zurück. Da drinnen sind mehr Hunde, als man uns erzählt hat.«

Wir sprangen heraus. Der Hundegeruch war jetzt sehr stark und das Bellen ohrenbetäubend. Als wir ein offenes Tor passierten, blieb ich erschrocken stehen. In übereinandergestapelten Käfigen befanden sich Hunde, die schrill bellten. Ich spürte ihre Angst, ihre Einsamkeit und bei manchen auch rasende Wut. Fäkalien und Urin bedeckten die harte Erde, verbreiteten einen so intensiven Geruch, dass ich sabberte.

Ava weinte. Eine Frau mit einem Plastikhut trat vor und sagte mit strenger Stimme: »Okay, einer nach dem anderen. Denkt daran. Einschätzen. Stabilisieren. Kontrolle. Herausnehmen.«

Ava wandte sich Grant zu. »Kannst du Rileys Leine halten?«

Grant nickte. »Sitz!«

Folgsam machte ich *Sitz!*, aber ich fühlte mich betrogen. Die Gerüche waren für mich beinahe ein Schrei, drängten mich, meine Duftnote auf die vielen anderen Markierungen zu setzen, die die Erde im Hof tränkten.

Ava zog schwere Handschuhe an. Einen Moment lang beobachtete sie die bellenden Hunde, ehe sie sich dann vor einen Käfig kauerte, der auf dem Boden stand. Der Hund im Käfig wedelte mit dem Schwanz und schob sein Gesicht an den Maschendraht. Ava öffnete die Tür. »Der ist in Ordnung«, teilt sie der Frau mit dem Plastikhut mit. Die Frau führte den Hund an einer seltsam steifen Leine durch das Tor. Der Hund sah mich an, die Ohren angelegt, versuchte jedoch nicht, zu mir zu kommen, damit wir uns beschnüffeln könnten.

Dies war ein schlechter Ort. Ich verstand nicht, was wir hier zu suchen hatten.

Ava kniete sich vor einen anderen Hund. Er beobachtete sie mit kalten Augen. Ava redete leise auf ihn ein, und an der Art, wie die Anspannung in seinem Körper

367

sich nach und nach löste, erkannte ich, dass seine Angst nachließ.

In einem nahe gelegenen Käfig befand sich eine Hündin, die meine Aufmerksamkeit erregte. Sie bellte nicht. Aber sie starrte mich an, ihre Rute steif und wedelnd. Ich konnte nicht anders – ich stürmte so weit nach vorne, wie es meine Leine zuließ, ignorierte die Hunde, die mich anbellten. »Nein, Riley! Sitz! Bleib!«, befahl Grant streng.

Doch ich wollte nicht *Bleib!* machen. Die Leine zerrte an meinem Halsband, als ich durch den Maschendraht hindurch Nase-an-Nase mit der Hündin stand und wir beide wild mit unseren Schwänzen wedelten. Sie war eine kompakte braun-weiße Hündin mit einem kräftigen, flachen Kopf und hochstehenden Ohren, die nach vorne klappten. Ihr Gesicht und ihr Körper waren da und dort von kleinen, schlecht verheilten Narben gesprenkelt. Ich hatte noch nie einen Hund getroffen, der so aussah und so roch, aber das spielte keine Rolle.

Ich hatte Lacey gefunden.

31

Die ganze Zeit wurden Hunde an steifen Leinen hinausgeführt und in einen der verschiedenen Vans geladen. Als Ava Lacey befreite, drehte ich fast durch vor Freude, doch Ava wies mich barsch zurecht. »Platz, Riley!« Lacey krümmte sich, versuchte, zu mir zu gelangen. Ava schob sich jedoch zwischen uns und befahl mir *Sitz!* und *Bleib!*, was ich auch machte, bis ich sah, dass Lacey in Avas Van untergebracht wurde. Aufgeregt riss ich an meiner Leine, schleifte Grant mit mir mit und schaffte es gerade noch rechtzeitig, in Laceys Käfig zu springen, ehe Ava die Tür schloss. Sofort begannen wir zu raufen.

Wütend funkelte Ava Grant an. »Was soll das?«

Grant lachte. »Riley will unbedingt mit diesem Hund zusammen sein.«

»Darum geht es nicht, Grant. Die Hündin könnte bissig sein. Sie wurde misshandelt, das sieht man an dem Narbengewebe.«

»Du hast recht, Ava. Entschuldige.«

Ava öffnete Laceys Käfigtür, rief mich zu sich, und wir sprangen beide folgsam heraus. Energisch nahm mich Ava an die Leine und sagte »Rein!« zu Lacey, die daraufhin in den Käfig zurücksprang, während ich an der straffen

Leine zerrte. Ava schloss die Tür. »Hast du eine neue Freundin gefunden, Riley?«

Ich blieb im Van, als Ava wieder loszog. Sie kehrte mit einem Rüden zurück, dem ein Auge fehlte. Er begrüßte mich nicht, sondern rollte sich sofort laut keuchend in der hintersten Ecke seines Käfigs ein. Er hatte Angst.

Als alle Käfige mit Hunden gefüllt waren, rief Ava mich zu sich, und ich folgte widerstrebend. Sie schloss die Schiebetür und glitt auf den Fahrersitz. »Bis gleich, Grant!«, rief sie.

Fassungslos beobachtete ich, wie der Van wegfuhr. Wie konnte es sein, dass mir Lacey wieder entrissen wurde, nachdem ich sie gerade erst gefunden hatte? Ohne nachzudenken, jagte ich dem Van hinterher.

»Riley!«, schrie Grant.

Nein! Lacey war in dem Van! Ich konnte sie nicht gehen lassen!

»Riley! Hierher!«

Meine Entschlossenheit geriet ins Wanken. Keuchend verlangsamte ich mein Tempo.

»Riley!«

Niedergeschlagen machte ich kehrt und trottete mit gesenktem Kopf zu Grant zurück.

Wir verbrachten einige Zeit ohne Ava an dem Ort. Die Hunde wurden mit verschiedenen Fahrzeugen weggebracht, bis nur noch ich übrig blieb. Würde man mich auch irgendwohin bringen?

Aber dann kehrte Ava mit dem Van zurück, und ich weinte vor Erleichterung. Als sie jedoch die Tür aufriss, war Lacey nicht mehr da. Ava umarmte mich und küsste mich auf die Nasenspitze. Ich wedelte mit dem Schwanz, fühlte mich allerdings ganz einsam und verlassen.

Wir fuhren mit dem Van irgendwohin. Grant saß am Steuer, während Ava ihr Telefon ans Gesicht hielt und redete. Mit panischer Miene senkte sie dann das Telefon und drehte sich Grant zu. »Wir müssen sofort umdrehen und zurückfahren!«

»Wieso? Was ist passiert?«

»Das Veterinäramt, wohin wir die Hunde zur Begutachtung gebracht haben, hat Mist gebaut, und ein paar Hunde sind entflohen. Im Newsfeed wird es dargestellt, als wäre ein Haufen mordlustiger Tiere unterwegs. Sie haben eine Versammlung einberufen, und die Leute haben Gewehre mitgebracht. Sie werden die armen Hunde erschießen!«

Ich setzte mich auf und gähnte nervös. Ava war traurig. Was war los?

»Wir werden sie finden. Niemand kann Streuner besser aufspüren als du, Ava. Alles wird gut.«

Wir fuhren bis Sonnenuntergang weiter. Als wir anhielten, traute ich meinen Augen nicht. Dies war das Gebäude, wo ich Schule gespielt hatte! Auf diesen Stufen hatte ich so oft für Burke *Hilf!* gemacht.

Ein Mann, der nach Erdnussbutter roch, näherte sich Avas Wagenseite. Sie ließ ihr Fenster herunter. Ich fragte mich, warum er nicht mit seinen Freunden auf den Stufen saß. »Sie sind gerade gegangen. Es ist völlig verrückt, Ava. Sie sind mit ihren Gewehren vorgefahren, deshalb ordnete der Sheriff an, sie müssten außerhalb des Schulgeländes parken, und darüber wollten sie dann auch noch diskutieren! Schließlich versammelten sie sich alle in der

Turnhalle und sagten, die Hunde würden ihre Hühner und ihre Kinder töten. Der Sheriff meinte, wenn sie einen streunenden Pitbull sehen, sollen sie es melden und die Sache der Polizei überlassen, und sie haben ihn einfach ausgelacht! Sie wollen Blut sehen!«

»Das ist ja grauenhaft.«

Wir fuhren sehr langsam die Straßen hinauf und hinunter, die Gerüche änderten sich nur minimal. »Sie dir das an! Die tragen ihre Waffen mit sich, als wären sie in der Armee!«, wetterte Ava, als uns ein Truck voller lachender Männer mit lautem Motorengebrüll überholte.

»Das ist gegen das Gesetz! Ruf den Sheriff an«, sagte Grant.

»Diese Hunde verdienen die Chance auf ein besseres Leben«, rief Ava wutentbrannt und griff nach ihrem Telefon.

Die Angst, die Wut und die Anspannung waren so stark, dass ich mit den beiden keuchte.

Ava sprach in ihr Telefon und schob es dann wieder in die Hosentasche. »Gute Nachrichten. Sie haben die meisten Hunde eingefangen.«

Wir bogen auf einen hell erleuchteten Parkplatz ein. Ich wedelte mit dem Schwanz, als Grant ausstieg und mich hinausließ, ohne mich jedoch von der Leine zu lassen.

»Soll ich dir was mitbringen?«, fragte Ava.

»Ein schwarzer Kaffee wäre super, Ava. Danke.« Er drehte sich um und blickte zu einem großen Truck hinüber, der gerade auf den Parkplatz fuhr. »Ich kenne diese Kerle aus der Highschool.«

»Sie sind bewaffnet.«

Grant ging auf den Truck zu.

»Grant!«, rief Ava.

Er winkte den Männern im Truck zu. »Hey, Lewis. Jed.«

»Trevino?«, fragte einer der Männer und stieg aus. In der Hand hielt er einen dicken, schweren Stock, der einen kaum noch wahrnehmbaren beißenden Geruch verströmte. »Ich dachte, du bist in Florida oder so.« Er nahm den Stock in die andere Hand, um Grant mit Handschlag zu begrüßen.

»Ja, stimmt, ich war eine Weile dort. Was habt ihr Jungs denn vor?«

Ava näherte sich uns.

»Hast du das nicht gehört?« Der Mann warf mir einen kurzen Blick zu. »Eine Meute Kampfhunde ist entflohen. Wir wollen sie jagen. Wenn wir sie finden, knallen wir sie ab.«

»Ihr wollt Hunde abknallen?«, wiederholte Grant und schnaubte verächtlich. »Das ist verboten!«

»Nicht, wenn sie bösartig sind«, erwiderte der Mann.

Nun mischte sich Ava ein. »Doch, es ist verboten. Michigan Gesetzbuch Kapitel neun, 750.50b. Sie können dafür bis zu vier Jahre Gefängnis kriegen. Ich vertrete als Anwältin die Hope-Tierrettung. Die Hunde gehören streng genommen uns. Wir wurden von der Polizeibehörde des Verwaltungsbezirks gebeten, uns um die Tiere zu kümmern. Sollten Sie den Tieren irgendeinen Schaden zufügen, werden Sie verklagt, und ich werde gegen jeden von Ihnen eine Strafanzeige erstellen.«

Die Miene des Mannes versteinerte. Grant neigte den

Kopf zur Seite. »Hast du nicht inzwischen Frau und Kind, Lewis?«

Er blinzelte, wandte sich beflissen Grant zu. »Ja. Ein kleines Mädchen.«

»Tja, wenn du so besorgt wegen einer Meute wilder Hunde bist, warum gehst du dann nicht nach Hause und beschützt dein Kind, statt durch die Gegend zu fahren und mit deinen Kumpeln Bier zu trinken, als wäre heute die Jagdsaison für Rotwild eröffnet worden?« Grant beugte sich vor und blickte zu den beiden anderen Männern im Truck. »Habt ihr eine Ahnung, wie sauer der Sheriff sein wird, wenn ihr gegen seine Anordnung einen Hund erschießt?«

Unsere neuen Freunde fuhren weg. Ich schnupperte an Grants Hand. Wir waren in der Nähe der Farm – das roch ich, und vor allem fühlte ich es. Ich winselte.

»Was ist los, Riley?«, fragte Ava liebevoll.

»Vielleicht ist er von der ganzen Geschichte gestresst. Weißt du was? Wir sollten einen Abstecher zur Farm machen und ihn bei Dad abgeben«, schlug Grant vor.

»Gute Idee. Willst du ein Weilchen auf der Farm verbringen, Riley?«

Da mir nichts anderes einfiel, wedelte ich mit dem Schwanz.

Als wir an der Ziegenfarm vorbeifuhren, wusste ich, wohin es ging!

Chase Dad und ZZ saßen im Wohnzimmer am Tisch. Als Grant die Tür öffnete, sprangen sie auf und umarmten ihn. Geduldig wartete ich auf meine eigenen Streicheleinheiten. Chase Dad grinste. »Das ist also Ava.«

»Hallo«, sagte ZZ.

Jetzt war ich an der Reihe, geknuddelt zu werden, und ich erwiderte ihre Liebkosungen, indem ich begeistert ihre Gesichter abschleckte. »Hallo, Riley«, sagte Chase Dad und wandte sein Gesicht ab, damit ich sein Ohr ablecken konnte.

»Wir wollten dich fragen, ob du Riley kurz zu dir nimmst«, teilte Grant ihnen mit. »Wir sind auf der Suche nach ein paar ausgerissenen Hunden.«

»Was für Hunde?«, fragte Chase Dad.

Während sie sich unterhielten, schlüpfte ich durch die Hundetür nach draußen und reckte witternd die Nase in die Luft. Ich roch die Enten und weiter entfernt einige Pferde. So gern ich auch mit Ava und Grant in dem kleinen Haus lebte, auf der Farm war ich am glücklichsten.

Nach einer Weile kamen alle auf die Veranda heraus, um mir Gesellschaft zu leisten. Chase Dad legte die Hand auf meinen Kopf. »Wie ist es dir so ergangen, Riley? Ich habe dich richtig vermisst.«

»Wir müssen los, Grant«, sagte Ava.

»Sind die Hunde gefährlich?«, erkundigte sich Chase Dad.

»Wahrscheinlich nicht, aber man kann nie wissen. Auf jeden Fall sind sie desorientiert und verängstigt.«

Plötzlich witterte ich den Hauch einer Geruchsspur und hob wachsam den Kopf. War es das, was ich dachte?

Grant klickte eine Leine an mein Halsband. »Okay, du bleibst vorerst hier, Riley.«

Ich bellte. Alle zuckten zusammen. Ava bückte sich,

schmiegte den Kopf an meinen und spähte in die Dunkelheit. »Was ist da, Riley? Was siehst du?«

Chase Dad streckte die Hand aus. »Seht nur!«

Auf der Auffahrt tauchte Lacey im Lichtschein der Laterne auf. Ava stieß einen keuchenden Laut aus. »Das ist einer der Pitbulls, die wir heute gerettet haben.«

Lacey! Wild wedelte ich mit dem Schwanz, zerrte bis zum Anschlag an der Leine, um zu ihr zu gelangen. Auch Lacey wedelte mit dem Schwanz, doch als sie näher kam, wurde sie immer langsamer und ließ den Kopf hängen.

Grant zog mich an der Leine zurück. »Nein, Riley.«

Nein? Was meinte er damit?

»Das ist die Hündin, in die Riley sich verknallt hat«, sagte Ava.

Chase Dad legte die Stirn in Falten. »Was?«

»Als wir heute die misshandelten Hunde wegtransportierten, hat Riley alle Hunde ignoriert, außer dieser Hündin. Grant, es klingt vielleicht seltsam, aber lass Riley von der Leine.«

Ein kurzes Klicken, und schon war ich frei und flitzte quer durch den Hof zu meiner Lacey. Wir begrüßten uns, als wären wir seit einer Ewigkeit getrennt gewesen. Ich jagte sie, und sie jagte mich, wir balgten uns, rollten umher und spielten und spielten. Endlich hatten wir uns wieder.

Mir war gar nicht aufgefallen, dass Grant und Ava zum Van gegangen waren, bis Grant mich zu sich rief. Pflichtbewusst trottete ich zu ihm, und Lacey kam natürlich mit. Ava hielt einen langen Stock mit einer Schlaufe am Ende in der Hand. »Gute Hunde!«, sagte sie. »Sitz, Riley!«

Eifrig machte ich *Sitz!* und stellte voller Stolz fest, dass Lacey dasselbe machte. Was waren wir beide doch für gute Hunde! Ava machte einen Schritt nach vorne, senkte ihren Stock, worauf sich die Schlaufe um Laceys Hals legte. »Guter Hund, meine Süße, du bist so ein guter Hund!« Erleichtert atmete sie auf. »Nur noch ein paar wenige Hunde, dann ist dieser Albtraum vorbei.«

Grant befestigte wieder die Leine an meinem Halsband. »Ich werde hier warten, bis du den Pitbull zurückgebracht hast«, sagte er.

Lacey wurde in den Van gebracht, aber ich nicht. Ich war verwirrt und verletzt, als Grant mich an der Leine festhielt und Ava mit Lacey wegfuhr. Nicht schon wieder!

Traurig schnüffelte ich Laceys Spur nach, bis Grant mich ins Haus führte.

»Ich glaube, Ava hat recht. Riley ist verliebt«, sagte Grant zu Chase Dad. »Ich musste ihn an der Leine festhalten, sonst wäre er hinterhergelaufen.«

ZZ verabschiedete sich und ging. Chase Dad und Grant setzten sich ins Wohnzimmer, und ich streckte mich zu ihren Füßen aus. Die Leine hing immer noch an meinem Halsband. Ein tiefes Seufzen entrang sich meiner Kehle. Ich verstand nicht, warum Ava mit Lacey weggefahren war, und hoffte inständig, sie würden bald wieder zurückkommen.

»Hast du die Unterlagen gelesen, die ich dir geschickt habe?«, fragte Grant.

Chase Dad zuckte die Achseln. »Nur flüchtig.«

»Das ist ein gutes Geschäft, Dad. Du kannst so lange wie du willst auf der Farm arbeiten. Deine Feldfrüchte an wen immer du willst verkaufen. Das Unternehmen bekommt die Farm erst nach deinem Tod.«

»Und was ist mit euch Jungs?«

Grant schnaufte. »Burke hat kein Interesse an der Farm, Dad. Und meine Haltung kennst du ja. Ich mag die Farmarbeit, aber ich will nicht mein Leben lang arm bleiben.«

»Ich werde meine Farm nicht an die Smart-Farming-Bauern verkaufen, Grant. Mir ist schleierhaft, wie du das überhaupt denken konntest. Vielleicht siehst du im Moment den Wert der Farm nicht, doch du könntest deine Meinung ändern. Hattest du nicht bereits, tja, wie viele … dreißig verschiedene Jobs? Es scheint, als wäre es deine Spezialität, deine Meinung zu ändern.«

»Dad …«

»Wollen wir über etwas anderes reden? Denn dieses Thema ist für mich abgeschlossen.«

Aufgeregt sprang ich auf, als ich Avas Van in der Auffahrt hörte. Grant öffnete Ava die Tür. Ich konnte die neue Lacey an ihrer Hose und ihren Händen riechen, aber Ava war allein. »Du guckst so traurig. Was ist passiert?«, fragte Grant.

Sie strich mit der Hand durch ihr Haar. »Einer der Hunde wurde getötet.«

Grant sog die Luft ein. »Das ist ja schrecklich. Wie?«

»Typen mit Gewehren, Grant. Typen mit Gewehren. Die restlichen Hunde konnten wir zum Glück einfangen. Sie sind in Sicherheit.« Seufzend legte sie den Kopf auf seine Schulter. »Ich bin fix und fertig.«

»Dann lass uns heute Nacht hierbleiben. Vielleicht sogar übers Wochenende.«

Grant und Ava schliefen in Grants Zimmer. Für mich war da beim besten Willen kein Platz mehr, also trottete ich in Burkes Zimmer, drehte ein paar Kreise um sein Kopfkissen und rollte mich dann darauf ein. Sein Geruch tröstete mich ein wenig, und ich fragte mich, wann er endlich wieder auf die Farm kommen würde.

Es gab so vieles, das ich nicht verstand.

In dieser Nacht tollte Lacey in meinen Träumen mit mir herum. Sie war die erste Lacey, die Lacey, die verschwunden war, nachdem wir die Schlange entdeckt hatten. Als ich nachts aufwachte, war ich überrascht, dass sie nicht neben mir auf Burkes Bett lag.

Am nächsten Morgen spazierte ich mit ZZ und Chase Dad auf die Felder hinaus und sah zu, wie sie, nebeneinandergebückt, mit Pflanzen spielten. »Grant scheint heute Morgen etwas Besseres zu tun zu haben«, brummte Chase Dad schmunzelnd.

ZZ nickte.

Chase Dad richtete sich auf und stemmte die Fäuste in den unteren Teil seines Rückens. Nachdenklich betrachtete er ZZ, der weiterarbeitete. »ZZ.«

ZZ blickte auf.

»Grant möchte, dass ich die Farm an Trident Mechanical Harvesting verkaufe. Ich hab mir deren Angebot angesehen. Es ist ein Haufen Geld, ZZ. Ich weiß nicht, ob es damit etwas zu tun hat, dass Avas Mutter die Firma leitet, oder damit, dass ich für sie besonders wertvoll bin, weil ich mich mitten in ihrem Gebiet befinde. Jedes Mal, wenn sie von da nach dort wollen, müssen sie um mein Grundstück herumfahren. Also … Ich könnte die Farm bis an mein Lebensende für einen Dollar im Jahr mieten, und danach würde die Farm an die Firma übergehen. Ich könnte weiter hier leben, hier arbeiten. Nur müsste ich mir keine Sorgen mehr darum machen, wie ich meine Rechnungen bezahlen soll.«

ZZ sah Chase Dad schweigend an. Langsam drehte sich Chase Dad einmal im Kreis, als wollte er sich alles, was er sah und roch, genau einprägen.

ZZ erhob sich, die Stirn besorgt gefurcht. »Und ich würde weiterhin hier arbeiten?«

Chase Dad nickte.

ZZ zuckte die Achseln. »Okay«, sagte er.

32

»Da kommt Grant«, sagte ZZ.

Als ich Grants Namen hörte, wandte ich mich um und sah, wie er mit großen Schritten auf uns zueilte.

Chase Dad schnaubte. »Gut. Ich sage dir jetzt etwas, das ich gleich auch Grant mitteilen werde. Ich verkaufe nicht. Hast du das verstanden, ZZ? Wenn meine Söhne die Farm nicht haben wollen, auch gut.« Chase Dad legte ZZ die Hände auf die Schultern und sah ihn eindringlich an. ZZ wirkte überrascht, rührte sich jedoch nicht vom Fleck. »Wenn ich sterbe, werde ich die Farm dir und Li Min vererben, ZZ. Du bist mit Leib und Seele Farmer.«

Einen Moment blickten beide Männer sich stumm in die Augen, dann trat ZZ vor und umarmte Chase Dad. ZZ weinte, schien aber nicht traurig zu sein. Er wischte sich die Augen und nickte.

Grant gesellte sich uns zu. Er wirkte ein wenig irritiert. »Hab ich Halluzinationen, oder habt ihr euch tatsächlich gerade umarmt?«

Chase Dad lachte. »Oh, unser Geheimnis wurde gelüftet. Ja, das machen wir hier draußen den lieben langen Tag.«

Grant grinste. »Ich werde es niemandem verraten. Ava

musste leider fahren. Eine große nationale Organisation hat Klage erhoben. Sie wollen, dass alle geretteten Hunde aus der Hundekampf-Szene eingeschläfert werden. Ihrer Meinung nach können die Hunde nicht resozialisiert werden. Sie sagen wortwörtlich, die Hunde sind Sklaven, die besser tot sein sollten. Die Rettungsstellen, die die Hunde bei sich aufgenommen haben, haben sich zusammengeschlossen und Ava als Anwältin engagiert.«

»Hundekämpfe«, murmelte Chase Dad kopfschüttelnd. »Kaum zu glauben, dass so etwas in unserer Gegend stattfinden konnte. Mir ist darüber nie etwas zu Ohren gekommen.«

Grant ließ den Blick über das Feld schweifen. »Ich dachte, ich könnte das Wochenende über hierbleiben und euch alten Kerlen mal beibringen, wie man Gurken richtig erntet.«

Grant, ZZ und Chase Dad verbrachten den ganzen Tag damit, mit Pflanzen statt mit einem Hund zu spielen. Am Abend beschlossen sie dann endlich, zum Haus zurückzukehren. ZZ fuhr den niedrigen Truck, Grant und Chase Dad gingen zu Fuß, und ich rannte voraus. Das war auch gut so! Denn ich erspähte ein mir unbekanntes Tier mit einem Buckel und einem trippelnden Gang. Es trieb sich am großen Baum neben dem Schuppen herum, doch als es mich über die Felder jagen sah, flitzte das schlaue Ding den Baumstamm hoch. Es verschwand in einem Loch hoch über mir, aber ich ließ mich nicht täuschen. Es war noch da, ich konnte es riechen.

Ich kläffte laut, um ihm zu zeigen, dass es keine Chance hatte. Grant und Chase Dad riefen mich, ich hatte allerdings eine Mission – was immer es auch für ein Tier war, ich würde es nicht aus seinem Loch herauskommen lassen.

»Was hast du, Riley?«, rief Grant, während er auf mich zukam. »Was ist da oben?«

Ich sah, wie das Tier frech aus dem Loch spähte – spitze Nase, ein helles Fell und schwarze Ringe um die Augen.

»Was hat er aufgespürt?«, fragte Chase Dad.

»Einen Waschbären. Oben am Baum. Siehst du ihn?«

Chase Dad stemmte die Hände in die Hüften und legte den Kopf in den Nacken. »Ja. Seit wann ist dieses Loch so riesengroß? Ein Wunder, dass der Baum noch steht.«

»Waschbär«, wiederholte ZZ langsam. »Waschbär.«

Grant tätschelte mich. »Lass dich lieber nicht mit einem Waschbären ein, Riley. Die können richtig böse werden, wenn sie sich in die Ecke gedrängt fühlen. Komm, wir gehen.«

Enttäuscht folgte ich den Männern ins Haus. Entsetzt beobachtete ich dann, wie Grant die Hundetür verriegelte. Ich hatte vorgehabt, von Zeit zu Zeit nach draußen zu rennen und dem Tier ordentlich Angst einzujagen.

Am nächsten Morgen war es verschwunden, bloß sein übler Gestank hing noch am Baum. Da ich nun keine Gelegenheit mehr hatte, das Tier für sein dreistes Eindringen zu bestrafen, schnüffelte ich sorgsam am Baum und tat dann das Einzige, was mir angemessen erschien: Ich hob das Bein und übertönte seinen Gestank mit meiner Duftmarke.

Grant und ich brachen schließlich auf, um Ava zu suchen. Wie sich herausstellte, war sie bereits in ihr Haus zurückgekehrt. Grant packte wie so oft eine Tasche und verschwand, während ich mit Ava zu dem aufregenden Ort fuhr, wo Sam Dad, Avas Freunde, Hunde und die hochmütigen Katzen lebten. Meistens blieb Ava mit mir an dem Ort, aber manchmal fuhr sie weg, und dann nahm Sam Dad mich abends mit zu sich nach Hause. Wenn Ava wieder zurückkam, war sie manchmal sehr angespannt und brauchte dringend einen Hund. »Ich würde jetzt wahnsinnig gern ein Glas Wein trinken«, sagte sie zu Sam Dad und ließ sich in einen Sessel plumpsen. Sam Dad reichte ihr eine scharf riechende Flüssigkeit, während ich mich zu ihren Füßen einrollte.

»Und? Wie war's?«, erkundigte sich Sam Dad.

»Erschütternd. Wir haben heute etwas über die Lebensbedingungen der Hunde gehört. Manche waren an eingegrabene Wagenachsen angekettet. Wir haben auch ein Video gesehen, auf dem ein Hund einen Menschen angreift. Es handelt sich angeblich um eine Hündin. In dem Film sieht man einen Typen, der versucht, zwei kämpfende Hunde mit einem sogenannten Breaking Stick zu trennen, weil der Pitbull drauf und dran war, den Boxermischling totzubeißen. Der Typ war stockbetrunken und ist hingefallen. Tja, und dann hat sich der Pitbull auf ihn gestürzt. Das war ganz schön brutal.«

»Welcher von beiden ist die Hündin?«

»Die mit der weißen Schnauze. Es ist die Hündin, die Riley so gernhat. Sie ist eigentlich total sanftmütig.«

»Bist du dir sicher, dass sie es ist?«

»Der Film ist dummerweise so verwackelt, dass man es nicht wirklich erkennen kann. Vielleicht stammt sie auch nur aus demselben Wurf. Ein typischer Pitbull-Mischling, kräftiger Körper, grinsendes Gesicht. Jemand hat das Video online gestellt, es hat mehrere Millionen Zuschauer gehabt, und jetzt verlangen alle, dass die Hündin eingeschläfert wird.«

»Jeder Hund, der mitten in einem Kampf ist, kann einen Menschen angreifen.«

»Ja, ja, Dad, das weißt du, das weiß ich, aber es war ziemlich heftig.«

»Das ergibt keinen Sinn. Solche Leute würden niemals einen Kampfhund am Leben lassen, wenn er auf seinen Halter losgeht.«

»Das sehe ich auch so.«

Beide seufzten. Sam Dad schenkte etwas von der Flüssigkeit nach. Ich spürte, wie die Traurigkeit der beiden etwas nachließ, und war froh, dass ich da war, um zu helfen.

»Wir bekommen nun Morddrohungen für die Hündin«, fuhr Ava fort. »Ein Typ sagte, er würde mit einem Gewehr bei mir vorbeikommen. Ich habe das an den Sheriff weitergeleitet.«

»Mir wäre wohler, wenn Grant bei dir wäre, Ava.«

»Er musste nach Tucson fahren und ist eine Woche weg.«

Beide schwiegen eine Weile. Unter Verrenkungen versuchte ich, mit dem Maul an die juckende Stelle an der Schwanzwurzel zu gelangen. Schließlich sagte Sam Dad: »Er ist viel unterwegs.«

»Er ist ein guter Mensch, Dad.«

»Das glaube ich gern. Aber ich merke, dass du nicht glücklich bist.«

»Er ist nicht glücklich. Er hat schon wieder den Job gewechselt. Nichts stellt ihn auf Dauer zufrieden. Doch wir als Paar sind glücklich. Sieh mich nicht so an, Dad. So eine lange, enge Beziehung hatte ich noch nie. Normalerweise haben die Typen mich nach kurzer Zeit betrogen.«

»Ach, Liebes.«

Ava hob ihr Glas. »Vielleicht macht der Wein mich redselig. Aber mit Beziehungen hatte ich bisher nur Pech. Ich bin sehr loyal, und die Männer, die ich mir aussuche …« Sie zuckte die Achseln.

Sam Dads Kiefer spannte sich an. »Die haben dich allesamt nicht verdient.«

Mit einem sanften Lächeln sah Ava ihn an. »Ich weiß. Vielleicht sollte ich einfach auf jemanden warten, der so anständig und ehrlich ist wie mein Vater.«

Marla kam herein, umweht von dem Geruch nach Katzen und Blumen. Obwohl ich gerade so gemütlich dalag, stand ich auf, um sie zu begrüßen. Das gehört zu den Aufgaben eines Hundes: Wir heißen Menschen beim Eintreten freundlich willkommen. Marla deutete auf eine Flasche. »Bitte sagt mir, dass ihr davon noch mehr habt!«

Sam Dad stand auf und schenkte ihr etwas von der stark riechenden Flüssigkeit ein. »Anstrengenden Tag gehabt, Schatz?«

Lächelnd zuckte Marla die Achseln. »Verglichen mit dem, was Ava gerade durchmacht, ist das bisschen Arbeit ein Klacks.« Sie nahm ihr Glas entgegen. »Wenn meine Bank einen Kredit falsch bucht, kommt jedenfalls kein Tier zu Schaden.«

386

Ava nahm mich nach Hause mit, aß zu Abend und fütterte mich mit Nudeln, was ganz in Ordnung war. Ich liebte Ava, obwohl sie nicht viel Fleisch zu sich nahm.

Als ich Grant das nächste Mal sah, war Ava den ganzen Tag damit beschäftigt gewesen, in ihr Telefon zu tippen. Er ließ seine Tasche mit einem dumpfen Laut zu Boden fallen. »Und?«

Ava umarmte ihn, blieb jedoch weiter angespannt. »Die Richterin hat sich zur Beratung zurückgezogen und will morgen ihr Urteil verkünden. Ich bin ständig mit meinem Dad und den anderen Rettungsorganisationen per SMS in Kontakt, um mich zu vergewissern, dass ich nichts falsch gemacht habe.«

»Ach, du hast bestimmt großartige Arbeit geleistet.«

»Ich weiß nur, wenn sie gegen uns entscheidet, werden alle Hunde sterben.«

Hoffnungsvoll schnupperte ich an Grants Hose. Leider waren keine Leckerlis darin versteckt.

»Könntest du in Berufung gehen?«

»Das würde eine Menge Geld kosten und sehr viel Zeit beanspruchen. Du weißt ja, die Mühlen des Gesetzes arbeiten langsam. Das heißt, die Hunde müssten so lange in ihren Käfigen bleiben und könnten nicht resozialisiert werden. Ich weiß nicht, ob irgendjemand von uns dafür die Nerven hat.« Sie presste die Lippen aufeinander. »Es hätte mir sehr viel bedeutet, wenn du hier gewesen wärst, Grant.«

Ein langes Schweigen trat ein. »Ich musste arbeiten, Ava.«

Am nächsten Morgen aß Grant Speck, Ava jedoch

nicht. Aber da sie mit ihm am Tisch saß, hielt ich sicherheitshalber beide wachsam im Auge. Als Avas Telefon
summte, erstarrten beide.

»Es ist so weit«, flüsterte Ava. »Jetzt erfahren wir, ob
die Hunde sterben oder weiterleben werden.« Sie holte
tief Luft, ergriff ihr Telefon und sagte: »Hallo?«

Ich trottete zu Grant hinüber, weil er so nervös war,
dass sein Bein unter dem Tisch auf und ab wippte.

»Ja. Ja, vielen Dank. Auf Wiederhören.«

Grant sprang auf.

»Wir haben gewonnen!«, jubelte Ava.

Sie fielen sich in die Arme, waren so glücklich, dass
sie mir ein Stück Speck gaben. Dann gingen sie zusammen aus dem Haus, und als sie zurückkamen, brachten
sie Lacey mit!

Grant ließ sie von der Leine. »Das ist die allseits ge-
fürchtete Killerhündin von Michigan, Riley! Sei wachsam!«

Ich war total selig, meine Lacey wiederzusehen. Normalerweise durfte ich im Haus nicht wild herumrennen,
aber bei einem so wichtigen Ereignis war diese Regel sicher außer Kraft gesetzt. Ausgelassen sprang ich aufs Sofa
und von dort aus auf Laceys Rücken. Wir knallten gegen
eine Lampe.

»Lady! Riley! Sitz!«, befal Ava streng.

Sofort setzte ich mich auf mein Hinterteil. Ich fühlte
mich wie ein böser Hund. Lacey machte neben mir *Sitz!*.

»Sie ist gut erzogen«, bemerkte Grant.

»Und das ist gut so, weil sie nämlich jetzt unser Hund
ist.«

»Wie meinst du das?«

»Ich werde doch nicht einen Hund zur Adoption freigeben, der in den Social Media als das bösartigste Geschöpf des Universums gehandelt wurde. Außerdem bin ich mir nicht sicher, ob Lacey bei jemand anderem sicher wäre. Es gibt eine Menge fanatischer Pitbull-Hasser, die sie tot sehen wollen, seit sie das Poster-Girl der Kampfhunde ist.«

»Unser Hund«, wiederholte Grant langsam.

Lacey und ich machten immer noch *Sitz!*. Ratlos sahen wir uns an, waren uns unschlüssig, wie lange das noch gehen sollte.

»Dann von mir aus mein Hund, Grant. Lacey ist mein Hund, und Riley ist dein Hund, okay? Zufrieden?«

Ava ließ uns in den Garten hinaus, und Lacey und ich spielten, bis es dunkel wurde. Als wir ins Haus gerufen wurden, brachen wir erschöpft auf dem Teppich zusammen. Ich war so glücklich und so entkräftet, dass ich kaum den Kopf heben konnte.

Grant und Ava aßen zu Abend, aber selbst der verführerische Geruch nach Hamburgern konnte mich nicht dazu bewegen, mich vom Teppich zu erheben. Grant schenkte Ava eine Flüssigkeit in ihr Glas ein. »Hey, Ava, tut mir leid. Du hast recht. Ich hätte für dich da sein sollen.«

»Ich mag es, wenn Männer sich entschuldigen.«

»Ich finde, wir sollten mal zusammen verreisen. Vielleicht nach Hawaii.«

»Wow. Du scheinst ja ein sehr schlechtes Gewissen zu haben.«

»Ich habe eine ganze Menge Flugmeilen gesammelt, Hotelpunkte. Wir könnten einen richtigen Luxusurlaub machen.«

»Und was ist mit den Hunden?«

»Wir bringen sie auf die Farm. Dad wird sich bestimmt gern um sie kümmern. Es wäre vielleicht auch ganz sinnvoll, Lady eine Zeit lang woanders unterzubringen, falls tatsächlich einer dieser Idioten hier auftaucht, um sie abzuknallen.«

Nach wenigen Tagen kehrten wir alle zusammen auf die Farm zurück! Lacey sprang aus dem Wagen und rannte schnurstracks zu ZZ. Seltsamerweise schien er über ihre begeisterte Begrüßung völlig überrascht zu sein. Lacey begrüßte auch Li Min überschwänglich, rannte dann durchs Haus und schnüffelte überall herum. Ich wusste, wen sie suchte: Wenling natürlich. Als Hund hatte ich nicht die Fähigkeit, ihr zu erzählen, dass Wenling und Burke nicht mehr hier lebten, aber Hunde finden solche Sachen auf ihre Art sehr schnell heraus.

Lacey war jetzt »Lady«, genauso wie ich einst Cooper gewesen war und nun Riley. Das gehört zu den Dingen, die Hunde niemals verstehen werden. Für mich brauchte Lacey keinen anderen Namen, nur weil sie wie ein anderer Hund aussah. Sie war immer noch meine Lacey.

Am nächsten Tag fuhren Grant und Ava ohne uns weg. Lacey und ich bekamen das kaum mit; wir rannten auf der Farm herum, rauften und spielten. Als wir zum Teich flitzten, achtete ich darauf, in Laceys Nähe zu bleiben, falls sie wieder auf eine Schlange stoßen sollte. Ich musste sie unbedingt daran hindern, in das sumpfige Gebiet vorzudringen, doch sie war bloß daran interessiert, die dummen Enten zu ärgern.

Nach einer Weile trotteten wir auf die Felder hinaus, um von ZZ und Chase Dad vielleicht ein paar Leckerbissen zu ergattern. Sie gaben uns nichts, aber wir blieben trotzdem bei ihnen. Ein Hund fühlt sich meistens besser, wenn Menschen in Sicht- und Riechweite sind.

Jeder Tag verlief für uns nach demselben Muster: spielen, spielen, spielen, dann hinaus auf die Felder, um in der Nähe von ZZ und Chase Dad ein Nickerchen zu machen.

»So, ZZ, das wär's für heute«, sagte Chase Dad dann, was für uns das Zeichen war aufzustehen, da die Männer mit uns zum Abendessen nach Hause gehen würden.

Als wir eines Tages aufbrechen wollten, rief Chase Dad plötzlich stirnrunzelnd: »ZZ?« Ich merkte, wie Lacey sich anspannte. Sie ging zu ZZ, der in merkwürdig vornübergebeugter Haltung dastand und sich nicht rührte. »Alles in Ordnung mit dir, ZZ?«

ZZ fiel auf die Knie. Lacey bellte vor Sorge. »ZZ!«, schrie Chase Dad.

ZZ sackte mit dem Gesicht voraus zu Boden.

33

Chase Dad zog sein Telefon aus der Tasche, sprach ein paar gehetzte Worte und schleuderte es dann weg. Er drehte ZZ auf den Rücken und begann, auf ZZs Brust zu drücken. Aufgeregt winselnd umkreiste Lacey die Männer, war so verängstigt, dass sie nach mir schnappte, als ich zu ihr ging, um sie zu trösten.

Ich wusste genau, was passieren würde, und hatte Mitleid mit Lacey und Mitleid mit Chase Dad, dessen Tränen ZZs Hemd mit dunklen Tupfern sprenkelten. »Komm schon, ZZ! Du schafft das!«, schrie er. Seine Stimme war rau vor Angst. »ZZ! Bitte. Bitte, nein, ZZ!«

Lacey und ich blickten auf, als ein langer dünner Klageton die Sommerluft erzittern ließ. Der Ton wurde immer lauter, brach dann ab, und stattdessen ertönte nun das Rumpeln eines großen Trucks auf der Auffahrt. Der Truck fuhr direkt zu uns aufs Feld. Zwei Männer und eine Frau sprangen heraus. Sie trugen Kästen in den Händen, knieten sich neben ZZ und legten irgendetwas auf sein Gesicht. Ein Mann drückte auf ZZs Brust, und Chase Dad sank zurück, vergrub das Gesicht in den Händen.

Ich trottete zu ihm. Er holte tief und zitternd Luft und weinte nach wie vor. Als ich die Schnauze in seine Hand schob, streichelte er mich, aber ich merkte, dass er mich gar nicht richtig wahrnahm.

»ZZ!«

Ich schreckte hoch. Li Min kam auf uns zugerannt, ihr Mund offen, ihr Gesicht vor Panik verzerrt. Lacey flitzte los, um sie abzufangen, doch Li Min raste an ihr vorbei. Chase Dad stand auf, bemühte sich sichtlich um Fassung und breitete die Arme aus. »Li Min!«, rief er heiser.

Schluchzend fielen sie sich in die Arme. Lacey und ich standen daneben, waren bekümmert, weil wir nicht helfen konnten. Die Leute hoben ZZ auf ein Bett und schoben es ins Heck ihres Trucks. Li Min und Chase stiegen auch ein, und dann fuhren sie alle zusammen weg. Lacey lief dem Truck noch ein Stück hinterher, aber am Ende der Auffahrt blieb sie niedergeschlagen in der Staubwolke stehen, die der Truck aufgewirbelt hatte. Dann wurde die Stille erneut von dem langen Klageton zerrissen.

Mit hängenden Ohren und eingezogenem Schwanz kam Lacey zu mir zurück. Sie war verunsichert und voller Angst. Tröstend leckte ich ihr die Nase und führte sie durch die Hundetür nach Hause und weiter auf Burkes Bett. Durch das Erlebnis mit Grandma wusste ich, dass solche Dinge manchmal passierten, und wenn so etwas geschah, wurde ein Mensch in einem Wagen weggebracht. Dieser Mensch kam dann nicht mehr zurück, alle anderen aber schon. Gute Hunde warteten dann geduldig, denn wenn die Menschen, von wo auch immer, zurückkehrten, brauchten sie ihre besten Freunde.

Und sie kamen zurück. Als Erster wankte Chase Dad

herein. Er sank in einen Sessel, starrte vor sich hin, schlug die Hände vors Gesicht und begann laut und furchterregend zu schluchzen. Ich winselte vor Mitgefühl. Schließlich stand er auf, ging mit schwankenden Schritten in sein Zimmer und machte die Tür hinter sich zu.

Und dann war plötzlich Burke da! Überschäumend vor Glück, rannte ich in wilden Kreisen im Hof herum. Verwirrt tat es Lacey mir nach. Als Burke sich zu mir herunterbeugte, sprang ich an ihm hoch, um ihm das Gesicht abzuschlecken. »Wow, du bist wirklich der freundlichste Hund der Welt, Riley.«

Mein Junge wirkte bedrückt. Er verstand nicht, dass ich Cooper war, und konnte sich auch offenbar nicht an jenen Tag erinnern, als wir zusammen an dem zugefrorenen See waren.

Burke blickte auf, als Chase Dad die Haustür öffnete. »Hey, Dad.« In diesem Moment spürte ich, dass er wegen ZZ genauso traurig war wie Chase Dad.

Die beiden Männer umarmten sich. »Wir haben uns viel zu lange nicht gesehen.«

»Das stimmt, Dad. Es tut mir so leid wegen ZZ.«

»Ja.«

»Schade, dass erst so etwas Trauriges passieren musste, damit wir uns wiedersehen …«

»Jetzt bist du ja da, Sohn. Das ist alles, was zählt.«

»Wie geht's Li Min?«

»Sie ist am Boden zerstört. Wenling ist gerade bei ihr. Grant und seine Freundin brechen ihren Hawaii-Urlaub vorzeitig ab, um rechtzeitig zur Bestattung da zu sein.«

»Das ist echt lieb von den beiden.«

»ZZ war Teil der Familie.« Chase Dad drehte sich um, ließ den Blick seufzend über die Farm schweifen und schüttelte den Kopf. »Komm rein.«

In dieser Nacht schlief ich erst auf dem Bett meines Jungen, aber Lacey war so aufgewühlt und verwirrt, dass ich vom Bett sprang und mich neben sie auf den Teppich legte. Hunde brauchen Hunde genauso sehr wie Menschen.

Beim Frühstück am nächsten Morgen streckte ich mich zu Burkes Füßen aus, in der Hoffnung, er würde mir um der alten Zeiten willen ein Leckerli zuwerfen. Lacey lag zu Chase Dads Füßen, da sie nicht wusste, dass er einem Hund bei Tisch so gut wie nie etwas zusteckte.

»Wie läuft's im Job?«, fragte Chase Dad.

Ein würziger Geruch erfüllte die Luft, als Burke sich eine Tasse Kaffee einschenkte. »Bei Dämmen läuft ständig etwas.«

»Ähm, hat darüber schon mal jemand gelacht?«

»Nur ich«, gluckste Burke. »Es ist für mich immer noch der tollste Job, den ich mir vorstellen kann. Jedes Mal, wenn wir einen Damm stilllegen und abreißen, übernimmt sofort wieder die Natur und macht uns auf unsere Sünden aufmerksam. Sümpfe kehren zurück, ganze Ökosysteme bilden sich neu, die Fischbestände steigen um ein Vielfaches an.«

»Hast du dir schon vom Hügel aus den Damm angesehen, den TMH dort errichtet hat? Er soll vor den vielen Überschwemmungen schützen.«

»Sie haben Überschwemmungen, weil sie alle Flüsse begradigt und einbetoniert und dann drei Morgen Land zugepflastert haben, um ihre Obstverarbeitungsfabrik zu bauen.«

Chase Dad gab einen abfälligen Laut von sich. »Die mussten die Fabrik bauen, damit sie mich aus dem Obsthandel verdrängen können. Seit zwei Jahren mache ich Verlust beim Verkauf meiner Äpfel und Pfirsiche. Erinnerst du dich an Gary McCallister? Er hat das Geschäft mit seinen Kirschen aufgegeben.«

Als ich das Klappern von Besteck vernahm, schielte ich erwartungsvoll nach oben, was Lacey dazu veranlasste, ebenfalls nach oben zu schielen. Und als ich mich aufsetzte, setzte auch Lacey sich auf. Wir waren gute Hunde, die einen Leckerbissen verdienten.

»Hast du Grants neue Freundin bereits kennengelernt?«, fragte Chase Dad.

»Nein. Ich ... Wir sehen uns nicht. Es ist besser für uns beide, wenn wir uns aus dem Weg gehen.«

»Was habe ich nur falsch gemacht, dass meine beiden Söhne weder etwas mit mir noch miteinander zu tun haben wollen?«, klagte Chase Dad.

»Himmel, nein, du hast gar nichts falsch gemacht. Es ist einfach bloß ... Ach, keine Ahnung. Zwischen Grant und mir ist alles so unglaublich verkrampft. Wir behaupten zwar, dass zwischen uns alles klar ist, aber so fühlt es sich weiß Gott nicht an. Und was dich betrifft, so habe ich immer deine ... deine Missbilligung gespürt. Weil ich es nicht geschafft habe, Grant ein besserer Bruder zu sein. Weil ich mich entschlossen habe, Ingenieur zu werden, statt mit dir auf der Farm zu arbeiten.«

Fassungslos sah Chase Dad ihn an. »Missbilligung?

Mein Gott, Burke, ich bin doch dermaßen stolz auf dich. Sollte ich dir irgendwann etwas anderes vermittelt haben, so bitte ich dich um Verzeihung. Ich liebe dich, Sohn. Du bist mein Ein und Alles.«

Sie umarmten sich, was allerdings ziemlich gewalttätig wirkte, da sie sich fest auf den Rücken hauten und fast zerquetschten. Verunsichert wedelte ich mit dem Schwanz. Schließlich lehnten sie sich wieder zurück. Chase Dad räusperte sich. »Ich habe nachgedacht, Burke. Wie ich das sehe, bist du für deinen Job ständig unterwegs. Du könntest wieder nach Michigan ziehen. Herrgott, du könntest hier wohnen. In Pellston gibt es einen Flughafen.«

»Dad.«

Chase Dad trommelte mit den Fingern auf den Tisch. Seufzend senkte er dann den Kopf. »Ihr beiden fehlt mir einfach.«

Lange Zeit sagte niemand etwas. Lacey warf mir einen ungläubigen Blick zu. Würden sie uns wirklich komplett ignorieren?

»Noch eine Frage, Burke: Wie wird das für dich sein, wenn du Wenling wiedersiehst?«

»Keine Ahnung. Die Frage sollte eher lauten, wie das für Grant sein wird.«

»Stehst du mit ihr in Kontakt?«

»Hauptsächlich über Textnachrichten. Einmal haben wir uns in Kansas getroffen, weil sie da eine Konferenz hatte und ich ein Beratungsgespräch. Manchmal telefonieren wir auch.«

»Aber ihr habt keine …«

»Liebesbeziehung? Nein. Ich glaube, daran sind wir beide nicht sonderlich interessiert.«

»Siehst du für euch noch eine Chance?«

»Hey, bist du seit Neuestem in der Partnervermittlung?«

»Ich bin einfach in einem Alter, in dem ein Mann gern Enkelkinder hätte, die er nach Strich und Faden verwöhnen kann.«

»Tja, falls es irgendwann Nachwuchs geben sollte, dann von Grant. Ich habe die Richtige noch nicht gefunden.«

Als Wenling und ihre Mutter eintrafen, begrüßte Lacey sie auf die gleiche Art, wie ich Burke begrüßt hatte. Sie raste wie eine Wilde im Kreis herum, jaulte, weinte und schleckte Wenlings Hände ab. Wenling erkannte Lacey genauso wenig wieder, wie Burke mich wiedererkannt hatte.

»Was für ein verrückter Hund!«, rief sie. Als sie Chase Dad und Burke erblickte, die quer durch den Hof auf uns zueilten, strich sie sich das Haar aus der Stirn. »Burke.«

»Es tut mir so leid wegen deinem Vater, Wenling.«

Sie umarmten sich. Chase Dad ging direkt zu Li Min und nahm sie in die Arme. Beide weinten ein bisschen.

»Das ist Lady«, teilte Burke Wenling mit. »Sie gehört Ava, Grants Freundin.«

Wenling nickte. »Das hat mir Mom bereits erzählt. Ich glaube, ich bin ihr schon einmal begegnet. Hieß nicht das Mädchen von der Tierrettungsorganisation Ava? Ist sie das?«

»Keine Ahnung.« Burke zuckte die Achseln. »Ich weiß überhaupt nichts über sie.«

Wir folgten allen ins Haus, denn aufmerksame Hunde wussten, was sich gehörte. Lacey wollte raufen und herumtollen, um ihrer Freude Ausdruck zu verleihen, aber ich machte *Bereit!*, worauf sie verwundert innehielt und mich verdutzt beschnupperte. Ich wusste, wenn Menschen traurig waren, wollten sie in einem Zimmer sitzen, leise sprechen und ihren Hund um sich haben, der ihren Kummer mit ihnen teilt und nicht versucht, sie mit lustigen Spielen aufzuheitern. Manchmal geschahen Dinge, die nicht einmal ein Hund wieder in Ordnung bringen konnte, und dazu gehörte, dass ZZ im Heck des großen Trucks weggefahren war und niemals zurückkommen würde.

Deshalb hielt ich mich auch rücksichtsvoll zurück, als Ava und Grant eintrafen. Statt mich wie Lacey sofort auf sie zu stürzen, blieb ich auf der Veranda sitzen und wedelte freundlich mit dem Schwanz. »Hey, Riley, guter Hund!«, begrüßte mich Grant. »Platz, Lady! Platz!«

»Sieh nur, wie ruhig Riley ist. Fast so, als würde er verstehen, dass wir wegen eines Trauerfalls hier sind.« Ava nahm meinen Kopf in beide Hände. »Du bist ein guter Hund, Riley. Ein Schutzengelhund.«

»Gut, bringen wir es hinter uns. Komm rein, dann stelle ich dir meinen Bruder vor«, sagte Grant seufzend.

Ava tätschelte seinen Arm. »Es wird schon gut gehen.«

Lacey schoss an ihnen vorbei und schlüpfte durch die Hundetür ins Haus, aber ich wartete höflich und folgte Ava durch die Menschentür. Alle saßen am Tisch und tranken Kaffee. Als sie uns sahen, standen sie lächelnd auf.

»Hey, Burke«, sagte Grant leise.

»Lange nicht gesehen, Grant.«

Wenling trat vor. »Grant.« Sie umarmten sich.

»Es tut mir so leid wegen deinem Vater, Wenling. Das ist Ava. Ava, das ist Wenling, und das ist ihre Mom, Li Min. Meinen Dad kennst du ja bereits, und der trottelig aussehende Kerl ist mein Bruder Burke. Alle mal herhören: Das ist Ava.«

»Oh mein Gott!«, stieß Ava hervor.

»Du bist das!«, rief Burke freudestrahlend.

Verwundert sahen sich alle an. Auch Lacey warf mir einen verwunderten Blick zu. »Ihr beiden kennt euch?«, fragte Grant.

Burke und Ava umarmten sich. Es wirkte ein wenig verlegen, deshalb schob Lacey ihre Schnauze zwischen die beiden, um ihre Zuneigung zu bekunden. »Es wäre mir nie in den Sinn gekommen, dass du diese Ava bist.«

»Tja, und ich dachte, du heißt Burt. Dass du Grants Bruder Burke sein könntest, wäre mir nie in den Sinn gekommen. Außerdem ist das schon so lange her.«

Chase Dad räusperte sich. »Ich weiß nicht, wie es den anderen geht, aber ich würde gern erfahren, was hier los ist.«

Ich hörte einen Wagen in der Auffahrt und rannte, gefolgt von Lacey, durch die Hundetür nach draußen, um den Neuankömmling zu begrüßen. Es waren zwei Frauen, die köstlich duftende warme Mahlzeiten in den Händen trugen. Und es kamen noch mehr Menschen mit zubereiteten Speisen. Wenn in einem Haus Trauer herrscht, bringen Menschen Leckereien vorbei, aber die Einzigen, die sich darüber freuen, sind Hunde.

In dieser Nacht lag ich bei meinem Jungen auf dem Bett und musste die ganze Zeit seinen unruhigen Tritten ausweichen. Damals, als ich *Bereit!* und *Hilf!* für ihn machte, hatte er mich nie im Schlaf getreten, aber jetzt zuckten seine Füße wie verrückt, sodass ich kaum Schlaf fand. Trotzdem war ich zufrieden. Mein Traum hatte sich erfüllt: Wir waren alle zusammen auf der Farm. Lacey wanderte unruhig im Wohnzimmer auf und ab und wartete auf Wenlings Rückkehr, bis sie schließlich nach oben ging, um bei Grant und Ava zu schlafen. Ich hoffte, Wenling und Li Min würden bald zurückkommen, damit Lacey sich keine Sorgen mehr um sie machen müsste.

Sie kamen zurück, doch erst am Ende eines langen Tages, der damit begann, dass alle in klackernden Schuhen herumliefen und ihre Hunde dann den ganzen Tag allein ließen. Unwirsch wehrte Lacey meine Versuche ab, mit ihr zu spielen. Mit Wenling wiedervereint zu sein und dann mit ansehen zu müssen, wie sie abermals wegfuhr, war für Lacey extrem frustrierend. Ich konnte das nachvollziehen.

An diesem Tag der klackernden Schuhe waren alle traurig. Bis Sonnenuntergang standen Leute herum, murmelten bekümmert und aßen köstliche Sachen, allerdings versuchten weder Lacey noch ich, jemandem etwas abzuluchsen – für so etwas schien uns nicht der richtige Zeitpunkt zu sein.

Einige Leute gaben uns dennoch ein paar Leckerlis. Einem guten Hund kann man nur schwer widerstehen.

Als das Haus sich leerte, ließ Lacey sich zu Wenlings Füßen nieder. Immer wieder trat eine lange Stille ein, dann sagte jemand leise etwas, und danach wurde es wieder ruhig. Li Min bereitete etwas von dem abscheulichen Zeug zu, das »Tee« genannt wurde. Wenling hatte ständig ein Tuch vor dem Gesicht und wischte sich damit die Augen oder putzte sich geräuschvoll die Nase.

Plötzlich schlug Chase Dad auf sein Bein, und bei dem jähen Geräusch zuckten alle zusammen. »Ich habe eine Entscheidung getroffen.« Er warf einen Blick in die Runde. »Ich werde die Farm verkaufen.«

Lacey und ich hoben wachsam die Köpfe, weil alle auf einmal ganz starr wurden. Eine lange, angespannte Stille senkte sich über den Raum.

»Warum sagst du so etwas, Dad?«, fragte Burke.

»Weil ich es ohne ZZ nicht schaffe, die Farm zu bewirtschaften. Herrgott, wir haben in den letzten vier Jahren bloß Verlust gemacht. Grant hat recht. Grant hat immer recht gehabt. Ich schwimme hier gegen den Strom.«

Niemand sagte etwas.

»Du willst also an Trident Mechanical Harvesting verkaufen?«, fragte Grant. »Und die Farm für einen Dollar Miete im Jahr weiterbewirtschaften?«

»Nein, verdammt noch mal! Ich gebe die Farm auf, mir reicht's!«, erwiderte Chase Dad verbittert.

Die Unruhe im Raum stieg. Lacey setzte sich auf und gähnte nervös.

»Ich könnte dir auf der Farm helfen, Chase«, sagte Li Min ruhig. Alle sahen sie an. Sie zuckte die Achseln. »ZZ war … Er hätte niemals geduldet, dass ich auf dem Feld arbeite. Das hätte sich, seiner Ansicht nach, für seine amerikanische Ehefrau nicht geschickt und ein schlechtes

Licht auf ihn geworfen. Meine Stunden im Laden sind drastisch gekürzt worden, ich könnte also bei dir mitarbeiten, Chase. Jeden Tag, wenn nötig. Ich bin nicht ZZ, aber ich kann lernen.«

»Ich werde wieder nach Hause zurückziehen«, verkündete Wenling. Jetzt richteten sich alle Blicke auf sie. Lacey legte den Kopf auf Wenlings Schoß. »Aus Respekt vor meinem Vater und um meiner Mutter zu helfen. Ich arbeite in einem Labor, wie fast alle, die einen Abschluss in Agrarwissenschaften haben. Allerdings könnte ich mir auch gut vorstellen, in der freien Natur zu arbeiten. Es wäre interessant zu sehen, ob irgendetwas von dem, was ich gelernt habe, auch für eine Familienfarm angewandt werden kann und nicht nur« – sie lächelte Burke zu – »für einen Smart-Farming-Betrieb.«

Später folgte ich Burke nach oben. Es kam mir immer noch seltsam vor, dass er die Stufen hochstieg, ohne dass ich für ihn *Hilf!* machte. Ich fragte mich, ob Burke jemals wieder seinen Stuhl benutzen würde. Er ging zu Grants Zimmer und klopfte leicht an den Türrahmen.

»Kann ich dich kurz sprechen, Bruder?«, fragte er.

»Na klar.«

Rasch stahl ich mich ins Zimmer, bevor Burke die Tür hinter sich schloss. Er lehnte sich dagegen. »Ich glaube, du solltest eine Weile hierbleiben.«

Grant zog die Augenbrauchen hoch. »Hierbleiben?«

»Na ja, auf der Farm.«

Grant schnaubte. »Hat Dad dich geschickt?«

»Nein. Dad hat damit nichts zu tun.«

»Nein, natürlich nicht.«

»Lass den Quatsch, Grant. Natürlich könnte Dad deine Hilfe brauchen. Aber das ist nicht der Grund, weshalb es meiner Meinung nach gut für dich wäre, wenn du eine Zeit lang hierbleibst.«

Grant stieß ein bellendes Lachen aus. »Gut für mich. Aha!«

»Für dich und vielleicht auch für jemand anderen.«

34

Während ich still dasaß und Grant und Burke scharf im Auge behielt, hörte ich vor der Tür Laceys leises Winseln. Ich hoffte, jemand würde sie hereinlassen, aber beide waren zu beschäftigt mit sich selbst. Grant starrte Burke finster an und deutete mit dem Finger auf ihn. »Was auch immer du mir sagen willst, lass es besser bleiben!«

Burke schüttelte den Kopf. »Wow, du hörst dich wie Dad an. Grant, ist dir nicht klar, dass du dein halbes Leben lang vor den einzigen beiden Verpflichtungen, die dir jemals etwas bedeutet haben, weggelaufen bist?«

»Welche Verpflichtungen?«

»Die Farm. Und Wenling.«

Angewidert verzog Grant das Gesicht. »Ich will kein Farmer sein. Was meinst du, warum ich mein Leben lang unbedingt von hier wegwollte?«

»Du bist Farmer mit Leib und Seele, und vielleicht hast du den einzigen Ort verlassen, an den du hingehörst.«

Seufzend ließ sich Grant auf sein Bett sinken, während Burke auf einem Stuhl Platz nahm. Grant verschränkte die Arme vor der Brust. »Wenling und ich haben uns getrennt.«

»Ja, vor einer Ewigkeit. Und ihr habt euch nicht ge-

405

trennt, du hast dich einfach zurückgezogen. Sie fühlte sich zu jung, um zu heiraten, hat allerdings die Beziehung niemals infrage gestellt. Komm schon, Grant, ich war den ganzen Tag mit euch im selben Raum. Ich habe gesehen, wie du sie anhimmelst, wenn du dich unbeobachtet glaubtest. Ava hast du jedenfalls nicht angehimmelt!«

»Ja, die hast nämlich du angehimmelt«, gab Grant zurück. »Meinst du, das hätte ich nicht gemerkt?«

»Ja, stimmt. Sie ist wirklich sehr hübsch«, gestand Burke. »Ich sag dir das nur sehr ungern, Bruder, aber mit Ava hast du echt das große Los gezogen.«

Beide lachten leise. Vor der Tür hörte ich Laceys intensives Schnüffeln – sie wusste, dass wir da drinnen waren.

»Hat Wenling, ähm … Hat sie was zu dir gesagt?«, fragte Grant zögernd.

Burke grinste. »Sieh an, sieh an! Es besteht also doch ein gewisses Interesse.«

»Beantworte einfach meine Frage.«

»Nein, sie hat nichts zu mir gesagt, aber das braucht sie auch nicht.«

Nachdenklich sah Grant ihn an. Schließlich stand Burke auf, öffnete die Tür, und Lacey schoss herein. Glücklich ließ ich mich auf die Seite plumpsen, damit sie mein Gesicht gründlich anknabbern und ablecken konnte.

Am nächsten Morgen spazierten Ava und Grant nach dem Frühstück zum Teich hinunter. Lacey und ich folgten ihnen. Zu meiner Überraschung sprang Lacey nicht ins Wasser, um die Enten zu jagen, sondern bellte sie nur an, und ich stimmte fröhlich mit ein. Begeistert bellten wir im Chor, steigerten uns immer mehr hinein, bis Grant irgendwann schrie: »Aufhören!« Ich kannte diesen Befehl nicht, doch die Bedeutung war ziemlich klar.

Ich ließ mich zu Grants Füßen nieder. Lacey schmiegte sich an mich und legte den Kopf auf meinen Rücken.

»Die beiden lieben sich wirklich«, sagte Grant.

»Worüber möchtest du mit mir reden?«, fragte Ava.

»Woher weißt du, dass ich mit dir über etwas reden möchte?«

»Hallo? Du hast dich den ganzen Morgen über total komisch benommen. Irgendetwas beschäftigt dich, das spüre ich.«

»Puh.« Grant atmete aus. »Ich mache mir Sorgen um meinen Dad. Ich weiß nicht, wie er ohne ZZ die Herbsternte schaffen soll. Ich habe mir überlegt, ob ich nicht ein paar Monate hierbleiben sollte, um ihm zu helfen.«

»Einfach so? Und was ist mit deinem Job?«

»Ich habe der Firma mitgeteilt, dass ich wegen eines familiären Notfalls ein paar Monate Urlaub nehmen muss.«

»Du hast das bereits entschieden? Ohne vorher mit mir zu sprechen?«

»Ich wollte erst abwarten, ob ich überhaupt freikriege.«

»Und?«

»Ja, sie sind einverstanden.« Grant räusperte sich. »Sie meinten, ich soll mich einfach bei ihnen melden, wenn ich wieder Zeit habe.«

»Verstehe.« Ava strich mit dem Fuß über Laceys Rücken. Wohlig stöhnend rollte Lacey sich zur Seite, damit Ava leichter an ihren Bauch gelangte.

»Dad sagt, ich bin wahrscheinlich ein besserer Farmer als er«, sagte Grant.

»Und er benötigt Hilfe.«

»Ja, die Arbeit ist extrem anstrengend.«

»Was ist mit Wenling?«

»Klar, sie ist bestimmt eine Hilfe, aber ich weiß nicht, ob sie ZZ ersetzen kann. Oder wie lange sie bleiben wird. Schließlich ist sie Wissenschaftlerin und keine Landwirtin.«

»Ich wollte mit meiner Frage auf etwas anderes hinaus. Hat Wenling etwas mit deiner Entscheidung zu tun?«

»Sie hat gerade ihren Vater verloren.«

»Der rastlose Mann, der immer unterwegs ist, will plötzlich auf der Farm leben. Mit Wenling. Seiner früheren Verlobten.« Avas Stimme klang sehr wütend. Wachsam hoben Lacey und ich die Köpfe und sahen sie an.

»Komm schon, Ava, das habe ich so nie gesagt.«

Am nächsten Tag fuhren wir mit Ava und Grant zu Avas Haus zurück. Es war eine sehr lange Autofahrt. Lacey und ich hätten gern die Köpfe aus den Fenstern gesteckt, doch da die Fenster geschlossen blieben, gingen wir dazu über, uns auf dem Rücksitz zu balgen, bis Grant sich zu uns umdrehte und »Aus!« zischte.

»Meinst du nicht, du solltest einen Sicherheitsdienst anheuern, Ava? Das meine ich ernst. Diese Drohbriefe wirken zwar ziemlich schräg, aber man weiß nie, ob einer dieser durchgeknallten Pitbull-Hasser nicht doch auf Kreuzzug geht. Lady ist für diese Leute ein rotes Tuch – ein Kampfhund, der wie ein ganz normales Haustier lebt.«

»Bis jetzt hast du dir darüber nie Sorgen gemacht.«

»Okay, also wenn ich da bin, ist das kein …«

»Du warst aber nicht da«, fiel Ava ihm ins Wort. »Du

warst ständig beruflich unterwegs, Grant. Wenn jemand Lady erschießen will, wird er es tun, egal ob du nun in Denver, Toronto oder mit Wenling auf der Farm bist.«

Grant brummte irgendetwas. Die restliche Autofahrt verlief schweigend.

Sobald wir ankamen, stürmten Lacey und ich ins Haus, schnüffelten aufgeregt alles ab und rollten uns dann auf dem Teppich zu einem Nickerchen ein. Wir wurden wach, als uns ein köstlicher Duft nach Fleisch und Käse in die Nase stieg. Erwartungsvoll trotteten wir in die Küche, doch Grant füllte die Teller bloß für Ava und sich, nicht für gute Hunde.

»Grant?«

»Mmm?«

»Ich möchte, dass du heute Nacht auf dem Sofa schläfst.«

»Was? Ava …«

»Hör zu. Ich glaube, du bist ein guter Mensch, das glaube ich wirklich. Und ich glaube, du bemühst dich, ehrlich zu sein. Aber seit gestern hat sich etwas bei dir verändert. Vielleicht hast du es dir bisher noch nicht eingestanden, aber es ist total absurd zu behaupten, Wenling und du hättet keine Gefühle mehr füreinander. Genauso gut könntest du sagen, Li Min sei nicht in deinen Vater verliebt.«

»Was? Li Min? Das ist doch lächerlich, Ava.«

»Aha! Das findest du lächerlich? Und das, was ich über Wenling gesagt habe, nicht?«, erwiderte sie ruhig.

Nach dem enttäuschenden Abendessen ohne Leckerbissen ließ uns Ava in den Garten, wo wir wild herumfetzten und spielten. Als wir schnüffelnd am Zaun entlangliefen, stieg mir der Geruch eines Mannes in die Nase. Lacey roch ihn ebenfalls. Sie gab ein tiefes Knurren von sich.

»Lady! Magst du ein Leckerli, Lady?«, flüsterte der Mann. Bei dem Wort »Leckerli« und dem Geruch nach Rind, der sich zu dem Geruch des Mannes gesellte, hörte Lacey schlagartig auf zu knurren. Wir schoben unsere Schnauzen durch die Zaunlatten, atmeten den köstlichen Geruch ein. Der Mann, der dunkel gekleidet war, beugte sich über den Zaun. Er war mir instinktiv zuwider, und ich wedelte nicht mit dem Schwanz. Stattdessen war ich selbst drauf und dran zu knurren. Der Mann hob den Arm und machte eine werfende Bewegung. »Da, Lady!«

Ein Stückchen rotes Fleisch landete direkt vor mir auf dem Boden. Irgendetwas stimmte damit nicht. Ein eigentümlicher Geruch haftete daran, den ich vorher noch nie bei einem Leckerli wahrgenommen hatte. Misstrauisch senkte ich die Nase. Das Gefühl von Gefahr war so stark, dass sich mir das Fell sträubte.

Lacey machte einen Satz nach vorn, um sich das Fleisch zu schnappen. Rasch nahm ich es zwischen die Zähne und rannte damit weg, dicht gefolgt von Lacey. Ein scharfer, saurer Geschmack stieg mir in den Mund. Intuitiv wusste ich, dass wir dieses eigenartig riechende Fleisch nicht essen durften; es war ähnlich wie eine Erinnerung, nur dass dieses Gefühl sich auf nichts begründete, was mir jemals widerfahren war. Das Fleisch war böse. Wir sollten Ava und Grant entscheiden lassen, was damit zu tun war. Wir brauchten die Hilfe von Menschen; diese Sache lag außerhalb der Fähigkeiten eines Hundes.

Aber Lacey wollte auf ihren Leckerbissen nicht verzichten. Als ich den Fleischbrocken fallen ließ, um ihn genauer zu inspizieren, stürzte sie sich darauf, und ich war gezwungen, ihn wieder ins Maul zu nehmen. Warnend knurrte ich sie an, fletschte die Zähne. Als Antwort entblößte sie ihre eigenen Fangzähne. Warum verstand sie nicht? Sie ließ nicht locker, schien wild entschlossen zu sein. Offenbar spürte sie die Gefahr nicht, die von dem Fleisch ausging. Sie war bereit, dafür zu kämpfen, obwohl es ihr Schaden zufügen könnte.

Also aß ich es auf, drehte mich von ihr weg und schlang es mit einem Happs hinunter. Ich durfte nicht zulassen, dass Lacey es bekam. Ich musste sie vor dieser Gefahr schützen, denn das Fleisch stammte von dem unheimlichen Mann, der auf der anderen Seite des Zauns kauerte und böse Absichten hatte.

Ein unangenehmer Geschmack breitete sich in meinem Maul aus. Lacey beschnüffelte das Gras, wo das Fleisch gelegen hatte. Ich wedelte mit dem Schwanz, aber sie machte keine Verbeugung, um mich zum Spielen aufzufordern. In der Hoffnung auf einen weiteren Leckerbissen trabte sie zum Zaun zurück, doch der Geruch des Mannes hatte sich verflüchtigt.

In dieser Nacht schlief Grant im Wohnzimmer auf dem Sofa, und Lacey streckte sich auf Avas Bett aus. Das war sehr verwirrend. Ich versuchte, zu Grant auf das Sofa zu klettern, doch da war kein Platz. Bei Lacey und Ava zu schlafen fühlte sich irgendwie falsch an. Auch wenn ich nicht bei Grant auf dem Sofa liegen konnte, wollte ich ihn nicht allein lassen.

»Platz, Riley!«, befahl Grant.

Folgsam legte ich mich hin und schloss die Augen, riss sie dann allerdings sofort wieder auf. Der Boden unter mir fühlte sich komisch an, als würde er schwanken. Das erinnerte mich an die erste Höhle mit den Metallwänden und an die unheimlichen Kräfte, die den Boden ins Wanken gebracht und meine Geschwister und mich wild umhergeschleudert hatten. Diese Kräfte hatte ich später auch beim Autofahren erlebt und mich daran gewöhnt, aber so etwas war noch nie passiert, wenn ich ausgestreckt auf dem Fußboden lag.

Hechelnd hob ich den Kopf und sah zu Grant hinüber. Eine Erinnerung stieg in mir auf: Nachdem ich mit Lacey gespielt hatte, lag ich in einem Feld, und mein Bauch fühlte sich an, als würde er innen von irgendetwas gebissen werden. Jetzt geschah etwas ganz Ähnliches mit mir, und ich war mir ziemlich sicher, wie es enden würde.

Ich wankte zu meiner Spielzeugkiste, tauchte mit der Schnauze bis zum Grund und holte den Nylon-Kauknochen heraus. Vorsichtig trug ich ihn zum Sofa und legte ihn neben Grant ab. Wenn er aufwachte, würde er ihn sehen und wissen, dass ich ihn liebte. Erschöpft taumelte ich dann zu meinem Hundebett und ließ mich hineinplumpsen.

Damals, vor langer Zeit, an meinem letzten Tag als guter Hund Cooper, war Lacey bei mir gewesen, hatte mich liebevoll umsorgt und getröstet. Als hätte sie gefühlt, dass ich gerade an sie dachte, erhob sie sich von Avas Bett, stieß mit der Schnauze die angelehnte Tür auf und lief zu mir. Ich leckte mir die Lippen. Der saure Geschmack des verbotenen Fleisches klebte an meiner Zunge, und Lacey schnupperte daran.

In diesem Moment wurde mir bewusst, dass Lacey eine alte Hündin in einem jüngeren Körper war. Sie hatte ein schwieriges Leben gehabt, und das hatte sie vorzeitig altern lassen. Der Gedanke machte mich traurig.

Eine jähe Übelkeit überfiel mich, und ich rappelte mich hastig hoch. Ich taumelte zur Tür und kratzte daran, aber bis Grant kam, um mich herauszulassen, hatte ich mein Abendessen schon erbrochen. »Oh! Riley, was ist los mit dir? Nein, Lady! Zurück!«

Grant schaltete das Licht an und begann die Sauerei aufzuwischen. Ich fühlte mich wie ein böser Hund. Lacey spürte meinen Schmerz und beschnupperte mich hilflos.

In einen Morgenmantel gehüllt, kam Ava herein. »Was ist passiert?«

»Riley hat sich übergeben. Ich kümmere mich darum.«

»Riley?«

Ich blickte zu ihr, nahm sie allerdings nur verschwommen wahr. »Er ist richtig krank, Grant. Sieh ihn dir mal an.«

Meine Beine knickten ein, ich fiel auf den Boden. Ich hechelte, bekam keine Luft mehr.

»Riley!«, schrie Grant.

Laceys Schnauze war ganz nah. Ich fühlte ihre Liebe und Sorge auch dann noch, als alles um mich herum zu verschwimmen begann.

Ava schluchzte. »Ich glaube, er wurde vergiftet, Grant.«

Beide knieten sich neben mich. Lacey robbte noch näher zu mir, bis unsere Schnauzen sich berührten. Ich spürte zärtliche Hände auf meinem Fell, spürte die Traurigkeit von allen um mich herum und dann das Gefühl, als würde mich ein reißender Fluss mit sich nehmen.

Der Schmerz in meinem Bauch ließ nach. Ich war bei Lacey, Grant und Ava. Ich liebte sie alle, wie ich auch Burke liebte, ich war ein guter Hund, aber jetzt geschah etwas mit mir, etwas, das ich bereits vorher erlebt hatte.

»Wir bringen ihn zum Tierarzt«, sagte Grant. »Schnell!«

Zärtlich leckte Lacey mich ab, als Grant die Arme unter mich legte. Sie würde nun mit Ava und Grant zusammen sein. Ich war froh darüber. Menschen brauchten einen guten Hund, vor allem wenn ein anderer Hund starb. Grant hob mich hoch, trug mich in die sich entfaltende Dunkelheit, und ich fühlte, wie ich immer höher stieg, bis ich weit, weit weg war, durch tiefschwarze Fluten glitt.

»Bailey«, sagte eine vertraute Stimme beruhigend. »Du bist ein so guter Hund, Bailey.«

Ich sah jetzt ein goldfarbenes Licht. Hier war ich schon einmal gewesen. Es war schön, von dieser Stimme ein guter Hund genannt zu werden. Ich fühlte die Liebe dieses Menschen in jedem Wort, obwohl ich nicht verstehen konnte, was er sagte.

»Deine Arbeit ist fast beendet, Bailey. Du musst nur noch ein paar Dinge in Ordnung bringen. Noch ein Mal, Bailey. Du musst noch einmal zurückkehren.«

Ich dachte an Ava und Grant und Wenling und Burke und Chase Dad und Li Min. Ich stellte sie mir alle auf der Farm vor, wie sie mit Lacey herumtollten.

Diese Vorstellung machte mich sehr glücklich.

35

Ganz allmählich kam das Bewusstsein, aber alles war mir vertraut: die warme nährende Milch meiner Mutter, die fiepende, quirlige Präsenz meiner Geschwister. Ich wusste sogar, wo ich mich befand: Ich war in einem Gebäude mit Hunden in Käfigen und Katzen, die uns feindselig aus ihren Käfigen anstarrten.

Der erste Mensch, den ich roch, war natürlich Ava. Als ich alt genug war, um sie sehen zu können, rannte ich jedes Mal, wenn sie in der Nähe war, zu ihr, und zu meinem Verdruss taten es meine Geschwister mir nach, als würden sie alle zu ihr gehören. Doch sie war meine Ava. Wenn sie uns hochhob, kauten meine Geschwister an ihren Fingern und leckten sie ab, ich versuchte immer, ihre Nase zu küssen.

Auch Sam Dad spielte mit uns und brachte uns in den Hof hinaus, wo ich Lacey kennengelernt hatte. Jetzt war Lacey nicht da. Das Gras war tot, und an manchen Stellen häufte sich Schnee, aber ich wusste, dass die Tage nun wärmer werden würden.

Ava liebte es, mich hochzunehmen und mir in die Augen zu starren. »Der da ist mein absoluter Liebling«, sagte sie zu Sam Dad.

»Hm, lass mich raten. Du taufst ihn Bailey.«

Verwundert sah ich ihn an. Was bedeutete das? Warum sagte er diesen Namen?

Ava lachte wehmütig. »Das habe ich mir gründlich abgewöhnt. Jeder Hund, den ich Bailey getauft habe, wurde von den neuen Besitzern umbenannt. Nein, dieser hier heißt Oscar. Er ist bloß ein Welpe, aber merkst du, wie er dich ansieht? Er hat die Augen eines weisen alten Hundes.«

»Eine alte Seele«, fügte Marla hinzu. Sie strich sich die dunklen Haare aus der Stirn, und als sie mich streichelte, hingen die Öle und Düfte aus ihrem Haar an ihren Fingern.

Ava nickte. »Genau.«

»Was für ein Hund bist du denn, Oscar?«, fragte Marla.

Ich vernahm die Frage in ihrer Stimme, verstand allerdings kein Wort.

Sam Dad gluckste. »Die ältere Frau, die uns die Welpen gebracht hat, meinte nur, ihre teure reinrassige Deutsche Schäferhündin sei ›irgendwie schwanger geworden‹. Der Vater ist also unbekannt.«

»Ich würde auf einen Cockerspaniel tippen«, sagte Ava.

Marla küsste mich auf die Nasenspitze. Ich mochte Marla.

Als wir eines Tages mal wieder im Hof waren, öffnete Ava das Tor, und eine ältere Hündin kam herein, die weiße Schnauze witternd auf den Boden gerichtet. Sie war am ganzen Körper mit braunen Flecken gesprenkelt. Ich brauchte sie gar nicht zu beschnuppern, nein, ich erkannte sie auf den ersten Blick.

Es war Lacey!

Ihre Ankunft löste eine Stampede aus; meine Geschwister stolperten übereinander, um zu ihr zu gelangen. Ich hielt mich diskret im Hintergrund, weil ich Lacey ungestört begrüßen wollte. Meine Geschwister belagerten sie, sprangen auf sie drauf, nagten an ihr, fiepten begeistert. Freundlich ließ sich Lacey alles gefallen, wedelte mit dem Schwanz, beschnüffelte die Kleinen und erlaubte ihnen, an ihren Lippen zu kauen.

»Gute, brave Lady!«, murmelte Ava.

Schließlich reichte es mir. Ich trat auf eine meiner Schwestern und befand mich nun Nase-an-Nase mit meiner Lacey. Sofort forderte sie mich mit einer Verbeugung zum Spielen auf, begann zu hüpfen und mit dem Hinterteil zu wackeln. Sie war genauso aufgeregt, mich zu sehen, wie ich. Natürlich erkannte sie mich.

»Lady ist total aufgekratzt. Die Welpen scheinen ihr gutzutun«, bemerkte Ava.

»Ich liebe es, wenn ein älterer Hund durch jüngere Hunde neuen Schwung erhält«, stimmte Sam Dad ihr zu.

Ich hätte Lacey so gern durch den Hof gejagt, mit ihr gerauft und getobt, und ich wusste, dass sie das auch wollte, doch meine winzige Größe ließ das nicht zu.

Ich musste bloß ein Stückchen wachsen, dann würden wir auf der Farm wieder Enten ärgern.

Das Tor öffnete sich, und Burke tauchte auf, was mich unendlich freute, jedoch nicht weiter überraschte. Sofort rannte ich zu ihm, und natürlich machten meine dummen Geschwister dasselbe. Er grinste. »Hi.«

»Burke? Wow!« Freudestrahlend eilte Ava zu ihm. Er küsste sie auf die Wange und achtete darauf, nicht auf einen der Welpen zu treten, die um seine Füße herumwuselten. »Es ist wie lange her? Drei Jahre?«

»Ja, aber ich habe jeden Tag eine Stunde lang an dich gedacht, ungelogen.«

Ava lachte. »Was führt dich hierher?«, fragte sie.

»Ich spiele mit dem Gedanken, mir einen Hund zuzulegen«, antwortete Burke. »Auf dem Highway habe ich im Vorbeifahren dein Schild gesehen, du weißt schon, das mit dem Welpen-Video. Und da dachte ich, ich schau mal vorbei.«

»Dad, das ist Burke, Grants Bruder.«

»Freut mich, Sie kennenzulernen.« Sam Dad streckte die Hand aus, und Burke zog kurz daran. »Ich muss los, um die Katzenkäfige sauber zu machen.«

»Ein Leben voller Glamour«, bemerkte Ava lachend.

Ich legte die Vorderpfoten auf die Hosenbeine meines Jungen und streckte mich, um zu ihm zu gelangen. Er belohnte meine Mühe, indem er mich aufsammelte und hoch in die Luft hielt, sodass wir uns in die Augen sehen konnten.

»Das ist Oscar«, sagte Ava. »Er ist der süßeste Welpe des Wurfs. Er liebt Menschen. Vor allem dich, wie es aussieht.«

»Hallo, Lady. Lange nicht gesehen«, begrüßte Burke Lacey, als sie zu uns kam, um sich streicheln zu lassen. Er wandte sich Ava zu. »Ich dachte, man darf erwachsene Hunde so lange nicht mit Welpen zusammenbringen, bis die Welpen alle Impfungen haben.«

»Da gibt es unterschiedliche Ansichten. Ich persönlich halte es für besser, das Risiko einzugehen und die Welpen so oft wie möglich mit anderen Hunden kommunizieren zu lassen. Die Anzahl der Hunde, die eingeschläfert werden, weil sie kein Sozialverhalten erlernt haben, ist deutlich höher als die jener Hunde, die an Viren sterben. Geimpfte Hunde geben kurzzeitig etwas von diesem Impfstoff nach außen ab und erzielen dadurch eine sogenannte Herdenimmunität. Bei Menschen ist das genauso. Aber Moment mal, du willst einen Hund haben? Ich dachte, ihr Trevino-Brüder haltet es nie lange an einem Ort aus.«

Bewundernd betrachtete ich das Gesicht meines Jungen. Er schob die Nase in mein Fell, was ich dazu nutzte, ihm die Wange abzuschlecken. »Witzigerweise habe ich gerade einen Auftrag angenommen, der die technische Begutachtung aller Dämme im Staat beinhaltet. Ich werde also für geraume Zeit in Michigan bleiben. Ich dachte, es wäre schön, einen Hund als Gesellschaft zu haben, wenn ich unterwegs bin, um verrostete Rohre und zerbröselnden Zement zu besichtigen. Kann ich Oscar adoptieren?«

»Ernsthaft?«

»Sieh ihn dir an! Wer könnte diesen braunen Augen widerstehen?«

»Na ja, im Moment ist er für eine Adoption noch zu jung. Und dir ist hoffentlich klar, dass du ihn kastrieren lassen musst, ja? Wir übernehmen die Rechnung, aber du musst unterschreiben, dass du den Eingriff vornehmen lässt.«

Burke setzte mich auf dem Boden ab. Ich ignorierte die anderen Welpen und versuchte, wieder an ihm hochzuklettern. »Tja, wenn du so einen Vertag aufsetzt, ist er wahrscheinlich hieb- und stichfest.«

»Darauf kannst du wetten!«

Zu meiner großen Enttäuschung ging Burke kurz darauf wieder. Oft zeigten Menschen ein Verhalten, das für einen Hund nicht einmal ansatzweise nachzuvollziehen war.

Nicht lange nach Burkes Besuch begannen meine Geschwister einer nach dem anderen zu verschwinden. Ava griff dann in unseren Käfig und holte behutsam einen zappelnden Welpen heraus. Ich wusste, sie gingen in ein neues Zuhause mit neuen Familien, und das machte mich glücklich.

Ich döste gerade mitten auf Lacey, mein kleiner Welpenkopf hob und senkte sich mit ihrer Atmung, als das Tor aufging und Burke wiederauftauchte. Offenbar war das sein neuer Trick.

Ava eilte zu ihm. »Hi!« Sie blickte auf ihr Handgelenk.

Burke zuckte bedauernd die Achseln. »Entschuldige die Verspätung. Ich musste mich mit einer Frau herumstreiten, die fälschlicherweise glaubt, ihr gehöre ein Damm, weil der Weiher bis auf ihr Grundstück reicht. Als ich ihr erklärte, es sei mein Job, Dämme auf ihre Sicherheit hin zu beurteilen, und dieser Damm sei alles andere als sicher, wollte sie mit mir eine Riesendiskussion anfangen. Was ist los, Ava?«

»Ähm, wie bitte? Nichts.«

»Du siehst mich so komisch an.«

»Oh, ich dachte bloß gerade ... Du siehst gut aus.« Ava senkte den Blick.

»Danke. Ich habe mir die Haare gewaschen, obwohl die letzte Haarwäsche erst einen Monat her ist.«

Ava lachte.

Ich wurde in ein kleines Zimmer gebracht. Burke setzte sich an einen Schreibtisch, raschelte mit irgendwelchen Papieren und kritzelte darauf herum. Ava saß ihm gegenüber. Als Lacey sich steifbeinig auf einem Hundebett niederließ, kletterte ich zu ihr, um ein Nickerchen zu machen. Plötzlich kam mir ein Gedanke. Ich setzte mich auf und blickte zu Ava und Burke, die sich leise unterhielten.

Burke hatte nicht nur mich immer gefunden – er hatte auch Ava immer gefunden! Und die beiden waren die einzigen Menschen auf der Welt, für die ich jemals *Zieh!* gemacht hatte. Ja, ich hatte sogar für Ava im Schnee *Hilf!* gemacht. Zwischen Ava und Burke bestand also eine Verbindung, auch wenn mir das bisher nie aufgefallen war.

Burke beugte sich über seine Papiere. »Ich freue mich, Lady so wohlauf zu sehen. Ehrlich gesagt hatte ich nach Rileys Tod mit neuen Anschlägen auf sie gerechnet.«

»Nach der ganzen negativen Presse sind diese Leute in Deckung gegangen. Der Typ, den die Polizei festgenommen hat, war ein ehrenamtlicher Mitarbeiter dieser ... dieser Organisation, die man lieber nicht beim Namen nennt. Sie behaupteten, sie hätten nichts mit ihm zu tun, aber er stand auf ihrer Spenderliste.«

»Für wie lange wandert er ins Gefängnis?«

»Gefängnis? Er wurde lediglich zu einer Geldstrafe und gemeinnütziger Arbeit verknackt. Er hat Widerspruch eingelegt und beantragt, dass seine ehrenamtliche Mitarbeit für diese schreckliche Organisation gegen seine Arbeitsstunden aufgerechnet wird. Als wären Versammlungen, in denen diskutiert wird, wie man Pitbulls umbringt, in irgendeiner Form gemeinnützig.« Ava nahm Burke die Papiere ab und stapelte sie aufeinander. »So, das hätten wir. Hast du in letzter Zeit mal wieder mit deinem Bruder gesprochen?«

Burke schüttelte den Kopf. »Nein, zwischen uns hat so lange Funkstille geherrscht, dass es schwierig ist, wieder ganz normal miteinander zu kommunizieren. Aber ich telefoniere hin und wieder mit Wenling.«

»Ah, Wenling, die schöne, geheimnisvolle Frau. Du bist ihr also auch verfallen?«

Ich kuschelte mich enger an Lacey. Es war wunderschön, mit ihr, Ava und meinem Jungen im selben Raum zu sein.

»Weißt du das nicht? Sie war meine Freundin, ehe sie mit Grant zusammenkam.«

Ava blieb der Mund offen stehen. »Nein, das ist mir neu. Wann war das?«

»Das ist sehr lange her. Schon witzig, wie wichtig das damals erschien. Jetzt ist es einfach nur Kinderkram. Sie hat wegen Grant mit mir Schluss gemacht.«

»Echt? Davon hat er mir nie etwas erzählt. Er hat dem eigenen Bruder die Freundin ausgespannt?«

»Nein, ich habe Blödsinn erzählt. In Wahrheit habe ich mit ihr Schluss gemacht. Das ist eine lange Geschichte, aber irgendwie hatte ich mir eingebildet, ich sei plötzlich sehr beliebt bei den Mädchen, und ich wollte frei sein, um das auszukosten. Na ja, und als das nicht funktionierte, wurde ich ziemlich eifersüchtig. Ziemlich bescheuert von mir, denn es war ja klar, dass sie irgendwann einen neuen Freund haben würde. Aber mir ging es damals nicht gut, und ich habe meinem Bruder ein paar richtig üble Sachen an den Kopf geworfen. Grant ist meinem Dad sehr ähnlich – es fällt ihm verdammt schwer, jemandem zu verzeihen.«

»Du hast also wieder Kontakt mit ihr ...«

»Klar, aber wir sind nur Freunde.«

»Und was ist mit Wenling und Grant?«

»Aha, daher weht der Wind!« Aufmerksam sah er sie an. »Ja, die beiden sind ein Paar.«

Ava lachte bitter. »Jemand sollte mir mal erklären, warum jeder Mann, mit dem ich zusammen war, mich wegen einer anderen Frau verlassen hat.«

»Wahrscheinlich hast du dir einfach die falschen Typen ausgesucht.«

»Das sagt mein Dad auch. Was auch immer Wenling an sich hat, ich könnte dringend etwas davon brauchen.«

»Wenn du mich fragst, hast du davon mehr als genug.«

Ava lachte. »Das hat mir bisher noch niemand gesagt.«

Leise lächelnd sah Burke sie an, bis Ava den Blick abwandte. »Hast du Lust, heute Abend mit mir essen zu gehen?«, fragte er.

»Oh«, antwortete Ava. Lacey und ich blickten zu ihr hinüber, spürten die ansteigende Spannung im Raum.

»Oh ja oder oh nein?«

»Na ja, das ist ziemlich kurzfristig.«

»Ich versuche, spontan zu sein. Alle Welt glaubt, Ingenieure seien total nüchtern und vorhersehbar. Aber ob du es glaubst oder nicht: Gestern Nacht habe ich mir die Kleider vom Leib gerissen und den Mond angeheult.«

Ava prustete los. »Hast du das auch heute Abend vor?«

»Das wirst du erfahren, wenn du dich von mir zum Essen einladen lässt.«

In diesem Sommer unternahmen Burke und ich lange Autofahrten an herrliche Orte. Ich schwamm in Seen und Flüssen. Ich folgte Tierfährten durch dichtes Gehölz. Ich schlief mit Burke in einem kleinen Stoffraum, den er jeden Morgen zusammenfaltete und in seinen Truck legte. Wir dünsteten beide wundervolle Gerüche aus, die sich auf das Köstlichste vermischten. Und alle paar Tage besuchten wir Ava und Lacey.

Wenn Ava die Tür öffnete, stand Lacey immer neben ihr, um uns zu begrüßen. Doch eines Tages war sie nicht da. »Hey«, sagte Ava. Während sie sich küssten, drängelte ich mich an ihnen vorbei und eilte zu Lacey, die in ihrem Hundebett lag. Sie hob den Kopf und wedelte mit dem Schwanz, stand allerdings nicht auf, als ich sie beschnupperte.

»Ich bin hier, um deiner Dusche einen Besuch abzustatten«, verkündete Burke.

»Unsere Beziehung begann mit einer Dusche.«

»Das stimmt. Aber damals hatte ich nicht vier Nächte lang mit einem Hund in einem Zelt geschlafen. Hi, Lady, wie geht's dir, altes Mädchen?«

Freundlich wedelte Lacey mit dem Schwanz, doch ich fühlte die Krankheit, die an ihr zehrte und sie auslaugte. Ich spürte, sie war am Ende ihres Lebens angelangt, ein gutes Leben, das wir über weite Strecken zusammen verbracht hatten und in dem sie von Menschen wie Ava geliebt worden war.

»Habe ich dir schon einmal erzählt, was ich damals gemacht habe? Als du geduscht hast?«, fragte Ava.

Burke zog sich das T-Shirt über den Kopf. »Ich erinnere mich nur daran, dass nach meinem unfreiwilligen Bad in dem eiskalten See diese heiße Dusche das Beste war, das mir je widerfahren ist. Sehr empfehlenswert. Wir sollten ein Wellness-Zentrum aufmachen. Erst schubsen wir die Leute in ein Eisloch, und danach lassen wir sie duschen, während ihre Klamotten im Trockner sind.«

»Ich konnte dich im Spiegel sehen. Nicht besonders gut, weil das Glas beschlagen war, aber ich habe dagestanden und dich beobachtet.«

»Warum bist du nicht zu mir unter die Dusche gesprungen?«

Ava lachte. Burke drehte das Wasser an. »Na? Hast du jetzt Lust, mit mir zu duschen?«

Ich trabte zu Lacey hinüber. Sorgfältig beschnüffelten wir uns, stellten die Veränderungen fest. Ich war kein Welpe mehr, sondern ein Truck-Hund, dessen Aufgabe es war, mit meinem Jungen durch die Gegend zu fahren, lustige Orte zu besuchen und Eichhörnchen zu jagen. Lacey wiederum hatte ein inneres Leiden. Bald würde der Schmerz von innen nach außen dringen, dann würden es auch die Menschen bemerken.

»Ich muss nächste Woche in den Norden hoch«, bemerkte Burke beim Abendessen. »Vielleicht wollt ihr ja mitkommen. Du und Lady, meine ich.«

Verblüfft sah Ava ihn an. »Wieso das denn?«

»Na ja, ich wollte einen Abstecher zur Farm machen. Meinen Dad besuchen. Von Wenling weiß ich, dass Grant dann bereits weg ist.«

»Weiß dein Bruder über uns Bescheid?«, fragte Ava nach einem Moment.

»Ich habe es Wenling noch nicht erzählt, also nein. Ich dachte, wir weihen erst Wenling und Dad ein, und die können es dann Grant erzählen.«

»Willst du damit sagen, du würdest dich nicht an seiner Reaktion erfreuen, wenn du ihm mitteilst, dass ich deine –« Abrupt brach Ava ab.

»Ich habe noch eine Rechnung mit ihm offen, weil er mich einen Abhang hinuntergestoßen hat, als ich im Rollstuhl saß.«

»Immer musst du übertreiben!«

»Hey, das war ein 30-Meter-Sturz in eine Lavagrube. Nein, über Rachegelüste bin ich schon längst hinweg, auch wenn mein Bruder das nicht glaubt.« Er hielt kurz inne. »Ich weiß, was du beinahe gesagt hättest.«

»Ich verstehe nicht.«

»Du wolltest ›feste Freundin‹ sagen.«

Ava wandte den Blick ab. »Entschuldige.«

»Und bist du das? Meine feste Freundin?«

Stumm starrte Ava ihn an. Burke zuckte die Achseln. »Ich erzähle jedem, dass du meine Freundin bist. Dass wir ein Paar sind. Wahrscheinlich hätte ich das erst einmal mit dir klären müssen.«

Ava schluckte. »Für mich ist das klar«, sagte sie leise.

Danach küssten sie sich so lange, dass ich vor lauter

Langeweile einschlief. Doch als Lacey sich regte und stöhnte, wurde ich wieder wach. Ich leckte über ihre Lippen, worauf sie schwach mit dem Schwanz wedelte. Traurig dachte ich an die wundervollen Zeiten zurück, die wir miteinander erlebt hatten, jene herrlichen Tage, als wir ausgelassen tobten, rauften und spielten. Lacey und ich gehörten zusammen – das begriff ich mehr als alles andere.

Der nächste Morgen war Laceys letzter Tag. Er begann wie üblich damit, dass Ava unsere Futternäpfe füllte. Lacey stand nicht von ihrem Bett auf. »Lady? Was ist los mit dir, mein Liebling?«, fragte Ava und streichelte Laceys Gesicht. Lacey hob kurz den Kopf. »Oh nein, Lady«, flüsterte Ava.

Kurz darauf kamen Sam Dad und Marla vorbei. Lacey lag immer noch in ihrem Bett, sie hechelte. Ich blieb neben ihr, bot ihr allen Trost, den ich aufbringen konnte. Sam Dad tastete sie überall ab, sah ihr in die Augen und schüttelte dann den Kopf. »Es geht ihr richtig schlecht. Könnte sie etwas Falsches gefressen haben?«

»Sie liegt schon so da, seit ich gestern Abend gekommen bin«, sagte Burke.

Sam Dad stand auf. »Es ist deine Entscheidung, Liebes«, sagte er zu Ava. »Aber wenn es nach mir ginge, würde ich sie auf der Stelle von ihren Schmerzen befreien. Ich weiß nicht, was sie hat, doch es bereitet ihr Qualen. Wer weiß, welche inneren Verletzungen sie in ihrer Zeit als Kampfhund erlitten hat. Eine Operation ist vermutlich keine Lösung, selbst wenn wir eine Diagnose hätten. Sie hat ein langes Leben gehabt.«

Ava sank auf die Knie und schlang die Arme um Lacey. »Oh, Lady, du bist so ein gutes Mädchen. Es tut mir leid, dass ich nicht gemerkt habe, wie sehr du leidest.«

»Sie hat es vor dir verborgen«, sagte Sam Dad. »Sie wollte nicht, dass du dir Sorgen machst.«

Marla streichelte Laceys Kopf. »Sie wurde sehr grausam behandelt, aber du hast ihr einen wunderbaren Lebensabend bereitet, Ava. Du hast ihr Liebe und ein Zuhause gegeben.«

Respektvoll hielt ich mich im Hintergrund, damit die Menschen ihren Hund mit Liebe überschütten konnten. Lacey sah mich an, und ihr Blick verriet, wie sehr diese Aufmerksamkeit sie tröstete und ihre Schmerzen linderte.

Umringt von allen anderen, umarmte und streichelte Ava Lacey eine sehr lange Zeit. Ihre stillen Tränen tropften auf Laceys Fell. Irgendwann hob Lacey den Kopf, gab Ava einen Kuss und ließ den Kopf dann erschöpft wieder sinken.

Es war Laceys letzter Kuss. Sam Dad bereitete irgendetwas für Lacey zu, und ich legte mich dicht neben sie. Ich war froh, für sie da zu sein, ein Hund, der sie liebte und ihr bei dem Übergang, wohin auch immer, helfen konnte.

Uns war beiden klar, was jetzt passierte, und wir waren beide dankbar dafür. Von all den wundervollen Dingen, die Menschen für Hunde tun, gehörte dies zu den besten – uns helfen, wenn wir so sehr leiden, dass nur der Tod uns erlösen kann.

Lacey schied aus diesem Leben, doch ich wusste, wir würden uns wiedersehen.

36

Als wir uns wenige Tage später alle in Burkes Truck quetschten, hing Laceys Geruch noch überall im Haus. Es fiel mir jedoch nicht schwer, Ava und Burke aufzuheitern, weil ich mich nicht nur auf die Autofahrt freute, sondern es auch kaum erwarten konnte, zusammen mit Ava und Burke in dem kleinen Stoffraum zu übernachten. Das würde bestimmt lustig werden.

»Oscar! Beruhig dich!«, befahl Burke lachend.

Menschen zum Lachen zu bringen, nachdem etwas Trauriges passiert ist, gehört zu den wichtigsten Aufgaben eines Hundes.

Ich drehte fast durch vor Freude, als mir die vertrauten Düfte in die Nase stiegen, die mir verrieten, wohin wir fuhren. Die Farm! Noch besser!

Chase Dad saß auf der Veranda, stand aber sofort auf, als wir aus dem Auto stiegen. Schwanzwedelnd stürmte ich zu ihm. »Hallo, Oscar. Wie schön, dass ich dich endlich mal kennenlerne«, begrüßte er mich. Freudig leckte ich seine Hände ab. Er blickte von Burke zu Ava und dann wieder zu Burke zurück. Ein seltsamer Ausdruck trat in sein Gesicht. »Burke. Hallo, mein Junge.«

»Hi, Dad.«

»Und hallo ... Ava.«

»Hallo, Mr. Trevino.«

»Nein, bitte keine Förmlichkeiten. Nenn mich Chase.«
Er umarmte sie. »Offen gestanden bin ich mir nicht sicher, wie ich die Situation einschätzen soll.«

Burke grinste. »Es ist genau so, wie es aussieht, Dad.«

»Dein Bruder und du, ihr beide habt offenbar eine sehr
unkonventionelle Einstellung. Und einen sehr ähnlichen
Geschmack.«

Ava zuckte die Achseln. »Ich wusste nur, ich würde
mich entweder für den einen oder für den anderen entscheiden.«

Alle begannen zu lachen, doch ich spürte das Unbehagen dahinter. »Li Min ist im Schuppen. Sie repariert
den Traktor.« Chase Dad legte die Hände an die Seiten
seines Mundes. »Hey, Li Min! Schau, wer da ist!«

Verwundert fragte Burke: »Sie repariert den Traktor?«

»Ja. Ich habe ihr gesagt, wir können uns einen neuen
leisten, aber sie betrachtet es wohl als Herausforderung,
den alten wieder in Gang zu bringen«, erklärte Chase
Dad.

»Okay ... Ich wusste nicht, dass sie das kann«, sagte
Burke.

»Ach.« Chase Dad hob die Hände. »Li Min kann alles.«

Als Li Min aus dem Schuppen kam, rannte ich zu ihr,
sprang zur Begrüßung an ihr hoch und schnupperte an
ihren öligen Fingern. Sie umarmte Burke, legte die Hände merkwürdig steif an seinen Rücken, ohne ihn zu berühren. »Schön, dich zu sehen, Ava«, sagte sie dann. »Ich

würde dir ja die Hand geben, aber meine Hände sind total mit Öl verschmiert.«

»Du siehst aus, als hätte man dir heute früh beim FBI Fingerabdrücke abgenommen«, bemerkte Burke.

»Ich geh mir rasch die Hände waschen«, sagte Li Min und eilte ins Haus.

Chase Dad wandte sich Burke zu. »Grant und Wenling sind in der Stadt, sie müssten allerdings jeden Moment zurückkommen.«

Erschrocken sahen Ava und Burke sich an. »Grant ist hier?«, fragte Burke.

Chase Dad nickte. »Sein Termin wurde verschoben.« Plötzlich riss er die Augen auf. »Oh.«

»Genau. Oh.« Burke stieß einen Seufzer aus. »Na gut. Das werden wir schon irgendwie hinkriegen.«

Da Lacey nicht da war, lief ich zum Teich hinunter, bellte ihr zu Ehren die Enten an und hob mein Bein an einem der Stegpfosten, um eine ordentliche Duftnote zu setzen. Auf dem Rückweg zum Haus drehte ich scharf ab, als ich einen sowohl neuen als auch bekannten Geruch witterte. Eine Ziege! Eine Babyziege! Ich schob den Kopf durch den Zaun, worauf sie sofort zur Begrüßung angehüpft kam und den Kopf senkte, um ihn an meinem zu reiben. Dann fetzte sie mit hohen Sprüngen durch ihren Pferch. Verwirrt sah ich ihr zu. Was machte sie da?

Während ich das närrische Treiben der Ziege beobachtete, erinnerte ich mich daran, wie Grandma immer mit Judy, der alten Ziege, geredet hatte. Obwohl ihre Gerüche durch Zeit, Wind und Schnee verweht waren, war es für einen Moment so, als hätte ich den Duft der beiden in der Nase, frisch und präsent, und könnte Grandmas freundliche Stimme hören. Ich hatte viele wunderbare Menschen in meinen wunderbaren Leben kennengelernt, aber Grandma würde immer einen besonderen Platz in meinem Herzen einnehmen.

Als sich auf der Auffahrt ein Wagen näherte, überließ ich die Ziege sich selbst, raste los und sprang überglücklich an Grant und Wenling hoch. Vor Aufregung über diese ungeahnte Wiederbegegnung warf ich mich auf den Boden und wand mich vor Freude nach allen Seiten, als Wenling mich streichelte. »Wer bist du denn?«, fragte sie.

»Das ist Oscar«, rief Burke ihr von der Veranda aus zu. Er polterte die Stufen hinunter, schloss Wenling in die Arme und wandte sich dann Grant zu. Nach kurzem Zögern umarmten sie sich, wenn auch ein wenig steif.

»Was verschafft uns die Ehre?«, fragte Grant.

»Ich wollte mal sehen, wie du Dad ins Handwerk pfuschst. Hey, ich muss dir etwas erzählen. Oder vielmehr euch beiden.«

Argwöhnisch sahen Grant und Wenling ihn an. Ich machte *Sitz!*, war ein guter Hund.

»Ava ist hier.«

Überrascht starrten die beiden ihn an. »*Die* Ava?«

»Ja. Genau die.«

Grant warf Wenling einen Blick zu. »Ich schwöre, Wenling, ich hatte keine Ahnung, dass sie kommt.« Er wandte sich Burke zu. »Was will sie hier?«

»Von dir will sie jedenfalls nichts. Sie ist mit mir gekommen. Ava und ich sind jetzt zusammen.«

Ein langes Schweigen setzte ein. »Das ist ja super«, sagte Wenling schließlich.

Grant war wütend. »Was zum Teufel soll das werden, Burke?«

Burke spreizte die Hände. »Ich bin ihr zufällig über den Weg gelaufen, als ich Oscar adoptierte. Ich habe sie zum Essen eingeladen, und dann …«

Als mein Name fiel, blickte ich auf, obwohl ich eigentlich damit gerechnet hatte, auf der Farm Cooper oder sogar Riley genannt zu werden.

»Du bist ihr zufällig über den Weg gelaufen? Und das sollen wir dir glauben?«, zischte Grant.

Wenling wandte sich ihm zu. »Warum ist das so ein Problem für dich, Grant? Was hat das mit dir zu tun?«

Ungläubig starrte er sie an. »Kapierst du das nicht? Es hat nur mit mir zu tun. Warum würde er sonst so etwas machen?«

»Du bist kindisch«, fuhr Burke ihn an.

»Willst du damit sagen, dass du immer noch auf Ava stehst, Grant?«, fragte Wenling.

Ich spürte ihre Sorge und wedelte nervös mit dem Schwanz.

»Was?« Grant schüttelte den Kopf. »Nein!«

»Wo ist dann das Problem?«, fragte Wenling schroff.

»Das Problem ist seine Motivation. Und die ist Rache.«

»Weißt du, was mich tierisch nervt?«, antwortete Burke zornig. »Mich nervt, dass du jede Verletzung und Kränkung in eine Art Trauma umwandelst, für das wir uns alle permanent entschuldigen sollen. Nach Grandmas

Tod bist du einfach verschwunden. Jahrelang! Und jetzt glaubst du, du hättest ein lebenslanges Anrecht auf Ava, weil ihr mal kurz zusammen wart. Hey, Grant, wach auf! Wann wirst du endlich erwachsen?«

Grants Hände waren zu Fäusten geballt.

»Jetzt bist du unfair, Burke«, sagte Wenling kühl. »Niemand kann das, was war, ungeschehen machen. Grant erzählt mir ständig, wie sehr er das Zerwürfnis mit dir bedauert.«

Burke schien weicher zu werden, die Anspannung in seinen Schultern löste sich. »Stimmt das?«

Grant wandte den Blick ab, dann nickte er.

»Mir geht es genauso, Grant«, sagte Burke leise. »Immer rede ich davon, wie sehr ich mir wünschen würde, mit meinem Bruder wieder ein ganz normales Verhältnis zu haben.«

Nachdenklich ließ Wenling den Blick zwischen den beiden hin und her wandern. »Ich glaube, ich gehe jetzt mal rein und unterhalte mich mit der Ex-Freundin meines Freundes.«

»Man könnte auch sagen, mit der derzeitigen Freundin deines Ex-Freundes«, bemerkte Burke grinsend.

Mit einem verschmitzten Lachen drehte Wenling sich um und ging ins Haus. Burke und Grant spazierten zum Teich hinunter. Das kam mir sehr gelegen, weil ich große Lust hatte, die Enten mal wieder ordentlich aufzuscheuchen.

»Also du und Ava. Hm. Ist es etwas Ernstes?«, fragte Grant.

Burke nickte. »Ich denke schon.«

434

»Du hättest es mir vorher erzählen können, statt mich damit derart zu überfallen«, bemerkte Grant.

Am Teich angekommen, rannte ich sofort zum Ende des Stegs und funkelte die Enten grimmig an. Sie starrten zurück. Enten wackeln manchmal mit ihren Schwänzen, aber das ist weit entfernt von einem richtigen Schwanzwedeln.

Burke warf einen Stock ins Wasser. Ich erstarrte, war mir unschlüssig, ob ich den Stock holen sollte oder nicht. »Eigentlich wollte ich es dir gar nicht erzählen. Ich wusste, du würdest überreagieren.«

»Wenn du unangemeldet mit meiner Ex-Freundin auftauchst, soll ich nicht überreagieren? Herrgott, du hättest es mir sagen müssen. Oder es Wenling in einer deiner SMS mitteilen, die du ihr ja praktisch täglich schreibst. Ja, ja, mein Bruder und meine Freundin haben regen Kontakt. Weil du nämlich bei allem das letzte Wort haben musst.«

»Tja, das sind ja eine Menge Vorwürfe. Also, ich schreibe Wenling nicht jeden Tag eine SMS, nicht einmal jeden Monat. Und dich rufe ich nicht an, weil wir beide nicht miteinander sprechen, und überhaupt, was soll's? Du hast wegen Wenling mit Ava Schluss gemacht, schon vergessen? Soll Ava jetzt etwa wie eine Nonne leben? Und haben wir beide nicht die nette Tradition, uns gegenseitig die Freundinnen auszuspannen?«

»Mann, ist für dich denn alles ein Witz?«

»Ist für dich nichts ein Witz?«

Der Stock schwamm immer noch im Teich. Gebannt starrte ich ihn an, wusste nicht, ob ich ihn nun herausholen sollte oder nicht. Warum einen Stock ins Wasser

werfen, wenn man nicht will, dass ein Hund ihn heraus-
fischt? Aber niemand ermunterte mich, ins Wasser zu
springen. In der Regel werden Menschen richtig aufgeregt, wenn sie einen Stock werfen, doch Burke blieb
völlig ungerührt.

Lange Zeit sagte keiner mehr etwas. Gelangweilt ließ
ich mich auf den Steg plumpsen und beobachtete wehmütig, wie der Stock immer weiter abtrieb.

Burke lachte leise. »Weißt du noch, wie du mich im
Schuppen mit Klebestreifen an den Rollstuhl gefesselt
hast und dann einfach abgehauen bist? Ich habe Cooper
dazu gebracht, mich zur Wand mit dem Werkzeug zu ziehen. Dort habe ich mir mit sehr viel Mühe ein Messer unter das Klebeband geschoben. Es hat den ganzen Tag gedauert, aber ich habe mich befreit und war längst wieder
im Haus, als wäre nichts geschehen, als du in den Schuppen zurückgekehrt bist, um nach mir zu sehen.«

»Cooper war ein guter Hund.«

Ich spitzte die Ohren.

»Diese Sache ist eine Art Metapher für unser beider Leben, findest du nicht? Wir haben uns immer gegenseitig
schikaniert. Aber diesmal ist das nicht der Fall. Grant, ich
schwöre, Ava und ich haben nichts mit dir zu tun, wie du
und Wenling nichts mit mir zu tun habt.«

Wachsam setzte ich mich auf, als ich das Zuknallen der
Fliegentür hörte. In ein angeregtes Gespräch vertieft, tra-
ten Ava und Wenling auf die Veranda hinaus.

Grant stieß einen leisen Pfiff aus. »Puh, das könnte übel
ausgehen.«

»Sie könnten sich über uns austauschen. Sich gegen uns

436

verbünden, und dann gucken wir ziemlich dumm aus der Wäsche.«

»Wir machen einen Spaziergang«, schrie Wenling zu uns herüber. »Ich zeige Ava die Obstplantage.«

Spaziergang! Ich war froh, dass mir die Entscheidung wegen des Stocks abgenommen wurde. Bellend rannte ich den Hügel hinauf und begleitete die beiden Frauen in die Felder. Bald gelangten wir zu der Stelle, wo die Pfirsichbäume in dichten Reihen standen.

Wenling griff nach oben und zog einen niedrigen Zweig herunter. Die daran baumelnde Flasche machte ein klingelndes Geräusch. »Siehst du? Der Pfirsich wächst in der Flasche. Wenn die Früchte reif sind, verkaufen wir sie an eine Brennerei, die daraus Pfirsichlikör herstellt. Wir machen das auch mit unseren Äpfeln und Aprikosen. Würden wir das Obst an ein Unternehmen für Babynahrung verkaufen, würden wir nicht einmal einen Penny für das Pfund bekommen, aber so machen wir ungefähr zehn Dollar Gewinn. Chase meint, zum ersten Mal in seinem Leben freuen sich die Leute in der Bank, wenn er vorbeikommt.«

Ich schnupperte an dem Zweig, konnte jedoch nichts Besonderes daran entdecken.

»Eine Frucht in einer Flasche reifen lassen«, rief Ava staunend. »Ich wusste gar nicht, dass es so etwas gibt.«

»Noch misslingt es ungefähr bei der Hälfte der Früchte, aber mit etwas Übung werden wir besser werden.« Wenling ließ den Zweig los. »Wann hat das mit Burke und dir angefangen?«

»Erinnerst du dich noch an die Geschichte, als der Hund im Eis einbrach und Burke zufällig vorbeikam?«

»Ach ja, stimmt! Das hast du bei Dads Bestattungsfeier erzählt. Aber ich hatte es schon wieder vergessen. Ihr kennt euch also seit dieser Zeit?«

»Genau. Obwohl wir an jenem Tag kaum miteinander geredet haben, habe ich nie vergessen, wie dieser fremde junge Mann ganz selbstverständlich sein Leben riskierte, um einen armen Hund zu retten. Und dann tauchte Burke aus heiterem Himmel in der Rettungsorganisation meines Dads auf, weil er einen Hund adoptieren wollte. Er entschied sich für Oscar, der für eine Adoption allerdings noch zu jung war. Also kam Burke öfter vorbei und lud mich dann irgendwann zum Essen ein. Alles ergab sich total spontan. Und gleichzeitig auch wieder nicht – es war wie Schicksal. Glaubst du an so etwas?«

Meinen Namen in Verbindung mit Essen zu hören erschien mir äußerst vielversprechend. Ich machte *Platz!*, zeigte, was für ein guter Hund ich war.

»Schicksal? Ja, daran glaube ich. Oder an irgendetwas in der Art«, antwortete Wenling, ohne meinen Namen zu nennen.

»Da ich Burke nun besser kenne«, fuhr Ava fort, »bin ich mir ziemlich sicher, dass er planmäßig vorgegangen ist. Als er nämlich das zweite Mal in der Organisation auftauchte, war er sehr sorgfältig gekleidet. Und Burke ist das sonst nie.«

Wenling lachte. »Ich weiß, was du meinst.«

»Das ist ganz schön schräg«, sagte Ava. »Wir waren beide mit beiden Brüdern zusammen. Also ich finde das schräg.«

Wenling nickte. »Das mit Burke und mir war eine Jugendschwärmerei. Doch Grant war meine erste große Liebe.«

»Redet er immer noch davon wegzugehen? Einen neuen Job zu suchen? Nach Europa auszuwandern? Nach Afrika?«, fragte Ava.

»Grant? Nein, überhaupt nicht.«

»Als ich mit Grant zusammen war, wollte er ständig irgendwo anders sein. Irgendwann wollte er auch eine andere Frau an seiner Seite haben, das habe ich genau gespürt. Als ich euch beide zusammen sah, war mir klar, wer diese Frau ist.«

Langsam begannen sie nun ziellos umherzuwandern, wie Menschen es gerne tun. Normalerweise würde ich vor ihnen herrennen und nach Tieren Ausschau halten, die ich jagen könnte. Doch das Wort »Essen« spukte mir nach wie vor im Kopf herum, also blieb ich sicherheitshalber in der Nähe der beiden.

»Ava«, sagte Wenling nach einer Weile, »tut mir leid, wie das alles gelaufen ist. Ich schwöre, ich habe das nicht geplant.«

»Grant hat das sicher auch nicht geplant, Wenling. Er sagte, er wolle auf der Farm bleiben, um seinem Vater zu helfen, und ich glaube, das war die Wahrheit. Zumindest weitgehend. Sagen wir, die halbe Wahrheit.«

Wenling schmunzelte.

»Wäre ich noch mit Grant zusammen gewesen, hätte Burke mich niemals um ein Date gebeten. Ganz gleich, was Grant denkt. Burke hasst ihn nicht.«

»Ihr seid also glücklich miteinander?«

»Puh, ich hoffe, er ist glücklich. Er ist so ziemlich das

Beste, was mir je passiert ist. Er ist lieb. Er ruft mich an, wenn er unterwegs ist. Er hat mich gefragt, ob wir ein Paar sind, und sonst war immer ich diejenige, die diese Frage gestellt hat. Bis ich Burke traf, hatte ich ein Händchen für Typen, die mir nicht guttun. Damit meine ich natürlich nicht Grant. Aber jeder Mann, den ich kennengelernt hatte, hat mich irgendwann verlassen. Ich nehme an, das ist der Grund, warum ich mich so in der Tierrettung engagiere – ein Hund bleibt dir treu, liebt dich bedingungslos und wird dich niemals wegen jemand anderem verlassen.«

Ich hörte »Hund«, von »Essen« war allerdings leider nicht mehr die Rede.

»Ja, Burke ist ein feiner Kerl«, stimmte Wenling ihr zu. »Er ist, wie soll ich sagen? Loyal? Selbst als ich begann, mit seinem eigenen Bruder auszugehen, lag ihm mein Wohl weiterhin am Herzen.«

»Er hat mir aber nie gesagt, dass er mich liebt«, gestand Ava.

»Ach, die Trevino-Männer sind nicht besonders gut darin, ihre Gefühle auszudrücken.«

»Das habe ich gemerkt.« Die beiden Frauen blieben stehen, lächelten sich an und umarmten sich. Ich gelangte zu dem Schluss, dass sie das mit dem Essen komplett vergessen hatten. Frustriert rannte ich weg, um zu sehen, ob ich wenigstens einen Hasen aufscheuchen könnte.

Als Burke wieder mit mir herumreiste und die Nächte in dem zusammenfaltbaren Raum verbrachte, war Ava nicht mehr dabei. Es tat mir leid, dass sie zu Hause bleiben musste, statt mit uns auf dem Boden zu schlafen und sich in toten Fischen zu wälzen – obwohl Burke mir danach aus irgendeinem Grund ein Bad im See verordnete. »Mein Gott, du stinkst immer noch«, sagte er eines Abends, als ich mich neben ihm ausstreckte. Ich verstand seine Worte nicht, leckte ihm jedoch übers Gesicht, um ihm zu zeigen, dass ich glücklich war.

Kurz nach dem Bad im See besuchten wir Ava wieder. Die beiden fielen sich im Flur um den Hals und umarmten sich den ganzen Weg bis ins Schlafzimmer. Ergeben streckte ich mich auf dem Sofa aus und wartete auf das Abendessen.

»Ich habe diesen Fall, von dem ich dir erzählt habe, gewonnen«, erzählte Ava später bei Tisch. »Das Gericht hat uns das Sorgerecht für diese armen, geschundenen Hunde übertragen, die der Drogendealer in seinem Hof angekettet hatte. Eine Hündin hat einen zertrümmerten Wirbel und kann die Hinterläufe nicht mehr bewegen. Oh, Burke, das ist so traurig. Ich habe sie heute gesehen. Sie ist so süß und freundlich, aber der Tierarzt meint, wir können nichts für sie tun. Morgen kommt sie zu uns in die Tierrettung.«

»Lässt du sie einschläfern?«

»Das widerstrebt mir total. Sie ist voller Leben, doch es bricht mir das Herz, wenn ich sehe, wie sie die Hinterläufe nachzieht. Ich weiß nicht, ob so ein Leben für sie lebenswert ist.«

Burke schwieg.

Am nächsten Morgen fuhren Burke und ich zu Avas Haus mit den Hunden und Katzen. Begeistert wedelte ich mit dem Schwanz, als Sam Dad zu mir kam und mich streichelte. »Hi, Oscar«, sagte er. »Hallo, Burke.«

Marla war auch da. »Hat Ava dir erzählt, dass ich jetzt, da ich in Rente bin, in Vollzeit als Ehrenamtliche hier arbeite? Übrigens auch in unserer Tierrettung oben im Norden.«

Burke lachte. »Sie meinte, du hättest dich in kürzester Zeit unersetzbar gemacht.«

Ava hängte sich bei Burke ein. »Komm, ich stell dir Janji vor, die Hündin mit den gelähmten Hinterbeinen. Sie hat einen wunderbaren Charakter.«

»Janji?«

»Das ist Malaysisch. Die Frau des Drogenhändlers kommt aus Singapur.«

In den Käfigen im rückwärtigen Teil befanden sich nur ein paar wenige Hunde. Burke und ich warteten, während Ava den Käfig für eine schwarze Hündin mit spitzen Ohren und leuchtend gelben Augen öffnete. Die Hündin bewegte sich nicht wie ein normaler Hund – sie zog die Hinterbeine hinter sich her, und ihr Schwanz war völlig schlaff. Neugierig ging ich näher und beschnüffelte sie.

Ava tätschelte der Hündin den Kopf. »Janji, das ist Oscar.«

Vor Schreck brach ich in lautes Jaulen aus, denn die Hündin war Lacey! Sogleich kletterte ich auf sie, warf sie übermütig auf den Rücken, rollte mich auf sie, raste dann wie wild durch den Raum und rannte wieder zu ihr zurück, um sie zum Toben aufzufordern. Hechelnd schleppte sie sich mir hinterher. »Oscar! Aus!«, schalt mich Ava.

»Oscar!«, rief Burke streng.

Aus irgendeinem Grund war ich offenbar ein böser Hund gewesen, also machte ich *Platz!* und unterdrückte mein Verlangen, meine Lacey zu knuddeln und mit ihr zu spielen. Sie hechelte, war ebenso aufgeregt wie ich über unser Wiedersehen, aber sie fetzte nicht wie ich vor Freude herum.

Burke ging in die Hocke und streichelte Laceys Ohren. »Was für ein süßer Hund.« Er blickte zu Ava empor. »Wie viel Zeit hat sie noch?«

»Keine Ahnung, Schatz. Es ist schwer, in dieses glückliche Gesicht zu schauen und so eine Entscheidung zu treffen. Sie hat ja keine Schmerzen.«

Burke richtete sich auf. »Kannst du mir eine Woche geben?«

»Eine Woche geben? Wie meinst du das?«

37

Einige Tage später besuchten wir Lacey abermals in Avas Haus mit den Hunden und Katzen. Burke führte mich in einen oben offenen Käfig, der sich in einem großen leeren Hinterzimmer befand. Dann ging er hinaus, und als er zurückkehrte, trug er Lacey im Arm, als wäre sie ein Welpe.

Ich winselte, und Lacey starrte mich mit ihren leuchtenden gelben Augen an. Wir wollten miteinander spielen, doch stattdessen setzte Burke Lacey mit den Hinterbeinen auf einen Stuhl mit großen Reifen an der Seite, ähnlich dem Stuhl, den Burke als Junge gehabt hatte. Ava hielt Lacey fest, während Burke Hundeleinen um Laceys Mitte befestigte.

Anscheinend vermisste mein Junge seinen Stuhl so sehr, dass er jetzt Lacey einen schenkte, aber mir nicht.

Ava nahm Lacey am Halsband und führte sie mit dem Stuhl im Kreis durch das Zimmer, als könnte ein Mensch für einen Hund *Zieh!* machen. Die ganze Zeit über starrte Lacey mich wild an. Verwirrt saß ich in meinem Käfig und fühlte mich schrecklich übergangen. Um irgendetwas zu tun, kroch ich in das Hundehaus am Ende des Käfigs, entdeckte dort jedoch nichts Interessantes und kroch wieder hinaus. »Guter Hund, Janji. Das machst du ganz toll«, lobte Ava sie.

»Sie scheint gut damit zurechtzukommen. Lass sie jetzt los, dann rufe ich sie zu mir«, schlug Burke vor.

»Okay.« Ava ließ Lacey los.

»Komm, Janji!«, rief Burke.

Lacey schüttelte sich, merkte, dass sie frei war, und rannte dann auf mich zu. Der Stuhl drehte sich, fiel um und riss Lacey mit sich zu Boden, doch sie stand sofort wieder auf und zog den umgefallenen Stuhl im Schlepptau hinter sich her.

»Janji!« Ava machte einen Satz nach vorne und packte Lacey am Halsband.

Ich fragte mich, ob »Janji!« womöglich »Bleib!« bedeutete.

»Mist, sie hat das Geschirr verdreht. Warte, ich bring es schnell in Ordnung«, sagte Burke und fummelte an dem Stuhl herum.

»Es funktioniert nicht«, sagte Ava traurig.

»Gib ihr einfach Zeit.«

»Burke, wir dürfen nicht zulassen, dass sie sich mit diesem Ding verletzt.«

»Sie kriegt das hin, glaub mir. Okay, Janji, sei nicht so wild, gut? Bereit, mein Mädchen.«

Ich zuckte zusammen. Bereit? Natürlich! Lacey fiel aus ihrem Stuhl. Sie brauchte einen Hund, der für sie *Bereit!* machte.

Ava führte Lacey wieder im Kreis herum, aber jedes Mal, wenn sie Lacey losließ, rannte Lacey los, und der Stuhl kippte zur Seite.

»Janji!«, rief Ava. Sie hielt Lacey am Halsband fest und sah Burke bekümmert an. »Sie ist einfach zu jung und zu wild.«

Das konnte ich mir nicht länger mit ansehen! Lacey hatte mir mal gezeigt, wie man aus einem oben offenen Käfig entwischt. Flugs kletterte ich auf das Hundehaus und sprang auf den Boden. Dann lief ich geradewegs zu Lacey und machte neben ihr *Bereit!*.

»Oscar! Was tust du da?«, sagte Burke streng.

Lacey riss sich von Ava los und machte Anstalten, auf mich zu klettern. Ich zwickte sie und zeigte die Zähne. Erschrocken riss sie den Kopf zurück. Dann versuchte sie wegzurennen, damit ich ihr hinterherjage, doch ich blieb unbeirrt stehen, versperrte ihr den Weg.

»Siehst du, was ich sehe?«, fragte Ava verwundert.

Ich machte *Hilf!*, drängte Lacey an die Wand, nagelte sie dort fest und zwang sie dann, sich mit langsamen, gemessenen Schritten vorwärtszubewegen. Sie hechelte vor Nervosität, erlaubte mir allerdings, sie durch das Zimmer zu geleiten. Mehrmals wurde sie ungeduldig, aber ich hinderte sie immer daran wegzurennen.

Auf diese Weise vertrieben wir uns den lieben, langen Tag die Zeit. Lacey wollte raufen, aber ich wusste, solange sie in dem Stuhl saß, hatten wir eine Aufgabe zu erfüllen, und dafür musste sie ihren Teil beitragen. Burke und Ava saßen auf dem Boden und sahen uns zu. Wann immer Lacey einen Fehler machte, verbesserte ich sie streng. Zuerst verstand sie überhaupt nicht, was los war, doch mit der Zeit schien sie zu begreifen, dass sie gut vorankam, wenn sie in einer Linie ging, der Stuhl allerdings umkippte, wenn sie zur Seite ausscherte. Ich machte dann immer beharrlich *Bereit!*, bis sie sich wieder gefangen hatte.

Als ich später mit Ava und Burke eine Autofahrt machte, fühlte ich mich wie ein guter Hund.

»Oscar benimmt sich, als wäre er ein ausgebildeter Assistenzhund – ein Assistenzhund für einen Hund«, sagte Ava bewundernd.

»Glaubst du, Hunde können wiedergeboren werden? Ich rede von Reinkarnation«, fragte Burke.

»Keine Ahnung. Ich habe eine Menge Leute getroffen, die dieser Ansicht sind. Sie haben felsenfest behauptet, ihr neuer Hund sei die alte Seele eines Haustiers, das sie vor langer Zeit einmal hatten. Warum fragst du?«

»Weil es mir so vorkommt, als wäre Oscar die Wiedergeburt von Cooper. Oscar? Bist du Cooper?«

Ich bellte bei dem Namen Cooper, und beide lachten.

Im Laufe der Zeit schien Lacey zu kapieren, dass sie mit ihrem Stuhl nur vorankam, wenn sie ruhig blieb und sich in einer geraden Linie durch das große, leere Zimmer bewegte, statt wild herumzuspringen. »Sie macht das inzwischen richtig gut«, bemerkte Burke.

»Aber wer wird einen Hund adoptieren, der einen Wagen braucht?«, antwortete Ava.

Burke schlug sich mit der Hand auf die Brust. »Unsere Janji soll von einem Fremden adoptiert werden? Unser Mädchen? Unser Kind? Wie kannst du so etwas auch bloß denken? Was für eine Mutter bist du denn?«

Ava lachte, dann küssten sie sich. Ich wedelte mit dem Schwanz. In letzter Zeit küssten sie sich sehr oft.

Als es zu schneien begann, hatte Lacey bei unseren Spaziergängen Schwierigkeiten voranzukommen, aber Burke wusste Rat. Er verband Laceys und mein Geschirr mit einer Leine. »Okay, wir probieren jetzt etwas aus. Ich werde vorangehen, und du ziehst, okay, Oscar? Wie ein Schlittenhund«, sagte er zu mir.

Sobald die Leine an Laceys Geschirr und meinem Geschirr befestigt wurde, wusste ich Bescheid. Burke ging rückwärts vor mir her und klopfte auf seine Beine. Ich machte *Zieh!*, langsam und bedächtig, wie ich es gelernt hatte, und Lacey kam gleich viel leichter voran. Ich war so glücklich, wieder meine Arbeit tun zu können. »Wow«, stieß Burke hervor, »das ist unglaublich. Ich bin total …« Lange Zeit sah er mich schweigend an, während Lacey und ich geduldig warteten. Schließlich sah er sich nach allen Seiten um, als wollte er sich versichern, dass wir allein waren. »Oscar? Zieh rechts!«

Augenblicklich machte ich *Zieh rechts!*. Burke keuchte. »Stopp, Oscar!« Ruckartig blieb ich stehen.

Burke atmete stoßweise, schnappte nach Luft. Seine Finger zitterten, als er die Leine von Laceys Stuhl abnahm und um ein Treppengeländer schlang. Die Stufen führten zu einem dunklen, kalten Gebäude. Neugierig beobachtete ich, wie Burke sich in den Schnee legte. Er ergriff mein Geschirr und drehte meinen Kopf in Richtung des Gebäudes. »Oscar? Hilf!«

Endlich! Triumphierend machte ich für Burke *Hilf!* und zog ihn die Stufen hinauf, auf denen leider keine Kinder saßen, die uns zuschauten.

Als wir oben ankamen, begann Burke zu weinen. Mit beiden Händen umfasste er meinen Kopf. Lacey bewegte sich nervös am Fuß der Treppe. »Cooper?«, flüsterte er heiser. »Bist du Cooper?«

Ja! Ich war sein Cooper-Hund! Überglücklich wedelte ich mit dem Schwanz. Ob mein Name nun Cooper, Riley oder Oscar lautete, ich liebte es, von meinem Jungen gehalten zu werden. Er wischte sich die Augen. »Mein Gott, Cooper, bist du es wirklich?« Er drückte mich an die Brust. »Es ist komplett verrückt, aber du bist Cooper. Du bist wirklich Cooper. Ich habe nie aufgehört, dich zu lieben. Dich nie auch nur einen Moment lang vergessen. Du bist mein bester Freund. Okay, Cooper?«

Erfüllt von Liebe für meinen Jungen, schloss ich die Augen.

Als alles tief verschneit war und kleine Lichter in den Bäumen und Büschen blinkten, fuhren wir zur Farm. Wie oft in dieser kalten Jahreszeit wuchs mitten im Farmhaus ein echter Baum, den ich misstrauisch beschnüffelte. Instinktiv hatte ich immer gewusst, ich würde gegen eine Regel verstoßen, wenn ich an diesen Bäumen mein Bein hob.

Die Babyziege war ordentlich gewachsen. Sie schlief in dem Haus, das einst Judy gehört hatte. Ihr Name war Ethel, die Ziege.

Alle wirkten entspannt und glücklich. Und ich glaubte auch zu wissen warum: Endlich waren wir wieder alle zusammen auf der Farm. Nun ja, bis auf Lacey, die aus irgendeinem Grund bei Sam Dad und Marla geblieben war. Aber vielleicht würde sie ja bald nachkommen.

»Dad möchte euch etwas mitteilen, und Wenling und ich haben auch eine Neuigkeit für euch«, verkündete Grant. Er wirkte sehr zufrieden mit sich selbst.

Chase Dad wand sich unbehaglich. »Also.«

Burke nickte. »Also?«

Chase Dad nahm einen tiefen Schluck von seinem Getränk. An diesem Abend waren alle Menschen sehr durstig. »Li Min hat ihr Haus verkauft.«

»Okay«, sagte Burke. Er legte den Kopf zur Seite. »Und?«

Ava strahlte. »Oh!«

Wenling lächelte. »Genau.«

Burke runzelte die Stirn. »Was genau?«

Chase Dad räusperte sich. »Li Min und Wenling wohnen jetzt hier.«

Verständnislos starrte Burke Chase Dad an. Ava knuffte ihn in die Seite. »Das ist ja großartig«, sagte sie betont.

Burke musterte sie verdutzt. »Großartig?«

»Ja, Burke«, erwiderte Ava geduldig. »Es ist großartig, dass Li Min zu deinem Vater gezogen ist.«

»Oh«, sagte Burke und riss die Augen auf. »Oh.« Ihm blieb der Mund offen stehen.

Chase Dad grinste verlegen. »Ja.«

Burke wandte sich Li Min zu. »Das ist großartig, Li Min.«

Li Min strahlte über das ganze Gesicht. »Er hat ganz schön lange gebraucht, bis er mich gefragt hat. Und dann sagte er bloß: ›Vielleicht solltest du dein Haus verkaufen.‹«

Alle lachten. »Die Trevino-Männer sind ja *so* romantisch«, seufzte Wenling, was weiteres Gelächter hervorrief. Ich wedelte mit dem Schwanz, weil alle sich dermaßen freuten, und überlegte, ob ich ihnen vielleicht einen

Ball oder ein Quietschspielzeug bringen sollte, nur keinen Nylon-Kauknochen.

»Und was willst du uns erzählen, Grant?«, fragte Ava.

Wenling und Li Min wechselten einen Blick. Beide hatten ein breites Grinsen im Gesicht. Grant stand auf. »Ich freue mich, euch mitteilen zu dürfen, dass im kommenden Juni hier, auf diesem ertragreichen Stück Land, eine Hochzeit stattfinden wird. Wenling und ich werden heiraten.«

Mit einem lauten Quietschen sprang Ava auf. »Oh mein Gott!« Sie rannte zu Wenling und umarmte sie. Dann standen alle auf. Aufgeregt begann ich zu bellen.

»Moment mal, Wenling, bist du dicker geworden?«, fragte Burke, worauf beide schallend zu lachen begannen.

Li Min kramte die seltsam geformte Kiste mit den Metalldrähten hervor. Sie überreichte das Ding Chase Dad, der es liebevoll auf seinen Schoß legte, als wäre es ein Welpe.

»Dad will etwas spielen?«, fragte Burke ungläubig.

Grant nickte. »Oh, Li Min hat in diesem Haus eine Menge Veränderungen herbeigeführt. Sie singt jetzt in der Band.«

Burke stieß einen überraschten Laut aus, und ich sah ihn interessiert an.

»Wir haben unseren Namen geändert«, bemerkte Chase Dad grinsend. »Die Band heißt nun Four Bad Musicians Plus a Chick Who Can Sing.«

Wieder lachten alle.

Wir setzten uns im Kreis um Chase Dad, der mit den Fingern über die Drähte strich und ein summendes Geräusch erzeugte. »Dieses Stück habe ich selbst komponiert. Es heißt: *Der Sommer fängt trocken an.*«

Und schon wieder lachten alle. Ich drängelte mich mit einem Quietschspielzeug in die Mitte, damit wir alle noch mehr Spaß hätten.

Lacey tauchte während unseres Besuchs nicht auf, also kehrten wir nach Hause zurück, um bei ihr zu sein. Unterwegs redeten Ava und Burke die ganze Zeit, während ich zufrieden auf der Rückbank döste.

Bei unserem nächsten Besuch auf der Farm waren die Tage lang und das Gras frisch und weich. Lacey musste wie so oft bei Sam Dad und Marla bleiben, was für mich absolut keinen Sinn ergab.

Ich stürmte aus dem Wagen, und sofort eilten Wenling und Grant zu mir, um mich zu begrüßen. »Da ist ja die zukünftige Braut«, sagte Burke. »Und, wie laufen die Vorbereitungen?«

»Chaotisch, aber okay«, antwortete Wenling. »Ihr habt euch also entschieden, Lacey nicht mitzubringen?«

Erwartungsvoll blickte ich zu ihr auf, als ich Lacey in Verbindung mit einer Frage hörte. Vielleicht wunderte sie sich, warum Lacey nicht mit uns hier war, denn das fragte ich mich auch.

»Lacey?«, wiederholte Burke. »Du meinst Janji, Wenling.«

»Habe ich Lacey gesagt?«, erwiderte Wenling lachend.

Ava nahm eine Tasche aus dem Kofferraum. »Auf Asphalt kommt Janji super mit ihrem Wagen zurecht, aber hier hätte sie sicher Schwierigkeiten. Dad und Marla passen auf sie auf.«

Grant schnappte sich ebenfalls eine Tasche. »Hey, Burke, magst du mir später helfen, ein paar Lichterketten in die Bäume zu hängen?«

»Ach, ich würde lieber hören, was man so über Wenlings Brautkleid munkelt. Dieses Thema ist einfach zu spannend«, erwiderte Burke.

Es war ein sehr heißer Nachmittag, und ich trottete häufig zu meinem Wassernapf. Burke und Grant kletterten auf den hohen Baum neben dem Schuppen und zogen Seile hinter sich her. Ich nahm an, sie wollten die Tür, die zu dem Raum unter den Stufen führte, wieder herausziehen. Am Baum haftete kein Geruch mehr von dem Tier, das einst in das große Loch geflohen war – ich hatte ihm offensichtlich genügend Angst eingejagt, um es für immer zu verscheuchen. »Weißt du noch, wie ich einmal höher als du geklettert bin und dich dann mit Eiern bombardiert habe?«, fragte Burke lachend.

»Es war ein Ei. Ich bin vom Baum gesprungen und habe die Leiter weggestellt. Du musstest den ganzen Tag dort ausharren. Beim Abendessen fragte Grandma, wo du bleibst, und Dad stellte mich zur Rede, weil mich mein Lachen verriet.«

»Auf Bäume zu klettern war kein Problem für mich, aber mit gelähmten Beinen herunterzuspringen wäre dann doch zu riskant gewesen. Hey, Grant.«

»Ja?«

»Ich freue mich für dich und Wenling.«

»Danke, Burke.«

Sie lächelten sich an. Genau in diesem Moment kam eine heftige Windbö angefegt. Ich drehte mein Gesicht in den Wind, genoss den feuchten, kühlen Luftschwall. Die blinkenden Seile im Baum schaukelten in der steifen Brise wild hin und her.

»Puh«, rief Grant, »was war das denn? Es kommt mir vor, als wäre es zehn Grad kälter geworden.«

Nach kurzer Zeit vernahm ich ein leises tiefes Grollen, so tief, dass ich es wie ein Knurren in meiner Kehle fühlen konnte. Ich blickte zum Baum empor, wo Grant und mein Junge sich unterhielten und mit blinkenden Seilen spielten.

Chase Dad kam aus dem Haus. Die Tür fiel mit einem lauten Knall hinter ihm zu. »Wie es aussieht, zieht ein Unwetter auf.« Den Kopf in den Nacken gelegt, blickte er zu seinen Söhnen empor. »Seid ihr fertig? Bei einem Gewitter sollte man besser nicht in einem Baum sitzen.«

Lächelnd erwiderte Grant: »Wenn die Lichterketten nicht perfekt sind, ruiniert das die ganze Hochzeitsfeier.«

»Das Brautkleid wird es schon retten. Ava hat Fotos gesehen. Als Trauzeuge war es mir nicht gestattet, die Fotos anzuschauen, aber dafür durfte ich mir sieben Stunden am Stück alles darüber anhören«, warf Burke ein. »Also: Es ist das schönste Brautkleid der Welt und passt mit diesem dezenten Blaustich perfekt zu Wenlings Haut. Ava wäre zu blass, ihrem Teint schmeichelt eher ein cremefarbenes Weiß oder vielleicht auch ein gelbliches Weiß, aber auf keinen Fall ein Weiß, das ins Rosa spielt, weil das an ihr billig aussehen würde.«

Chase Dad grinste. »Kommt jetzt runter, ihr beiden.«

Ein grollender Donner ertönte. Alle zuckten zusammen und blickten nach oben. »Mann, seht euch das an!«, rief

Burke. »Der Himmel hat sich total verfinstert, obwohl dort drüben immer noch die Sonne scheint.«

Burke und Grant stiegen nacheinander die Leiter hinunter. »Ganz schön unheimlich«, sagte Grant.

Der Wind trug den Geruch nach Regen mit sich. Schnuppernd hob ich die Nase.

»Hey, Dad«, sagte Burke. »Grant hat mir gesteckt, dass du Li Min gefragt hast, ob sie eine Doppelhochzeit haben möchte. Aber Li Min meinte, du dürftest das Wenling auf keinen Fall vorschlagen, da ihr das ihre eigene Hochzeit verderben würde.«

Chase Dad stemmte die Hände in die Hüften. »Hat Grant dir auch erzählt, dass ich ihn um Stillschweigen gebeten habe?«

»Schwierige Situation, Dad«, sagte Burke.

Chase Dad schüttelte den Kopf. »Das habe ich mir selbst zuzuschreiben. Eigentlich fand ich meine Frage ganz naheliegend, aber Li Min hat sich aufgeführt, als hätte ich ihr einen Doppelmord vorgeschlagen.«

»Seid ihr nun verlobt? Als sich letztes Mal jemand aus unserer Familie verloben wollte, ging das nicht sonderlich gut aus«, bemerkte Burke trocken.

»Dad hat zum Glück keinen Bruder, der seine Nase in Dinge steckt, die ihn nichts angehen«, warf Grant ein.

Erneut erklang in der Ferne jenes tiefe Grollen. Es baute sich langsam auf, war noch schwach, doch für mich fühlte es sich gewaltig an. Ängstlich blickte ich zu meinen Menschen, aber sie lachten und redeten. Wenn sie sich keine Sorgen machten, brauchte ich das sicher auch nicht.

»Mal ernsthaft, Dad«, sagte Burke, »warum will der Mann, der jede infrage kommende Frau in der Gegend abgewiesen hat, auf einmal heiraten?«

Chase Dad schmunzelte. »Jede Frau in der Gegend.« Er tätschelte mir auf die Art den Kopf, wie Menschen es tun, die mit ihren Gedanken ganz woanders sind.

»Ernsthaft, Dad«, beharrte Burke.

Chase Dad atmete tief ein und aus, wie ich es von Grant kannte. »Ich glaube, ich habe mich noch nie zuvor von einer Frau so geliebt gefühlt. Und zwar von einer Frau, die nicht von mir verlangt, die Farm zu verkaufen oder jemand zu sein, der ich nicht bin. Bei Li Min komme ich zur Ruhe. Sie war die ganze Zeit hier, vor meinen Augen, und als ich sie dann sah, sie wirklich wahrnahm, wusste ich, dass sie die Richtige für mich ist.«

Grant nickte. »Dieses Gefühl kenne ich.«

Chase Dad räusperte sich. »Ihr sollt wissen, dass zwischen Li Min und mir nie etwas war, als ZZ noch lebte.«

»So etwas würde ich niemals denken, Dad«, sagte Burke. Grant nickte zustimmend.

»ZZ war mein bester Freund«, fuhr Chase Dad fort.

»Das wissen wir, Dad«, sagte Grant liebevoll.

Meine Nackenhaare stellten sich auf. Ich blickte in die Ferne, entdeckte nichts Bedrohliches, witterte jedoch Gefahr.

»Was hast du, Oscar?« Burke gab mir einen beruhigenden Klaps.

Plötzlich wurde es völlig windstill, als hätte jemand ein Fenster geschlossen. Die Männer wechselten einen besorgten Blick.

»Die Ruhe vor dem Sturm«, bemerkte Grant.

»Lasst uns reingehen, bevor wir nass werden«, schlug Chase Dad vor.

Nervös saß ich da und beobachtete, wie sie die Leiter in den Schuppen trugen, ein paar Papiere einsammelten und dann zum Haus gingen. Das Grollen wurde immer lauter, dann ertönte ein Heulen, einsam und gespenstisch. Die Männer hörten es auch. Sie drehten sich um und blickten zur Stadt hinüber.

»Die Tornadosirene«, sagte Chase Dad.

Ava trat auf die Veranda heraus. »Ist es das, was ich denke?«, rief sie.

»Wir sollten besser in den Schutzraum gehen«, sagte Chase Dad angespannt.

Ava wandte sich zum Haus um. »Wenling! Li Min! Kommt, wir müssen sofort in den Schutzraum gehen!«

Burke rannte los. »Ich hole die Ziege!«, rief er uns über die Schulter hinweg zu.

Jetzt hörte ich das wütende Grollen nicht nur, sondern fühlte es auch.

Irgendetwas näherte sich, etwas Mächtiges.

38

Ich folgte Burke zum Ziegenpferch. Hastig riss er das Tor auf und hob Ethel, die Ziege, hoch, die vor Schreck erstarrte. Leicht schwankend raste er dann zum Schuppen und weiter zu den Treppen, die in den kleinen Raum führten. Die Tür war geöffnet; Grant und Chase Dad standen auf dem Treppenabsatz und halfen erst Li Min, dann Ava und Wenling herunter. Ich war nach Burke und der Ziege der Letzte, der hinunterging. Chase Dad zog die große Metalltür mit einem Knall zu, und sofort ging das Licht an.

Ich schnupperte sorgfältig, entdeckte jedoch keine Geruchsspur mehr von Lacey und unseren Welpen. Alle setzten sich nun auf eine der drei Bänke, die an den Wänden herabhingen.

»Okay.« Chase Dad rieb sich die Hände. »Die Batterie für das Licht hält fünf Tage, und ich habe noch zwei in Reserve. Wasser und Nahrung reichen bei der Anzahl der Personen für dreißig Tage. Die Toilette mit Handpumpe ist dort – ziemlich eng, aber es reicht aus. Klappt man den Schalter hoch, kann man duschen. Und da ist ein Holzofen, wenn es kalt wird.«

»Warum ziehen wir nicht alle dauerhaft hier ein? Das ist das reinste Urlaubsresort«, bemerkte Burke.

Wenling lachte.

Ich trottete zur Steintreppe und blickte nach oben. Durch die schwere Tür war der Wind kaum noch zu hören, aber ich wusste, dass er an Stärke gewann. Ein leises Knurren bildete sich in meiner Kehle.

Burke schnippte die Finger. »Komm her, Oscar. Alles in Ordnung.«

Schwanzwedelnd folgte ich seiner Anweisung. Ava blickte auf ihr Telefon. »Ich habe meinem Dad gerade eine SMS geschrieben, damit er sich keine Sorgen macht.«

»Zumindest für die nächsten dreißig Tage«, sagte Burke.

Ich beschnüffelte Ethel, die Ziege, und sie blinzelte mir zu. Ich hoffte, meine Nähe würde sich beruhigend auf sie auswirken.

Ein hohes, schrilles Heulen durchbrach die Stille. Alle blickten nach oben. »Mann«, murmelte Grant unbehaglich. Dann schlug ein lautes trommelndes Geräusch gegen die Metalltür.

»Das ist Hagel!«, schrie Chase Dad gegen den Lärm an. Li Min rutschte näher zu ihm, und Chase Dad legte den Arm um sie.

Ava bewegte sich unruhig; ich spürte ihre aufsteigende Angst, ging zu ihr und lehnte mich beruhigend an sie. Dankbar streichelte sie mich.

Das Trommeln gegen die Metalltür wurde immer lauter. Ich roch Wasser – ein kleines Rinnsal sickerte unter der Tür hindurch und tropfte auf die Treppen. Chase Dad schüttelte den Kopf. »Wir hätten den Türspalt besser abdichten müssen.«

»Ich hab Angst, Chase«, murmelte Li Min, an seine Schulter gelehnt.

Ein heulendes Brüllen baute sich draußen auf. Burke und Grant wechselten einen Blick.

Jetzt hatten alle Angst. Ich gähnte nervös, hechelte.

»Der Tornado kommt direkt auf uns zu!«, brüllte Grant. Er schlang die Arme um Wenling. Ich winselte, und sofort zog mich mein Junge neben Ava auf die Bank und nahm uns beide fest in die Arme.

Blökend setzte sich jetzt auch Ethel, die Ziege, in Bewegung, ihr Körper war steif vor Panik. Chase Dad zog sie zu sich auf die Bank, wie Burke es soeben bei mir getan hatte. Offenbar wollten nun alle die Ziege im Arm halten.

Das Brüllen gewann noch mehr an Kraft, begleitet von dröhnenden Donnerschlägen direkt über uns. Harte Aufschläge ließen die Wände erzittern, ein kreischendes, nervenzerfetzendes Geräusch, das alles andere übertönte.

»Wir verlieren den Schuppen!«, schrie Burke.

Einen endlos langen Moment blieben alle völlig reglos, als würden sie *Bereit!* machen. Dann knallte irgendetwas Riesiges gegen die Tür, das einen so ohrenbetäubenden Krach verursachte, dass alle zusammenfuhren. Ich bellte.

»Alles okay, Oscar!«, sagte Burke. »Halt durch.«

Ich konnte ihn kaum hören.

»Was zum Teufel war das?«, brüllte Grant. Niemand antwortete.

Als der Lärm das Ausmaß eines körperlichen Schmerzes erreichte, trat eine abrupte Veränderung ein. Das durchdringende Brüllen flaute zu einem Rumpeln ab, und das Schrillen hörte auf. Alle atmeten auf. Dann war nur noch das gleichmäßige Prasseln des Regens zu hören, der gegen die Metalltür schlug – ich konnte ihn riechen, kalt und feucht.

»Wow«, sagte Grant in die Stille hinein, »das war heftig.«

Chase Dad nickte. »Ich habe fast Angst, nach oben zu gehen. Es klingt wie Bombenhagel.«

Grant legte die Hand auf seine Schulter. »Ich glaube, der Tornado hat uns mit voller Wucht getroffen.«

Chase Dad bedachte Grant mit einem grimmigen, resignierten Blick. »Sieht ganz danach aus.«

Wenling lachte leise. »Weißt du noch, Burke, wie du mir von dem schweren Tornado erzählt hast, der die ganze Stadt verwüstet hat, und meintest, wir wären hier unten in Sicherheit? Damals dachte ich, du spinnst. Hier gibt es doch keine Tornados.«

Li Min umarmte Wenling. »So viel Angst habe ich noch nie gehabt«, murmelte sie.

Chase Dad stand auf. Sofort sprang ich von der Bank und wedelte unternehmungslustig mit dem Schwanz. »Ich werfe mal einen Blick nach draußen.«

Grant erhob sich ebenfalls. »Hältst du das wirklich für sinnvoll? Es schüttet immer noch wie verrückt.«

Chase Dad ging zur Steintreppe. »Ich will einfach wissen, was mir noch geblieben ist. Falls überhaupt noch etwas steht.« Er stapfte die Stufen hinauf, griff an die Tür und schob den schweren Riegel zurück. Dann blieb er stehen. »Jungs, könnt ihr mir kurz helfen? Die Tür klemmt.«

Burke und Grant eilten zu ihm. Ich folgte ihnen, verstand zwar nicht, was los war, war aber bereit mitzu-

461

machen. Schwer schnaufend stemmten sie sich mit den
Händen gegen die Tür.

Grant keuchte. »Wow.«

Die Männer kamen wieder herunter und setzten sich
auf die Bänke. Burke seufzte. »Jetzt wissen wir, was gegen
die Tür geknallt ist. Der Baum ist mitsamt den Lichterketten umgefallen. Entweder wurde er entwurzelt, oder er
ist an der Stelle umgeknickt, wo das Loch war. Wie auch
immer, er blockiert die Tür.« Er blickte zu Wenling. »Ich
fürchte, das wird die Hochzeit ruinieren.«

»Wahrscheinlich werden wir eine Weile hier festsitzen«,
sagte Grant. »Was nun?«

»Ich habe kein Netz«, verkündete Ava.

Alle zogen ihre Telefone heraus.

»Ich auch nicht«, bemerkte Li Min.

»Sieht aus, als hätte der Tornado einige Mobilfunkmas-
ten zerstört. Ich habe auch kein Netz«, sagte Burke. »Hat
irgendjemand eines?«

Alle schüttelten die Köpfe. Ich trottete unter die Bank
meines Jungen. Auf der Bank lag ein Kissen, doch ich
wusste nicht, ob ich wieder hinaufdurfte, da das furcht-
erregende Getöse inzwischen abgeklungen war.

»Also, was tun wir jetzt?«, fragte Ava.

»Tja«, sagte Burke gedehnt, »nach dreißig Tagen werden wir wohl dem Kannibalismus frönen müssen.«

»Wir wissen nicht, wie es oben aussieht und welche
Schäden der Tornado in der Stadt angerichtet hat. Es
kann einige Zeit dauern, bis jemand nach uns sucht«,
sagte Chase Dad.

»Ich gehe als Erste duschen«, rief Wenling.

Alle lachten leise.

»Ich habe den Schutzraum nicht für so viele Leute konzipiert, aber wir werden klarkommen«, erklärte Dad. »Drei hochklappbare Schlafkojen. Drei Paare. Wenn es sein muss, können wir es hier unten eine Weile aushalten.«

Ein langes Schweigen trat ein. »Gibt's hier irgendwelche Spielkarten?«, fragte Grant.

»Spielkarten«, wiederholte Chase Dad. »Das wäre eine gute Idee gewesen.

Ethel, die Ziege, verzog sich in eine Ecke und legte sich mit verschränkten Beinen hin. Ich trabte zu ihr und rollte mich nach kurzem Zögern neben ihr ein, als wäre sie ein Hund. Sie roch herrlich. Ich schlief ein Weilchen, wurde jedoch schlagartig wach, als ich die Panik spürte, die sich im Raum ausbreitete. Wachsam hob ich den Kopf. Burke und Grant standen am Holzofen. Schwarzes Wasser sickerte daraus hervor. Burke begutachtete das Rohr, das bis zur Decke verlief, umfasste es mit beiden Händen. »Dad, hast du hier unten einen Hammer?«

»Einen Hammer?«

»Wir müssen die Rohrleitung aufschlagen und das Leck stopfen. Sofort.«

»Ist das nicht etwas übertrieben? Es ist doch nur ein bisschen Regenwasser«, wandte Grant ein.

»Es kommt vom Holzofen, weil der Kaminabzug abgerissen wurde. Was auch immer vom Schuppen übrig ist, es füllt sich mit Wasser«, antwortete Burke. »Und das haben wir einzig Trident Mechanized Harvesting zu verdanken. Deren Bewässerungssystem ist nicht für diese Mengen an Regen konzipiert. Die zugepflasterte Fläche drückt Wasser in das betonierte Kanalbett; das Wasser ist über die Ufer gelaufen, und jetzt kommt alles den Hügel hinunter und sammelt sich an den tiefsten Stellen unseres Grundstücks, wie zum Beispiel am Teich. Und am Fundament des Schuppens, der wegen seiner tiefen Lage wie ein Swimmingpool ist. Und dies«, er klopfte auf das Rohr, »ist der Abfluss zum Grund des Swimmingpools.«

Das Wasser aus dem Ofen war von einem Tröpfeln zu einem steten Sprühregen geworden. Verwirrt beobachtete ich, wie alle hektisch in Bewegung gerieten. »Die Bettkissen? Die Füllung?«, fragte Wenling.

»Perfekt«, antwortete Burke.

Ava und Wenling zerfetzten ein Kissen und rissen die weiße Füllung heraus. Ethel, die Ziege, sprang auf und schnappte sich ein Maulvoll. »Nein, Ethel!«, schalt Li Ming und warf die Arme um die Ziege. Ich wusste, dass Ethel nur deshalb versuchte, das ungenießbare Zeug zu fressen, um dem ganzen verwirrenden Geschehen auf ihre Art einen Sinn zu verleihen. Wie ein Hund, der sich ein Spielzeug schnappt, wenn er verunsichert ist. Sie war keine böse Ziege.

Chase Dad stand mit einem Hammer vor dem Rohr. Burke hielt den Holzofen fest. Nervös wedelte ich mit dem Schwanz, spürte die Anspannung, verstand aber nicht, was los war.

Grant sammelte von Ava und Wenling die Füllung ein. »Okay, ich bin bereit«, sagte er und kauerte sich neben Chase Dad.

»Was kann ich tun?«, fragte Li Min.

Chase Dad deutete mit dem Kinn. »Sieh mal in der grünen Schachtel nach, ob da ein Klebeband ist.«

Grunzend rüttelte Burke am Ofen, bis er sich bewegte. Chase Dad schwang den Hammer und schlug ihn gegen das Rohr. »Die Naht platzt auf!«, schrie Grant. Chase Dad schlug erneut gegen das Rohr, und Wasser begann herauszuschießen. Ich wich zurück, hob die Pfoten vorsichtig aus der Pfütze, die sich auf dem Boden bildete.

»Schlag zu!«, kreischte Burke.

Chase Dad presste die Zähne aufeinander, haute den Hammer immer wieder gegen das Rohr, bis es zerbrach. Unmengen von Wasser sprudelten hervor. Grant rammte die Füllung ins Rohr, stand blinzelnd in dem Schwall Wasser. »Das funktioniert nicht!«, schrie er.

Burke schnappte sich eine Plastiktüte, riss sie auseinander und warf Decken auf eine Bank. Die Pfütze schwappte um meine Pfoten. Jetzt knüllte Burke die Plastiktüte zusammen, kauerte sich neben Grant und schob die Hand ins Rohr hinauf. Das Wasser verringerte sich zu einem Tröpfeln.

»Das wird nicht halten!«, rief Burke. Sein Arm steckte bis zum Ellbogen im Rohr. Er wandte sein nasses Gesicht ab.

»Kein Klebeband«, verkündete Li Min. »Chase, der Besenstiel!«

»Sie hat recht, Dad«, drängte Burke.

Chase Dad holte einen Besen aus einem Schrank, stellte ihn an die Wand, trat kräftig dagegen und ergriff den abgebrochenen Holzstiel. Er watete zum Rohr, ließ sich auf die Knie nieder und nickte Burke zu. »Auf drei!«

»Eins … zwei … drei!«

Burke riss den Arm heraus, und Chase Dad schob den Stock ins Rohr. Vor Anstrengung, den Stiel zu halten, verzerrte sich sein Gesicht, und seine Arme zitterten. »Nicht gut!«

»Wenling! Den Werkzeugkasten!«, rief Li Min gehetzt.

Wenling schnappte sich eine Plastikkiste und schob sie unter den Stock. Als Chase Dad den Stiel losließ, schlug er auf dem geschlossenen Deckel der Kiste auf.

Einen Moment lang war bloß Chase Dads Keuchen und das Zischeln des Wassers zu hören, das aus dem Rohr sickerte.

»Meint ihr, es hält?«, fragte Grant.

Burke machte ein finsteres Gesicht. »Für den Moment schon. Kommt darauf an, wie hoch das Wasser oben steigt.«

Eine Zeit lang schwiegen alle.

»Okay. Jetzt raus aus dem Wasser. Legt alles, was wir brauchen, zum Trocknen auf die Kojen«, befahl Burke.

»Was ist los, Schatz? Warum bist du so besorgt?«, fragte Ava.

Gant setzte sich auf eine Bank. »Glaubst du wirklich, wir können hier unten ertrinken?«

Burke hob mich neben sich auf die Bank. »Ich mache mir weniger Sorgen ums Ertrinken als ums Erfrieren. Wir müssen trocken werden und uns warm halten, bis uns jemand findet.«

Chase Dad ergriff Ethel, die Ziege, und setzte sie neben Li Min auf die Bank. Verdutzt starrten die Ziege und ich uns an. Chase Dad öffnete eine Plastikkiste und verteilte Handtücher. Alle zogen ihre nassen Socken aus, schleuderten sie in das stetig steigende Wasser hinunter und trockneten sich die Füße ab. Die Männer zogen ihre Hemden aus und legten neue an.

Stirnrunzelnd betrachtete Chase Dad das Wasser, das aus dem Rohr strömte. »Es wird mehr. Was machen wir, wenn der Wasserspiegel über die Kojen steigt?«

Burke holte tief Luft. Alle sahen ihn erwartungsvoll an, ich auch. »Ich weiß es nicht.«

Wir saßen auf den gepolsterten Bänken. Interessiert betrachtete ich die wirbelnde Flut unter uns und überlegte, ob ich in dem neuen Teich eine Runde schwimmen gehen sollte.

Der Regen prasselte weiter gegen die Tür. Alle waren verstummt, starrten ins Leere. Ich spürte bei jedem einzelnen von ihnen Angst und Traurigkeit.

Dann streckten sie sich auf den Bänken aus, die so eng aneinandergereiht waren, dass ich bequem von einer Bank zur anderen springen konnte. Ich blieb immer ein Weilchen bei dem Menschen, der am meisten Angst hatte, weil er jetzt einen guten Hund brauchte. Ethel lag neben Li Min, die wahrscheinlich eine gute Ziege brauchte.

Der neue Tag brach an, die Vögel zwitscherten. Graues Licht sickerte durch den Türspalt herein, und es regnete immer noch. Das Wasser war nun fast bis zu den Bänken gestiegen. Ich fragte mich, wie lange wir hier noch bleiben würden.

Wenn es nach mir ginge, könnten wir diesen unfreundlichen Ort sofort verlassen.

39

Ava saß neben Burke, Wenling neben Grant. Chase Dad und Li Min schliefen. Das laute tröpfelnde Geräusch hielt an, war viel deutlicher zu hören als das stete Klatschen des Regens gegen die Metalltür.

»Sicher wird bald jemand kommen«, murmelte Grant.

»Wird das Wasser abfließen?«, flüsterte Wenling.

»Nein, es muss abgepumpt werden«, antwortete Burke.

Grant blickte auf den Teich hinunter. »Abgepumpt«, sagte er leise.

Chase Dad regte sich, setzte sich auf und rieb sich das Gesicht. Als er sah, wie hoch das Wasser gestiegen war, riss er entsetzt die Augen auf. »Mein Gott«, sagte er leise.

»Hey, ich hab eine Überraschung für dich.« Grant kramte in seiner Tasche und reichte Wenling einen kleinen Gegenstand.

Mit zwei Fingern nahm sie ihn entgegen. »Der Originalring! Du hast doch gesagt, du hättest ihn beim Pokern verloren!«

Schnüffelnd hob ich die Nase, roch aber nichts, was irgendwie von Interesse wäre.

Grant grinste. »Tja, also … Das war gelogen.«

Alle wurden ganz still.

»Ich liebe dich, Ava«, platzte Burke plötzlich heraus. »Es tut mir so leid, dass ich dir das vorher niemals gesagt habe.«

»Oh mein Gott, jetzt kriege ich wirklich Angst«, antwortete sie. »Du glaubst, wir werden sterben, nicht wahr?«

»Nein. Weißt du, was ich glaube? Wir werden hier rauskommen, Grant und Wenling werden Hochzeit feiern, und sie werden so glücklich sein, dass wir auch heiraten wollen.«

Verwirrt starrten ihn alle an, und er fuhr fort: »Irgendetwas passiert da draußen; der Wasserspiegel steigt und fällt die ganze Zeit. Andernfalls wären wir inzwischen alle ertrunken. Die Smart-Farming-Bauern auf dem Hügel haben Motorpumpen, die sie zwischendurch immer wieder anschalten, um ihre Wassermassen zu bekämpfen. Jedes Mal, wenn sie das tun, steigt unser Wasserspiegel, und wir kriegen hier unten mehr Wasser. Aber sie lassen die Pumpen nicht ständig an. Unten am Fluss haben sie ein 24-Zoll-Überlaufrohr, das von dem ganzen Schutt bestimmt verstopft ist. Sie müssen es erst reinigen, bevor sie mit dem Abpumpen weitermachen. Wenn sie das nicht tun, wird ihre milliardenschwere Firma überflutet werden. Allerdings können sie von da oben aus sehen, welchen Schaden ihre Pumpen an unserem Hügel, unserem Grund und wahrscheinlich auch an der Straße anrichten – jedes Mal, wenn sie die Motorpumpen anschalten, richten sie noch mehr Schaden an. Schalten sie die Pumpen jedoch ab, beginnt der Wasserspiegel im Schuppen zu sinken, der Druck im Rohr lässt nach, und das Wasser hier drin steigt nicht mehr so schnell an. Ich habe überlegt, warum wir noch am Leben sind, und das ist die einzig logische Erklärung.«

»Soll das heißen, du hast dir die ganze Zeit überlegt, warum wir noch am Leben sind?«, fragte Grant.

»Ich kann nicht anders. Schließlich bin ich Ingenieur. Das Fundament des Schuppens ist allerdings nicht perfekt«, setzte Burke seine Rede fort. »Es sind Risse darin, und der Boden selbst ist aus Erde. Aber wenn sie nicht weiter abpumpen, wird das Wasser aus dem Schuppen langsam abfließen und versickern. Wir werden nicht sterben.«

»Ich liebe dich auch, Burke«, flüsterte Ava. Er drückte ihre Hand. Ich spürte die Liebe zwischen den beiden und wedelte mit dem Schwanz.

»Das Wasser ist in den letzten paar Stunden gestiegen«, bemerkte Chase Dad grimmig. »Und es regnet immer noch. Bis sie das Überflussrohr gereinigt haben, werden sie also weiterpumpen, und wir werden mehr Wasser kriegen.«

Burke nickte. »Eine Art feuchter Sommeranfang.«

Versonnen blickte Wenling auf das Wasser. »Erfrieren soll ein leichter Tod sein. Ertrinken auch.«

Ava erschauerte. »Oh Gott, Wenling!«

»Wenn es dazu kommt«, fuhr Wenling fort, »bin ich froh, mit euch zusammen zu sein. Mit euch allen.«

Chase Dad machte ein mürrisches Gesicht. »Mir ist vorher nie aufgefallen, dass diese Koje etwas niedriger ist als die anderen.« Er hob das Polster an, auf dem er saß, und betrachtete seufzend den feuchten Fleck auf der Unterseite. »Li Min, Liebling, wach auf! Das Wasser steigt immer noch.«

Verschlafen setzte sich Li Min auf. Burke warf Chase Dad ein paar Decken zu, die er mehrfach zusammenfaltete. Dann ließ er sich mit Li Min auf den zusammengefalteten Decken nieder; ihre Fersen befanden sich knapp über der Wasseroberfläche. »Was habe ich verpasst?«, wisperte sie.

»Burke sagt, wir werden nicht sterben«, erklärte Wenling. Ethel, die Ziege, zuckte zusammen, als das Wasser ihre Haut berührte. Sie stand auf, ihre Haltung war steif und furchtsam. Grant zog sie an sich.

»Das ist noch nicht alles. Hat Burke nicht gerade Ava einen Heiratsantrag gemacht?«, sagte Grant grinsend.

Li Min schlug die Hand vor den Mund. Alle starrten Burke an. »Na ja, das könnte man so sagen«, bemerkte er mit verlegenem Lächeln.

»Nimm es mir nicht übel, Sohn, aber das war so ungefähr der lahmste Heiratsantrag, den ich je gehört habe«, spottete Chase Dad liebevoll.

»Ich bin vor Wenling auf die Knie gegangen«, sagte Grant. »Also, ich meine ja nur.«

Zweifelnd sah Burke ihn an. »Auf die Knie«, wiederholte er.

Wenling griff in ihre Tasche. »Da«, sagte sie und reichte Burke das kleine, uninteressante Ding, »den kannst du dir kurz ausleihen.«

Burke wandte sich Ava zu und kniete sich auf die Bank, sodass sein Kopf beinahe die Decke berührte. »Ava, du bist die Liebe meines Lebens. Willst du mich heiraten?«

Ava wischte sich die Augen. »Ja, Burke, ich will.«

Zu meiner Verwunderung begannen nun alle zu klatschen. Ich blickte zu Ethel, der Ziege, hinüber, die jedoch genauso ratlos zu sein schien wie ich.

»Ich glaube, das Wasser steigt jetzt langsamer an«, sagte Chase Dad nach einiger Zeit.

»Gut möglich«, stimmte Burke ihm zu. »Schaut mal zur Tür. Die Sonne scheint. Der Regen hat aufgehört.«

»Ich habe Mom gesehen«, stieß Grant hervor. »Patty.«

Geschockt sahen ihn alle an.

Grant seufzte. »Sie lebt seit Jahren nicht mehr in Paris. Ich habe sie in Neuilly-sur-Seine aufgespürt. Da leben eine Menge reicher Leute.«

»Warum, um alles in der Welt, hast du das getan?«, fragte Chase Dad wütend.

Beschwichtigend legte Li Min die Hand auf seine Schulter. »Lass ihn einfach erzählen, Liebling«, sagte sie sanft.

Grant verzog den Mund. »Wir haben uns in einem Café verabredet. Sie hatte Geld dabei und schob mir sofort quer über den Tisch diesen Umschlag zu, als wäre ich ein verdammter Erpresser. Ich schob ihn sofort zurück. Dann erzählte sie mir, wie wütend ihr Mann sein würde, wenn er herausfinden sollte, dass sie sich mit mir traf. Mit einem ihrer Söhne.«

Aufmerksam beugten sich alle vor, um Grants Worte über das stete Tröpfeln hinweg zu hören.

»Sie hat zwei Töchter, wollte mir aber kein Foto von ihnen zeigen. Außerdem mag sie keine Hunde.«

Aus irgendeinem Grund richteten alle Blicke sich nun auf mich. Ratlos wedelte ich mit dem Schwanz.

»Oh, und als ich ihr erzählte, dass du nicht mehr im Rollstuhl sitzt, Burke, zeigte sie keinerlei Reaktion.« Resigniert zuckte Grant die Achseln und atmete aus. »Sie ist nicht deswegen gegangen. Wegen deiner … Behinderung. Ich habe mich geirrt, Burke.«

»Dann haben wir uns wohl beide geirrt«, murmelte Burke.

Chase Dad wollte etwas sagen, aber Li Min legte ihm wieder die Hand auf die Schulter, und er schwieg.

»Und warum ist sie gegangen?«, fragte Ava. »Hat sie dir das erzählt?«

»Ja, nachdem ich sie immer wieder danach gefragt habe, ist es aus ihr herausgebrochen. Sie hasste die Farm. Hasste die Stadt. Hasste Michigan. Hasste es, ständig pleite zu sein. Wie sie es beschrieb, war ihr ganzes Leben hier das reinste Elend. Sie nahm kostenlose Französischstunden in der Bibliothek, weil sie plante, nach Europa zu gehen. Und dann tauchte der Bruder der Französischlehrerin auf, und sie sah ihn als ihren Freifahrschein, um von hier wegzukommen.« Grant zuckte die Achseln. »Tut mir leid, Dad.«

»Das ist nichts, was ich nicht gewusst hätte«, knurrte Chase Dad. »Nichts, was ich euch nicht erzählt hätte.«

»Wir waren Kinder, Dad«, wandte Burke ein. »Wir haben das nicht verstanden.«

»Nach einer Weile merkte ich, dass sie immer noch einen Groll hegte. Nicht nur gegen Dad«, fuhr Grant fort, »sondern gegen uns alle. Gegen die Farm, euch, mich und Grandma. Während ich ihr zuhörte, wurde mir bewusst, dass auch ich sehr viel Groll in mir trage. Gegen dich,

Burke. Und gegen dich, Dad. Ich bedaure es sehr, wie ich mich euch gegenüber benommen habe.«

Eine lange Pause trat ein, nur unterbrochen vom ununterbrochenen Tröpfeln des Wassers.

Wenling legte die Hand auf Grants Hand. »Ava hat mir erzählt, sie habe immer den Eindruck gehabt, du seist auf der Suche nach etwas, ohne es jemals zu finden. War es deine Mom? Und hast du jetzt, nachdem du sie gesehen hast, deinen Seelenfrieden gefunden?«

Grant schüttelte den Kopf und sah Ava an. »Nein, dank dir habe ich endlich meinen Seelenfrieden gefunden.«

Durch die Feuchtigkeit im Raum wurde mein Fell so nass, dass ich mich kräftig schütteln musste. Alle wichen zurück, und Ethel, die Ziege, blinzelte. Dann saßen wir wieder eine Zeit lang herum.

Burke räusperte sich. »Es ist mir irgendwie peinlich, das auszusprechen, aber ich glaube, Oscar ist Cooper. Nein, ich bin überzeugt davon.«

Cooper? Freudig wedelte ich mit dem Schwanz.

»Grandpa Ethan hat immer behauptet, sein Hund Bailey sei in Gestalt eines anderen Hundes zu ihm zurückgekommen«, antwortete Chase Dad. Erneut wedelte ich mit dem Schwanz.

»Diesmal ist wirklich etwas dran. Oscar kennt *Hilf!*.«

»*Hilf!*?«, fragte Ava.

Ich wusste nicht, warum sie *Hilf!* sagten, hoffte jedoch, sie würden mir keine Aufgabe geben, die einen Sprung ins Wasser beinhaltete.

»Mit Coopers Hilfe konnte ich auf dem Boden kriechen. Und die Stufen hinauf«, erklärte Burke.

»Was nicht so einfach ist, wie es aussieht«, warf Grant ein.

»Und das hast du auch Oscar beigebracht?«, fragte Li Min.

Energisch schüttelte Burke den Kopf. »Nein, genau das meine ich ja. Er kannte das bereits. Und er kannte *Zieh!* und *Zieh links!*, *Zieh rechts!*. Und zwar ohne jede Ausbildung, Li Min.«

»Auch Riley kannte *Zieh!*, als er es das erste Mal hörte. Erinnerst du dich, Ava?«, fragte Grant.

Ava lächelte. »Natürlich. Riley hat mich gefunden, als ich mir das Bein gebrochen hatte. Wäre er nicht gekommen, säße ich heute nicht hier. Ich habe immer gesagt, er ist mein Schutzengelhund.« Ava beugte sich vor und sah mich an. »Bist du Riley, Oscar? Bist du mein Schutzengelhund?«

Begeistert wedelte ich mit dem Schwanz und leckte ihr die Hand ab. Tränen liefen ihr über die Wangen.

»Wisst ihr, diese Geschichte genau jetzt, zu diesem Zeitpunkt zu hören gibt mir irgendwie Trost«, bemerkte Wenling leise. »Wenn Burke das glaubt, glaube ich es auch. Und das heißt …« Wenling brach ab.

»Das heißt, wenn uns niemand findet, wird es danach etwas anderes geben«, sagte Ava.

Alle hielten sich nun an den Händen, und ich spürte die tiefe Verbundenheit zwischen ihnen. Li Min hatte die Augen geschlossen und bewegte die Lippen, als würde sie sprechen.

Misstrauisch blickte ich zu dem Rohr, aus dem plötzlich mehr Wasser herausspritzte.

»Die Pumpen sind wieder an«, bemerkte Chase Dad tonlos. Alle gerieten in Bewegung, und ich stand auf, weil ich dachte, wir würden diesen seltsamen, feuchten Ort endlich verlassen. Doch nachdem Decken und Polster hin und her verschoben worden waren, nahmen alle wieder Platz.

»Sieh zu, dass deine Füße trocken bleiben, Li Min«, drängte Chase Dad. Er wandte sich Grant und Burke zu. »Wenn wir heute sterben, sollt ihr noch eines wissen: Es tut mir leid, dass es mir in all den Jahren nicht gelungen ist, Frieden zwischen euch zu stiften. Umso glücklicher macht es mich, dass ihr beiden nun wieder miteinander sprecht.«

Grant nickte. »Wenn wir hier lebend rauskommen, werde ich so einen Kontaktabbruch nie wieder zulassen. Und wenn wir sterben …« Er seufzte.

Burke grinste schief. »Wenn wir sterben, werden wir leider nicht erfahren, ob die Nahrungsmittel tatsächlich für dreißig Tage gereicht hätten.«

Ava schüttelte den Kopf. In ihren Augen standen immer noch Tränen. »Wenn wir sterben, werde ich am glücklichsten Tag meines Lebens diese Welt verlassen.«

Burke und Ava küssten sich. Alle umarmten sich nun, und als ich mich an Burke schmiegte, umarmte er mich auch.

»Mist, das Wasser steigt jetzt verdammt schnell«, zischte Chase Dad. Alle stellten sich auf die Bänke. Ich schüttelte mich, fühlte mich pitschnass, obwohl bloß meine Unterschenkel im Wasser waren.

»Es ist so kalt«, wisperte Li Min.

Mit eingezogenen Köpfen standen alle da und hielten sich an den Händen, während ihre Füße allmählich im Wasser verschwanden. Li Min zitterte.

»Auf dem Boden könnten wir uns kaum noch über Wasser halten«, knurrte Chase Dad.

Ruckartig hob ich den Kopf, als ich ein platschendes Geräusch hörte. Da niemand reagierte, schlug ich nicht an, bis mir ein wundervoller Duft in die Nase stieg. Lacey! Sie war draußen vor der Tür! Ich bellte.

»Was ist los, Oscar?«, fragte Burke.

Ich bellte erneut, und Lacey antwortete.

»Draußen ist ein Hund!«, rief Wenling.

Alle starrten zur Tür.

»Hallo?«, ertönte draußen eine Stimme.

»Dad!«, kreischte Ava.

»Wir sind hier unten!«, brüllte Burke.

»Im Schutzraum!«, schrie Grant.

Ein Schatten huschte über den Türspalt. »Ava?«

Es war Sam Dad. Ich bellte abermals.

»Wir sind alle hier unten!«, schrie Ava.

»Okay, dauert noch ein Weilchen. Wir müssen eine Kette um den Baum legen«, rief Sam Dad.

»Beeil dich, Dad! Das Wasser steigt immer höher!«

Angespannt warteten wir. Alle zitterten vor Kälte. Draußen ertönten dumpfe Schläge und ein lautes Rasseln, und dann flog die Metalltür auf. Sonnenlicht strömte in den kleinen Raum unter dem Schuppen. Lacey, Sam Dad, Marla und einige Männer, die ich nicht kannte, starrten zu uns herunter.

Wir gingen schwimmen! Ethel, die Ziege, wurde von

Grant, der völlig unter Wasser verschwand, mit ausgestreckten Armen getragen, während ich munter ins Wasser sprang und auf das Sonnenlicht zupaddelte. Überglücklich begrüßte ich Lacey auf der oberen Stufe, achtete jedoch darauf, dass sie dabei nicht über ihren Stuhl stolperte.

»Mein Gott, um ein Haar wärt ihr ertrunken!«, rief Sam Dad.

Ethel, die Ziege, flitzte an uns vorbei. Fragend sah Lacey mich an, aber dann wandten wir uns beide unseren Menschen zu, die nacheinander aus dem Raum unter dem Schuppen auftauchten. »Oh ...«, murmelte Chase Dad entsetzt. Ich trottete zu ihm.

Draußen hatte sich alles verändert. Überall befanden sich riesengroße Matschpfützen und kreuz und quer herumliegende Stöcke. Am liebsten wäre ich durch die Pfützen geflitzt oder hätte *Bring!* mit den Stöcken gemacht, doch die düstere Stimmung der Menschen dämpfte meine Spielfreude. Sowohl der Schuppen als auch der Großteil des Hauses waren verschwunden. Ich konnte direkt in die Küche blicken; das Spülbecken war noch da, sonst nichts. Ich war total verdutzt. Hatte das Sam Dad gemacht?

»Alles zerstört«, flüsterte Chase Dad. Li Min schlang die Arme um ihn.

Marla verteilte Decken, die alle dankbar annahmen. Ich war zufrieden damit, die Sonne auf meinem Fell zu spüren und Lacey an meiner Seite zu haben. »Tut mir leid, Dad. Ich weiß, die Farm war dein Ein und Alles«, sagte Burke.

Chase Dad sah ihn mit feuchten Augen an. »Glaubst du das wirklich? Nein, Burke, ihr seid mein Ein und Al-

478

les. Du, dein Bruder, Li Min, Wenling, Ava. Die Farm war niemals nur ein Gebäude, sie war Ausdruck einer bestimmten Lebensart – einem Leben mit meiner Familie.«

Chase Dad und Burke umarmten sich, dann gesellten sich ihnen auch Grant, Ava und Wenling hinzu. Da durfte ein Hund nicht fehlen! Ich stellte mich auf die Hinterbeine und schmiegte mich liebevoll an sie.

»Hört zu!«, verkündete Ava. »Den Aufbau der Farm wird die Firma meiner Mutter bezahlen, das verspreche ich.«

»Bist du dir sicher? Ein Tornado ist doch höhere Gewalt«, wandte Chase Dad ein. »Meinst du wirklich, die werden in so einem Fall zahlen?«

»Das werden sie, wenn eine Anwältin sich einschaltet, die zufällig auch die Tochter der Chefin ist, und ein paar Erklärungen verlangt«, gelobte Ava.

»Wir wollten schon wegfahren«, erzählte Sam Dad ergriffen. »Als wir hier ankamen, haben wir niemanden gesehen. Wir nahmen an, ihr hättet in einem der Schutzräume der Stadt Unterschlupf gefunden. In der Gegend werden Hunderte Menschen vermisst. Aber Janji bellte die ganze Zeit, und als wir sie rausließen, rannte sie schnüffelnd herum; und da dachten wir, sie hätte vielleicht etwas gewittert. Einen Menschen.«

»Wie es aussieht, haben wir uns umsonst Sorgen gemacht, sie würde mit ihrem Karren auf der Farm nicht zurechtkommen«, sagte Burke.

»Guter Hund, Janji«, lobte Ava sie.

Ich wedelte mit dem Schwanz, weil auch ich ein guter Hund war.

Epilog

Einige Tage nach unserem Badeausflug in dem Raum unter dem Schuppen versammelten wir uns in einem großen Gebäude. Grant, Wenling und ich standen vor einer Gruppe jubelnder Menschen; ich verstand nicht, was los war, und knabberte an einer juckenden Stelle an der Schwanzwurzel. Als die Blätter fielen, marschierten wir schon wieder in dieses Gebäude, nur standen diesmal Li Min und Chase Dad vor einer Gruppe jubelnder Menschen, und ich hatte keine juckende Stelle.

Ein Winter und ein Sommer vergingen. Ich lebte glücklich mit Lacey, die die Menschen beharrlich Janji nannten, sowie mit Ava und Burke. Ava und Burke waren auch glücklich, weil sie nun zwei Hunde hatten.

Zu meiner großen Freude verbrachten wir viel Zeit auf der Farm. Es gab ein neues Haus und einen neuen Schuppen, aber die Enten waren dieselben geblieben. Wann immer Lacey herumstromern oder in die Felder streifen wollte, machte ich für sie *Hilf!*. Sie begriff, dass ich da war, um sie zu führen.

Burke nahm Lacey mit zum Teich, hob sie aus ihrem Stuhl und hielt sie ins Wasser. Mit den Vorderpfoten patschte sie fröhlich auf die Wasseroberfläche, und als

Burke sie losließ, schwamm sie! Begeistert paddelte ich zu ihr, und wir schwammen zusammen zu den Enten, bis sie laut schnatternd aufflatterten und wegflogen, und danach schwammen wir einfach im Kreis herum. Ich spürte, was in Lacey vorging: Sosehr sie ihren Stuhl auch mochte, wenn sie schwamm, fühlte sie sich wie der Hund, der sie früher gewesen war, ein freier Hund, der überall hinlaufen konnte, wohin er wollte.

Offenbar machte es Menschen großen Spaß, Häuser zu bauen, denn als ein Haus fertig war, bauten sie unten am Teich gleich noch ein anderes. Ava und Burke zogen dort ein, und für Lacey und mich bedeutete das, dass wir jetzt immer auf der Farm lebten! Ich betrachtete dieses Haus als unser neues Zuhause und das größere Haus als das neue alte Zuhause.

Wir hatten ein großes Treffen auf der Farm, überall saßen Leute an Tischen und unterhielten sich, und als köstliche Hühnchen serviert wurden, bekamen Lacey und ich reichlich davon ab.

»Wir sind jetzt verheiratet, deshalb seid ihr beide, Janji und du, Oscar, keine unehelichen Hunde mehr«, teilte Burke mir mit. Seine Hände dufteten nach Hühnchen.

Einige Winter später strich Burke das hintere Zimmer und stellte einen Holzkäfig hinein. Ava und er verbrachten eine Menge Zeit damit, an dem neuen Käfig herumzustehen und sich zu unterhalten. Lacey und ich fanden das schrecklich langweilig.

»Da wir jetzt wissen, dass es ein Junge wird, würde ich ihn gern Chase nennen. Chase Samuel Trevino«, sagte Ava beim Abendessen.

»Eine super Idee. Beide Dads werden hocherfreut sein«, antwortete Burke.

Im Sommer begann Ava seltsam zu gehen, es war kein wütender Gang, eher ein Hin-und-her-Wackeln. Sie legte oft die Hände auf den Bauch, der so rund geworden war, als hätte sie einen riesigen Ball verschluckt.

An einem ruhigen Nachmittag befanden Ava und ich uns oben im neuen Haus. Burke und Lacey waren im neuen alten Schuppen. Ich spürte, dass Ava mich bei sich haben wollte oder mich vielleicht sogar brauchen würde. Es war ein merkwürdiges Gefühl, aber ich dachte mir nichts dabei. Ein guter Hund wusste, wann er gebraucht wurde.

Ava spielte mit den Kleidern auf dem Bett. »Ah«, sagte sie plötzlich. »Oh nein.« Sie sank auf die Knie. »Ah.«

Sie schien Schmerzen zu haben. Ängstlich winselte ich. »Wo habe ich mein Telefon hingelegt?«, flüsterte sie. »Damit habe ich jetzt noch nicht gerechnet.«

Ich bellte. Sie saß auf dem Boden; ein neuer, seltsamer Geruch ging von ihr aus, gemischt mit dem vertrauten Geruch nach menschlicher Angst. Ich bellte abermals.

Unten, im neuen alten Schuppen, bellte Lacey zurück. Ich lief zum Fenster. Sie war mit ihrem Stuhl aus dem Schuppen gerollt und blickte zu mir herauf. Ich bellte wieder, und ihre Antwort erinnerte mich an die Zeit, als ich krank im Feld war und sie nach Burke bellte, damit er nach mir sah.

Mein Junge kam aus dem Schuppen und musterte Lacey fragend. Ich bellte erneut, sie bellte zurück. Er sah zu mir herauf, und ich bellte weiter.

Alarmiert fuhr Burke zusammen und jagte quer über den Hof zum Haus.

Angst beschlich mich, als er mit Ava wegfuhr und nicht sofort zurückkam. Alle im Haus hatten Angst, ihre Anspannung vibrierte in der Luft, und dann waren alle plötzlich wie ausgewechselt und total gelöst. Menschen fallen sehr schnell von einer Stimmung in die andere, und es war sinnlos, nach einem Grund für ihre unsteten Launen zu suchen. Nach dem Abendessen setzten sich alle ins Wohnzimmer und verwöhnten Lacey und mich mit Käsehäppchen, was sie so glücklich machte, dass sie ständig lachten und durcheinanderredeten. Als Burke hereinkam, sprangen alle auf und umarmten ihn.

»Willkommen daheim, Dad!«, rief Chase Dad.

»Herzlichen Glückwunsch, Dad!«, sagte Grant.

Dad? Ich war verwirrt, aber Lacey wirkte völlig ungerührt.

Einige Tage später kam Ava endlich zurück und hielt ein winziges Menschenbaby in den Armen, das ein wenig nach saurer Milch roch. Ich war nicht interessiert, doch Lacey mischte sich sofort begeistert in die Menge. Sie reichten das Baby herum, während ich nach draußen trottete, um nach Ethel, der Ziege, zu sehen.

Burke trug das Baby gern in einem Einkaufskorb mit sich herum. Nach einiger Zeit waren die Menschen von dem Baby gelangweilt, nur Ava nicht, die es fast ununterbrochen im Arm hielt. Manchmal krähte das Baby, manchmal schlief es friedlich. Alle nannten das Baby »Chase«, was mir nicht wirklich richtig zu sein schien. Wir hatten doch einen Chase Dad, hatten wir jetzt auch noch ein Chase Baby? Und war Burke dann etwa Burke Dad?

Als mein Junge eines Tages den Babyeinkaufskorb auf einen niedrigen Tisch stellte, beschloss ich, es sei nun an der Zeit, das Ding genauer zu untersuchen. Das Baby war wach und verzog weinerlich das Gesicht, als ich mich ihm näherte. Es verstand offenbar nicht, wie wichtig ich für die Familie war.

Ava eilte herbei, kniete sich neben mich und streichelte mich. »Willst du das Baby kennenlernen, Oscar?«

Ich drückte die Nase auf den Bauch des Babys und atmete den eigentümlichen Geruch ein. »Guter Hund. Braver Hund«, sagte Burke weich. »Guter Hund, Oscar.«

Jäh überfiel mich die Erinnerung an eine Stimme, die *Guter Hund, Bailey* sagte. Es war die Stimme eines Mannes, der in einer Welt aus goldfarbenem Licht auf mich zukam.

Ich schnupperte noch einmal intensiv an dem Baby. Nein, es war nicht die Stimme irgendeines Mannes – es war Ethans Stimme. Schlagartig erinnerte ich mich jetzt an Ethan und an vieles mehr. Ich erinnerte mich an viele Leben, an Leben, die lange, lange zurücklagen. Ich hatte nicht nur mit meinem Jungen Ethan herumgetobt und gespielt, sondern ich hatte auch geholfen, Menschen zu retten. Ich erinnerte mich an mein Mädchen CJ und an andere Menschen, die ich geliebt hatte: Hannah und Maya, Trent, Jakob, Al ... Ich erkannte, ich war ein Hund, der immer wieder in neuer Gestalt auf die Erde zurückgekehrt war, weil er eine wichtige Mission hatte oder ein wichtiges Versprechen erfüllen musste. Ich wusste nicht, warum ich dies alles vergessen hatte oder warum ich mich nun daran erinnerte, doch ich erinnerte mich – erinnerte mich an alles. Ich war Toby gewesen und Molly und Ellie und Max und Buddy und Bailey.

Und ich wusste auch, wer dieses Baby war, das in seinem Einkaufskorb lag und die Augen zukniff. So selbstverständlich, wie ich Lacey wiedererkennen konnte, ob sie jetzt Janji oder Lady oder ein anderer Hund war, erkannte ich nun dieses kleine Menschenwesen wieder.

Es war Ethan.

Danksagung

Ich entsinne mich, wie ich vor vielen, vielen Jahren im Wirtschaftskundeunterricht gelernt habe, ein einzelner Mensch könne keinen Bleistift herstellen.

Da ist etwas dran, glauben Sie mir.

Der Granit muss von jemandem abgebaut, von jemand anderem verschifft und von wieder jemand anderem zur Bleistiftmine verarbeitet werden – Hunderte von Menschen sind daran beteiligt. Dann muss jemand den Stift designen: Warum den Radiergummi nicht in die Mitte platzieren? Welche Farbe soll er haben? Werden kleine Kinder sich weigern, den Stift in den Spitzer zu stecken, wenn am Ende des Stifts ein Einhorn angebracht ist? Der Radiergummi wird in, oh, keine Ahnung, in einer Radiergummi-Mine von sieben Zwergen abgebaut, die den ganzen Tag »Heiho, heiho, wir sind vergnügt und froh!« singen. Der Bleistift ist oben mit einem Metallband umwickelt, (das aber nicht taub macht wie eine Heavy-Metal-Band), in dem die Arbeitskraft einer Menge Menschen steckt. Des Weiteren ist da der Transport, die Schachtel für den Bleistift, das Marketing und so weiter und so fort. Wie sich zeigt, ist für die Herstellung eines Bleistifts jeder Mensch auf diesem Planeten zur Mitarbeit aufgefordert.

Aus diesem Grund habe ich, so früh ich konnte, Tippen gelernt – ich könnte unmöglich schreiben, wenn währenddessen ständig diese vielen Leute herumspuken.

So ist das auch beim Schreiben eines Buches. Wenn ich vor einer leeren Seite sitze, bringe ich meine Lebenserfahrung mit ein, inspiriert von all den Menschen, denen ich begegnet bin. Aus diesem Grund muss ich als Erstes allen Menschen und Tieren danken, den lebenden und jenen, die während meiner Zeit auf Erden gelebt haben. Oh, und ich sollte auch allen Pflanzen danken. Und, klar, dem Sauerstoff, der Schwerkraft, dem Wasser …

Nachdem dies nun erledigt ist, möchte ich mich einer Reihe von Einzelpersonen zuwenden, die ich, ähm, einzeln erwähnen sollte.

Zuerst möchte ich meinem Redaktionsteam danken: Kristin Sevick, Susan Chang, Linda Quinton und Kathleen Doherty. Es gibt bei Tom Doherty Associates / Forge auch noch andere Mitarbeiter, einschließlich zum Beispiel Tom Doherty, Sarah, Lucille, Eileen und alle im Vertrieb und im Marketing – danke, dass ihr mir helft, meine Bücher so bekannt zu machen. Und ein spezielles Dankeschön rufe ich natürlich Karen Lovell zu, die seit meinen frühen Anfängen meine Presseagentin ist. Viel Glück für deine zukünftigen Unternehmungen, Karen! Ohne jeden Einzelnen von euch hätte ich meine Bücher selbst drucken und zum nächsten Buchladen karren müssen, damit Leser sie kaufen. Hätte ich diese Methode ausprobiert, würde ich wahrscheinlich immer noch an der Herstellung meines ersten Bleistifts arbeiten.

Das Bindegewebe zwischen einem Autor und der Verlagswelt ist der Agent oder die Agentin. In meinem Fall war das Scott Miller. Ja, Scott, du bist quasi mein Gelenkband. Ohne dich würden meine Knochen zusammenfallen, und ich hätte große Mühe, einen Baseball zu werfen. (Die Bleistift-Sache habe ich ganz gut hinbekommen, aber diese Metapher mit dem Bindegewebe ist zugegebenermaßen ein wenig daneben.)

Ich habe auch Agenten, die mir in der Welt des Showbusiness geholfen haben. Sylvie Rabineau und Paul Haas von William Morris Endeavor, ich danke euch, dass ihr meine Hollywood-Karriere vorangetrieben habt. Ich könnte euch als mein Bindegewebe bezeichnen, doch das ist bereits abgenutzt.

Sheri Kelton, die früher professionelle Boxer gemanagt hat, managt jetzt mich. Sie verspricht mir laufend, sie würde für mich einen Boxkampf organisieren – langsam mache ich mir Sorgen, dass ich niemals die Chance auf einen Meistertitel bekommen werde. Gleichwohl hat sie mir in all der Zeit Dampf gemacht, damit meine Karriere nicht an meiner angeborenen Faulheit und Trägheit scheitert. (Ich möchte darauf hinweisen, dass kein Boxchampion bei einem Kampf jemals so viel Faulheit mitbringen würde wie ich – das wäre so unerwartet, dass ich bestimmt gewinnen würde. Oder zumindest Zweiter werden würde!)

Wann immer mir jemand ein Geschäft anbietet, ist Steve Younger der Anwalt, den ich ins Boot hole, damit er die rechtlichen Fragen ausarbeitet. Steve, meine Frau sagt, wenn ich heute Abend koche, werde sie die Küche sauber machen. Was meinen Sie? Welche Strafen können wir über sie verhängen, wenn sie sich vor dem Saubermachen drückt, weil ich lediglich das Essen vom Vortag aufgewärmt habe? (Könnte ich sie als Zeugin der Gegenpartei behandeln?)

Ich habe auch einen Strafverteidiger. Danke, Hayes Michel, dass Sie mir für ein weiteres Jahr den Knast erspart haben! Die werden mich niemals lebend kriegen, hahaha. In Wahrheit ist er eher ein »Prozessanwalt«, aber das klingt so nach »kurzem Prozess«, und das kann kein Mensch mehr hören.

Gavin Polone, dem dieses Buch gewidmet ist, war der Erste, der überzeugt war, dass diese Romanserie verfilmt werden sollte. Tja, um wirklich korrekt zu sein, war er der Zweite – meine Frau, die an anderer Stelle in dieser Danksagung erwähnt werden wird, war tatsächlich die Erste, die das gesagt hat. Wie auch immer, ohne Gavin gäbe es keine anderen Cameron-Filme als jene von diesem James Cameron – als würde *der* es jemals zu etwas bringen! Also danke, Gavin, für alles, was Sie für mich und für die Hunde getan haben.

Mein schlaues Personal hat von mir die besondere Fähigkeit gelernt, andere für unsere Probleme verantwortlich zu machen, aber Emily Bowden, meine Personalchefin, hat sich den eigenwilligen Grundsatz zu eigen gemacht, für alles, was mit den Arbeitshunden in meinem Büro passiert, die volle Verantwortung zu übernehmen. Danke, Emily, dass du diese unübersichtliche, chaotische Situation managst, sodass ich es nicht tun muss. Denn wie wir beide wissen, würde ich tatsächlich nichts tun. Andrew, nett von dir, dass du dich uns angeschlossen hast.

Mindy Hoffbauer und Jill Enders sind nur zwei von vielen Menschen, die geholfen haben, dass meine Fans mit mir und untereinander Kontakt haben. Ich danke jedem Einzelnen aus der geheimen Gruppe dafür, dass sie überall verbreitet haben, ich würde Hundebücher schreiben, in denen die Hunde am Ende nicht sterben. Ich würde noch mehr über die Gruppe enthüllen, doch sie ist nun mal geheim.

Ich bedanke mich bei Connection House Inc., dem riesigen multinationalen Unternehmen, das meine neuen Websites designt und mehrmals bei gewissen Marketing-Projekten geholfen hat. Ihr Präsident ist wie ein Sohn für mich.

Danke an Carolina und Annie, weil ihr mir erlaubt habt, Pate zu sein.

Danke an Andy und Jody Sherwood für euren Kurzauftritt in meinen Romanen. Ich weiß es sehr zu schätzen, was ihr alles für meine Familie getan habt, vor allem für meine Mutter. Das Gleiche gilt für euch, Diane und Tom Runstrom: Ihr seid die Sonnenstrahlen, die in dem winterlichen Leben meiner Mutter so dringend benötigt werden. Okay, das klingt ziemlich düster, aber ihr lebt alle im Norden von Michigan, wohingegen ich in Los Angeles lebe. Ich war gerade oben im Norden, und dort war es, ja, winterlich.

Ich danke meinem Fluglehrer, TJ Jordi, weil er mich mit Shelbi bekannt gemacht und so viel für die Hunde getan hat. Danke an Megan Buhler, die Shelby dazu gebracht hat, nach den Sternen zu greifen. Ihr beide habt das Leben sehr vieler Menschen bereichert. Danke, Debbie Pearl, für

Ihre Weitsicht, und danke, Teresa Miller, dass Sie die kalten und wirklich scheußlichen Sandwiches geteilt haben, um Shelby zu helfen, eine Oscar-würdige Schauspielerin zu werden.

Ich danke der Regisseurin Gail Mancuso dafür, dass sie Hunde liebt und diese Liebe in den Film *Bailey – Ein Hund kehrt zurück* einfließen ließ. Danke an Bonnie Judd und ihrem Team, die unsere Hundeschauspieler zu großartigen Leistungen animiert haben.

Während dieser drei Romanserien habe ich mich mit den netten und unglaublich unterstützenden Leuten von Amblin Entertainment und Universal Pictures angefreundet. Es sind viel zu viele, um sie alle aufzuzählen – zum Filmemachen und Marketing benötigt man ein ganzes Dorf. Ich danke euch, Wei Zhang, Jason Lin und Shujin Lan von Alibaba, dass ihr geholfen habt, mein Werk in China vorzustellen – die Botschaft, dass Hunde denkende, fühlende und fürsorgliche Wesen sind, ist nun weltweit bekannt!

Die Menschen in der Familie, in der ich aufgewachsen bin, sind natürlich alle geisteskrank. Das ist eine Voraussetzung, um ein erfolgreicher Autor zu werden. Abgesehen davon, muss ich ihnen für alles danken, was sie tun, um meine Karriere zu fördern. Meine Schwestern Amy und July Cameron zwingen Leute, meine Bücher zu kaufen, und zerren sie in Scharen in meine Filme. Wenn die Leute vor Rührung nicht weinen, schreien meine Schwestern sie an. Meine Mutter Monsie ist unabhängige Buchverkäuferin, das bedeutet, sie ist unabhängig von Buchläden – sie verkauft meine Bücher einfach an jede Person, der sie begegnet. Wollen die Leute das Buch nicht kaufen, schenkt sie es ihnen. Es bedeutet mir sehr viel, dass meine Familie mich so unterstützt.

Meine Familie ist über diese Kernfamilie hinausgewachsen, deshalb gibt es nun jüngere Menschen als mich, die mich ebenfalls tatkräftig unterstützen. Ein besonderer Dank an Chelsea, James, Gordon, Sadie; an Georgia, Ewan, Garrett, Eloise; Chase, Alyssa. Ich habe nie auch bloß einen Moment etwas anderes als aufrichtige Unterstützung von euch erfahren, vor allem, als ihr Teenager wart.

Zu meiner Großfamilie gehört außerdem Evie Michon, die neben der Tatsache, dass sie einige sehr wichtige Familienangehörige geboren hat, auch als eine Art Topsecret-Forschungsministerium fungierte und mich mit verschiedenen Dingen versorgte, wie Zeitschriften aus der Zeit, in der mein Roman *Emory's Gift* spielt. Danke, Evie, und danke auch an Ted Michon und Maria Hjelm, die nicht nur Verwandte, sondern auch gute Freunde sind. Dank Ted und Maria gibt es in unserer Familie drei Menschen, die mir sehr am Herzen liegen: Jakob, Maya und Ethan. Jeder, der *Bailey – Ein Freund fürs Leben* gelesen hat, wird diese Namen wiedererkennen.

Da ich schon einmal bei diesem Thema bin, möchte ich Ihnen dieses Buch wärmstens empfehlen. *Bailey – Ein Freund fürs Leben* ist der erste Band dieser Reihe. Darin wird erklärt, wer Ethan ist und wie Bailey erkennt, dass er ständig wiedergeboren wird, weil er eine Mission zu erfüllen hat. *Bailey – Ein Hund kehrt zurück* ist der zweite Band und erzählt, wie Bailey immer wieder in Gestalt eines neuen Hundes zu CJ zurückkehrt, das anfangs ein Mädchen und später eine Frau ist, die auf ihrem Lebensweg dringend einen Hund braucht. (Brauchen wir das nicht alle?)

Zu guter Letzt, wie im großen Finale jeder anständigen Feuerwerk-Show, stelle ich Ihnen meine Frau vor, Cathryn Michon. Sie ist meine Co-Drehbuchautorin, meine Lebensgefährtin und der Mensch, dem ich jede Rohfassung meiner Romane überreiche, damit sie ihren scharfen Blick darauf wirft. Sie gestaltet und leitet seit Jahren unseren Marketing-Bereich. Und sie ist der Mensch, an den ich mich wenden kann, wenn ich mich verloren fühle, voller Selbstzweifel und blockiert, oder auch wenn ich euphorisch und voller kreativer Energie bin. Sie ist außerdem Regisseurin in Hollywood, was den meisten Hollywood-Bossen ein Dorn im Auge ist, da sie stur an der Meinung festhalten, die Leute wollten bloß Filme von männlichen Regisseuren sehen. (Während ich dies schreibe, ist *Bailey – Ein Hund kehrt zurück* unter der Regie von Gail Mancuso noch nicht in den Kinos, wir wissen also nicht, ob die Leute den Film sehen wollen oder ob sie sagen: »Eine Frau hat da Regie geführt? Nein danke, das schaue ich mir nicht an!«)

Danke, Cathryn. Du bist für mich ein Geschenk des Himmels.

W. Bruce Cameron
Frisco, Colorado
Februar 2019

Louisa Bennet

»Das macht großen Spaß!
Wenn man mal tot in einem südenglischen Wäldchen liegt,
möchte man unbedingt von Monty gefunden werden.«
Michael Frey Dodillet

978-3-453-41893-6

Leseprobe unter **www.heyne.de**

Hiro Arikawa

Zum Lachen, Weinen und Nachdenken – Die Welt aus der Sicht eines Katers

978-3-453-42168-4

Leseprobe unter **www.heyne.de**

HEYNE